清詩話全編

康熙期九
雍正期

張寅彭 編纂
楊 焄 點校

国家出版基金项目
NATIONAL PUBLICATION FOUNDATION

上海古籍出版社

第十册目次

康熙期

雍正期

無當玉卮

無當玉巵提要

《無當玉巵》九卷，據國家圖書館藏清鈔本點校。按得雲道人未詳何人。此本封面署「得雲集」，各卷署「無當玉巵」。楷體抄於無格十行紙上，每則首字頂格，行十九字，次行例縮一格，爲十八字，款式甚善。原分四册，册下又分卷，然未標卷次，亦無頁碼。册一爲詞話一卷、各體雜話一卷、聯語話一卷，册二爲雜録雜考一卷、摘警語佳句一卷、雜録而及於詩話者一卷，册三爲詩話一卷，册四爲詩話一卷、摘句一卷，凡九卷。詞話、各體雜話等本不關詩，然雜録雜話中又頗存詩話，今以清初鈔本難得，姑存其全，並爲依次補標卷數。各卷題「得雲道人戲輯」，或以「戲」故，皆不標出處，是爲一憾。其實乃爲泛録歷代詩話筆記雜著而成，如唐五代有范攄《雲谿友議》、趙璘《因話録》、何光遠《鑒誡録》等；宋人有孫光憲《北夢瑣言》、魏泰《臨漢隱居詩話》等三十餘種，金元有劉祁《歸潛志》、鮮于樞《困學齋雜録》、祝誠《蓮堂詩話》、蔣正子《山房隨筆》等十餘種，明人有葉子奇《草木子》、單宇《菊坡叢話》等近二十種，入清亦有褚人穫《堅瓠集》、趙吉士《寄園寄所寄》等數種，共七十餘種（尚有少量未明出處者）。其採録最夥者，以《堅瓠集》、蔣一葵《堯山堂外紀》、瞿佑《歸田詩話》爲前三。又册三（卷七）録許子遜（廷鎔）《粵中吟》詩兩首，許氏乾隆初尚與沈德潛往來，其《竹素園詩鈔》八卷，歸愚爲之作序。

此詩載於卷三，原爲四首；同卷此首後又有《辛丑五月重過祝阿追慕先公遺澤酸心銷骨而成是詩》一首，辛丑爲康熙六十年，《粤中吟》當作於此前不久，沈序亦記其中年曾游粤。以此推之，得雲此輯或在康熙、雍正之際，姑置於康熙期末。

無當玉巵卷一

紹興間，韓蘄王自樞密使就第，放浪湖山，匹馬數童，飄然意行。一日至湖上，遥望蘇仲虎尚書宴客。蘄王徑造其席，喜甚，醉歸。翼日折簡謝，且作二詞，手書以贈蘇。其一詞《臨江仙》云：「冬看山林蕭疏浄，春來地潤花濃。少年衰老與山同。世間争名利，富貴與貧窮。　榮貴非干長生藥，清閒是不死門風。勸君識取主人公。單方只一味，盡在不言中。」其一《南鄉子》云：「人有幾何般，富貴榮華總是閒。自古英雄都如夢，爲官，寶玉妻男宿業纏。　年邁衰殘，鬢髮蒼浪骨髓乾。不道山林有好處，貪歡，只恐癡迷誤了賢。」字畫殊傾欹。王長子莊敏公云：「先人生長兵間，不解書，晚年乃稍稍能之耳。」

紹興中，有於吴江長橋上題《水調歌頭》云：「平生太湖上，來往幾經過。如今重到，何事愁與水雲多？擬把匣中長劍，换取扁舟一葉，歸去老漁蓑。銀艾非吾事，丘壑謾蹉跎。　鱠新鱸，斟碧酒，起悲歌。太平生長，不謂今日識兵戈。欲捲三江雪浪，静洗胡塵千里，不用挽天河。回首望霄漢，雙淚墮清波。」不題姓氏。後其詞傳入禁中，上命詢訪其人甚力，秦檜乃請降黄榜招之，其人竟不至。

汴京時有戚里子邢俊臣者，性滑稽，喜嘲詠。嘗出入禁中，善作《臨江仙》詞，末章必用唐律二句爲謔。徽皇置花石綱，奇卉石竹，雖遠必致。石之大者，大舟排聯數十尾，僅能勝載，曰神運石。既至，上大喜，命俊臣爲詞，限「高」字韵。再拜，詞已成。末句云：「巍峩萬丈與天高。物輕人意重，千里送鵝毛。」又令賦陳朝檜，限「陳」字韵。檜高五六丈，圍九尺餘，枝柯覆地幾百步。詞末云：「遠來猶自憶梁陳。江南無好物，聊贈一枝春。」其規諷可喜，上容之不怒也。内侍梁師成位兩府，甚尊顯用事，以文學自命，尤自矜爲詩，因進之。上稱善，顧命俊臣爲詞美之，限「詩」字韵。即口占，末句云：「用心勤苦是新詩。吟安一个字，撚斷數莖髭。」上大笑，師成愠，譖俊臣漏泄禁中語，責爲越州鈐轄。太守王嶷聞其名，置酒待之。醉歸，燈火蕭疏。明日携詞，見叙其寥落之狀，末云：「捫牕摸户入房來。笙歌歸院落，燈火下樓臺。」席間有妓秀美，而肌白如玉，頗有腋氣。俊臣詞云：「酥胸露出白皚皚。遥知不是雪，爲有暗香來。」又有善歌舞而體肥者，詞云：「只愁歌舞罷，化作彩雲飛。」俊臣亦頗有才者，惜其用工止如此耳。

歐陽全美名珣，廬陵人，登崇寧進士第。靖康初，全美調官京師。時金人欲求三鎮，全美行次關山，以樂府寄其内云：「雁字成行，角聲悲送，無端又作長安夢。青衫小帽這回來，安仁兩鬢秋霜重。孤館燈殘，小樓鐘動。馬蹄踏破前村凍。平生牽繫爲浮名，名垂萬古知何用？」至京，上封事論禦戎之策，陳利害。召對，奏曰：「割地敵亦來，不割亦來，特遲速有間。今日之策，惟有戰耳。」宰執不悦，即除將作監丞，使金，竟不復還。

楊妹子，宋寧宗恭聖皇后之妹。題馬遠《松院鳴琴》小幅云：「閒中一弄七絲琴，此曲少知音。多因澹然無味，不比鄭聲淫。松院静。竹樓深，夜沉沉。清風拂軫，明月當軒，誰會幽心？」調寄

《訴衷情》。

倪高士作《匡廬清曉圖》，自題小詞其上，曰：「春渚芹蒲，秋郊梨棗，西風沃野收紅稻。簷前炙背媚晴陽，天涯轉眼淒芳草。　魯望漁邨，陶朱煙島，高風峻節今如歸。　黄雞啄黍濁醪香，開門笑迎東鄰老。」

范文正公守延安，作《漁家傲》詞曰：「塞上秋來風景異，衡陽雁去無留意。四面邊聲連角起。千障裏，寒煙落日孤城閉。　濁酒一杯家萬里，燕然未勒歸無計。羌管悠悠霜滿地。人不寐，將軍白髮征夫淚。」句語雖工，而意殊衰颯，歐陽文忠公呼爲「窮塞主」之詞，信哉！及王尚書守平涼，文忠亦作《漁家傲》詞送之，末云：「戰勝歸來飛捷奏。傾賀酒，玉階遥獻南山壽。」此真元帥之事也。

虞邵菴在翰林，作《風入松》詞云：「畫堂紅裏倚清酣，華髮不勝簪。幾回晚直金鑾殿，東風軟花裏停驂。書詔許傳宮燭，輕羅初試朝衫。　御溝冰泮水挼藍，飛燕語呢喃。重重簾幕寒猶在，憑誰寄、銀字泥緘？報道先生歸也，杏花春雨江南。」機坊以詞織成帕，爲時所貴重如此。

劉太保《三奠子》：「念行藏有命，煙水無涯。嗟去雁，羨歸鴉。半生身累影，一事鬢成華。東山客，西蜀道，且還家。　壺中日月，洞裏煙霞。春不老，景長佳。功名眉上鎖，富貴眼前花。三杯酒，一覺睡，一甌茶。」

江南李後主《臨江仙》詞云：「櫻桃落盡春歸去，蝶翻輕粉雙飛。子規啼月小樓西。玉鉤羅幕，惆悵暮煙垂。　別巷寂寥人散後，望殘煙草低迷。鑪香閒裊鳳皇兒。空持羅帶，回首恨依依。」蘇子由題云：「凄涼怨慕，真亡國之聲也。」

仲殊字師利，承天寺僧也。喜作艷詞。東坡與之往來甚厚，一日造郡，接坐之間，見庭下有一婦人，投牒立於雨中，守命咏之。口就一詞云：「濃潤侵衣，暗香飄砌。雨中花色添憔悴，鳳鞵溼透立多時，不言不語猒猒地。　眉上新愁，手中文字，因何不倩鱗鴻寄？想伊只訴薄情人，官中誰管閑公事？」

范文正與歐陽文忠公席上同賦《剔銀燈》詞，皆寓勸世之意。文正云：「昨夜因看《蜀志》。笑曹操、孫權、劉備。用盡機關，徒勞心力，只得三分天地。屈指細尋思，争如共劉伶一醉。　人世都無百歲。少癡騃，老成尫悴，只有中間，些子少年，忍把浮名牽繫。一品與千金，問白髮、如何回避？」

李屏山樂府：「幾番冷笑三閭，算來枉向江心墮。和光混俗，隨機達變，有何不可？清濁從他，醉醒由己，分明識破。待用時即進，舍時便退，雖無福亦無禍。　你試回頭覷我，怕不待峥嶸則箇。功名半紙，風波千丈，圖箇甚麽？雲棧揚鞭，海濤摇棹，争如閒坐？但鐏中有酒，心頭無事，葫蘆提過。」

沈存中，元豐中入翰林爲學士，有《開元樂詞》四首，裕陵賞愛之。詞曰：「鸛鵲樓頭日暖，蓬萊殿裏花香。草緑煙迷步輦，天高日近龍牀。」「樓上正臨宫外，人間不見仙家。寒日輕煙薄霧，滿城明月梨花。」「按舞驪山影裏，回鑾渭水光中。玉笛一天明月，翠華滿陌東風。」「殿後春旗簇仗，樓前御隊穿花。一片紅雲鬧處，外人遥認官家。」

北方有沙漠小詞三闋，頗能狀其景：「瘦藤老樹昏鴉，遠山流水人家，古道西風瘦馬。斜陽西下，斷腸人去天涯。」「平沙細草斑斑，曲溪流水潺潺，塞上清秋早寒。一聲新雁，黄雲紅葉青山。」「西風塞上胡笳，月明馬上琵琶，那底昭君恨多。李陵臺下，澹煙衰草黄沙。」

趙松雪仲子穆仲，詩詞娟麗，而艷詞特多。《踏莎行》云：「畫角聲殘，金鑪煙裊，長空澹澹連芳草。朱簾半捲晚霞明，塞鴈無情音信杳。　雨散雲收，離多會少，相思真個令人老。不須惆悵且開懷，一尊滿引愁如掃。」又《蝶戀花》二闋云：「顔色如花膚似雪。嬌眼傳波，密意曾低説。羅帶同心愁未結，情多不忍成輕別。　別後相思心更切。異日重逢，鏡裏花難折。寶篆香銷煙漸歇，玉簫吹徹黄昏月。」「枝上流鶯千囀巧。好夢方成，又把人驚覺。簾捲東風深院悄，落紅滿地和芳草。　別久啼多音信少。應是嬌波，不似當年好。臨鏡慵妝眉澹掃，羅衣寬盡腰支小。」又《浣溪紗》云：「翠鑠蛾眉別恨濃，羅衣初試怯春風，相思只爲兩西東。　簾捲玉鈎雲澹澹，香銷金鴨雨濛濛，此情都在不言中。」又《人月圓》二闋云：「人生能幾渾如夢，夢裏奈愁何？別時猶記，眸盈秋水，淚溼春羅。　緑楊臺榭，梨花院宇，重想經過。水遥山遠，魚沉鴈杳，分外情多。」「相思何日重相見，山遠水偏長。鳳弦雖斷，鸞膠難接，愁滿離腸。　最傷情處，鮫綃遺恨，翠靨留香。故人何在，濃陰深院，斜月幽牕。」又《江城子》云：「仙肌香潤玉生寒。悄無言，思緜緜。無限柔情，分付與春山。青鳥能傳雲外信，憑説與，帶圍寬。　花稍新月幾時圓。再團欒，是何年？可是當初，真個兩無緣。極目故人天際遠，多少恨，憑闌干。」又《燭影摇紅》云：「新緑成陰，落紅如雨春光晚。當年誰與種相思，空羨雙飛燕。寂寞幽牕孤館，念同遊、芳郊秀苑。香塵隨馬，細草承輪，都成腸斷。　別久情深，幾時重約閑庭院。高樓終日卷朱簾，極目愁無限。莫恨藍橋路遠，有心時、終須再見。休教長怨，鏡裏孤鸞，篋中團扇。」

趙可，號玉峰散人，奉使高麗。館中有侍妓，可作《望海潮》以贈，爲世所傳。其詞云：「雲垂餘髮，霞拖廣袂，人間自有飛瓊。三館俊游，百衔高選，翩翩老阮才名。銀漢會雙星。尚相看脈脈，似隔盈盈。醉玉添春，夢魂同夜惜卿卿。　離觴草草同傾。記靈犀舊曲，曉枕餘酲。海外九州，郵亭一別，此生未卜他生。江上數峰青。悵斷雲殘雨，不見高城，二月遼陽芳草，千里路旁情。」歸而下世，人以爲「此生未卜他生」之讖云。先是，蔡丞相伯堅亦嘗奉使，爲館妓賦《石州慢》云：「雲海蓬萊，風霧鬢鬟，不假梳掠。仙衣卷盡霓裳，方見宮腰纖弱。心期得處，世間言語非真，海犀一點通寥廓。無物比情濃，與無情相搏。　離索。曉來一枕餘香，酒病賴花醫卻。灩灩金尊，收拾新愁重酌。半帆雲影，載得無際關山，夢魂應被楊花覺。梅子雨絲絲，滿江干樓閣。」二詞至今人不能優劣。

陽羡驛舍壁上，王道輔題《漁家傲》一詞云：「日月無根天不老，浮生總被消磨了。陌上紅塵常擾擾。昏復曉，一場大夢誰驚覺？　洛水東流山四繞，路傍幾個新華表。見説在時官職好。争信道，冷煙寒雨埋荒草。」

陸永仲隱於大滌山之石室，人因以「石室先生」稱之。消摇林谷，詩酒自娱。嘗觀潮錢唐，有《酹江月》詞云：「遠山一帶遡晴空，極目天涯浮白。楓落鴉翻談笑處，不覺雲濤横席。酒病方蘇，睡魔猶殢，一掃無留跡。吴颿越櫂，恍然飛上空碧。長記草賦梁園凌雲筆，執倒三江秋色。對此驚心空悵望，老作紅塵閑客。別浦煙平，小樓人散，回首千波寂。西風歸路，爲君重噴霜笛。」關子東贈詞云：「鳳舞龍蟠處，玉室與金堂。平生想望，真境依約在何方？誰信許君丹竈，便與吴君遺劍，只在洞天旁。若要安心地，須是遠名塲。　幾年來，開林麓，建山房。安眠飽飯，清坐無事可思量。洗盡人間憂患，看盡仙家風月，和氣滿清揚。一笑塵埃外，雲水遠相忘。」調寄《水調歌頭》。

侯彭老，長沙人。建中靖國以太學生上書得罪，詔題本貫。綴小詞別同舍：「十二對章，三千里路。當年走徧東西府。時人莫訝出都忙，官家送我歸鄉去。　三詔出山，一言悟主。古人料得皆虚語。太平朝野總多歡，江湖幸有寬閒處。」雖曰小挫，而意氣安閑如此。

七夕詞嘲謔上真，文人罪業，莫過於此。陳眉公小令寄《釵頭鳳》，亦解人頤，因録之：「梧桐墜，秋光碎，一痕河影添嬌媚。錦梭撇，彩橋結。今宵天上歡娛節。嫦娥凝望，也應癡絶。熱！熱！熱！　天如醉，雲如睡，朦朧方便雙星會。雞饒舌，催離別。別時打算閒年月。自從盤古，許多周折。歇！歇！歇！歇！」

李存勖搽畫粉墨，與鏡新磨等日鬭優塲，粗獷之極，豈有清思者。乃其作《如夢令》詞云：「曾宴桃源深洞，一曲舞鸞歌鳳。長記別伊時，和淚出門相送。如夢，如夢，殘月落花煙重。」抑何婉麗如此！

燕人薛論道有《林石逸興》十卷，皆雜曲也。其《玉抱肚》云：「神仙無分，且藏身烟村水邨。看白鷗撞破殘霞，靠青山界斷紅塵。清風明月共三人，去住悠悠一片雲。」又一闋云：「凄涼時候，聽征鴻蕭蕭過樓。映疏簾明月泠泠，走空階落葉颼颼。教人腸斷淚交流，屈指歸期又半秋。」惜歲久失傳，蔑有知者。

有犀角酒斗，傍刻魁星像，右手執銀而失筆。朱子雲賦《沁園春》詞曰：「咄斗魁公，何事懷金，投筆歸來。怪日居角亢，守他金庫，奎臨財帛，趕上錢堆。路鬼揶揄，波臣憔悴，豈是文章竟躓哉！歎毛錐子，見孔方兄至，那敢推排。空教氣湧如雷，任塊壘澆他三百杯。有王圖先達，吳融負屈，劉蕡下第，棐李高魁。銀氣衝天，管花落地，倒却西園文雅臺。但准備得，腰纏萬貫，穩取三台。」

沈孚中恃才縱酒，日走馬蘇、白兩堤。值九日，携酒持螯，獨上巾子峰頭，高吟浮白。有僧記其一聯云：「有情花笑無情客，得意山看失意人。」爲之叫絶。拉歸精舍，痛飲達旦。家人覓赴邑試，扶醉入場，則几席縱横，置足無地。孚中乃積墨廣硯，立身高級，書登高詞於壁云：「萬峰頂上，險韵獨拈餂。撑傲骨，與秋鏖。天涯誰是酒同僚？面皮雖老，儘生平，受不起青山笑。難道他辟英雄一紙賢書，到做了禁登高三寸封條？」題畢而下，有拍其肩狂叫者，曰：「我得一佳士矣。」視之，乃縣令宋兆和也。擢之冠軍，聲譽大起。

楊升庵《雨中遺懷・黄鶯兒》四首：「積雨釀春寒，看繁花，樹樹殘。泥塗滿眼登臨倦，雲山幾盤，江流幾灣，天涯極目空腸斷。寄書難，無情征雁，飛不到滇南。」「夜雨滴空堦，傍愁人，枕畔來。鄉心一片無聊賴，淚眸懶揩，狂歌懶裁，沈郎多病寬腰帶。望琴臺，迢迢天外，懷抱幾時開？」「霽雨帶殘虹，映斜陽，一抹紅。樓頭畫角收三弄，東林曉鐘，南天晚鴻，黃昏新月弦初控。望長空，披襟誰共？萬里楚臺風。」「絲雨濕流光，愛青苔，繡粉墻。鴛鴦浦外清波漲，新篁送涼，幽芳弄香，雲廊水榭堪游賞。倒金觴，形骸放浪，到處是家鄉。」

王守溪年六十三，楊君謙來壽。守溪和詞云：「懸弧又誕朝，六十三年鹿覆蕉，勳名紫閣高。起何遲，歸何早？玉堂近日無宣召，且是山中卧得牢。治如虞，聖如堯，洗耳還容由與巢。」《一封書》。「且作山中宰相，依然玉帶，蟒繡爲袍。扁舟范蠡去迢迢，五湖煙景無人要。金庭下柱，傲彼伊皇，清風明月，卑他管籥。洞天福地誰曾到？」《皂羅袍》。「鎮日逍遥，過去韶華不可招。幸有還丹大藥，絕勝鹽梅，金鼎和調。百年强半總勞勞，奔名逐利何時了？慨彼時豪，東門黃犬，徒增煩惱。」《駐馬聽》。「古來富貴誰長保？早是抽身早。裴相午橋莊，疏傳都門道。到如今，尚瞻高節操。」《清江引》。

袁籜庵作《瑞玉》傳奇，描寫逆璫魏忠賢私人巡撫毛一鷺及織局太監李實搆陷周忠介公事甚悉，詞曲工妙，甫脱稿即授優伶。郡紳約期邀袁，集公所觀唱演。是日諸君畢集，而袁尚未至。優人請曰：「劇中李實登場，尚少一引子，乞足之。」于是諸君各擬一調。俄而袁至，告以優人所請。袁笑曰：「幾忘之。」即索筆書《卜算子》云：「局勢趨東廠，人面翻新樣。織造平添一段忙，待織就，迷天網。」語不多而句句雙關巧妙。諸君歎服，遂各毁其所作。一鷺聞之，持厚幣倩求改易。於是易「一鷺」曰「春鋤」。

梁貢父，大德初爲杭州路總管。西湖送春，作《木蘭花慢》詞云：「問花花不語，爲誰落，爲誰開？

算春色三分，半隨流水，半入塵埃。人生能幾歡笑，但相逢尊酒莫相推。千古幕天席地，一春翠繞珠圍。彩雲回首暗高臺，烟樹渺吟懷。拚一醉留春，留春不住，醉裏春歸。西樓半簾斜日，怪銜春燕子却飛來。一枕青樓好夢，又教風雨驚回。」

李師師，汴京名妓，徽宗微行幸之。宋江潛至師師家，題《念奴嬌》詞於壁云：「天南地北，問乾坤何處，可容狂客？借得山東煙水寨，來買鳳城春色。翠袖圍香，鮫綃籠玉，一笑千金值。神仙體態，薄倖如何銷得？回想蘆葉灘頭，蓼花汀畔，皓月空凝碧。六六雁行連八九，只待金雞消息。義膽包天，忠肝蓋地，四海無人識。閒愁萬種，醉鄉一夜頭白。」詞盛於宋，而劇賊亦工章句如此。

張無擇，貧士也，所得館穀悉以置書，每爲室人之謫。劉武城戲成《如夢令》二闋，互爲答問調之，云：「縱使汗牛充棟，不迭黃虀一甕。笑你腹便便，幾見把窮愁摋送？無用，無用，風緊敗牕支孔。」「萬卷百城相亞，滋味渾如食蔗。急切不逢時，時至黃金無價。休駡，休駡，濁酒没他難下。」

吴大郡王二愛姬名梅嬌、杏俏，丰姿竝俊，尤善詩詞。梅作詞嘲杏曰：「一種陽和，玉英初綻，雪天分外精神。冰肌玉骨，别是一家春。樓上笛聲三弄，百花都未知音。明牕畔，臨風對月，曾結歲寒盟。　笑杏花，何太晚，遲疑不發，等待春深。只宜遠望，舉目似燒林。麗質芳姿雖好，一時取媚東君。爭如我，青青結子，金鼎内調羹。」杏亦作詞答梅曰：「景傍清明，日和風暖，數枝濃淡胭脂。春來早起，惟我獨芳菲。昨夜幾經雨過，似佳人、細膩香肌。堪賞處，玉樓人醉，斜插滿頭歸。　笑梅花，何太早，蕭疏骨肉，葉密花稀。不逢媚景，開後甚孤悽。賦性冰心玉質，甘受雪壓霜欺。爭如我，年年得意，占盡曲江池。」

宛平劉副使仲修，以才見抑，罷歸，寄情詞曲。如《沈醉東風》云：「東華路，塵沙滚滚。土河橋，車馬紛紛。官高休羨榮，命蹇須安分。靠青山緊閉柴門，閒把英雄細討論。能幾箇，到頭安穩？」又一闋云：「門巷外，旋栽楊柳。池塘中，新浴沙鷗。半灣水繞郊，幾朵雲生岫。愛村居景致風流，閒啜盧仝茗一甌。醉翁意，何須在酒。」《朝天子》云：「景陽宫曉鐘，鳴珂巷玉驄，總是南柯夢。牛來無分紫泥封，機巧成何用？捉霧拿雲，攀龍附鳳，這心腸無半種。拄一條瘦筇，引一箇小童。沿村疃，瞧耕種。」又一闋云：「喜碧山日親，把銀魚早焚，銷繳了功名分。軺車鳩杖鹿皮巾，也不讓黄金印。晚景無多，前程休問，趁明時自在隱。尋幾箇故人，團坐在蓽門，嘗則把陰晴論。」

西安一廣文，性介善謔。罷官家居，賴門徒舉火，乃自作《清江引》謔詞云：「夜半三更睡不着，惱得我心焦燥。跎蹬的一聲，儘力子駭一跳。原來把一股脊梁筋窮斷了。」

有《醒世》詞云：「鐘送黄昏雞報曉，昏曉相催，世事何時了？萬苦千愁人自老，春來依舊生芳草。忙處人多閒處少，閒處光陰，幾箇人知道？獨上小樓雲杳杳，天涯一點青山小。」

西湖之勝，有十里湖光、六橋風月、三竺烟霞，昔人題咏甚多。曾見一《折桂令》云：「蘇公堤上，今古堪誇。春夏秋冬，四季奢華。瀲灩湖光，溟濛山色，掩映朝霞。紫陌上，垂楊繫馬；斷橋邊，流水人家。畫舫撑來，翠裏羅裳。韵悠悠，笙歌嘹亮；醉醺醺，笑語喧譁。」

司馬温公剛風勁節，聳動朝野，宜其金心鐵意，不善吐媚軟語。其席上賦《西江月》一詞，雅亦風情不薄。詞曰：「寶髻鬆鬆綰就，鉛華淡淡粧成。紅樓紫霧罩輕盈，飛絮游絲無定。相見争如不見，有情還似無情。笙歌散後酒微醒，深院月明人静。」

楊升庵在滇中，歌樓妓館，題咏殆徧。其逸詞四闋云：「醞造一場煩惱，只因些子恩情。陽臺春夢不曾成，枉度雨雲朝暝。燕子那知我意，鷺兒似唤他名。消除只有話無生，除去心頭重省。」「倚醉深關朱户，佯羞怕捧金觥。背人彈淚繞花行，唱盡新詞嬾聽。本是爲郎調護，當初枉道無情。英雄摩勒肯重生，贖取佳人薄命。」「自有嫩枝柔葉，何須補柳添花。低聲昵語似雛鴉，腸斷東橋月下。香霧清暉何處？春風今夜誰家？五花驕馬七香車，趁此小喬未嫁。」「玉指管生紘澀，朱唇語顫聲羞。動人一味是温柔，爲恁兩眉長皺？不慣秋孃渡口，乍離阿母池頭。臨邛太守最風流，肯許鳳求凰否？」

倪君奭臨終賦《夜行船》詞云：「年少疏狂今已老。筵席散，雜劇才了。生向空來，死從空去，有何喜，有何煩惱？　説與無常二鬼道：福亦不作，禍亦不造。地獄閻王，天堂玉帝，看你去那裏押到？」

尤西堂有《新嫁娘・西江月》詞云：「月下雲翹卸早，燈前羅帳眠遲。今宵猶是女孩兒，明日居然娘子。　小婢偷翻翠被，新郎初試蛾眉。最憐粧罷見人時，盡道一聲恭喜。」

明武廟微行，見一婦人汲水，乃口占一詞云：「汲水上南坡，紅裙映碧波。雖然不似俺宫娥，野花偏艷目，村酒醉人多。」

卓珂月作獨韵詞云：「娘問爲何不去？爹問爲何不去？背地問檀郎，難道今朝真去？郎去，郎去，打疊離魂隨去。」又：「今日問郎來麼？明日問郎來麼？向晚問還頻，有箇夢兒來麼？癡麼，癡麼，好夢可知真麼？」

岳武穆精忠天植，恢復中原之志屢見於詞翰。其《滿江紅》詞曰：「怒髮衝冠，憑闌處、瀟瀟雨歇。擡望眼，仰天長嘯，壯懷激烈。三十功名塵與土，八千里路雲和月。莫等閒、白了少年頭，空悲切。靖康耻，猶未雪。臣子恨，何時滅？駕長車，踏破賀蘭山缺。壯志饑餐胡虜肉，笑談渴飲匈奴血。待從頭、收拾舊山河，朝天闕。」文徵明嘗和云：「拂拭殘碑，勅飛字、依稀堪讀。慨當初、倚飛何重，後來何酷！果是功成身合死，可憐事去言難贖。最無辜、堪恨更堪憐，風波獄。豈不惜，中原蹙。豈不念，徽欽辱。但徽欽既返，此身何屬？千載休談南渡錯，當時自怕中原復。笑區區、一檜亦何能，逢其欲。」衡山此詞始發其隱，即起高宗於九京，恐亦無辭以對。

祝枝山有《幽期賦·皂羅袍》云：「爲想鸞交鳳友，趁殘燈澹月，悄地綢繆。一團嬌顫忒風流，驚忙錯過佳期候。鬭慵燕嬾，春光怎留？蜂嫌蝶妬，空擔悶憂。歡情不比相思久。」

辛稼軒集經語作《踏莎行》詞云：「進退存亡，行藏用舍，小人請學樊須稼。衡門之下可棲遲，日之夕矣牛羊下。去衛靈公，遭桓司馬，東西南北之人也。長沮桀溺耦而耕，丘何爲是栖栖者。」

周晉仙題酒家壁《浪淘沙》詞曰：「還了酒家錢，便好安眠。大槐宮裏著貂蟬。行到江南知是夢，雪壓漁船。盤薄古梅邊，也是前緣。鵝黃雪白又醒然。一事最奇君記取，明日新年。」其詞飄逸，似方外塵表。

李空同有《如夢令》二詞，本集不載：「昨夜洞房春暖，燭盡琵琶聲緩。閒步倚闌干，人在天涯近遠。影轉，影轉，月壓海棠枝軟。」「不信園林春蚤，一夜徧生芳草。説與小童知，池上落紅休掃。休掃，休掃，花外斜陽更好。」頗亦風雅有致。

蔡京卒前月餘，作《西江月》詞云：「八十衰年初謝，三千里外無家。孤行骨肉各天涯，遥望神京泣下。金殿五曾拜相，玉堂十度宣麻。追思往日漫繁華，到此番成夢話。」

錢唐花綸《題太真圖・水仙子》詞云：「海棠風，梧桐月，荔枝塵。霓裳舞，翠盤嬌，繡嶺春。錦棚嬉，金釵信，香囊恨。癡三郎，泥太真。馬嵬坡，血污游魂。楊柳眉，青顰黛損。芙蓉面，零脂落粉。牡丹芽，翦草除根。」

辛稼軒居山日，嘗欲止酒，賦《沁園春》云：「杯汝前來，老子今朝，點檢形骸。甚長年抱渴，咽如焦釜；于今喜睡，氣似奔雷。謾説劉伶，古今達者，醉後何妨死便埋。渾如此，歎汝於知己，真少恩哉！更憑歌舞爲媒。算合作、平居鴆毒猜。況怨無大小，生於所愛；物無美惡，過則爲災。與汝成言：勿留亟去，吾力猶能肆汝杯。杯再拜，道麾之即去，招則須來。」一日友人載酒入山，不得以止酒爲解，遂破戒一醉。再韵前調：「杯汝知乎？酒泉罷侯，鴟夷乞骸。更高陽入謁，都稱虀臼，杜康初筮，正得雲雷。細數從前，不堪餘恨，歲月都將麯蘗埋。君詩好，似提壺却勸，沽酒何哉！君言病豈無媒。似壁上、雕弓蛇暗猜。記醉眠陶令，終全至樂；獨醒屈子，未免沈災。欲聽公言，慙非勇者，司馬家兒解覆杯。還堪笑，借今宵一醉，爲故人來。」尤悔庵曰：「辛稼軒有《止酒》詞，然吾輩酒狂也，又當此時，此中雅宜此君，豈忍囚酒星於天獄，焚醉日於秦坑哉！」作《反止酒詞》：「陸醑前來，枚卜功臣，衆口交推。彼從事齊州，清爲聖德；督郵鬲縣，濁亦賢才。堯舜千鍾，仲尼百斛，子路寧辭十榼陪。髡一石，更先生五斗，學士三杯。　嘗聞上頓長齋。即乘馬、騎驢事盡佳。況卓家少婦，爲君滌器；楊家妃子，爲我持罍。山帶蘭陵，水連桑落，麯部分茅議允諧。咨汝醑，俾伊侯醴郡，曰往欽哉！」後又罪酒云：「余既反止酒，數與醑往來，稱肚膈友。已而病憊，嘔出心血。醫者曰：『是酒之罪也。天有酒星，故傾於西北；地有酒泉，故缺於東南；人有酒腸，故傷於中心。若狎彼狂藥，亦如劉將軍負鍤從之耳。』予惕然。吾待醑不薄，奈何負我？請絶交。」於是復召陸生而告之曰：「爾若無聲，以酒爲名，乃罪之魁。笲持蟹螯者，甕中就縛；吹龍笛者，水底長埋。金琖才擎，玉山便倒，玩我真如兒戲哉！腐腸藥，甚良醪可繼，心腹當災。　今朝焚了糟臺。又何問、蓮花白玉杯。倘君將伐狄，臣當執御；人能擊柱，我願持鎚。草奪黄封，驅除緑蟻，主爵壺觴賜自裁。醑不道，削汝歠侯職，以警將來。」

瞿宗吉作《西湖四時・望江南》云：「西湖景，春日最宜晴。花底管絃公子宴，水邊羅綺麗人行，十里按歌聲。」「西湖景，夏日正堪游。金勒馬嘶垂柳岸，紅粧人泛采蓮舟，驚起水中鷗。」「西湖景，秋日正宜觀。桂子岡巒金粟富，芙蓉洲渚彩雲閒，爽氣滿前山。」「西湖景，冬日轉清奇。賞雪樓臺評酒價，觀梅園圃訂春期，共醉太平時。」

徐甜齋《咏相思・清江引》云：「相思有如少債的，每日相催逼。常挑著一擔愁，推不了三分息。

這本錢兒，見他時方算得。」又有《春情・折桂令》云：「平生不會相思，才會相思，便害相思。身似浮雲，心如飛絮，氣若游絲。空一縷餘香在此，盼千金游子何之？證候來時，正是何時？燈未昏時，月半明時。」其得相思三昧者與？

有《題崑崙奴傳・桂枝香》詞，每句首尾諧平、入二聲，大有思致。其詞曰：「嬌娃低叫，蕭郎含笑。映牕紗體態輕盈，描不就形容奇妙。想牽情這廂，想鍾情那廂，撩人猜料，朝未心照。巧推敲，原非紫玉藏春院，盜取紅綃夤夜逃。」

乾道、淳熙間，壽皇以天下養，往往修舊京金明池故事，以安太上之心。一日幸聚景園，御舟經過斷橋，旁有酒肆，書《風入松》詞于素屏。光堯停目稱賞久之，宣問何人所作。對曰：「太學生于國寶醉筆也。」詞云：「一春嘗費買花錢，日日醉湖邊。玉驄慣識西湖路，驕嘶過，沽酒樓前。紅杏香中歌舞，緑楊影裏秋千。暖風十里麗人天，花壓髩雲偏。畫舡載得春歸去，餘情付，湖水湖煙。明日重携殘酒，來尋陌上花鈿。」光堯笑曰：「此詞甚好，但『重携殘酒』，未免寒酸。」因改爲「重扶殘醉」。即日宣命解褐云。

有《行香子》詞，惜不知誰作。詞云：「水竹之居，吾愛吾廬。石粼粼、粧砌階除。軒窻隨意，小巧規模。也清幽，也瀟灑，也寬舒。懶散無拘，此樂何如？撫闌干臨水觀魚，風花雪月，贏得工夫。炷些香，説些話，讀些書。」「閬苑瀛洲，金谷瓊樓。算不如、茅屋清幽。野花繡地，莫也風流。也宜春，也宜夏，也宜秋。酒熟堪蒭，客至須留。更無榮無辱無憂，退閒一步，着甚來由？倦時眠，渴時飲，醉時謳。」

宋康伯可因重九風雨，謔詞云：「重陽日，四面雨垂垂。戲馬臺前泥拍肚，龍山路上水平臍，淹浸到東籬。茱萸胖，黃菊溼滋滋。落帽孟嘉尋箬笠，漉巾陶令買蓑衣，都道不如歸。」

辛稼軒奉身勇退，以家事付兒曹，作《西江月》詞云：「萬事雲煙忽過，一身蒲柳先衰。而今何事最相宜，宜醉宜游宜睡。早起催科了辦，更量出入收支。乃翁依舊管些兒，管竹管山管水。」

蔣捷有《一剪梅》詞云：「一片春愁帶酒澆，江上舟摇，樓上簾招。秋娘容與春孃嬌，風又飄飄，雨又瀟瀟。何日雲帆卸浦橋？銀字箏調，心字香燒。流光容易把人抛，紅了櫻桃，緑了芭蕉。」

東坡有《述懷・行香子》詞云：「清夜無塵，月色如銀。酒斟時、須滿十分。浮名浮利，休苦勞神。似隙中駒，石中火，夢中身。雖抱文章，開口誰親？且陶陶、樂取天真。不如歸去，作箇閒人。背一張琴，一壺酒，一溪雲。」

放翁詞，纖麗處似少游，雄壯處似東坡。其《感舊・鵲橋仙》云：「華燈縱博，雕鞍馳射，誰記當年豪舉？酒徒一半取封侯，獨去作、江邊漁父。輕舟八尺，低篷三扇，占斷蘋洲煙雨。鏡湖原自屬閒人，又何必、官家賜與。」

張明善作《水仙子・譏時》云：「鋪唇苫眼早三公，裸袖拉拳享萬鍾，胡言亂語成時用。大都來總是哄。說英雄誰是英雄？五眼雞岐山鳴鳳，兩頭蛇南陽卧龍，三脚貓渭水飛熊。」

有妓爲人傷目，睫下有青痕。王魁戲作《沈醉東風》曰：「莫不是捧硏時太白墨灑？莫不是畫眉時張敞描差？莫不是檀香染？莫不是翠鈿瑕？莫不是蜻蜓飛上海棠花？莫不是明皇時墜下馬？」

元周德清有《七件俱無・折桂令》云：「倚篷牕，無語嗟。要七件兒全無，做甚麽人家？柴似靈芝，油如甘露，米若丹砂。醬甕兒恰才夢撒，鹽瓶兒又告消乏。茶也無多，醋也無多。七件事尚且艱難，怎生教我折桂攀花？」

元白仁甫《勸酒・寄生草》詞云：「長醉後，方何礙？不醉時，有甚思？糟醃兩箇功名字，醅渰千古興亡事，麯埋萬丈虹霓志。不達時皆笑屈原非，但知音盡説陶潛是。」又有《沉醉東風・漁父》詞云：「黄蘆岸白蘋渡口，緑楊堤紅蓼灘頭。雖無刎頸交，却有忘機友。點秋江白鷺沙鷗，傲殺人間萬户侯，不識字煙波釣叟。」

三山卓稼翁詞云：「丈夫隻手把吴鈎，欲斷萬人頭。因何銕石打成心性，却爲花柔？君看項籍并劉季，一怒使人愁。只因撞虞姬、戚氏，豪傑多休。」

陳全病瘧，惱恨不勝，乃製《叨叨令》以自寫，云：「冷來時冷的在冰凌上卧，熱來時熱的在蒸籠裏坐。疼時節疼得天靈破，顫時節顫得牙關挫。只被你害煞人也麽哥，只被你悶煞人也麽哥，真的是寒來暑往人難過。」

東坡侍妾朝雲，嘗令就秦少游乞詞。少游贈云：「靄靄迷春態，英英媚曉光。不應容易下巫陽，祇恐翰林前世是襄王。　暫爲清歌駐，還因暮雨忙。瞥然歸去斷人腸，空使蘭臺公子賦高唐。」東坡甚賞之。

岳州徐君寶妻某氏有令姿，被擄至杭。主者數欲犯之，終以巧計脱。一日得間，焚香再拜，題《滿庭芳》詞一闋於壁，投池中以死。詞曰：「漢上繁華，江南人物，尚遺宣政風流。緑牕朱户，十里爛銀鈎。一旦刀兵齊舉，旌旗擁、百萬貔貅。長驅入，歌樓舞榭，風捲落花愁。　清平三百載，典章文物，掃地俱休。幸此身未北，猶客南州。破鑑徐郎何在？空惆悵、相見無由。從今後，斷魂千里，夜夜岳陽樓。」

劉改之賦《沁園春》咏美人指甲與足云：「銷薄春冰，碾輕寒玉，漸長漸彎。見鳳鞵泥污，偎人強剔；龍涎香斷，撥火輕翻。學撫瑶琴，時時欲剪，更掬水魚鱗波底寒。纖柔處，試摘花香滿，鏤棗成斑。　時將粉淚偷彈，記綰玉曾教柳傳看。算恩情想着，搔便玉體；歸期暗數，畫徧闌干。每到相思，沉吟静處，斜倚朱唇皓齒間。風流甚，把仙郎暗掐，莫放春閒。」「洛浦凌波，爲誰微步，輕塵暗生。記踏花芳徑，亂紅不損；步苔幽砌，嫩緑無痕。襯玉羅慳，銷金樣窄，載不起盈盈一段春。嬉游倦，笑教人款捻，微褪些根。　有時自度歌聲，悄不覺微尖點拍頻。憶金蓮移换，文鴛得侣；繡茵催衮，舞鳳輕分。懊恨深遮，牽情半露，出没風前烟縷裙。知何似？似一鈎新月，淺碧籠雲。」

吴士召乩仙，署曰「黄花女兒」，因一生愛插黄花也。衆乞詩，遂題云：「忘不了對攏雙袖，忘不了佳期月下偷。忘不了柳遮花映黄昏後，忘不了羅帳綢繆。忘不了紗牕風雨清明候，忘不了多病心情嬾下樓。」風流藴籍，字有餘香。

《憶王孫》調又名《豆葉黄》，又名《欄杆萬里心》，即北曲《一半兒》也。陳克明有《美人八咏》，《春夢》云：「梨花雲繞錦香亭，胡蝶春融軟玉屏，花外鳥啼三四聲。夢初驚，一半兒昏迷一半兒醒。」《春困》云：「鏁牕人静日初醺，寶鼎香消火尚温，斜倚繡牀深閉門。眼昏昏，一半兒微開一半兒盹。」《春粧》云：「自將楊柳品題人，笑撚花枝比較春，輸與海棠三四分。再偷勻，一半兒胭脂一半兒粉。」《春愁》云：「厭聽野鵲語雕簷，怕見楊花撲繡簾，拈起繡鍼還倒拈。兩眉尖，一半兒微舒一半兒斂。」《春醉》云：「海棠紅暈潤初妍，楊柳纖腰舞自偏，笑倚玉奴嬌欲眠。粉郎前，一半兒支吾一半兒軟。」《春繡》云：「緑窻時有唾絨粘，銀甲頻將彩綫撏，繡到鳳凰心自嫌。按春纖，一半兒端詳一半兒掩。」《春夜》云：「柳綿撲檻晚風輕，花影横牕淡月明，翠被麝蘭薰夢醒。最關情，一半兒温和一半兒冷。」《春情》云：「自調花露染霜毫，一種春心無處描，欲寫寫殘三四遭。絮叨叨，一半兒連真一半兒草。」又張小山《秋日宫詞》云：「花邊嬌月静粧樓，葉底蒼波冷翠溝，池上好風閒御舟。可憐秋，一半兒芙蓉一半兒柳。」《詠梅》云：「枝横翠竹暮寒生，花淡紗牕殘月明，人倚畫樓羌笛聲。惱詩情，一半兒清香一半兒影。」又關漢卿《春情》云：「雲鬟霧鬢勝堆鴉，淺露金蓮溼絳紗，不比等閒墻外花。罵你俏冤家，一半兒難當一半兒耍。」「碧紗牕外静無人，跪在牀前忙要親，罵了箇負心回轉身。雖是話兒嗔，一半兒推辭一半兒肯。」

綿州文及翁登第後，宴集西湖。一同年戲之曰：「西蜀有此景否？」及翁即席賦《賀新郎》詞云：「一勺西湖水。渡江來、百年歌舞，百年酣醉。回首洛陽花世界，烟渺黍離之地。更不復、新亭墮淚。簇樂紅粧摇畫舫，問中流擊楫何人是？千古恨，幾時洗？　余生自負澄清志。更有誰、蟠溪未遇，傅巖未起？國事如今誰倚伏，衣帶一江而已。便都道、波神堪恃。借問孤山林處士，但掉頭笑指梅花蕊。天下事，可知矣。」

尤悔庵閨詞調寄《卜算子》云：「整日數歸期，數了回頭數。不信朝朝暮暮思，曆本看掀破。特地倚門粧，依舊宫牀卧。多分宵來夢不應，今夜拚重做。」又《偶感・醜奴兒令》云：「春來秋去何時了，昨日陰山。今日陽關，白髮黄雞彈指間。只求夢裏流年好，今夜邯鄲。明夜巫山，睡過三生亦喜歡。」

常熟楊夢羽有《撥不斷》詞曰：「菊苗肥，菖蒲瘦。生涯此外吾何有？竹影閒侵枕畔書，花香自入杯中酒。玉樓春晝。　心無縈，眉無皺。今朝過也明朝又。屋外江山是主賓，牕前烏兔從飛走。青氊依舊。」

一士召仙，有女鬼自稱「紅香仙子」，附乩作詞云：「淅零零一座芭蕉老，静沉沉一帶紗窻杳，慘離離一陣鴻聲悄。思量往事，件件都非了。不甘心小軸畫蛾眉，蟲也欺人，蛛網重相擾。展長天，難打相思稿。拂濃雲，難覓傳書鳥。闢重壤，難種忘憂草。酒杯頻勸，怎禁寬腸少。早知道癡意與癡心，總不相干，只是無情好。」

成化中，侯官林粹夫有《咏愁・塞紅秋》詞云：「姤離情，輾轉相迤逗，惹羈懷，來往閒交搆。對菱花，怕照容顔瘦。數歸鴻，難展眉峰皺。秋風葉落時，夜雨燈昏候。那其間，淚溼香羅袖。」

馬鶴牕著《花影集》。「花影」者，月下燈前，無中生有，以爲假則真，謂爲實猶涉虚也。其《中秋・

鵲橋仙》云：「不寒不暑，無風無雨，秋色平分佳節。桂花香散夜涼生，小樓上、簾兒高揭。多愁多病，閒憂閒悶，緑鬢紛紛成雪。平生不作負恩人，惟負了、今宵明月。」又《落花・滿庭芳》云：「春老園林，雨餘庭院，偏惹蝶駭鶯猜。蔫紅皺白，狼籍滿蒼苔。正是愁腸欲斷，朱箔外、點點飄來。分明似，身輕飛燕，扶下避風臺。當初珍重，竟金錢競買，玉砌新栽。更翠屏遮護，羯鼓催開。誰道天機錦繡，都化作、紫陌塵埃。紗牕裏，有人憐惜，無語托香腮。」

柯瑛有居號「嬾雲窩」，用《殿前歡》調以自述：「懶雲窩，醒時詩酒醉時歌。瑶琴不理抛書卧，無夢南柯，得清閒儘快活。日月如攛梭過，富貴比花開落。青春去也，不樂如何？」

宋慶之寓永嘉時，逢七夕。有僧法辨善五星，每以八煞爲説。一士致仙，乩書文章伯降。慶之求一七夕新詞，即以八煞爲韵，乩書《鵲橋仙》一闋云：「鸞輿初駕，牛車齊發，聽隱隱鵲橋呷軋。尤雲殢雨正歡濃，但只怕、來朝初八。霞垂彩幔，月明銀蠟，馥郁香噴金鴨。年年此際一相逢，未審是、任時結煞。」

宋有一僧亦號晦庵，且與朱文公同時。有《滿江紅》一闋云：「膠擾勞生，待足後、何時是足？據見定、隨家豐儉，便堪龜縮。得意濃時休進步，須知世事多翻覆。漫教人、白了少年頭，徒碌碌。誰不愛，黄金屋？誰不羡，千鐘禄？奈五行不是，這般題目。枉費心神空計較，兒孫自有兒孫福。不須采藥訪神仙，惟寡欲。」

韓邦靖爲山西參政，養病回，書《山坡羊》於驛壁曰：「肯排山南山北偃，肯倒海東海西翻。我如今，心兒裏不緊，意兒裏有些懶。如今一箇箇平步裏上青天，一箇箇日月近龍顔。青山緑水，且讓我閒游玩。明月清風，你要忙時我要閒。嚴潭，你會釣魚，誰不會把竿？陳摶，你會睡時，誰不會眠？」

劉招山《繫裙腰》詞云：「山兒矗矗水兒清，船兒似葉兒輕，風兒更没人情。月兒明，厮合凑，送人行。眼兒簌簌淚兒傾，燈兒更冷清清。遭逢雁兒，又没前程。一聲聲，怎生得夢兒成？」

劉改之在中都時，辛稼軒帥越，遣介招之，以事不及行，因倣辛體賦《沁園春》詞，並緘往。其詞曰：「斗酒彘肩，醉渡浙江，豈不快哉！被香山居士，約林和靖，與蘇公等，駕勒吾回。坡謂西湖，正如西子，濃抹澹粧臨照臺。諸人者，都掉頭不顧，只管傳杯。白雲天竺去來，圖畫裏峥嶸樓觀開。看縱横一澗，東西水繞；兩山南北，高下雲堆。逋曰不然，暗香疏影，只可孤山先探梅。蓬萊閣，訪稼軒未晚，且此徘徊。」辛得之大喜，致餽千緡。

有《山中四威儀》詞云：「行不與人共行，出門兩足雲生。爲看千峰吐翠，踏翻古渡月明。」「住不與人共住，茅屋松窗一副。庭前有鶴吟風，門外落花無數。」「坐不與人共坐，婆娑影兒兩箇。雪花撲面飛來，笑我北牕紙破。」「卧不與人共卧，葛被和雲包裹。孤峰獨宿無憀，明月梅花與我。」

楊用修《羅江怨》詞云：「里亭月影斜，東方亮也。金雞驚散枕邊蜨。長亭十里，陽關三疊，相思相見何年月？淚流襟上血，愁穿心上結，鴛鴦被冷雕鞍熱。」「黄昏畫角歇，南樓報也。遲遲更漏初長夜。茅店滴溜，松梢霽雪，紙牕不定風如射。墻頭月又斜，牀頭燈又滅，紅爐火冷心頭熱。」「青山隱隱遮，行人去也。羊腸鳥道幾回折。雁聲不到，馬蹄又怯，惱人正是寒冬節。長空孤鳥滅，平湖遠樹接，倚樓偎得闌干熱。」「關山望轉賒，程途倦也。愁人莫與愁人説。離鄉背井，瞻天望闕，丹青難把衷腸寫。炎方風景别，京華書信絶，世情休問涼和熱。」

朱希真有《西江月》詞云：「世事短如春夢，人情薄似秋雲。不須計較苦勞心，萬事原來有命。幸遇三杯酒美，況逢一朵花新。片時歡笑且相親，明日陰晴未定。」「日日深杯酒滿，朝朝小圃花開。自歌自舞且開懷，且喜無拘無礙。青史幾番春夢，紅塵多少奇才。不須計較與安排，領取而今見在。」江菉蘿云：「希真小字秋娘，商人徐必用妻。」未知何據。

白仁甫《陽春曲》云：「笑將紅袖遮銀燭，不放才郎夜看書，相偎相抱取歡娱。止不過趕應舉，及第待如何？」又：「百忙裏鉸甚鞋兒樣，寂寞羅幃冷串香，向前摟定可憎娘。止不過趕嫁裝，悮了又何妨？」

宋陳石泉南歸，北人陳參政餞之，作《木蘭花慢》云：「北歸人未老，喜依舊，着南冠。正雪暗潢池，雲迷芒碭，夢落邯鄲。鄉心，日行萬里，幸此身生入玉門關。多少秦煙隴霧，西湖洗征衫。燕山望不見吴山，回首一歸難。慨故宮離黍，故家喬木，那忍重看。鈞天紫薇何處，問瑶池八駿幾時還？誰在天津橋上，杜鵑聲裏闌干。」

宋有翰林直内宿，應制作宫娥新幸詞云：「黄金殿裏，燭影雙龍戲。勸得官家真箇醉，進酒猶呼萬歲。錦茵舞徹《涼州》，君恩與整搔頭。一夜御前宣唤，六宫多少人愁。」以詞臣應制作狎語，遂掛彈章。景德中，早秋宴拱辰殿，酒酣，宫人按舞。命中使詣翰林索新詞，夏悚進《喜遷鶯》云：「霞散綺，月沉鈎，簾捲未央樓。夜深河漢截天流，宮殿鑠清秋。瑶階曙，金莖露，鳳髓香和雲霧。三千珠翠擁宸游，水殿按《涼州》。」上大喜，未幾擢用。榮辱有命，信夫！

錢古民自號林屋道人，有《歲交・黃鶯兒》云：「除夜雨蕭蕭，掩雙扉，歎寂寥。山肴野簌辛盤妙，把銀燭高燒，把金尊滿澆。慇懃忙禮毛錐道，祝來朝，硯田豐稔，大有勝今宵。爆竹響宵，慶豐年，賀歲朝。桃符新換千門曉，玉綴梅梢，金舒柳條。宜春接福牕前報，石灰描，平安吉慶，添箇大元寶。」

臨川聶壽卿有詞云：「楊柳小蠻腰，慣逐東風舞。學得琵琶出教坊，不是商人婦。忙整玉搔頭，春筍纖纖露。老却江南杜牧之，嬾爲秋孃賦。」「粉淚溼鮫綃，只恐郎情薄。夢到巫山第幾峰，酒醒燈花落。數日尚春寒，未把羅衣着。眉黛含顰爲阿誰？但悔從前錯。」「花壓髩雲低，風透羅衫薄。殘夢瞢騰下翠樓，不覺金釵落。幾許別離愁，猶自思量着。欲寄蕭郎一紙書，又怕歸鴻錯。」

文文山《題雙廟・沁園春》詞云：「爲子死孝，爲臣死忠，死又何妨？自光岳氣分，士無全節；君臣義缺，誰負綱常？罵賊睢陽，愛君許遠，留得聲名萬古香。後來者，無二公之操，百鍊之剛。嗟哉人生，翕欻云亡，好烈烈轟轟做一塲。使當時賣國，甘心降虜；受人唾罵，安得流芳？古廟幽沉，遺容儼雅，枯木寒鴉幾夕陽。郵亭下，有奸雄過此，仔細思量。」

張九元帥與伯顏丞相席上各作《喜春來》詞，張九云：「金裝寶劒藏龍口，玉帶紅絨挂虎頭。緑楊影裏驟驊騮。得志秋，名滿鳳皇樓。」伯顏云：「金魚玉帶羅襴扣，皂蓋朱幡列五矦。山河判斷在俺筆尖頭。得意秋，分破帝王憂。」帥才相量，各言其志。

仁和凌彦翀見人家昆季以鬩墻析居者，作《沁園春》詞以嘲之云：「樹上凌霄，堂前紫荆，秋來尚芳。奈牝雞晨語，鶺鴒憔悴，妖狐晝嘯，鴻雁分行。仁智非周，喜憂非舜，一旦天倫忍遂忘。如何好，望松楸感泣，桑梓悲傷。　古今禍起專房，總一國猶然況一鄉。家有婦人，豈無長舌；世無男子，誰有剛腸？樹大枝分，瓜熟蒂落，此語應非是義方。聊書此，要懲鑑戒，不在文章。」

楊樵雲《人影》詞云：「只道空花，又疑流水，依依却是行雲。了然相對，又是夢紛紛。半面春風圖畫，黄金在、難鑄昭君。溪橋斷，梅花晴雪，端的白三分。　真真難唤醒，三年抽藕，織得榴裙。甚徘徊窺鏡，交翼鸞文。一片飛花來去，并刀快、剪取晴紋。無情處，分明着眼，强半帶春醺。」

張伯雨罷官歸，作《水仙子》詞云：「歸來重整舊生涯，瀟灑柴桑處士家。草庵兒不用高和大，會清標豈在繁華。紙糊牕，柏木榻。挂一幅單條畫，供一枝得意花。自燒香，童子煎茶。」

宋海翁《清江引》詞云：「糯米酒兒鮮魚鮓，還喜生薑辣。秋天不肯明，只把雞兒駡。呼童兒點燈來，花下耍。」

瓅囊書詞云：「翩若驚鴻來洛浦，風流正遇陳王。凌波羅襪步生香。不言惟有笑，多媚總無粧。回首高城人不見，一川煙樹微茫。最難言處最難忘。」

吴履齋《賀新郎》詞云：「可意人如玉。小簾攏、輕勾淡抹，道家裝束。長恨春歸無尋處，全在波明黛緑。看冶葉、倡條渾俗。比似江梅清有韵，更臨風對月斜依竹。看不足，咏不足。　曲屏半掩春山簇。正輕寒夜永，花睡半欹殘燭。縹緲九霞光裏夢，香在衣裳賸馥。又只恐、銅壺聲促。試問送人歸去後，一奩花影垂金粟。腸易斷，情難續。」

張于湖《咏雨・滿江紅》云：「斗帳高眠，牕寒静、瀟瀟雨意。南樓近、更移三鼓，漏傳一水。點點不離楊柳外，聲聲只在芭蕉裏。也不管、滴破故鄉心，愁人耳。無似有，游絲細。聚復散，真珠碎。天應分付與，别離滋味。破我一牕蝴蝶夢，輸他雙枕鴛鴦睡。向此際、别有好思量，人千里。」

有《送春》詞句云：「一溪花瓣水聲長，誰知即是春歸路。」妙妙女史沈綺琴作也。

凌彦翀有《蝶戀花》詞云：「一色杏花三百樹。茅屋無多，更在花深處。旋壓小槽留客住，舉杯忽聽黄鸝語。醉眼看花花亦舞。風妬殘紅，飛過隣墻去。恰似牧童遥指處，清明時節紛紛雨。」

馬孟昭《述懷・滿庭芳》詞云：「雪點疏髯，霜侵衰鬢，去年猶勝今年。一迴老矣，堪歎又堪憐。思昔青春美景，無非是、月下花前。誰知道，金章紫綬，多少事憂煎。侵晨騎馬出，風初暴横，雨又淒然。想山翁埜叟，正爾高眠。更有紅塵赤日，也不到、松下林邊。如何好，吴淞江上，閒了釣漁船。」

李南金自號三谿冰雪翁，有良家女流落，贈以詞曰：「流落今如許。我亦三生杜牧，爲秋孃着白。先自多愁多感慨，更值江南春暮。君看取、落花飛絮。也有吹來穿繡幌，有因風、飄墮隨泥土。人世事，總無矩。佳人命薄君休訴。若説與、英雄心事，一生更苦。且盡尊前今日意，休記緑牕眉嫵。但春到兒家庭户。幽恨一簾煙月曉，恐明年、雁亦無尋處。渾欲倩，鶯留住。」

小青《焚餘草》有《天仙子》詞一闋云：「文姬遠嫁昭君塞，小青又續風流債。也虧一陣黑罡風，火輪下，抽身快，單單另另清涼界。原不是鴛鴦一派，休猜做相思一概。自思自解自商量，心可在，魂可在，着衫又撚裙雙帶。」

趙介庵名彥端，宗室之秀，有賦《西湖・謁金門》詞云：「休相憶，明夜遠如今日，樓外緑烟村羃羃，花飛如許急。柳外晚來船集，波底夕陽紅溼。送盡去雲成獨立，酒醒愁又入。」

岳武穆王之死，人皆悲之，往往形諸歌咏。《精忠録》所載，亡慮數千百首，然皆責秦檜，而不責高宗。邱瓊臺獨不然，以爲高宗非幼弱昏昧之主，檜非承其意，決不敢殺一大將，作《沁園春》一闋曰：「爲國除忠，爲敵報讐，可恨堪哀。顧當時乾坤，是誰境界？君親何處，幾許人才？萬死間關，十年血戰，端的孜孜爲甚來？何須苦，把長城自壞，柱石潛摧。雖然天道恢恢，奈人衆將天鈎轉回。歎黄龍府裏，未行賀酒；朱仙鎮上，先奉追牌。共戴讐天，甘投死地，天理人心安在哉？英雄恨，向萬年千載，永不沉埋。」

林和靖有《惜别・長相思》詞云：「吴山青，越山青。兩岸青山相送迎，誰知離别情？君淚盈，妾淚盈。羅帶同心結未成，江頭潮已平。」康伯可亦有此詞云：「南高峰，北高峰。一片湖光烟靄中，春來愁煞儂。郎意濃，妾意濃。油碧車輕郎馬驄，相逢九里松。」詞皆艷麗。伯可固詞客，和靖亦興復不淺。

酸齋貫雲石有《四時行樂・小梁州》詞四闋，模寫西湖四時景象，其一云：「春風花草滿園香，馬繫在垂楊。桃紅柳緑映池塘。堪游賞，沙暖睡鴛鴦。宜晴亦復宜陰雨，比西施澹抹濃粧。玉女彈，佳人唱。湖山堂上，一醉也何妨。」其二云：「畫船撐入柳陰涼，聽一派笙簧。采蓮人和采蓮腔。聲嘹喨，驚起宿鴛鴦。佳人才子游船上，笑吟吟滿飲瓊漿。歸棹晚，湖光漾。一鈎新月，十里芰荷香。」其三云：「芙蓉映水菊花黄，滿目秋光。枯荷葉底鷺鷥藏。金風蕩，飄動桂枝香。雷峰塔上登高望，見一派長江。湖水清，江潮漲。天邊斜月，新雁兩三行。」其四云：「彤雲密布鏁高峰，凛冽寒風。瓊花片片灑長空。梅梢凍，雪壓路難通。六橋頃刻如雲洞，粉粧成九里寒松。酒滿斟，笙歌送。玉船銀棹，人在水晶宫。」

錢塘數士人遊虎跑泉，飲間賦詩，以「泉」爲韵。中一人但哦「泉，泉，泉」，久不能就。忽一叟曳杖而至，問其故，應聲曰：「泉，泉，泉，亂迸珍珠箇箇圓。玉斧斫開頑石髓，金鈎搭出老龍涎。」衆驚問曰：「公非貫酸齋乎？」曰：「然，然，然。」遂邀同飲，盡醉而去。

有檃括《前赤壁·秋霽》一闋云：「壬戌之秋，是蘇子與客，泛舟赤壁。舉酒屬客，月明風細，水光與天相接。扣舷唱月，桂櫂蘭槳堪游逸。又有客，能吹洞簫，和聲嗚咽。追想孟德，困於周郎。到今空有，當時蹤跡。算惟有，清風朗月，取之無禁用不竭。客喜洗盞還再酌。既已同醉，相與枕籍舟中，始知東方，晃然既白。」又檃括《後赤壁·賀新郎》一闋云：「步自雪堂去。望臨皋，將歸二客，從予遵路。木葉瀟瀟霜露降，仰見天高月吐。共對影，行歌頻顧。月白風清如此夜，歎無肴，有酒成虚度。聞薄暮，網繒舉。歸而斗酒謀諸婦。便携鳞載酒，相從舊追遊處。斷岸横江尋赤壁，不復江山如故。但放舟，中流容與。客去冥然方就睡，夢蹁蹮，羽衣揖余語。相顧笑，遂驚悟。」又黄山谷括《醉翁亭・瑞鶴仙》云：「環滁皆山也。望蔚然深秀，瑯琊山也。山行六七里，有翼然泉上，醉翁亭也。翁之意也，得之心、寓之酒也。更野芳佳木，風高石出，景無窮也。游也。山肴埜蔌，酒洌泉香，沸觥籌也。太守醉也，諠譁衆賓歡也。況宴酣之樂，非絲非竹，太守樂其樂也。問當時太守爲誰，醉翁是也。」又蘇東坡括《歸去來辭・哨遍》云：「爲米折腰，因酒棄家，口體交相累。歸去來，誰不遣君歸？覺從前皆非今是。露未晞，征夫指余歸路，門前笑語喧童稚。嗟舊菊都荒，新松暗老，吾年今已如此！但小牕容膝閉柴扉，策杖看孤雲暮鴻飛。雲出無心，鳥倦知還，本非有意。噫！歸去來兮，我今忘我兼忘世。親戚無浪語，琴書中有真味。步翠麓崎嶇，泛溪窈窕，涓涓暗谷流春水。觀草木欣榮，幽人自感，吾生行且休矣！念寓形宇内復幾時？不自覺皇皇欲何之？委吾心、去留誰計？神仙知在何處？富貴非吾願。但知臨水登山嘯詠，自引壺觴自醉。此生天命更何疑？且乘流、遇坎還止。」録此四詞，又備一格。

有驛卒女能詩，陸放翁納爲妾。方餘半載，夫人逐之。妾賦《卜算子》云：「只知眉上愁，不識愁來路。牕外有芭蕉，陣陣黄昏雨。　曉起理殘粧，整頓教愁去。不合畫春山，依舊留愁住。」

無當玉卮卷二

永叔以讒罷政事，吕微仲時爲館職，與公書曰：「巧言萋斐，徒成貝錦之文；雅行委蛇，奚玷素絲之節。」其謹嚴精確如此。

秦熺狀元及第，汪彦章以啓賀檜，有云：「三年而奉詔策，固南宫進士之所同；一舉而首儒科，蓋東閣郎君之未有。」熺父子怒，自此得罪。

有隔句嘲人膚黑云：「行到暗碧橱前，必言吾過矣，吾過矣；坐向退光閤内則稱某在斯，某在斯。」

古今文章無不可作對者，如「不有君子，其能國乎」，對「長爲農夫，以没世矣」；「九州四海，悉主悉臣」，對「億載萬年，爲父爲母。」有試宏辭表云：「有文事，有武備，與神爲謀；無智名，無勇功，唯聖時克。」翟公巽謝對衣金帶表云：「謂臣有緇衣之宜，敝予又改；以臣從大夫之後，不可徒行。」其爲越州，以擅放税降官，謝表云：「豈若秦人，坐視越人之瘠；既安劉氏，敢虞晁氏之危。」

汪伯彦罷相，吕元直當國。汪自辨殺陳少陽事，吕報啓云：「方一男子之上書，衆知無罪；而諸大夫曰可殺，公獨何心？」

方金人踰淮而南，有銜命出境者。執政爲報書云：「念寇至君孰與守，敢幸偷安；而兵交使在其間，幾能釋怨。」

有高氏子選尚僞公主，富貴鼎來。僞主敗，奪官，不得名其家一錢。或戲之云：「向來都尉，恰如彌勒下生時；此去閑人，又到如米喫粥處。」可一笑也。

宣和四年，朝廷信童、蔡之言，欲招納北人，因命涇原經略招討使种師道爲河東、河北、陝西路宣撫司都統制。既至高陽，見宣撫使童貫，問出師之日，因極論其不可。貫曰：「都統不用多言，貫來時面奉聖訓，不得擅殺北人。王師過界，彼當簞食壺漿來迎，又安用戰？今特藉公威名，以壓衆望耳。」遂作黄旗，大書聖語，立於軍中以誓衆，督師道行甚亟。師道不得已，調軍過界河。未濟，已有北人來迎敵。我師既不敢與之交兵，惟整陣避之而已，麾下皆重傷，士卒死者甚衆。復還界河之南，遣其屬詣宣司，問進退之策。宣司不知所爲，乃令移兵暫回。北人追襲，直至城下。屬大風雨，士卒驚走，自相蹂踐。知真定府沈積中以聞於朝，上怒甚，遂罷師道兵柄，責授右衛將軍致仕。師道上表謝云：「總戎失律，誤國宜誅。厚恩寬垂盡之年，薄責屈黜幽之典。孤根有託，危涕自零。伏念臣西海名家，南山舊族。讀皂囊之遺策，知黄石之奇書。妄意功名，以傳門户。荏苒星霜之五紀，始終文武之兩塗。緩帶輕裘，自媿以儒而爲將；高牙大纛，人驚投老而得侯。屬興六月之師，仰奉萬全之策。衆謂燕然之可勒，共知頡利之就擒。而臣智昧乘時，才非應變。筋力疲於衰殘之後，聰明耗於昏耆之餘。頓成不武之資，乃有罔功之實。何止敗乎國事，蓋有玷乎祖風。深念平生，大負今日。豈意至仁之度，不加既耄之刑。俾上節旄，亟歸田里。得駕馭英雄之要道，明制服夷狄之大方。察臣臨敵失機，不出求全之過計；念臣守邊積歲，嘗收可録之微勞。許免竄投，獲安閑散。臣敢不拊赤心而自誓，擢白髮以數愆？煙閣圖形，既已乖於素望；灞陵射獵，將遂畢於餘生。」

晏元獻撰《章懿李皇太后神道碑》，有云：「五嶽峥嶸，崐山出王；四溟浩渺，麗水生金。」蓋言誕育聖躬，實係章懿。然仁廟夙以母儀明肅太后，膺先帝擁幼之託，難爲直致。才者雖愛其善比，獨仁廟不説。

文山曾遭某人彈章，後爲交代，某通啓云：「率爾而言，聊責《春秋》之備；所過者化，何傷日月之明。」文山回云：「人生何處不相逢，豈宜著意；世事轉頭皆是夢，便可忘言。」

李慶孫有文名，所謂「洛陽才子安鴻漸，天下文章李慶孫」。時翰林學士宋白亦以文名，李嘗謁宋，弗爲禮，曰：「翰長所以得名者，《仙掌賦》耳。以某觀之，殊未爲佳。」白愕然，問其故。曰：「公賦云：『旅鴈宵征，訝控弦於碧漢；行人早起，疑指路於雲間。』此乃《拳頭賦》也。」白曰：「君欲何云？」曰：「某一聯云：『賴是孤標，欲摩挲於霄漢；如其對峙，應撫笑於人寰。』」白遂重之。

丁晉公南遷日，夢南嶽懶瓚禪師，遂捨白金一笏，飯僧于潭州。自製齋疏云：「右伏以佛垂徧智，道育群情。凡欲拯於傾危，必豫形於景貺。某白衣干禄，叨冢宰之重權；丹陛宣恩，忝先皇之優渥。補仲山之袞，雖曲盡於寸心；和傅説之羹，實難調於衆口。嘗於安寢，忽夢清容。妙訓泠泠，俾塵心而早悟；真儀隱隱，恨凡目以何知。蓋以智未周身，事乖遠慮。既禍臨而不測，誠災及以非常。出向西京，感聖恩而寬宥；竄於南裔，當國憲以甘心。咎實自貽，孽非他作。念一家而散地，思萬里以何歸？既爲負國之臣，永廢經邦之術。程游湘土，道假亟山。正當煩惱之身，忽接清閒之衆。方知富貴，難保始終。直饒鼎食之榮，豈若盂羹之美。持形歸命，恭發精誠。捐施白金，充羞浄供。仰苾蒭之高德，報懶瓚之深慈。冀保此行，乞無他患。惟願天罔南睠，澤賜下臨。免致邊夷，白日便同於鬼趣；賜歸中夏，黃泉亦感於君恩。虔罄丹誠，永緊法力，卑情不任激切之至。」

西山八國，夐古以來，爲中國西南之患。鮮于仲通將領博海等軍六萬衆，殁於鬼主之謀；李福、牛蕞役陶匠二十萬燒塼，欲塞劍門，量由非才也。路岩相公鎮蜀，蠻陬聞名，預自屏蹟，然時飛一木夾，其中惟誇兵革犀象，欲借綿錦之江飲馬濯足而已。記室胡曾以檄破之，仍判迴木夾。有數聯天下稱奇，其辭云：「欲慕平交，妄希抗禮。何異持衡秤地，舉尺量天？」又云：「越巂新州，牂牁故地。不在周封之內，非居禹跡之中。曩日邊將邀勳，妄圖吞併。得之如手加駢拇，失之若頷去贅瘤。九牛之落一毛，六馬之亡半毳，何足喻哉！」又云：「抱雞搏狸，不由人教；乳犬敵虎，自是物情。」又云：「燭龍銜耀，只可照於一方；春雷振聲，不能過於百里。」

崑山有一名倡，周姓，忽暴死。張紫薇作守，道川適訪之，因命作下火文，云：「可惜許，可惜許，大衆且道可惜許箇甚麼？可惜巫山一段雲，眼如新水點絳脣。昔年繡閣迎仙客，今日桃源憶故人。休記醜奴兒怪臉，便須抖擻好精神。南柯夢斷如何也？一曲離愁別是春。大衆還知殁故某人向甚麼處去向，這裏分明，會得驀山溪畔，芳草渡頭，處處六幺花十八。其或未然，與君一把無明火，燒盡千愁萬恨心。」

唐宣宗舅鄭光鎮河中，上封其妾爲夫人，不受，表辭曰：「白屋同愁，已失鳳鳴之侣；朱門自樂，難容烏合之人。」上笑曰：「誰教阿舅作此好詞？」

楊文公居陽翟時，謝希深與之啓云：「曳鈴其空，上念無君子者；解組弗顧，公其如蒼生何？」曾元豐《頌聖德》一聯云：「惟天爲大，蕩蕩乎無能名焉；如日之升，皜皜乎不可尚已。」用經史語如自己出。

王元之出補外，賀同時在翰林大拜者云：「三神山上，曾陪鶴駕之游；六學士中，猶有漁翁之歎。」

楊文公以母病不謁告，兄弟徑歸許下，責授祕書監，分司西京。謝表云：「介推母子，願歸綿上之田；伯夷弟兄，甘受首陽之餓。」

劉貢父、王介甫同爲考官，因忿争。吕公著意不樂放，遂奪主判。謝表云：「在矢人之術，惟恐不傷；而田主之牛，奪之已甚。」「主」字意誤，字語又俗，何不云「在傷人之矢，惟恐不深；而蹊田之牛，奪之已甚」，方停匀。貢父蓋出於憤氣之時，不暇精思耳。

夏文莊父官河北，契丹犯界，没於王事。後丁母憂，奉使契丹，辭表云：「義不戴天，難下穹廬之拜；禮當枕塊，忍聞夷樂之聲。」

杜善甫，山東名士，工詩文。有薦之於朝，遂召之。表謝不赴，中二聯云：「俾獻言於乞言之際，敢盡其忠；若求仕於致仕之年，恐無此理。不能爲白居易，漫法香山居士之名；惟願學陸龜蒙，拜賜江湖散人之號。」

蒲中李處士瀆，少好學，有高志。長廬中條山下，以泉石吟詠自樂。真宗祀汾陰，詔赴行在。瀆不起，謝表有云：「十行温詔，初聞丹鳳銜來；一片閑心，已被白雲留住。」

高麗遣使修貢，將由四明登岸。比至，爲海風飄至通州海門縣新港，先以狀致太守云：「望斗極以乘槎，初離下國；指桃源而迷路，誤到仙鄉。」詞甚切當。

李可齋開閫日，士人吴南金假館於人，戀妓周惜。及歸，行囊枵然，周亦厭之。吴悔之，將别，飲於其家，令僕碎其器具。吴捶周有傷，訟於官。吴供狀甚文，李喜之。僉廳議罪其僕，吴罰贖。可齋花判云：「娼館寓情，斯游未免；訟庭交惡，有識所羞。吴某以新豐逆旅之餘，爲樊川街吏之報。傍人騎馬，月束幾何？命侣驂鸞，風流如許。但慕子雲之載酒，不思元亮之無錢。半年魚水之歡，迷於當局；一旦鷸蚌之隙，做此出場。即乏孔方兄之交，是宜沙吒利之屬。何事風僝雨僽，頓令玉挫花摧。甑已破矣奈何，鏡欲圓而莫得。鮑其知我者，豈止於斯；秦真少恩哉，不思甚矣。切詳僉議，不審事情。止以主人之失，罪僕何辜？豈以營妓之詞，寘士於罰？一筆勾斷，兩家罷休。吴某亟思梓里之歸，休作桃源之夢。周惜責狀附案，勿相往來。如復延納登門，定行重罰。」

東坡之殁，祭文甚多，惟李方叔文尤傳。如「道大不容，才高爲累。皇天后土，鑒平生忠義之心；名山大川，還千古英靈之氣。識與不識，誰不盡傷？聞所未聞，吾將安放？」此數句，人無賢愚，皆能誦之。

韓玉字温甫，少讀書，尚氣節。大安中，北兵圍燕都，夏人連陷邊州。温甫爲都統，募軍得萬人，出屯華亭，與夏人戰，敗之。於是毅然有勤王志，因移檄關中，言詞忠壯，聞者感動。其檄有云：「人誰無死，有臣子之當爲；事至于今，忍君親之勿顧？勿謂百年身後，虛名一聽史臣；只如今日目前，何顏再居人世？王侯將相，甯有種乎？富貴功名，當自致耳！」或誣其有異志，鞫死獄中，可爲憤惜。

徐叔静自號栖霞子。淳熙中，典洞霄通明館。會孝宗居重華宫，奉命和《秋懷》詩二篇，又令進《西游》詩。表云：「臣伏以頃歲蒙恩，薄技已塵於淵鑒；邇辰奉詔，陳言尚簡於帝心。深慚瓦釜之鳴，叠溷黄鐘之奏。伏念臣知識椎鈍，質性棗昏。哦松愧處士之風，夢草乏騷人之思。緑蓑青箬，徜徉霅水之煙波；破帽蹇驢，潦倒灞橋之風雪。自是結繩樞之手，初非聯石鼎之才。敢期誤徹於聽聰，遂使叨承於顧問。兹蓋伏遇陛下，篤實光輝，日新其德，聰明睿知，足以有臨。學問淵源，決汝漢而排淮泗；文章鼓吹，動天地而感鬼神。創百世之規模，冠四始之風雅。以臣么麽，逢辰休明。雖聖度謙沖，博采蒭蕘之論；而天威咫尺，妄干斧鉞之誅。拜手陳詞，俯躬待罪。臣所有《西游集》雜詩，類成兩編，謹昧死隨表上進以聞。」上覽之，謂侍臣曰：「近世士大夫有不及者。」

唐李石鎮荆南日，崔鉉爲從事。未幾，入爲司勳員外郎，歷翰林學士。不二歲，拜中書侍郎、平章事。而石尚在鎮。其賀崔相狀曰：「賓筵初啓，曾陪樽俎之歡；將幕未移，已在陶鎔之下。」蓋節度巡官李陟詞也。其後崔鉉自右僕射鎮淮海。楊收以前太常博士從鉉爲支使。未幾，入爲侍御史、吏部員外郎，歷翰林學士。甫二歲，拜兵部侍郎、平章事。亦未移鎮，其賀楊相狀曰：「前時里巷，初迎避馬之威；今日藩垣，已仰問牛之化。」蓋崔澹之詞也。

秦檜自著文字，惟尚簡古，自云效王荆公體。《謝車駕幸第家人輩各拜恩》數表，首云：「注目帝車，方望雲而盤辟；移居仙境，容舐鼎以飛昇。」中謝後云：「婦子孫息，同荷優恩。官封服章，躐登常級。」末云：「臣敢不治外自内，訓子及孫。共肩忠孝之心，永享國家之福。」祐陵復土，被命撰哀册文，首云：「十年生别，萬里喪歸。」語簡類此。

國朝初定鼎，民間訛傳盤頭放脚之説。有戲作《謝禁纏足表》二道：「高陽女子百拜稽首上言：竊惟盛朝開泰，移風易俗爲先；聖旨當乾，后服帝衣必飭。故儀容傳夫窈窕，無取志淫；環珮叶而鏗鏘，惟期有節。帝妃降於潙汭，神禹娶於塗山。要皆妙麗天然，同大圭之不琢；卷舒順適，濯滄海而自如。自是履武興歌，紹農祥於豐水；來朝作頌，荒天作于岐山。古典可師，徽音猶嗣。逮好色之端漸啓，致治容之禍旋開。飛燕仙裙，馮侍郎留風不去；玉環繡襪，馬嵬驛浸血猶香。洛女凌波，子建增綿綿之慕；潘妃貼地，東昏侈步步之嬌。矧夫學舞掌中，屑香室裏。巧作折腰之步，翻成墜馬之粧。謂習俗之日靡，由矯揉之彌甚。髮膚受之父母，乃敢任意損傷；冠履配乎乾坤，何用匠心小大？況淮西郡久屬勝朝湯沐之舊，巨跡猶傳；何御樂庫每希貴家纏頭之資，寸蓮自賞。豈容朝野忽分吴越，抑且洪纖强别妍媸。亟嚴連坐之條，并申舉首之典。永垂令甲，載肅刑章。歲在龍飛，禖祼承恩於厚載；時逢虎變，踏舞咸沐乎弘波。燕趙佳人，昔也遺世而獨立；溱洧静女，今當涉水而褰裳。逐伴游春，誰印香塵之淺；連街踏月，欣傳弓樣之寬。從此夫人城直可韡尖踢倒，娘子軍不妨負弩前軀。誠千載之美談，洵一時之韵事。妾等腰慚細柳，眉遜遠山。斜對銀釭，偷繡半勾幫雀；輕颺翠帳，驚飛一握雙鳧。第乍裹吴綾，時灑半行珠淚；況久纏蜀錦，莫窺兩瓣蓮花。墻裏秋千，迎風欲墜；簾前鵁鶄，並架争纖。自恨束縛以終年，何幸屈伸于此日。鑒踊貴屨賤之風，寬仁遠届；慕胼手胝足之烈，儉樸常遵。將見禁殿嬌娥，粗服亂頭都好；秦宫粉黛，追風躡電非難。臨表不勝踴躍歡忭之至。」又：「蘭陵女子百拜稽首上言：竊惟四肘本無二體，痛癢相關；雙跗載此一軀，屈伸獨重。自炮烙開乎閨閣，咸縮縮如有循；迨蹣跚偏于房幃，益蹙蹙而靡騁。凌波微步，陳思王誇耀於賦中；香屑無痕，石勒氏漫矜於牀上。詞客製錦鞋之頌，既窈窕而呈妍；美人擅玉趾之名，更娉婷而逞艷。掌中試舞，恍疑睡柳飄來；臺上留仙，只恐春風吹去。咏吴女之麗形如畫，宛然蟾魄一鈎；傅太真之嬌樣堪憐，奚啻雀頭三寸。争羨纖纖之雅步，誰哀蹐蹐之銷魂。無罪無辜，群受湯火之糜爛；是矜是式，難忘晝夜之呼號。不知一拇痛而偏體爲之不歡，更惜十尖損而終身于焉永廢。酷深于細腰之餓，虐甚于貫耳之傷。玆蓋鑒吴宫之好色亡身，不欲使怨踹香銷，而聽聲聲響屧；陋齊主之縱欲蠱禍，何忍令嬌啼玉瘦，而博步步生蓮。且父鞠母懷，男女雖殊，而天性之親無異。彼姝者子，獨非人乎？寧堪使之躑躅趦趄，漫聽其顰者顰而笑者笑？況婦隨夫唱，琴瑟既調，而人倫之樂始生。彼美淑姬，豈異人耶？奚忍視其蹀躞彳亍，難以抒步亦步而趨亦趨。豈無妬婦頑妻，以七尺吴綾，甘同斮脛之慘；或有乳媵戊姆，用一升礬粉，竟成滅趾之凶。胭脂虎豈伊異人，紅粉狼賊夫人子。世風暴矣，仁者傷之。妾等智不如葵，何能衛足；濯無須酒，已幸舒眉。每顧影自思，未嘗以洗垢致粱州之敗；曾捫心遐想，何敢以玩子動韓老之驚。忻逢盛世，幸沐深仁。媿無陰麗華之氈，膚難細滑；敢效徐月英之履，香且温柔。醉舞春花，何須郎抱；嬌歌夜月，不索人扶。從此玉笋永絶裹雲，咏杜牧之詩，不愁跕盭；由他芒鞋儘教踏雲，登謝安之嶺，殊快逍遥。帳裏姗姗，俱化巨人之迹；花間褭褭，莫尋幼媜之踪。製就雙凫，難慳匹錦；縷成四鳳，敢吝多金。倘有孝女從征，秣馬荷戈，均感聖人之盛德；若逢蕩婦赴約，踰墻涉洧，亦欽天子之明威。曷禁龍騰，奚勝雀躍，臣妾無任踴躍歡忭之至。」又毛穉賓《禁纏足表》云：「王猷純素，聿懷矩步之思；帝治正中，爰儆異趨之習。道以率真爲貴，無用矯揉；化以返樸爲隆，何須曲折。形體各有自然，物情無由强拂。髮膚至細，總爲父母所遺；手足雖微，亦分天地之質。自淳初漸遠，乃奇巧日增。朱絲斜繫，《雙行纏》見之詩章；白雪微凝，《夜度孃》徵之樂府。春嬌一掬，矜韶媚於纖纖；月露半彎，羨輕盈於窄窄。屑香塵以徐動，描弓樣以新裁。試嬌態於凌波，魂銷洛浦；含柔姿於貼地，寵冠齊宫。芳徑踏花，驚亂紅之不損；玉階褰草，覩嫩緑之無痕。倩侍婢以相扶，尚慮苔紋之滑；望郎居而佇立，翻嫌石砌之寒。偶爾牽懷，不妨微露。若其懊恨，還用深遮。緣秋千而雲襯笋尖，因蹋踘而花沾藕覆。微尖點拍，爲按新聲；纖趾輕移，偶懷春色。印香泥則文鴛得侣，踐繡茵則彩鳳平分。遂使金谷園中，共欲争其一斛；以致馬嵬道上，不復愛其百錢。凡此淫靡，在所當禁。某垂情繡閣，留意金閨。念四肢本有全形，即一身總無異用。若使以直爲曲，終非體備之初；倘令藉屈爲伸，恐失本來之理。念嬌姿之婀娜，何敢毁傷；彼玉趾之纖柔，如將戕賊。潘妃妖冶，矜冉冉於金蓮；趙后淫靡，羨飛飛於舞燕。不思拂人之性，是奚足哉！即或斲而小之，則何益矣！東郊挈伴，徒勞蕩子之心；南陌尋芳，空佇騷人之慕。爰行嚴禁，庶令無傷。沽村釀於市中，無妨令質；擷園蔬於雨裏，豈損柔情。從此山谷跛奚，皆助詩人之興；歐陽赤脚，亦供高士之求。六宫無用踟躕，四海不勝踴躍。」

《五色連珠》各有得神之句，《青》云：「眉掃文君之黛，色過遠山；眼回阮籍之嗔，神同秋水。」又：「帝子之望巫陽，遠山過雨；王孫之別南浦，芳草連天。」《黄》云：「靈均之歎木葉，秋老洞庭；淵明之啜落英，霜清彭澤。」又：「彭澤歸來，三徑猶存秋菊；上林飛去，一群雅號金衣。」又：「杜甫柴門之外，雨漲春流；衛青油幕之前，沙含夕照。」《赤》云：「忠聞鼎峙之朝，心如其面；車上寒山之徑，葉勝於花。」又「田單破燕之日，火燎平原；武王伐紂之時，血流漂杵。」又：「堯時十日竝出，鑠石流金；秦宫三月延燒，照天燭地。」又：「孫綽賦天台景，高城霞起而建標；杜牧咏江南春，千里鶯啼而映緑。」《黑》云：「周庭之列畢蘇，裳如蟻陣；陳閣之迎張孔，髩似鴉翎。」又：「坡仙寫貌，不必覓其齒牙；季子還鄉，或且憎其面目。」又：「孫臏銜枚之際，半夜失踪；達摩面壁以來，九年閉目。」又：「驪鐵成群，雲暗陰山之北；烏鴉作陣，風霾柏府之旁。洗研而墨池渾，迴車而松林暮。」《白》云：「曉入梁王之苑，雪滿群山；夜登庾亮之樓，月明千里。」又：「淵明乞食之時，逢人送酒；陶穀居家之日，喚妾煎茶。」更有《紫》云：「書生拾來，慢云是輕易如芥；真人拖去，且看其長練若霞。」又：「仙人度關之日，瑞氣如煙；聖主登極之時，祥雲若蓋。」《緑》云：「茂叔牕前，點綴濂溪光霽之景；唐子階下，適增陋室榮華之觀。」《碧》云：「山色可棲，覺人間別有天地之奇；桃花堪種，豈天上真多雨露之私。」又有《五味連珠》，《甘》云：「如食欖者，久咀味回齒頰；若有人兮，得道趣在中邊。」《苦》云：「越勾踐之沼吴，日惟嘗膽；柳夫人之教子，夜必丸熊。」《酸》云：「魏武行軍，望梅林而止渴；王維覓句，走醋甕以沉思。」《鹹》云：「留客有水晶盤，差堪一醉；引車惟青竹葉，競灑終朝。」《辛》云：「曹娥碑畔，字成虀臼之文；子固詩終，句有擣薑之氣。」

新安張心齋《代海棠上杜工部書》云：「某頓首，上書於工部執事。某聞之：暗芳疏影，悲見棄於三閭；國色天香，悵左遷於武后。詞人動爲扼腕，逸士每與顰眉。蓋空山摇曳，芬芳雖至千秋；而士品題，聲價頓高十倍。故我輩素以得詩爲幸，同儕皆以見賞稱榮。恭惟執事桂林一枝，槐庭三樹。而名忠孝溢於篇章，共擬葵心之嚮日；詞華貫於今古，群欽梅萼之先春。筆花爛熳，語必驚人；文彩縱横，才疑天落。人間異卉，多被揄揚；世上名葩，偏蒙題咏。獨某未遭獎譽，有外栽培。對衆品以無顔，向群芳而自媿。切念某蓬蒿陋質，蒲柳凡姿，無香致恨於淵材，晚聘見傷於黎舉。然而春睡方酣，憐生帝子；曉粧正嬾，愛出才人。新紅塗抹，自矜花裏神仙；香霧空濛，不愧曾家名友。春敷花而秋偍媚，敢云志在春秋；夜燒燭而日烘裳，不謂榮霑日夜。高低千點赤，焕若霞城；深淺半開紅，爛同雲錦。嫋嫋垂絲，不類顛狂柳絮；亭亭貼梗，肯隨輕薄桃花。閨郎對景，夕陽吟謝却之篇；思婦懷人，秋日墮斷腸之淚。昌州獨馥，羨他彩鳳宿深枝；蜀地偏多，任爾畸人巢銕幹。屢辱群公之賜咏，頓令弱植以生輝。雖執事不過一日之偶忘，而世人遂謂名公之見外。是以特操木筆，仰愬薇郎。伏乞詢於芻蕘，采其葑菲。賜以生花之筆，加以剪綵之工。則雨露均沾，不啻金錢厚賚；而襲藏益敬，敢惜薇露名香。某頓首謹上。」

明錢唐張天錫居室爲回禄所燬，作短疏以化云：「禿和尚只化凡夫，老癡儒惟求達士。曾聞晉將軍爲戴逵造室，頗極富饒；宋丞相爲康節買居，務期寬廣。何昔賢之好事，豈今日之無人？敢希輪奂之維新，聊冀土茨之苟合。使我春誦夏絃，勝彼朝鐘暮鼓。貯清風明月於無窮，藏奇書異畫以不朽。是所望也，惟善圖之。」不數月而新室落成。

豐城吴天祐，冬無絮衣，作疏化之：「伏以捉襟露肘，誰憐原憲之貧？冬暖號寒，難免昌黎之歎。含羞在己，貽笑於人。切念天祐半生若蟻，一拙如鳩。身常苦饑寒，頗類吟詩之賈島；志不在温飽，愧非及第之王曾。雖字頗能識而書頗能讀，然寒不能衣而饑不能食。灞橋踏雪，難堪手足之凌兢；剡水乘舟，無奈身心之顫掉。鄴侯萬卷亦徒耳，范叔一寒如此哉！幸托身依桑柘之鄉，而長者擅絲綿之利。深筐大箔，價輕千鎰之黄金；温藹柔緜，色潤三冬之白雪。眼見之而忽熱，心欲之而難言。既民胞物與之同然，豈推食解衣之不可？惠而好我，實爲道義之交；勉爾求人，不覺言辭之拙。分我一團和氣，耐他千載歲寒。高誼難忘，服之於膺而佩之於背；衆擎易舉，與不傷惠而取不傷廉。袁安免僵卧於洛陽，師道不忍寒於郊祀。若肯結緣秀士，也勝布施山僧。十謁朱門，何畏滿頭之風雪；一吹鄒律，頓回幽谷之陽春。偏告斯文，圖成善事。謹疏。」時寄居於杭，習舉業，占籍仁和。正統甲子鄉薦。

龔肇權戲爲《天孫募造銀河渡船疏》：「天潢絶漢，析木流津。萬里無雲，宛轉艮坤之域；七襄終日，昭回箕斗之纏。海客浮槎，取道識牽牛之渚；河源載石，還家訪賣卜之人。既顯晦以含星，亦縱横而繞塞。乃盈盈一水，相去幾何？而渺渺經秋，别離可奈！軿車有路，嗟欲濟以無梁；繡幄空懸，望所歡兮莫渡。傷心托鴛鴦機上，夜夜千愁；良晤當烏鵲橋邊，年年一度。彼長生殿私語中宵，而百子池爲歡永夕。人間七日，方彩閣以流連；天上雙星，獨横波而迢遞。緣溪寂處，帝女豈謂無郎；遠道相思，河鼓依然有婦。然雙情一意行行，自怯於褰裳；使萬古千秋去去，長憐於濡軌。汲浣紗之水，不能照妾真心；分織錦之絲，何處繡郎嬌面？會稀别遠，既蛺蜨以成灰；室邇人遐，撫鼅鼄而自惜。固懷私願，敢告仁人。沙棠産自崐崘，工能擇木；蓮葉携來太乙，我欲乘槎。共輸點雪之金，爰製凌風之舸。將使緱嶺神仙，謝鶴翎而擊楫；庶幾瑶池王母，偕鳥使以刺舟。九華懸漢帝之燈，輝生桂櫂；百斛置方平之酒，泛彼蘭橈。共慶良辰，齊覲佳會。相依錦纜，飲牛口於上流；還傍牙檣，濯鮫綃於巨瀦。仙侣永諧百歲，伊人無隔三秋。」

李笠翁《戲代獅豸討中山狼露布》：「蓋聞毒莫如蛇，猶效珠銜之報；暴寧如虎，曾酬蓑掩之仁。是類俱帶人心，伊誰獨仍獸行？如中山狼食恩人一事，其出山逢敵，知九死之難逃；負箭投林，庶一生之幸免。踉蹌遇客，安知非收利漁翁；悠忽行人，强使爲放生居士。俛首酷隣狐媚，依人絶類貓柔。某斷不勝慈，翻怪殺蛇太甚；仁能昏知，漫言養虎何妨。拔矢簇於肋邊，心傷奇痛；拭瘡痕於血底，手帶餘腥。營兔窟以埋藏，解鶉衣而掩覆。迨至畋軍大索，幾爲從井之兩傷；猶賴詭語彌縫，始脱重圍而再造。此誠起死而肉骨，所當矢報於糜身。奈何創血未乾，飽德之盟已背；酬私未效，饑腸之餌先充。劓忠信之窮奇，聞而未覩；觕德行之混沌，怪也難經。食人間斷不可食之人，自貽伊戚；犯罪中萬無可赦之罪，國有常刑。豸賦性觸邪，備員治獄。歎孽畜頓忘其義，憫善士幾喪其生。檄辭上告於獅王，定使山崩雷吼；罪狀風聞於狗監，須教爪嘬牙吞。象應逞鼻捲之威，牛亦鼓角挑之勇。無勞虎卜，深山奮玄豹之韜；焉用狐疑，尚方請白猿之劍。麋鹿有敗群之觸，兕犀懷後至之誅。并討助虐之豺，兼殪輔行之狽。刳心竿末，負恩之戎首伏辜；食肉寢皮，戴義之輿情始洽。憫人懷而活窮憊，還須引手於人；不識字而觸忠良，無許冒名爲我。」

龔肇權戲爲《虱彈蚊封事》：「褐衣小臣虱謹頓首上言：臣起自單寒，托身垢膩。本無尺寸之能，謬列冠裳之内。甘心韋布，名存《抱樸》之書；矢志青氊，解讀《阿房》之賦。雖族出蟣臣，行同佛子。景駱挾之談兵，紀昌因而中的。若乃藏龍圖之袖，感遇非常；緣宰相之鬚，恩加有數。常游步兵之室，儼然入幕嘉賓；時進昭侯之廷，恒托股肱内郡。是用温飽一方，安享半生者也。今有夏國文中子者，乘暗幸昏，因時干進。恃鑽刺爲生涯，廣布虛聲於長夏；借彌縫爲利藪，遂貽實禍於人間。五月五日，據巨要地，奪我膏腴。騁其負山之力，横逆有加；施其訑噏之謀，征求無厭。芒刺蜂鍼，血産徒供其醉飽；雲屯烏陣，肉食莫饜其誅求。而且嬌鳴不已，驚翻被底之鴛鴦；奸志難償，擾亂枕中之蝴蝶。臣自揣愚鈍，不能舊飛，故亡命於布衣，且隱身於敗絮。一生温飽，頓爲飫盗之資；半世脂膏，忽作饜蹊之禍。彼謂炎威之埶，何妨率獸而食人；當兹白帝乘權，豈容寢皮而剜肉。臣久逐遐方，不能進御。蚊罪惡已著，詎忍無言。利口已盈於衆口，宣揮帳下之青鋒；貪心不直於人心，難免淮陰之赤族。臣不得不據實以聞。」

李西涯撰《劉瑾父封都督誥》曰：「積善以貽子孫，嘗聞其語；揚名以顯父母，今見其人。」又：「號令風行乎天下，威名雷動於八方。」爲京師傳笑。

劉青田至京朝謁，一僧求附舟。時方作表，有句未就，多所沉思。僧問：「有何事在念？」劉曰：「表中『蹉跎歲月，六十有三』，未有對。」僧隨答曰：「何不言『補報朝廷，萬分無一』？」劉驚起曰：「和尚非高峰乎？」笑語移日而別。

高廟賓天，建文即位，燕、楚諸王恃叔父，欲不拜。給事龔泰奏曰：「殿上行君臣之禮，象簡朝天；宫中叙叔侄之情，龍衣拂地。」諸王從之。

四月八日謝太后壽崇節，九日度宗乾會節。賈似道命黄蜕作致語，中云：「聖母神子，萬壽無疆，亦萬壽無疆；昨日今朝，一佛出世，又一佛出世。」

元妓連枝秀姓孫，後爲女道士，浪游江湖，欲造庵於松江。陸宅之爲疏曰：「京師第一部教坊，占排場曾使萬人喝采；《道德》五千言公案，抽鏁鑰只因片語投機。向林下得大道高風，指雲間問前緣福地。一跳身，才離了百戲棚中圈子；雙擺手，便做箇三清門下閑人。識盡悲歡離合幻，打開老病死生關。交構功成，陰陽炭燒空慾海；修持行滿，雌雄劍劈破愁城。七星冠剛替下鳳頭釵，合歡帶生扭做鹿皮袋。空非空，色非色，色即是空；道可道，名可名，强名曰道。往常時，紅裙翠袖生綃帳；猛可裏，草履芒鞵匾皂絛。銷金帳冷落風情，養丹鑪消磨火性。半世連枝帶葉，算從前歷盡虚花；一朝剗草除根，到此地方成結果。牢着眼有烏飛兔走，急回頭怕鶴怨猿啼。五陵人買笑追歡，掉頭不顧；三島客談玄論道，稽首相迎。大都來幾箇知音，多管是前生有分。玉樓花下千鍾酒，幾番歌《白苧》，遏行雲；紙帳梅邊一炷香，從此誦《黄庭》，消永日。桃花扇深藏明月影，椰子瓢長醉白雲鄉。皓齒細腰，打叠少年歌舞；錦心繡腹，宣揚《老子》經文。燒夜香非尋佳偶，披鶴氅星月下禮拜茅君；登春臺不望遠人，駕鸞車雲霄上追尋簫史。只此清茶淡話，勝他濁酒狂歌。浄洗胭脂，見全真本來面目；輕敲檀板，聽《步虚》别是宫商。人盡誇七真堂上添箇小仙姑，我只見五城山下册立新王母。不比尋常鈎子，曾經老大箝錘。百鍊不回，萬夫莫敵。疇昔微通一笑，白面郎争與纏頭；如今頓悟三生，青眼客便當擡手。既不作入夢朝雲暮雨，也須撇等閒秋月春風。若加了蒲團上工夫，便可到蓬壺中境界。肯莊嚴一處，千年香火；是成就到頭，陸地神仙。金銀鈔等物，懇求大塊子捨來；福禄壽利錢，擬定加倍兒還你。得道者多助，看琳宫寶殿，日月交輝；愛人者必親，仗玉磬金鐘，晨昏報德。」

董文友《虱表》云：「禁中獲鈍賊虱，命湯泉郡侯族烹之。風恐，上表曰：血濺御衣，嵇紹非無丹悃；腹垂過膝，禄山自有赤心。既蒙豢養而肥，豈真肉食者鄙？臨刑伏訴，望闕求憐。臣本處褌微命，斂蹟細流。庇查道之衲衣，比翰林之供帳。膚受之愬，雖見斥於蘇卿；世事之譚，亦見與於王猛。報薛嵩之德，爲彼捐軀；感順帝之仁，寧甘餓死。懸氂而貫紀昌之箭，乃試才長；入朝而緣介甫之鬚，曾經御覽。悚惶致敬，擎曲潛居。但因駑鈍之微材，罔答聖明之覆育。竊謂鈎深索隱，王法有所不容；吹毛求疵，微生難以立命。用是心憂思憤，因而奔竄倉皇。幼子已經手刃，豚妻亦被肉刑。乃大索十日以來，欲盡烹三族無赦。一從史議，誰尋綿裏於江郎；久被幽居，安問龍圖之待制。重負君親之德，蹙蹙其何之？長違毛裏之情，遲遲我行也。伏願挾纊常温，解衣有澤。知臣猶出於曲謹，思臣未至於跳梁。洗千古黑寃，憐此黑頭之醜；念無知赤子，封還赤族之書。則雖斂垢爲居，亦將没齒無怨。不勝待命之至。」

楊升庵幼時作《擬古戰場文》，有「青樓斷紅粉之魂，白日照蒼苔之骨」，爲時傳誦。

張山來《募修五臟廟疏文》云：「蓋聞神即吾心，必敬神，神斯如在；命爲爾主，能順命，命乃克昌。欲祈廟食之不窮，端賴人緣之畢集。兹有五臟神廟一所，形居腹地，勢近靈臺。厥義配乎五行，水火木金竝依夫土；其地分爲五位，上下左右悉擁夫中。得之則生而不得則死，詎宜鄙作淫祠；饑來斯食而不平斯鳴，豈可稱曰左道？神奇化爲臭腐，妙用無窮；耕助以供粢盛，禮儀卒度。萬方共賴，百姓咸依。巍巍殿宇，創自人生於寅之年；赫赫威靈，壞於山上呼庚之日。六根欠浄一雙耳，枉聽晨鐘；四大皆空九迴腸，徒鳴法鼓。吸露飡風，聞之流涕；蒙袂輯屨，見者傷心。蓋廟存則神有所附，而人似花容；廟圮則神無所憑，而民多菜色。用是益深畏懼，亟望重修。但臣饑欲死，難逢雨粟之天，米貴如珠，媿乏飯蜂之術。叩告諸方檀越，敢希共賜慈悲。隨緣多寡，即一粒大竝須彌；任意精粗，在十方皆堪供養。敢期見於面而盎於背，庶幾目有見而耳有聞。從此撐腸作柱，群瞻美奂而美輪；煮石爲粱，曾見攸寧而攸芋。半畝荒園，更可植鑽籬之菜；兩旁隙地，還堪種梭水之花。定然腹有攸歸，豈止神其不吐。」

胡曾投人啓有云：「推諸葛之秤心，負姜維之斗膽。」「秤心」、「斗膽」對甚新巧。

楊大年謫知汝州，言事者攻之不已。大年與親友啓云：「已擠溝壑，猶下石而未休；方困蒺藜，尚關弓而相向。」

李公甫《竹夫人頌》云：「常居大厦之間，多爲涼德之助。剖心析肝，陳數條之風刺；摩頂放踵，無一節之瑕疵。」又末聯云：「嗚呼！保抱携持，朕不忘午夜之寢；展轉反側，爾尚形四方之風。」

柳子厚降乩，請作募修橋文，即書云：「古里蓮溪，岸分左右。中横一派，直通汝漢江淮；向有橋梁，任爾東西南北。近因歲久圮頽，釘銷木化，行者趦趄，過者煩惱。似攖翼德之怒，人影空隨；類觸項羽之威，燋藤難續。隱士無從買卜，才人何處留題？抱信者任其潮至，種玉者曠爾良緣。苟無光武中興，滹沱不凍；若有東山賭墅，鞭策誰投？饁者愒農夫於饑渴之際，行者阻商賈於風雨之中。岸畔之石，叱之不動；柳陰之舟，呼之不來。達磨之術未諳，折蘆誰渡？長房之術難學，縮地無由。危橋岌岌，易水蕭蕭。今欲鳩工啓建，無白水以難成；聊成蕪語募緣，有青蚨而始就。徧告檀那，普求善信，喜捨隨輕隨重，獲福無量無邊。同種良田，共成勝事；幸隨樂助，請著芳名。謹疏。」

梅雪争春，三人同判，各有理見，亦足徵下筆出入之靈妙也。一曰：「梧桐延月，兩得佳名；修竹吟風，合成韵事。可知謙能受益，宜思君子無争；何圖氣不相降，絶似宫人善妬。彼逞横斜之態，欺凌滕六餘光；此矜皜潔之姿，惱亂羅浮清夢。輸梅遜雪，原讞本屬騎墻；譽白誇香，疑案無從左袒。以致山陰櫂去，枉費評章；且令驛使傳來，全非確耗。今斷令平分春色，締將北陸新知；永矢芳盟，釋却東風舊恨。毋滋囂訟，自取口誅。此判。」一曰：「勘得羅浮郵裏，舊染情私；大庾嶺頭，巧傳春信。是其性非和順，常思消化寒光；抑且態逞横斜，直欲涅涴素質。未曾結子，已自含酸；縱使有香，不無太妬！爰交驛使，投畀遠方。此判。」一曰：「百花魁首，已蚤懷臘後之春；六出清光，究竟是空中之色。而乃彤雲釀處，横占藍關；翦水飛來，憑凌東閣。羅浮村之夫婧，相對含愁；林和靖之兒孫，幾無噍類。憐兹香質，儆爾寒威。宜呼童子掃除，或付太陽收拾。此判。」

《花神討風姨檄》云：「謹按：封氏飛揚成性，忘嫉爲懷。濟惡以才，絶殊偃草；射人於暗，深類含沙。昔虞帝樂其薰融，富貴不足解憂，反借渠以解愠；楚王蒙其蠱惑，賢才未能稱意，惟得彼以稱雄。沛上英雄，雲散而思猛士；茂陵天子，秋高而念佳人。從此顧盼自雄，因而披猖無忌。怒號萬竅，響碎玉於深宫；淜湃中宵，弄寒聲於秋樹。倏向山林薮裏，假虎之威；時於灔澦堆中，助江之浪。且也簾鈎頻動，發高閣之清商；簷鐵忽敲，破離人之幽夢。搴帷拂簟，儼同入幕之賓；排闥升堂，竟作翻書之客。不曾於生平識面，直開門户而來；若非是掌上留裙，幾掠蹁蹮而去。吐虹絲於碧落，乃敢因月成闌；翻柳浪於青郊，謬説爲花寄信。賦歸田者歸途才就，飄飄吹薜荔之裳；登高臺者高興方濃，輕輕落茱萸之帽。蓬梗卷兮上下，三秋之羊角摶空；筝聲杳乎雲霄，百尺之鳶絲新繫。不奉明空之詔，特速花開；未絶坐客之纓，竟吹燈滅。甚則揚塵播土，吹平李賀之山；叫雨呼雲，捲破杜陵之屋。馮夷起而擊鼓，少女進而吹笙。蕩漾以來，石皆作燕；吼奔而至，瓦竟分鴛。未施摶水之威，浮水江豚時出拜；陡出障天之勢，書天雁字不成行。助馬當之輕帆，彼有取爾；牽瑶臺之翠帳，于意云何？至於海鳥而靈，尚依魯門以避；但使行人無恙，顧喚石郎以歸。古有賢豪，乘而破者萬里；世無高士，御以行者幾人？駕礮車之狂雲，遂以夜郎自大；恃貪狼之逆氣，漫云河伯爲尊。姊妹俱受其摧殘，彙族悉爲其蹂躪。粉紅駭緑，掩冉何窮；擘柳鳴條，蕭騷無際。雨零金谷，綴爲藉客之裀；露冷華林，去作沾泥之絮。埋香瘞玉，殘粧卸而翻飛；朱樹雕闌，雜佩紛其零落。減春光於旦夕，萬點正飄；覓殘紅於西東，五更非錯。幽閑江漢女，弓鞋漫踏春園；寂寞玉樓人，珠勒徒嘶芳草。斯時也，傷春者有難乎爲情之怨，尋勝者作無可奈何之歌。爾乃趾高氣揚，逞無端之踔厲；發蒙振落，動不已之闌珊。傷哉緑樹猶存，簌簌者繞墻自落；久矣朱幡不竪，娟娟者隕涕誰憐？墮溷沾籬，畢芳魂於一日；朝榮夕悴，免荼毒以何年？怨羅裳之易開，罵空聞於子夜；訟狂伯之肆虐，章未報於天庭。誕告芳隣，學作蛾眉之陣；凡屬同氣，群興草木之兵。莫言蒲柳無能，但須藩籬有志。且看鶯儔燕侶，公復奪愛之仇；請與蝶友蜂交，共發同心之誓。蘭橈桂楫，可教戰於昆明；桑蓋柳旂，用觀兵於上苑。東籬處士，亦出茅廬；大樹將軍，應懷義憤。殺其氣燄，洗千年粉黛之寃；殲爾豪强，消萬古風流之恨。」

有賀自長沙移鎮南昌啓云：「夜醉長沙，曉行湘水，難教檣燕之留；杜詩。朝飛南浦，暮捲西山，來聽佩鸞之舞。王勃。」

進士褚載投贄於侍郎蘇威，有數字犯諱，謝啓曰：「曹興之圖畫雖精，終慚悞點；殷浩之兢持太過，翻達空函。」

有賀除直秘閣依舊沿江制置司幹辦公事云：「望玉宇瓊樓之邃，何似人間；從綸巾羽扇之游，依然江表。」上已請客啓云：「三月三日，長安水邊多麗人；一詠一觴，會稽山陰修禊事。」又云：「良辰美景，賞心樂事，四者難并；崇山峻嶺，茂林修竹，群賢畢至。」

姚橘洲尹臨安時，吴履齋拜相，語諸客作賀啓，商量起句。彭晉叟云：「轉鴻鈞，運紫極，萬化一新；自龍首，到黄扉，百年幾見？」

宋《贈岳鄂王謚忠武文》曰：「李將軍口不出辭，聞者出涕；藺相如身雖已死，凛然猶生。」又曰：「易名之典雖興，議禮之言未一。始爲忠武之號，旋更武穆之稱。獲覩中興之舊章，灼如皇祖之本意。爰取危身奉上之實，仍采勘定禍亂之文。合此兩言，節皆一惠。昔孔明之志興漢室，子儀之光復唐都，雖計効以或殊，在秉心而弗異。垂之典册，何嫌今古之同詞；賴及子孫，將與河山而並久。」然今天下岳祠皆稱「武穆」，此未定之謚也，當稱「忠武」爲宜。

楊駙馬賜第清河，欲拓四旁。民居逼近者，莫如太學生方大猷之居。方首獻作倡，奏知。穆陵大喜，視其直，數倍酬之。方作表謝，有云：「普天之下，莫非王土；一毫已上，悉出君恩。」上《毛詩》，下東坡謝表，並用全句。

岳忠武王靈爽昭昭，墓前鑄秦檜、王氏、万俟卨、張俊四銕像，反接長跪。游人溺而擊之，膚體不完，穢氣四徹。丹陽陳少陽墓亦鑄銕人，肖汪伯彦、黄潛善。嘉靖間，鄭普過之，題柱聯曰：「丹陛披肝，千古綱常可托；荒庭屈膝，兩人富貴何爲？」二像應筆而仆。檜等日受敲扑而不知，似媿耻之心，汪、黄猶不泯矣。

宋寧宗《封鄂王勅》：「人主無私，予奪一歸萬世之公；天下有公，是非豈待百年而定。眷言名將，宿號藎臣。雖勛業未竟於生前，而譽望益彰於身後。緬懷英概，申畀愍章。故追復少保、武勝軍節度使、武昌郡開國公，食邑六千户，食實封二千四百户，贈太師，謚武穆岳飛。藴蓋世之才，負冠軍之勇。方略如霍嫖姚，志滅仇讐；意氣如祖豫州，誓清冀朔。屢執訊而獲醜，亦運籌而策勳。外攝威靈，内殫謀畫。屬時講好，將歸馬華山之陽；爾猶舊威，欲撫劍伊吾之北。遂至樊蠅之集，遽成市虎之疑。雖懷子儀貫日之忠，曾無其福；卒墮林甫偃月之計，孰拯其寃？迨國論之初明，果邦誣之自辨。中興之主，思念不忘；重華之君，追褒特厚。肆眇躬而在御，想風烈以如存。是用頒我絲綸，寵之王爵。錫熊江之故壤，超敬德之舊封。蓋將慰九原之心，亦以作三軍之氣。於戲！修車備器，適當閒暇之時；顯忠遂良，罔間幽明之際。尚惟泉壤，歆此寵光。可特封鄂王，餘如故。」嘉定四年六月二十日，中書舍人李大異行。

無當玉卮卷三

松江邱氏召仙，坐客曰：「近有一對云：『膽缾斜插四枝花，杏桃梨李。』勞大仙對之。」乩即書云：「手卷横披一軸畫，松竹梅蘭。」

鍾祥令某觀運石砌堤，以尺量地。諸青衿在側，令命對曰：「尺量地面，地長尺短短量長。」青衿沉吟未就。一腫頸舟子對曰：「船載石頭，石重舡輕輕載重。」令嘉而問之，化一淘河飛去。

一生員送廣文節儀銀三分，廣文出對曰：「竹笋出墻一節，須高一節。」生對曰：「梅花遜雪三分，只是三分。」又有送一分五厘者，廣文曰：「即使梅須遜雪，也該三分；惟其青出於藍，故減一半。」

邗江旅壁有對云：「鄒孟子、吴孟子、寺人孟子，一男、一女、一非男非女；周宣王、齊宣王、司馬宣王，一君、一臣、一不君不臣。」

新淦范氏早寡，能詩，有對語一聯云：「墨落杯中，一片黑雲浮琥珀；梳横枕上，半輪殘月照琉璃。」適楊東里見之，驚異。後朝廷欲選女學師，文貞薦之，召入禁中。數年，封爲夫人，厚賚遣歸。

田子藝召乩，一日關帝降壇，書一聯云：「威鎮華夷，義勇三分四海；才兼文武，英雄千古一人。」

商丘宋文康公過蒲州，見帝廟一聯云：「怒同文武，道即聖賢。」宋以對句不工，思有以易之。偶午睡，夢帝告之曰：「何不云：『志在《春秋》？』」宋醒，即書之送廟。八里橋聯云：「赤馬行時，此去定三分鼎足；絳袍落處，至今仰八里橋頭。」又：「亦知吾故主尚存乎，從此日徧走天涯，豈肯戀萬鍾千駟；原許爾立功乃去耳，倘他年相逢歧路，怎敢忘尊酒綈袍？」吳興廟聯云：「此吳地也，試問孫郎有廟否；今帝號矣，何勞曹氏贈侯爲。」又三義閣聯云：「若傅粉，若塗硃，若點漆，誰謂心之不同如其面；忽朋友，忽兄弟，忽君臣，信乎聖不可知之謂神。」其各處廟聯佳者不少，如：「赤面秉赤心，乘赤兔追風，間關中無忘赤帝；青燈對青史，仗青龍偃月，隱微處無愧青天。」又：「英雄幾見稱夫子，豪傑於斯乃聖人。」又：「乃所願則學孔子也，知我者其惟《春秋》乎？」又：「扶炎漢削魏伐吳，辛苦備嘗，未了平生事業；佐熙朝降魔伏寇，威靈丕振，只完當日精忠。」又集唐云：「三分割據紆籌策，萬國衣冠拜冕旒。」

長洲陳啓東訓導分水，有人題橋云：「分水橋邊分水喫，分分分開。」陳見而續云：「看花亭下看花回，看看看到。」「看花」亦其邑地名。

唐守之出使朝鮮，其主出對云：「琴瑟琵琶，八大王一般頭面。」唐對云：「魑魅魍魎，四小鬼各樣肚腸。」其主駭服。

顧九和同尊人觀新柳啼鶯，父命對曰：「柳綫鶯梭，織就江南三月錦。」九和云：「雲牋雁字，傳來塞北九秋書。」

宋壽皇問王季海曰：「『聾』字何以從『龍』耳？」對曰：「《山海經》云：龍聽以角不以耳。故世有偶句曰：『蟬以腹鳴，不啻若自其口出；龍從角聽，無乃不足於耳與？』」

李空同督學江右，有一生亦名夢陽。唱名時，空同出對曰：「藺相如，司馬相如，名相如，實不相如。」生應聲曰：「魏無忌，長孫無忌，彼無忌，此亦無忌。」空同稱善，置之前列。

江陰曹野塘，弘治出宰分宜。時嚴介溪方成童，曹識而拔之，宿食官舍。見嚴所握扇有魚游景，搆對語云：「畫扇畫魚魚躍浪，扇動魚游。」嚴即對曰：「繡鞋繡鳳鳳穿花，鞋行鳳舞。」曹一夕思家，口占曰：「關山千里，鄉心一夜雨綿綿。」嚴應曰：「帝闕九重，聖壽萬年天蕩蕩。」俱爲曹所稱賞。

建文與文皇同侍高皇觀獵馬，高皇出句曰：「風吹馬尾千條綫。」建文曰：「雨打羊毛一片氊。」文皇曰：「日照龍鱗萬點金。」語雖俱工，而氣象則讓文皇矣。

陸浚明幼善屬對。一日，兩客對弈飲酒，客曰：「圍棋賭酒，一着一酌。」浚明即曰：「坐漏觀書，五更五經。」又曰：「彈琴賦詩，七絃七言。」

陳洽八歲時與父同行，見兩舟一遲一速。父因命對曰：「兩船竝行，櫓速不如帆快。魯肅、樊噲。」洽即云：「八音齊奏，篴清難比簫和。狄青、蕭何。」

祝枝山、沈石田同行，見尼姑收稻自挑。祝云：「師姑田裏挑禾上。和尚。」沈云：「美女房中抱繡裁。秀才。」

蘇州蔣燾，幼聰慧，一日與父友武官者同遊佛寺。指殿上佛出對曰：「三尊大佛，坐獅坐象坐蓮花。」燾對曰：「一介書生，攀鳳攀龍攀桂子。」出寺，武官部軍牽燾衣問曰：「適對何句？」燾曰：「我對『一個小軍，偷狗偷猫偷芥菜。』」其捷於調戲如此。又一客因兩坐久，出對曰：「凍雨洒牕，東兩點，西三點。」燾對曰：「切餻分客，上七刀，下八刀。」

天啓中，海寇縱横。有渠魁至普陀，設齋一月，手題大士殿云：「自在自觀觀自在，如來如見見如來。」其對猶存。

汪聖錫爲御書監時，食罷會茶，一同舍就枕不起。或戲曰：「宰予晝寢，于予與何誅。」聖錫曰：「子貢方人，夫我則不暇。」合坐稱妙。

顧東橋撫楚，張江陵僅十餘歲，應童子試。顧出對曰：「雛鶴學飛，萬里風雲從此始。」張即曰：「潛龍奮起，九天雷雨及時來。」顧大喜，解腰間金帶贈之，曰：「他貴過我也。」

康熙壬申，張茂典作一對云：「月月有月，無如上元月上，銀燈映月月增光；更更點更，孰若長至更長，玉漏傳更更遞永。」

成化中夷使入朝，以偶語請館伴對曰：「朝無相，邊無將，玉帛相將。」李西涯對曰：「天難度，地難量，乾坤度量。」

解春雨發解後，偕伴至妓館。妓瀹茶，三分之以進曰：「三分分茶，解解解元之渴。」春雨應曰：「一朝朝罷，行行行院之家。」

飛雲洞對甚佳，頗有規戒深意，云：「這一步最高到此，須當着力；那幾層都險歷時，切莫粗心。」又：「立定脚跟，不蹈空虚誇寂滅；放開眼孔，應從廣大徧慈悲。」又：「何處飛來，看一片雲根，現出曇花色相；偶然到此，指三生石跡，留爲鴻爪因緣。」

自黔入滇，必過頭橋，亦名萬里橋。一聯云：「送別河干，説到一聲去也，歎萬里長驅，過橋便是天涯路；迎於道左，盼將今日歸哉，喜故人見面，執手還疑夢裏身。」旅人於此不堪卒讀。

圖寧關對云：「一亭俯覽群山，立定脚根，須要認清岔路；兩足不離大道，占高地步，自然趕上前人。」此聯亦多深意。

西湖白雲庵月下老人祠前一聯云：「願天下有情人，都成了眷屬；是前生注定事，莫錯過姻緣。」集曲句天然如此。

金陵莫愁湖中山王像前一聯云：「大江東去，浪淘盡千古英雄，問檻外青山，山外白雲，何處是秦宫漢闕；小苑春回，簾捲起六朝風月，看溪邊緑樹，樹邊紅雨，此中須舜日堯天。」

袁籜庵以荆州守罷歸，流寓金陵，落魄不得意。大書門聯云：「佛言不可説，不可説；子曰如之何，如之何？」

永樂中，江南一太學需選京師，見邸壁題云：「客眠孤館，夢魂常到故鄉來。」一日閣中傳旨云：「『人上斷橋，形影不隨流水去。』有能對者，賞。」生忽悟壁間之句，即以奏對，得授右秩。

戲臺對聯甚多，各有妙處。如：「六禮未成，頃刻洞房花燭；五經不讀，霎時金榜題名。」又：「只説眼前富貴是了，要認本來面目差些。」又：「今形古，即形今，觸目警心，此地竟無立脚處；你看他，誰看你，改頭换面，大家都有上塲時。」又：「尊前離合悲歡，蔗味逾甘，得意都從失意起；眼底冠裳袍笏，枕柯易醒，上塲總有下塲時。」又：「憑他繪象描情，真面目爲誰，舉世大都游戲局；看到團花簇錦，假衣冠乍卸，天涯等是可憐兒。」又集唐云：「此曲祇應天上有，斯人莫道世間無。」又集宋云：「古往今來只如此，淡粧濃抹總相宜。」又集曲句云：「把往事今朝重提起，破工夫明日早些來。」

梟姬祠聯云：「思親淚落吴江冷，望帝魂歸蜀道難。」

有官廳對聯云：「坐此似同舟，宦情彼此關休戚；須臾參大府，公事何妨共酌商。」又集杜云：「聖代即今多雨露，諸君何以答昇平？」

臬司柱聯云：「看階前草緑苔青，無非生意；聽墻外鵑啼雀噪，恐有寃魂。」

嘲幕中聯句云：「勞形於詳驗關咨移檄牒，寓目在欽蒙奉准據爲承。」

「緑水本無憂，因風縐面；青山原不老，爲雪白頭。」可謂雙關巧妙矣。

倪元璐題上虞縣一聯云：「今尚祀虞，漢世已無高后廟；斯真霸越，西施羞上范家船。」

「天下無道，乘桴浮於海；天下有道，束帶立於朝。」

題春册一聯云：「一陰一陽之謂道，此時此際難爲情。」

戲臺後對聯云：「看戲何如聽戲好，下場更比上場難。」

西湖葛嶺洪忠宣公祠，李衛重建，題聯云：「身竄冷山，萬死持回蘇武節；魂依葛嶺，數椽隣近岳王墳。」

陳眉公題西湖跨虹橋關帝廟聯云：「德必有隣，把臂呼岳家父子；忠能擇主，鼎足分漢室君臣。」

無當玉卮卷四

士大夫多脩佛學，司馬温公患之，作解禪偈六首云：「忿怒如烈火，利欲如銛鋒。終朝長慼慼，是名阿鼻獄。」「顔回甘陋巷，孟軻安自然。富貴如浮雲，是名極樂國。」「孝悌通神明，忠信行蠻貊。積善來百祥，是名作因果。」「仁人之安宅，義人之正路。行之誠且久，是名不壞身。」「道德修一身，功德被萬物。爲賢爲大聖，是名菩薩佛。」「言爲百世師，行爲天下法。久久不可揜，是名光明藏。」

方蛟峰八字格言〔一〕：「富莫大於蓄道德，貴莫大於爲聖賢。貧莫大於不聞道，賤莫大於不知恥。仕能行道之謂達，貧不安分之謂窮。流芳百世之謂壽，得志一時之謂夭。」

【校勘記】

〔一〕「字」，據文意，疑當作「句」。

古人有云：「讀書生計疏，耕田子孫愚。二者不偏廢，傳家爲永圖。」此意甚好。

六經分章斷句之難，尚矣！程氏於《損》、《益》二卦爻辭，分「或益之」作一句，「十朋之」一句，「龜弗克違」一句。謂「或」之一言，非一人可指之辭。一人願益之，十人朋而從之，雖龜筮亦協從，弗克違矣。而晦庵以「或益之十朋之龜」作一句，謂十人朋聚，如龜筮之先見，可以决疑者，而弗能違也。似是程氏味長。《論語》「子在齊聞《韶》」一章，諸家説不一，皆不若「子在齊」爲一句，「聞韶三月」一句，「不知肉味」一句，義自明白。《孟子》「非其有而取之者盜也」一句，「充類至」一句，「義之盡也」一句，「墨氏兼愛」一句，「摩頂放踵利天下」一句，「爲之」一句，蓋前有「利天下不爲」故也。又句有短長，更加之讀去聲，義理易見。《語》之「赤爾何如」、「點爾何如」，皆夫子呼其名而問之，「赤」、「點」之下皆當讀；「子謂顔淵」、「子謂仲弓」亦皆當讀，蓋與他人言顔、冉也；「季康子問弟子孰爲好學」、「季子然問仲由、冉求可謂大臣」，「問」字當讀，問夫子也。此類甚多。分章處，如「子曰：文莫吾猶人也，躬行君子，則吾未之有得」，此夫子謙辭；至「若聖與仁，則吾豈敢」，亦夫子謙辭，上有「若」字，下有兩「則吾」，似是一章，蓋多一「子曰」耳。如「五十以學《易》」至「皆雅言也」，恐只當作一章，分兩節，蓋「五十以學《易》，可以無大過矣。子所雅言」，此夫子所常言，作一節；至於「詩、書、執禮，皆雅言也」，皆所常言，作一節。又如「禮之用，和爲貴。先王之道，斯爲美，小大由之，有所不行」作一節，「知和而和，不以禮節之，亦不可行也」作一節。謝疊山注《詩·簡兮》篇「有力如虎」，屬「左手執籥」，亦甚有味。

與人善言，暖於布帛；傷人以言，深於矛戟。贈人以言，重於金石珠玉；觀人以言，美於黼黻文章；聽人以言，樂於鐘鼓琴瑟。

鳳無司晨之善，麟乏警夜之功。日月不齊光，參辰不竝見；冰炭不同室，粉墨不同槖。有之矣。

德興邑有石刻云：「仕宦之身，天涯海畔；行商之身，南州北縣。不如田舍，長相見面。門無官府，身即强健。麻麥徧地，豬羊滿圈。不知金貴，惟聞粟賤。夏新絹衣，秋新米飯。安穩眠睡，直千直萬。我田我地，我桑我梓。只知百里，不知千里。我飢有糧，我渴有水。百里之官，得人生死。孤兒寡婦，一張白紙。入著縣門，寃者有理。上官不嗔，民即歡欣。上官不富，民免辛苦。生我父母，養我明府。苗稼萋萋，曷東曷西。父母之鄉，天子馬蹄。」

有術士精於五行，尤善戲謔。或有以試其術，答云：「此人必已食禄，今斂板鞠躬，已見二千石在後。」衆莫不譁然哂之，且誚云：「是乃挽米舟一水手，何爲謬言如是？」術者云：「請細思之。」衆方悟其説，莫不大噱。

嘉定壬午之春，有士人請仙，即書沙門光遠降，自作贊云：「伸脚自由，屈脚自在。不知十二部尊經，不識三千條大戒。醉後高歌，無障無礙。當時若見閻王，任它枷鑠杻械。」又一云：「無疑無疑，自有東西。目前行檢，眼下阿鼻。不認真實法性，不念如來菩提。捉取金毛獅子，任教烏兔如飛。」

趙松雪寫神至脣，乃曰：「何以謂之人中？若以一身之中言之，當在臍腹間。指此名之曰中，何也？蓋自此而上，眼耳鼻皆雙竅，自此而下，口洎二便皆單竅，成一泰卦耳。由是之故，因以此名中也。」

至元十三年丙子正月廿二日，伯顔丞相入杭城。二月廿二日起，發宗三宫赴北。四月廿七日，到上都。五月初二日，拜見元世祖。十一日，命幼主爲檢校大司徒、開府儀同三司，進封瀛國公。十二日，内人安康朱夫人、安定陳才人，又二侍兒失其姓氏，浴罷肅襟，閉門焚香，各以抹胸自縊而死。解下衣，中有清江紙書一卷云：「不免辱國，幸免辱身。不辱父母，免辱六親。藝祖受命，立國以仁。中興南渡，計三百春。身受宋禄，羞爲北臣。大難既至，劫數固輪。妾輩之死，守於一貞。焚香設誓，代書諸紳。忠臣義士，期以自新。丙子五月吉日泣血書。」十三日，奏聞，露埋四尸，取其首懸於全后寓所，以戒其餘。

蘇洪規築揚州城，古冢中得石銘，其文曰：「日爲箭兮月爲弓，射四時兮何曾窮。但見天將明月在，不覺人隨流水空。南山石兮高穹窿，夫人墓兮在其中。猿啼鳥叫煙濛濛，千年萬年松柏風。」

余住西湖。大雪三日，湖中人鳥聲俱絶。是日更定矣，余拏一小舟，擁毳衣鑪火，獨往湖心亭看雪。霜淞沆碭，天與雲與山與水上下一白。湖上影子，惟長堤一痕、湖心亭一點，與余舟一芥、舟中人兩三粒而已。到亭上，有兩人鋪氈對坐，一童子燒酒，鑪正沸。見余大驚喜，曰：「湖中焉得更有此人？」拉與同飲三大白而别。及下船，舟子喃喃曰：「莫説相公癡，更有癡似相公者。」

鄭泉願得五百斛船貯酒，四時甘肥置兩頭。謂人言：「死必葬我於陶家之側。百年之後，形化爲土，得爲酒器，豈不美哉！」

無田可耕，無園可鋤，無屋可處，大率皆無耳。更願於身無病，於心無念，於人無往還，於世無交涉，於妻兒無愛戀，則亦於死生無凝滯矣。天地萬物同歸於無，豈不快哉！

君人者，居極否之世，能約己以厚下，則否傾而爲益矣；居交泰之時，或剥下以封上，則泰過而爲損矣。在《易》之《否》䷋坤下乾上，取上一爻而益其下，非益乎？泰䷊乾下坤上，取下一爻而益其上，非損乎？雖益也䷩震下巽上，損下而益上，斯爲否矣；雖損也䷨兑下艮上，損上而益下，斯爲泰矣。蓋天下治忽之理不遠也，戒在損益而已矣。

《周官》「面朝後市」，王氏《新義》：「朝，陽事；市，陰事，故前後之次如此。」神宗曰：「何必論陰陽。朝者，君子所會；市者，小人所集。義欲向君子而背小人也。」

《易》之六爻數用「九」、「六」，先儒皆以謂「九」，老陽也；「六」，老陰也。君子欲抑陰而進陽，故陽用極數而陰取其中焉耳。陰陽，天道也，豈人之所能抑而退之？又豈人之所能强而進之哉！其説皆不通。蓋天地之正數曰一、曰二、曰三、曰四、曰五而止矣，此生數也；至於六，則各有所配，已非正數矣。作《易》者用天地之生數，而不用成數。故孔子曰：「參天兩地而倚數。」夫「參天」，一、三、五是矣。一與三與五，非九而何？「兩地」，則二、四是矣。二與四，非六而何？此「九」、「六」之義也。故《易》簡而天下之理得矣。

「大衍之數五十，其用四十有九。」陸秉曰：「此脱文也。當云：『大衍之數五十有五。』蓋天一、地二、天三、地四、天五、地六、天七、地八、天九、地十，正五十有五。而『用四十有九』者，除六虚之位也。古者卜筮先布六虚之位，然後揲蓍而置六爻焉。如京房、馬季長、鄭康成以至王弼，不悟其爲脱文，而妄爲之説，謂所賴者五十，殊無證據。」又曰：「『不用而用以之通，非數而數以之成』，此語尤誕。其《繫辭》曰：『天數二十有五，地數三十。凡天地之數五十有五。』豈不顯然哉？又乾坤之策，自始至終，無非五十五數也。」按秉言「大衍之數五十有五」是也，其言「用四十有九」，以爲六虚之位，則非也。數始於一，而終於五。天以藏德運化，妙其所以爲數之始終，而神其所以爲用之消長者，故虚一與五，退藏於密，秘而弗用，則其用四十有九焉而已耳。老氏所謂「有之以爲利，無之以爲用」，是當其無而有大衍之用也。此意恐是聖人千載不傳之奧旨。

一生之計，通塞貴賤，自有定命；一家之計，飢寒飽暖，亦有定分，皆非智力所能爲也。營營何益？徒自苦耳。況世路方艱，惟退藏爲得策。且只一觴一詠，笑傲自適，閉閤焚香，讀書以窮性命之理，著書以寓經濟之意，賦詩以發喜怒哀樂之心，浩歌以暢幽閒曠遠之趣，焉往而不自得哉！營營然者，力務去之，勿容其少留也。

敝衣無所愛，便於卧起而免矜持；菲食無所費，適於飢飽而亡貪殘；陋居無所飾，安於寒燠而省土木；小官無所戀，廉於俸禄而遠禍患。視乎華服以侈外觀，而無所順於身；珍膳以夸厚味，而無所益於生。高明之居，專富獨處，而無所庇其族；尊寵之位，患失苟得，而無所康於民，相去有間矣！

李之純《自贊》：「軀幹短小而芥視九州，形容寢陋而蟻虱公侯。語言蹇吃而聯環可解，筆札訛廢而挽回萬牛。甯爲時所棄，不爲名所囚。」

王臞軒《自贊畫像》云：「早游諸老門，晚入端平社，即汝臞翁也。入被丞相嗔，出遭長官罵，亦汝臞翁也。誰教汝不曲不圓，不聾不啞？只片時金馬玉堂，一向山間林下。然則今日畫汝者，幾分是真？幾分是假？問天祈活百年，一任群兒描寫。」

《周易》二萬四千二百七字，《毛詩》三萬九千一百二十四字，《尚書》二萬五千七百字，《禮記》九萬九千二十字，《周禮》四萬五千八百六字，《儀禮》五萬六千六百二十四字，《春秋左氏傳》一十九萬六千八百四十五字，《公羊傳》四萬四千七十五字，《穀梁傳》四萬一千五百十二字，《孝經》一千九百三字，《論語》一萬二千七百字，《孟子》三萬四千六百八十五字。《廣韵》共二萬六千一百九十四字，視沈韵多一萬六百七十四字。

重富輕貧，焉可托妻寄子？敬老慈幼，必然裕後光前。開口説輕生，臨大節决然規避；逢人稱知己，即深交究竟平常。樂處生愁，一生辛苦；怒時反笑，至老奸邪。舉止不失其常，非貴亦須大富，壽可知矣；喜怒不形於色，成名還立大功，奸亦有之。

遇美色於密室，逢千金於曠野，臨大敵於猝然，聞仇人於垂斃，好一塊試金石。

項王喑啞叱詫，當是極粗豪男子，而寵戀虞姬，臨亡不舍；蘇子卿吞氊齧雪，視死如歸，而不免娶彼婦生子；趙閲道爲鐵面御史，乃悦一營妓，令老兵夜召之，又令人促之；范文正守鄱陽，屬意小妓，既去，乃以詩寄魏介而取之。此數公事，皆與其人絶不相類，當是色戒未易破除。宋璟正色立朝，而善羯鼓，賦梅花，又似極風流人物，尤不可曉。

王都御史越以事謫戍湖南，度地建亭，書《四時吟》於其上：「我愛春，春意好。山嘴吐晴煙，墻頭戴芳草。黄鸝罵杏花，惹得游蜂惱。海棠零落牡丹愁，衹是韶光容易老。我愛夏，夏日長。玉戰棋聲碎，羅翻扇影凉。南薰買奇貨，添得芰荷香。蟬在緑槐深處鬧，也須回首顧螳郎。我愛秋，秋思苦。黄菊憶陶潛，征鴻怨蘇武。黄葉落將來，無風花自舞。匆匆社燕報歸期，舊巢留着明年補。我愛冬，冬日閒。烹茶溶雪水，倚杖看冰山。莫唱塞邊曲，將軍夜度關。若箇漁翁堪入畫，一蓑披得凍雲還。

美哉四時之景也，吾何可以不樂乎？朝五斗，暮百壺。醉而醒，醒又沽。傍人道我好飲酒，若我豈是真酒徒？我也不荷劉伶鍤，我也不挑黃公壚。我也不是奇男子，我也不是賤丈夫。用則兼善於天下，舍則固守於窮廬。聖賢之訓乃如此，不義富貴安足圖。偶然吟罷發長歎，明月滿庭清興孤。」

東坡云：「如人善博，日勝日負。」王荆公改作「日勝日貧」。坡之孫符云：「元本乃『日勝月貧』。」吕正獻尤不喜人博，有「勝則傷仁，敗則傷儉」之語。

洪忠宣光弼北歸，没於中途。輿櫬度嶺至南安，張子韶無垢往致奠。時尚未聞檜死，祭文第云：「年月日具位，某謹以清酌之奠，告於某官之靈：嗚呼，哀哉！」格固新奇，情亦傷愴。李夢荷嘗宰清江，時歐陽文忠公護母喪歸，太守請作祭文，曰：「昔孟軻亞聖，母之教也。今有子如軻，雖死何憾？尚饗！」守以簡率爲訝。李曰：「毋深訝。」既而文忠擊節稱之。無訢之文，其此體非耶？

李東琪《紙牌説》：「紙牌四十頁，始乎錢，繼以索，再繼以貫。蓋散錢就緡，始可以貫計，而極乎數之盛也。然則曷始乎空没文？此如漢高祖微時，實不能辦一錢也。錢無以半計者，而今有半錢，何也？蓋善權子母者，雖半不遺，而後可以累萬也。由一錢至九錢而止，竟不滿十。蓋盈數天地所忌，即十文亦難驟至也。繼之一索至九索而止，一貫至九貫而止，俱不滿十，義蓋同之耳。然何以至一貫始作人形？前此錢未盈貫，幾不得比於人數；今纍纍然其萬矣，皂隸升爲衣冠，銅臭立致公卿，必然之勢，無足怪也。自二十萬以至萬萬，數極矣。有其資者，埶擬乎封君，而事可以帝制，故尊之以宋江也。或曰：大萬不易致，此其人必有狙詐之謀，而參以殘刻之行。盜固有道焉，富人類然矣。乃錢索二十頁内，獨空没文亦具人狀，何也？蓋能爲極有者固人，萬萬貫是也；能爲極無者亦人，空没文是也。顧安知萬萬貫之不即爲空没文？如鄧通錢布天下，而其後不能名一錢。空没文之或可爲萬萬貫，如魯頓貧，不免饑寒，而其後富雄猗氏乎？聚散倚伏之道，於數紙内誕告焉，而特微其旨耳。」獨是年來馬弔風馳，幾徧天下，不知其法創自誰何。然循其名，角其實，抑亦世變風會使然，有識者懼之耳。陸雲士又有《葉公滑鼇子合傳》，雖是游戲文章，可作千秋金鑑：「春秋前有葉公，其子孫繁衍，別爲四族。每族昆弟或九人，或十一人，皆輕薄如紙。有有面目者，有無面目者，大約有錢盈貫者皆無面目者也。其一人在錢藪中稍有面目，已爲空没文矣。其二十人雖亦衣冠面目，宛然大盜。而人樂親之，謂可藉以致富。染其習者，即親如骨肉，亦互思刼奪。故人目其徒曰弔友，謂其雖獲小勝，必致大負，宜弔不宜賀也。濟葉公之惡者，又有滑鼇子。兄弟六人，皆以骨勝，徧身花繡，紅緑燦然。素與盆成括善，出處必俱，誘人以必勝之術。人樂親之，與葉無異。孟子嘗斥之曰：『徒取諸比以與此，然且不可。』又曰：『死矣，盆成括！』惡其小有才也。乃滑鼇子曾受唐帝特賜緋衣，又爲劉毅呼之即至，遂爾大勝，爲人艷羨。不知人每出孤注，竟覆全軍者，皆慕是説而悮之者也。是滑鼇子之罪，更浮於葉，雖粉其骨，何足贖哉！聖人曰：『戒之在鬥，戒之在色。』良有以也。」

古今字俱有對，如「吉」對「凶」、「上」對「下」，與「高」「卑」、「深」「淺」、「饑」「飽」、「寒」「暑」之類，皆有對，惟「渴」字無對。隆古時人無詐僞，故六經中無「真」字；人不知有異端，故六經中無「仙」、「佛」、「僧」等字；《大學》無「斯」字；《論語》無「此」字；《尚書》無「也」字。

天干歌閼逢甲之下是旃蒙乙、柔兆丙、彊圉丁，連著雍戊、屠維己、上章庚、重光辛，次玄黓壬、昭陽癸，干乃終。

地支歌攝提格寅、單閼卯、執徐辰、大荒落巳、敦牂午，魚協洽未、涒灘申，與作噩酉、閹茂戌、大淵獻亥、困敦子、赤奮若丑。

宋理宗朝，巨璫有侮吾夫子者，令馬遠畫釋迦，中坐老子，側立孔子問禮於前。俾江子遠贊之，子遠立成，曰：「釋迦趺坐，老聃旁睨。惟吾夫子，絶倒在地。」

頌人之美，以飛走比况者有之，不過用龍、鳳、麟虎、鵬、鶴、騏、驥之類，罕有以鷹、犬爲美况者。然觀《詩》云：「維師尚父，時維鷹揚。」又後漢《張表碑》云：「仕郡爲督郵，鷹撮盧擊。」則鷹、犬亦爲美詞。今以諂媚取容者爲權門鷹犬，不幾譽之乎？

唐明皇兄弟五人，岐王範以開元十四年薨，薛王業以開元二十二年薨，寧王憲以開元二十九年薨。楊太真以天寶四載入宫，《連昌宫詞》云：「百官隊仗避岐薛。」李義山詩云：「薛王沈醉壽王醒。」張祜詩云：「閒把寧王玉笛吹。」皆未之攷耳。

婦人匀面，古惟施朱傅粉而已，至六朝乃兼尚黄。《幽怪録》「神女智瓊額黄」，梁簡文帝詩「同安鬟裏撥，異作額間黄」，温庭筠詩「額黄無限夕陽山」，又「黄印額山輕爲塵」，又詞「蘂黄無限當山額」，牛嶠詞「額黄侵膩髮」，此額粧也。北周静帝令宫人黄眉墨粧，庭筠詩「柳風吹盡眉間黄」，張泌詞「依約殘眉理舊黄」，此眉粧也。《酉陽雜俎》所載有「黄星靨」；遼時燕俗，婦人有顔色者，目爲細娘，面塗黄，謂爲「佛粧」；庭筠詞「臉上金霞細」，李賀詩「宫人正靨黄」，宋彭汝礪詩「有女夭夭稱細孃，真珠絡髻面塗黄。南人見怪疑爲瘴，墨吏矜誇是佛粧」，此則面粧也。

「賢賢易色。」註云：「易其好色之心。」是矣，然與下文「竭力」、「致身」語意不類。蓋「易」者，改也，遇賢人必改容以敬之。「色」指禮貌言，如「其次避色」，亦指禮貌衰也。「色」、「力」、「身」、「信」皆自己身上事，語意一串。

倭寇犯吴淞，潞安任復庵以同知禦之，徧身書姓名，曰：「死倭職也，爲二親記此髮膚。」有家書云：「兒輩莫愁，人生自有定數，惡滋味嘗些也有受用，苦海中未必不是極樂國也。讀書孝親，無遺父母之憂，便是常常聚首矣，何必一堂親人？我兒千言萬語，絮絮叨叨，只是教我回衙。何風雲氣少，兒女情多？倭賊流毒，多少百姓不得安家。爾老子領兵，不能誅討，蠶氊裹革，此其時也。安能作楚囚，對爾等相泣闈闥間耶？此後時事，不知如何，幸而承平，父子享太平之樂，期做好人。不幸而有意外之變，只有臣死忠，妻死節，子死孝，咬定牙關，大家成就一箇是而已。汝母可以此言告之，不必多話。四月廿四日，太倉城西伏枕書。」晝夜力戰，追至海上，地曰四團。晨食，整旅出，廚役徐佩從之。衆咸阻曰：「爾何從征？」佩曰：「吾主官于蘇而追賊外境，知有君也。吾事吾主而不與俱，安乎？」乃持刃先倡。旅有不進者，揮刃促之。任善射，多中。賊佯縮，殆矢盡，縱横舉箭，期必殺任，更以利刃攢逼。佩意恐任不免，獨後以手搏賊。賊執而殺之，以是任得免。任祭佩文曰：「嗚呼，佩也！生也食予，死也衛予。奇懷異抱，而孰能如？桓桓者大，食焉避難。視爾之歸，顔有餘汗。英魂已矣，正氣不磨。當爲厲鬼，殺此群倭。曠野悲風，胥江落日。老淚如泉，匪私爾泣。」

矛、鎚、弓、弩、銃、鞭、簡、劍、鏈、撾、斧、鉞，并戈、戟、牌、棒與鎗、扒，此十八般武藝也。嘉靖己巳，邊庭多事，官司招募勇敢。山西李通行教京師，遂應募。較其武藝，十八事皆能，一弓、二弩、三鎗、四刀、五劍、六矛、七盾、八斧、九鉞、十戟、十一鞭、十二簡、十三撾、十四殳、十五叉、十六爬頭、十七綿繩套索、十八白打。

宋藝祖初幸相國寺，至佛像前焚香，問當拜與否。僧録贊寧曰：「見在佛不拜過去佛。」上微笑頷之，因爲定制。議者以爲得體。

康熙初，常熟數士赴京應試，行至中途，一士忽墮騎，悶絶於地。舁至旅中，越日而甦，云被二卒拘至一處，殿宇弘敞，言是東嶽殿庭。遇故友，驚問：「何故來此？」對以被卒拘至。友查其禄壽尚多，慰之曰：「俟聖帝審事畢，當爲奏釋。」頃之，嶽帝御殿，望之凛然。事畢，友稟明釋放，送之行。士曰：「某平生未曾作歹事，何以被拘？」友曰：「汝犯十字罪。」士問：「何十字？」友曰：「睚眥生惡念，邂逅起邪心。」士忽驚寤。此十字人人皆犯，時時易犯，當書之紳，常存警惕。

書傳中有載其事而軼其名者甚多，如達巷黨人乃項槖，見《漢書註》；毀即墨與阿大夫者乃佞臣周破胡，見《列女傳》；餽食子胥，胥行，反顧投水而死者乃溧陽黄山里史氏女，見《李太白集》；楚莊王絶纓之會，牽美人衣裾者乃蔣姓，見《群談採餘》；都督閻公之壻，會滕王閣欲作賦者乃吴子章，見《摭言》；《赤壁賦》客有吹洞簫者乃綿竹道士楊世昌，見《鉋庵詩》。他如魯兩生、田横客，其名湮没而不彰者正多也。

地支屬十二物，人言取其不全者。然庶物豈止十二不全哉？蓋地支在下，各取其足爪於陰陽上分之。如子雖屬陽，上四刻乃昨夜之陰，下四刻今日之陽；鼠前足四爪象陰，後足五爪象陽也。丑屬陰，牛蹄分也。寅屬陽，虎五爪。卯屬陰，兔四爪，且缺唇也。辰屬陽，龍五爪。巳屬陰，蛇舌分，且無足也。午屬火，馬蹄圓。未屬陰，羊蹄分也。申，猴五爪。酉，雞四爪也。戌，狗五爪。亥，猪蹄分也。丑爲陰再，子爲陰極，幽潛隱晦，以鼠配之，鼠藏跡也。午爲陽極，顯明剛健，以馬配之，馬快行也。丑爲陰也，俯而慈愛生焉，以牛配之，牛有舐犢。未爲陽也，仰而秉禮行焉，以羊配之，羊有跪乳。寅爲三陽，陽勝則暴，以虎配之，虎性暴也。申爲三陰，陰勝則黠，以猴配之，猴性黠也。日生東而有西，酉之雞；月生西而有東，卯之兔，此陰陽交感之義，故曰卯、酉爲日月之私門。辰、巳陽起而動作，龍爲盛，蛇次之，故龍、蛇配焉，龍、蛇變化之物也；戌、亥陰斂而潛寂，狗司夜，猪鎮静，故狗、猪配焉，狗、猪持守之物也。

龍生九子不成龍，各有所好：一曰贔屭，形似龜，好負重，今石碑下龜趺是也；二曰螭吻，形似獸，好望，今殿脊獸頭是也；三曰蒲牢，形似龍，好叫吼，今鐘上獸紐是也；四曰狴犴，形似虎，有威力，故立于獄門；五曰饕餮，好飲食，故立于鼎蓋；六曰蚣蝮，好水，故立于橋柱；七曰睚眦，好殺，故立于刀環；八曰金猊，形似獅，好烟火，故立于香爐；九曰椒圖，形似螺蚌，好閉，故立于門鋪首。又有金吾，似美人，首尾似魚，有兩翼，性通靈，不寐，故用警巡合，而爲十矣。又載：一曰囚牛，好音樂，胡琴上所刻是；二曰睚眥，刀柄龍吞頭是；三曰嘲風，好險，殿角走獸是；四曰蒲牢，好鳴，鐘上獸紐是；五曰狻猊，好坐，佛座獅子是；六曰霸下，好負重，碑座獸是；七曰狴犴，好訟，獄門所畫獸是；八曰贔屓，好文，石碑兩旁所畫龍是；九曰蚩吻，好吞，殿脊獸頭是，又作鴟尾。他如憲章，形似獸，有威好囚，立于獄門；蜥蜴，形似獸，鬼頭，好腥，立于刀柄；蠻蜶，形似龍，好風雨，立于殿脊；螭虎，形似龍，好文采，立于石碑兩旁；虭蛥，形似龍而小，好險，故立護朽上；鰲魚，形似龍，好吞火，故立于屋脊；獸吻，形似獅子，好食陰邪，故立門鐶上；饕餮，好水，立于橋柱。又鴟鴞氏生三子，長曰蒲牢，次曰鴟吻，三曰虮蝮，好飲，即今牐口所置首下尾上者是也。諸說各異，難于訂正。

口有同嗜之說，亦大不然。昌歜、羊棗、鱁鮧、鰒魚之類，雖稍與人殊，然亦口食所不廢也。至若鮮于叔明之嗜臭蟲，權長孺之嗜人爪，劉邕之嗜瘡痂，唐舒州刺史張懷肅、左司郎中任正名、李棟之服人精，《唐書·高仙芝傳》載賀蘭進明好啖狗糞，明初僧宗泐嗜糞浸芝蔴雜米和粥，駙馬都尉趙輝喜食女人陰津月水，南京祭酒劉俊喜食蚯蚓，《二酉委譚》載吴江婦人喜食死尸腸胃，似爲奇疾。

一士家貧，欲與其友上壽，無從得酒，但持水一缾，稱觴時謂友人曰：「請以歇後語爲壽，曰：君子之交淡如。」友應聲曰：「醉翁之意不在。」

角戲有生、旦、淨、丑之名者，《樂記註》謂「俳優雜戲如獮猴之狀」，乃知生，狌也，猩猩也；旦，狙也，猵狙也，《莊子》「猨猵狙以爲雌」；淨，狰也，《廣韵》「似豹，一角五尾」；丑，狃也，《廣韵》「犬性驕」。謂俳優如四獸，所謂「獶雜子女」也。末，猶末厥之末；外，猶員外之外。夫傳奇以戲爲稱，無往而非戲也。故其事欲悠謬而無根，其名欲顛倒而無實，故曲欲熟而命以生也，婦宜夜而命以旦也，開場始事而命以末也，塗污不潔而命以浄也，凡此咸以顛倒其名也。古意微矣。

高皇既平海内，嚮意文士，諸勳臣不平。上語之曰：「世亂用武，世治宜文，非偏也。」勳臣進曰：「是固然，但此輩善譏訕，初不自覺。且如張九四厚禮文儒，及請其名，則曰士誠。」上曰：「此名甚美。」答曰：「《孟子》云：『士誠，小人也。』」上由此覽天下所進表章，而禍起矣。

今市肆交易止言買東西，而不及南北，何也？南方火，北方水。昏夜叩人之門户求水火，無勿與者，此不待交易，故惟言買東西。

古有絶對，如「煙鎖池塘柳」及「雪鋪滿地，雞犬踏成竹葉梅花」，又「一張琴上七條絃，彈出五音六律」，又「貢禹貢《禹貢》」。

「髮短心長，生人通患」；「石火易陰，河清難俟」；「如欲住世出世，須是知機息機」；「造化權還之造化，兒孫福付之兒孫」；「尋花問月，兩兩三三」；置酒焚香，魚魚雅雅」；「詩不必工，奕不必勝」；「凡事只求日減，此心直與天游」；「不守庚申，都忘甲子」；「此亦塵世丹丘，震旦浄土」。

白香山云：「十畝之宅，五畝之園，有水一池，有竹千竿。勿謂土狹，勿謂地偏。足以容膝，足以息肩。有堂有庭，有橋有船。有書有酒，有歌有絃。有叟在中，白髮飄然。識分知足，外無求焉。如鳥擇木，姑務巢安。如龜居坎，不知海寬。靈鶴怪石，紫菱白蓮。皆我所安，盡在吾前。時飲一杯，或吟一篇。妻孥熙熙，雞犬閒閒。優哉游哉，吾將終老於其間。」

洪自誠云：「天地有無窮的力量，然一日纔到午後，便急忙晦冥，以蓄來日之光華；一年纔到秋末，便急忙收斂，以養來年之發育。人生才力幾何？分量幾何？而事必欲做盡，福必欲享盡，智巧必欲用盡，是樊林而狩，竭澤而漁矣，如明年之無獸無魚何？」

天下晨昏鐘鼓之數，叩一百八聲者，一歲之意也。蓋年有十二月，有二十四氣，又有七十二候，正得其數。但聲之緩急節奏，各處不同。蘇州歌曰：「緊十八，慢十八。中間十八徐徐發，兩度輳成一百八。」杭州歌曰：「前發三十六，後發三十六，中發三十六聲急，通共一百八聲息。」越州歌曰：「緊十八，緩十八，六徧湊成一百八。」台州歌曰：「前擊七，後擊八，中間十八徐徐發。更兼臨後擊三聲，三通湊成一百八。」禁鼓一千二百三十聲爲一通，三千六百九十聲爲三通。在外更鼓三百三十撾爲一通，千撾爲三通。

元陳伯敷《題楊妃上馬嬌圖》云：「此索《清平調》詞，赴沉香亭時耶？抑聞漁陽鼙鼓聲，赴馬嵬坡時耶？上馬固相似，情狀大不同，觀者當審諸。」

有客過陳眉公岩棲草堂，問：「是何感慨而甘棲遯？」眉公拈古句答曰：「得閒多事外，知足少年中。」問：「是何功課？」曰：「種花春掃雪，看録夜焚香。」問：「是何利養？」曰：「研田無惡歲，酒國有長春。」問：「是何往還？」曰：「有客來相訪，通名是伏羲。」又問：「山中何景最奇？」曰：「雨後露前，花朝雪夜。」問：「何事最奇？」曰：「釣同鶴守，菓熟猿收。」

常熟蕭鳳儀作《桑寄生傳》，譏同邑桑某，取藥名成文，足稱工巧。傳云：「桑寄生者，常山人也。

爲人厚朴，少有遠志，讀書數百部。長而益智不凡，雌黄今古，談辭如玉屑。狀貌瑰異，龍骨而虎睛，膂力絶人，運大戟八十斤，走及千里馬。與劉寄奴爲布衣交。劉即位，拜爲將軍。日含雞舌侍左右，恩幸無比。薦其友周升、杜仲、馬勃，上召見之，曰：『公等所謂參、苓、芝、术，不可一日無者也，何相見之晚耶！』生即進曰：『士以類合，猶磁石取鍼，琥珀拾芥。若用小人而望其進賢，是猶求柴胡、桔梗於藋澤也。』然頗好佛，與天竺黄道人、蜜陀僧交最善。從容言於上，上惡其異端，弗之用。木賊反，自號威靈仙，與辛夷、前胡相結連，犯天雄軍。上謂生曰：『豺狼毒吾民，奈何？』生曰：『此小草寇，臣請折箠笞之。』上大喜，賜穿山甲、犀角帶，問：『何時當歸？』對曰：『不過半夏。』遂帥兵往，乘海馬，大戰百合，流血餘數里。令士卒負大黄，發赤箭。賊不能當，遂走，絆于銕蒺藜，或踐滑石而躓。悉追斬之，惟先降者獨活，以延胡索縶之而歸，獲無名異寶不可勝計。或曰：『馬援以薏苡興謗，此不可留也。』俱籍獻之。上迎，勞生曰：『卿平賊如剪草，孫、吴不能過也。』因呼爲國老而不名。生益貴，賞賜日積，鍾乳三千兩，胡椒八百斛，以真珠買紅娘子爲妾。紅娘子者，有美色，髮如蜀漆，顔如丹砂，體白而乳香。生絶愛之，以爲牡丹、芍藥不能與之争妍也。上聞，賜以金銀花、玳瑁簪，月給胭脂、胡粉之費。一日，上見生體羸，謂曰：『卿大腹頓減，非以好色故耶？宜戒淫欲，節五味以自養。』且令放還其妾。生不得已，贈以青箱子而遣之。然思之不置，遇秋風起，因取破故紙，題詩以寄之，曰：『牽牛織女别經年，安得鸞膠續斷絃？雲母帳空人不見，水沉香冷月娟娟。』『澤蘭憔悴渚蒲黄，寒露初凝百草霜。不共玉人傾竹葉，茱萸甘菊自重陽。』妾答之曰：『菟絲曾附女蘿枝，分手車前又幾時？羞折黄花簪鳳髻，嬾將青黛掃蛾眉。』『丁香漫比愁腸結，豆蔻長含别淚垂。願學雲中雙石燕，庭烏頭白竟何如？』『天門冬日曉蒼涼，落葉愁驚滿地黄。清淚暗消輕粉面，凝塵閒鎖鬱金裳。』『石蓮未嚼心先苦，紅豆相看恨更長。鏡裏孤鸞甘遂死，行年何用覓昌陽。』生得詩，情不自勝，乃言於上，召之使還。然生既溺於欲，又不能防風寒所侵，寢以成疾，面生青皮，兩手如乾薑，皤然白頭翁也。上疏乞骸骨，王不留行，諭之曰：『吾囊者預知子之有今日矣。』賜神麯酒百斛，以皂角巾歸私第，養疾而卒。作史君子曰：桑氏出於秦大夫子桑生，蓋桑白皮之後也。有名螵蛸者，亦其遠族。生少孤煢，僅知母而不識父，卒能以才見於時，非所謂郄林之桂枝、沅江之鱉甲也與？其後耽於女色，甘之如石蜜，而忘其苦於熊膽；美之如琅玕，而不知毒甚於烏蛇也。迷而不悟，卒以傷生，惜哉！」

《多少箴》甚有理致，不知何人所作。其詞云：「少飲酒，多啜粥。多茹菜，少食肉。少開口，多閉目。多梳頭，少洗浴。少群居，多獨宿。多收書，少積玉。少取名，多忍辱。多行善，少干禄。使宜勿再往，好事不如無。」

吴江葉氏瓊章，月府侍書女也。卒後從泐大師授記，師曰：「既願皈依，必須審戒。我當一一審汝仙子身三惡業，曾犯殺否？」對曰：「曾呼小玉除花虱，嘗遣輕紈壞蜨衣。」「曾犯盜否？」對曰：「不知新緑誰家樹，怪底清簫何處聲。」「曾犯淫否？」對曰：「晚鏡偷窺眉曲曲，春裙新繡鳥雙雙。」師曰：「口四惡業，曾妄言否？」對曰：「自謂生前歡喜地，詭云今世辨才天。」「曾綺語否？」對曰：「團香製就夫人字，鏤雪裁成幼婦詩。」「曾兩舌否？」對曰：「對月意添愁喜句，拈詩評出短長謡。」「曾惡口否？」對曰：「生怕簾開譏燕子，爲憐花謝駡東風。」師曰：「意三惡業，曾犯貪否？」對曰：「經營緗帙成千軸，辛苦鶯花滿一庭。」「曾犯嗔否？」對曰：「怪他道藴敲枯研，薄彼崔徽撲玉釵。」「曾犯癡否？」對曰：「勉棄珠環收漢玉，戲捐粉盒葬花魂。」大師遂授記。

杜子美父名閑，母名海棠，故其詩無「閑」字而不賦海棠。

「花竹幽牕午夢長，此中與世暫相忘。華山處士如容見，不覓仙方覓睡方。」蔡季通有睡訣云：「先睡心，後睡眼。」晦庵以爲此古今未發之妙。然其語本《千金方》「半醉酒，獨自宿。軟枕頭，暖蓋足。能息心，自瞑目。」此睡訣也。

張紫岩謫居零陵，作《墨》、《杖》二銘以寓意。《墨銘》曰：「存身於昏昏，而天下之理因以昭昭。斯爲瀟湘之寶，予將與之歸老而逍遥。」《杖銘》曰：「用則行，舍則藏，惟我與爾。危不持，顛不扶，則焉用彼？」後孝廟摘《杖銘》書於御杖焉。

王參政伯大號留耕，嘗著《四留銘》於座右，云：「留有餘不盡之巧以還造化，留有餘不盡之禄以還朝廷，留有餘不盡之財以還百姓，留有餘不盡之福以還子孫。」貼於壁間。忽一日雲霧四起，霞光燭天，遂失書所在。

衛伯玉有言曰：「人有不及，可以情恕；非意相干，可以理遣。吾人處世，能以情恕、以理遣，可以遠禍怨，可以添福壽。」邵康節詩曰：「仁者難逢思有常，平居慎勿恃何妨。争先徑路機關惡，退後語言滋味長。爽口味多終作疾，快心事過必爲殃。與其病至求良藥，不若病前能自防。」

魯文恪公有《諭俗歌》云：「祖也善，孫也善，該有善報全不見。請君莫與天打算，此翁記得只性緩，積善之家終長遠。祖也惡，孫也惡，該有惡報全不覺。請君莫與天激聒，此翁性緩不曾錯，積惡之家終滅没。財也大，産也大，後來子孫禍也大。借問此理是如何？子孫財多膽也大。天來大事也不怕，不喪身家不肯罷。財也小，産也小，後來子孫禍也小。借問此理是如何？子孫無財膽也小。些小生業知自保，儉使儉用也過了。」

《墨客揮犀》載孔子去衛適陳一事，子貢、子路從道逢采桑娘，夫子曰：「南枝窈窕北枝長。」婦曰：「夫子行陳必絶糧。」夫子不答而徐行，婦復曰：「九曲明珠穿不過，回來問我采桑娘。」及至陳，果絶糧。陳侯以九曲明珠俾孔子穿之。不得，謂婦有先見，使子貢返而詢之，至采桑所，婦無覓矣。但見桑間聚泥一，踰尺許，又聚泥三。子貢曰：「桑者，木也；泥者，土也，其杜姓耶？旁復有三，其三娘耶？」適樵者過，子貢問曰：「前村可有杜三娘乎？」樵者曰：「蘆塘荻渚繞華屋，瑶草疏花傍粉墻。行過小橋流水北，其間便是杜家莊。」子貢如其言，獲見三娘，具述前事。娘莞爾而笑曰：「此無難。塗絲以脂，繫蟻以要，使徐徐而度。如不肯過，薰之以煙。」子貢得其術，以告夫子。夫子如其言，得穿九曲之珠。此雖齊東之語，然亦人所未聞。而娘與樵皆作韵語，奇哉，奇哉！

陳眉公云：「日月如驚丸，可謂浮生矣，惟静卧是小延年；人事如飛塵，可謂浮生矣，惟静卧是小自在；朝魚暮肉，可謂腥穢矣，惟静卧是小齋戒；智戰力争，可謂險惡矣，惟静卧是小三代。至於寢夢之中，見聞新，游覽廣，無足而行，不翼而飛，又是小冲舉。」

政和中建設畫學，用太學法補試四方畫士，以古人詩句命題。嘗試「竹鎖橋邊賣酒家」，人皆向酒家上著工夫，惟一人但於橋頭竹外挂一酒簾，已見酒家在竹内也；又試「踏花歸去馬蹄香」，衆皆東手，一人但掃數胡蜨飛逐馬後，香意表出，皆中魁選。又試「蝴蜨夢中家萬里」，戴德淳畫蘇武牧羊卧草中，蝶舞其旁。皆良工苦心也。

張亦山《銘心訓》：「人求我，非土却是土；我求人，非金勝是金。人求我，勢急如星火；我求人，熱面冷如冰。人求我，他苦即我苦；我求人，我親他不親。人求我，時刻要結果；我求人，終歲不能成。人求我，大事當小做；我求人，小事大人情。人求我，朝成暮不顧；我求人，猫狗是天尊。人何人兮我何我，人皆伶俐我獨魯。我何我兮人何人，何不將心去比心？千變萬化憑他做，到頭各自有調停。占盡便宜同一死，留個惺惺教子孫。」

釋氏稱佛名號，皆冠以「南無」二字。有人曰：「佛居西方，西方金也，至南方而無，火克金也。」釋氏稱比丘、比丘尼者，皆欲附先聖之名耳。

神宗御邇英閣，問近臣：「《子衿》之詩，何以在《鄭》詩之末？」衆皆莫能對。上曰：「此無他，虐政虐世，然後知聖人之爲郛郭也。」衆再拜呼萬歲。

黄貞父《醉翁圖贊》曰：「酒，好友。閉而眼，捫而口。潦倒衣冠，模糊好醜。多不辭一石，少不辭五斗。提携域外乾坤，斷送人間卯酉。破除萬事總皆非，沉冥一念夫何有？蓋東坡爲無漏之仙，而吾呼之爲獨醒之友。」

「寡婦携兒泣，將軍被敵擒。失恩宫女面，下第舉人心。」昔人謂此四句，六合愁苦之境已寫盡矣。豈知「家徒四壁立，夜抱一衾寒」，又别開一境界。

青絲覆額，香雲墮也；小口含頤，朱櫻破也；眼角傳神，秋波轉也；眉灣吐翠，春山秀也。含風柳嫩，一捻蠻腰；貼地金蓮，雙飛潘步。回頭呼乳茗，新鶯出谷之聲；低首入簾櫳，彩鳳歸山之影。圖畫之所不能傳，吟咏之所不克盡。心乎愛矣，情在於斯。此中三昧，不足爲外人道也。

沈綺琴女士投慧公座下，乞參三昧法。慧公曰：「欲參三昧，先斷六根。如何是無眼法？」答曰：「簾密厭看花竝蒂，樓高怕見燕雙飛。」「如何是無耳法？」答曰：「休教攧篴驚楊柳，未許吹簫惹鳳凰。」「如何是無鼻法？」答曰：「蘭草不占王者氣，萱花莫辨女兒香。」「如何是無舌法？」答曰：「幸我不曾犂黑獄，干卿甚事吐青蓮？」「如何是無身法？」答曰：「慣將不潔調西子，漫把横陳學小憐。」「如何是無意法？」答曰：「只爲有情成小刼，却因無礙到靈臺。」慧公曰：「六根已浄，八垢須除。何謂念煩惱？」答曰：「誤將濁水濺蓮葉。」「作何除法？」曰：「奪取剛刀殺藕絲。」「何謂不念煩惱？」答曰：「一任飛時沾柳絮。」「作何除法？」曰：「再從繫處解金鈴。」「何謂念不念煩惱？」答曰：「春蠶作繭全身縛。」「作何除法？」曰：「臘燭成灰徹底銷。」「何謂我煩惱？」答曰：「未出岫雲偏作雨。」「作何除法？」曰：「不開花樹本空枝。」「何謂我所煩惱？」曰：「底事急流争鼓棹。」「作何除法？」曰：「好憑順水再推船。」「何謂自性煩惱？」答曰：「鑽榆取火還燒樹。」「作何除法？」曰：「凍水成冰不起波。」「何謂差别煩惱？」答曰：「磨將子墨猶嫌白。」「作何除法？」曰：「買得臙脂便是紅。」「何謂攝受煩惱?」答曰:「痛看西子心頭捧。」「作何除法?」曰:「癢倩麻姑背上搔。」

閻羅王召三人至森羅殿對策,問曰:「百行孝爲先,爾諸生曾忤親庭否?」一對曰:「微犯。克家有志光前緒,幾諫無聲保令名。」二曰:「似犯非犯。酌理有時違亂命,承顔到底順親心。」三曰:「不敢犯。寸草春暉依愛日,百年風木感終天。」又問:「萬惡淫爲首,爾諸生曾欺暗室否?」一曰:「偶犯。風懷偷寫鴛鴦譜,春夢閒尋翡翠巢。」二曰:「欲犯不犯。《金荃》變學《離騷》體,煒管私删《鄭》《衛》章。」三曰:「未犯。生嗔宋玉《高唐賦》,欲毁陳思《洛水篇》。」又問:「居官貴廉,爾諸生曾犯貪墨否?」一曰:「曾犯。一郡山光盈宦槖,三春花影入奚囊。」二曰:「將犯未犯。懷金入夜通楊震,酌水臨岐餞趙欽。」三曰:「不犯。輕裝不用携瘞鶴,祖帳何勞選大錢。」又問:「臨民宜惠,爾諸生曾犯武健否?」一曰:「曾犯。懲奸戮盡萑苻盗,飭俗嚴申禮義方。」二曰:「雖犯不犯。蠆尾三年懲水懦,婆心一路煦春温。」三曰:「未犯。每嫌丹筆還多事,常恐蒲鞭是酷刑。」又問:「儉可養廉,爾諸生亦犯奢否?」一曰:「屢犯。經營竹樹開三徑,糜費蘭缸讀五車。」二曰:「幾犯未犯。經營有句誇同學,冷澹何心羨素豐。」三曰:「未犯。衣履從來經再浣,虀鹽隨分足平生。」又問:「勤能補拙,爾諸生亦犯嬾否?」一曰:「常犯。訟庭花落捐塵事,月案琴聲淡素懷。」二曰:「亦犯亦不犯。八騶學士風流客,百里郎官經濟才。」三曰:「未嘗犯。斗室滿堆陶侃甓,曉牕怕着祖生鞭。」又問:「清狂謾罵,君子所羞,爾諸生得無怒詈否?」一曰:「大犯。怒斥漢高非今子,刻訾周武不忠臣。」二曰:「宜犯究未曾犯。嵇生未必能諧俗,劉四何曾解罵人。」三曰:「全不犯。要知我舌何嘗鼓,便是卿言亦復佳。」又問：「感遇牢騷，達人所戒，爾諸生亦復怨尤否？」一曰：「略犯。慚無黄鶴樓頭句，恨少麒麟閣上名。」二曰：「將犯仍不犯。論古欲爲搔首問，安貧聊復降心從。」三曰：「不曾犯。尋常通塞全隨遇，尺寸功名總濫叨。」又問：「好生者天地之心，爾諸生曾犯殺否？」一曰：「亦犯。爲憐春事驅花虱，欲斷情緣殺薄絲。」二曰：「不犯而犯。塵釜不烹尺素鯉，鋼刀曾斬兩頭蛇。」三曰：「不曾犯。合掌浄皈菩薩戒，格腸恪守太常齋。」又問：「無欺者聖賢之德，爾諸生或犯詐否？」一曰：「偶犯。惡客到門辭以疾，慈親在上不稱貧。」二曰：「犯而不犯。三讓也曾嫺世故，一誠畢竟示天真。」三曰：「未嘗犯。意氣薄雲無我隱，肺肝如雪向人傾。」

從來家出顯貴者，其祖宗必不擇吉地而後葬；獲得窖金者，其人必不先望氣而後掘；享高年者，平生不服丸散；作名將者，其人不讀兵書。

李光弼之抗策，畢竟是不臣；温太真之絶裾，畢竟是不子；謝道韞「天壤王郎」之恨，畢竟是不婦；許普以肥田讓兄，而盗取孝廉，畢竟是不弟；王仲回怒撻其子，不令其唁同門之喪，畢竟是不父。

晉明帝問謝鯤：「君何如庾亮？」鯤曰：「端委廟堂，使百僚準則，臣不如亮；一丘一壑，自謂過之。」又問周顗：「君何如亮？」顗曰：「蕭條方外，亮不如臣；從容廊廟，臣不如亮。」顧劭問龐統曰：「子名知人，吾與子孰愈？」士元曰：「陶冶世俗，與時浮沈，吾不如子；論王霸之餘略，覽倚伏之要害，吾似有一日之長。」

崇寧錢文，徽宗嘗令蔡京書之，筆畫從省，「崇」字中以一筆上下相貫，「寧」字中不從「心」。當時識者謂：「有意破宗，無心寧國。」後乃更之。

世之人以嗜欲殺身，以貨財殺子孫，以政事殺人，以學問文章殺天下後世。

《易經》之「易」字，考之古篆作，日月爲易也。日月謂坎、離。乾、坤爲天地之體，坎、離爲天地之用。天地非日月不能生化，人物非水火不能生活。命之曰易，則知逐卦逐爻皆有坎、離之用。日中有一，奇也；月中有二，耦也。

《易》之爻辭多文王以後事，如《升》之四：「王用亨于岐山。」武王克殷之後始追王文王，若文王自作爻辭，不應云「王用亨于岐山」。又《明夷》之五：「箕子之明夷。」武王觀兵之後，箕子始被囚奴，文王不宜豫言「箕子之明夷」。又《左傳》韓宣子適魯，見《易》象云：「吾乃知周公之德。」周公被流言之謗，亦得爲憂患也。」驗此諸説，以爲卦辭文王，爻辭周公。

于肅愍公少有大志。家有文文山像一幅，懸置座側，爲之贊曰：「嗚呼文山，遭宋之季。徇國忘身，舍生取義。氣吞寰宇，誠感天地。陵谷變遷，世殊事異。坐卧小閣，困於羈縶。正色直辭，久而愈厲。難欺者心，可畏者天。甯正而斃，弗苟而全。南向再拜，含笑九泉。孤忠大節，萬古攸傳。我瞻遺像，清風凜然。」

永嘉甄龍友，滑稽辯捷，名冠一時。嘗遊天竺寺，集詩語贊大士，大書於壁云：「巧笑倩兮，美目盼兮。彼美人兮，西方之人兮。」孝廟臨幸，一見賞之，詔侍臣物色其人。或以甄姓名聞，且曰：「是溫州狂生。」上曰：「朕自識拔，卿等勿阻也。」趣召入見，上問曰：「卿名龍友，何義云然？」甄倉猝不知所對，上遂不懌。甄退，乃思得之，曰：「陛下爲堯舜之君，故臣得與夔龍爲友。」以甄之給捷而一時懵懂，豈非榮進有數乎？甄又有《西湖大佛頭贊》云：「色如黄金，面如滿月。盡大地人，只是一橛。」禪子多稱之。

無當玉卮卷五

分千樹一葉之影,即是濃陰;減四海數滴之流,便成膏澤。

火佚焚家,家不罪火;食過傷人,人不罪食。

疑心一生,則屋上之弓皆爲蛇;懼心一生,則山上之草皆爲兵。

見虎一毛,不知其斑。

桂華無實,玉卮無當。

鑿石見火,窺隙觀電。螢覩朝而滅,露見日而消。

河有防而蟻爲之決,稼太盛則螟生其間。

閉門造車,出門合轍。

群居守口,獨坐防心。

害人之心不可有,防人之心不可無。寧受人之欺,毋逆人之詐。

圖未就之功,不如保已成之業;悔既往之失,不如防將來之非。

黍寒乍暖,灰冷仍然。

荷鋤候雨,不如决渚。

玄蟬潔饑，蜣螂穢飽。
舉杖呼狗，張弓祝雞。
上山求魚，入水捕兔。
解衣包火，張羅捕虎。
走韓盧而搏蹇兔。
鷹飛於天，雉竄於蒿；猫游於堂，鼠安於穴。各得其所，豈不快耶！
枳棘之林非鸞鳳所棲，百里豈大賢之路？
芳蘭生門，不得不鋤。
合歡蠲忿，諼草忘憂。
神龍失水而陸居兮，爲螻蟻所裁。
養魚於沸鼎之中，棲鳥於烈火之上。
寧可玉碎，不能瓦全。
以湯止沸，抱薪救火。
水中着鹽，飲水而知鹹味。
鷹轉尾而有摩天之勢，松鼠揚尾而有騰空之能。蓼蟲食苦而甘，彼自甘之，與人無與也。
漁者謹提其綱而網疏焉，故常得巨魚；或捉搦於鰍鰕之間，則吞舟者逃。

以千金之珠易魚之一目，而魚不樂者，何也？目雖賤而真，珠雖貴而僞也。

鳳凰已翔雲霄，而鷽鳩猶譏其毛羽有微塵，甚無謂也。

有鄉民掩廬，盗賊環伺其家。不磨刃外向，而惟聞夫妻反目，父子責善。盗賊聞之，寧不大快？

馬負千鈞，蟻駝一粒，各視其力之所能到。

寧飲水而瘦，無食言而肥。

千仞之木固斃於斧斤，一寸之草亦傷於踐踏。

施丹漆於樗櫟，加薰沐於無鹽。

夜行者自信不爲盗，而不能使狗無吠。

蟲嚙鋏牛，無下嘴處。

天邊明月，原無常照之光；世上春風，或有重來之望。

八珍具而厨者先嘗，大厦成而匠人先坐。

促織鳴秋，布穀鳴夏。物雖微而應候，人有賤而言忠。

瑕瑜不相掩者，玉也；粹然一色者，碔砆也。

黄蘗青蓮，自知心苦。

蕉葉有心，雖知卷雨；楊枝無力，只好隨風。

足跛者愛走，口吃者多言。

西施雖美，虎豹見之而必傷；陶朱雖富，豺狼遇之而必害。

以敗布披博山鑪，則馨香自在；若以古錦裹溷器，又烏能掩其臭味耶？

因艾棄蘭，惡鴞黜鳳。

函牛之鼎，不可以烹小鮮；千斤之弩，不可以中鼷鼠。

甌越之人，與奚霫不争地；江海之人，與車馬不争路。

花自照鏡，鏡不知花；月自映水，水不知月。

無當玉卮卷六

北齊石動筩嘗詣國學，問博士曰：「孔門達者七十二人，幾人冠？幾人未冠？三千弟子後來作何結果？」博士曰：「經傳無文。」石曰：「先生讀書，豈合不解『冠者五六人，童子六七人』？五六得三十，六七四十二，合之得七十二人。二千五百人爲師，五百人爲旅，合之得三千人。」衆皆大笑。

華亭人冒籍上海小試，憤其不容，大書通衢曰：「我之大賢與？於人何所不容？我之不賢與？如之何其拒人也？」上海人答曰：「我之大賢與？何必去父母之邦？我之不賢與？焉往而不三黜？」

滁州劉廉夫，少爲州學生，當丁祭畢，見諸生爭取祭物，乃戲爲彈文曰：「天將曉，祭祀了，只聽得兩廊下鬧炒炒。争胙肉的你精我肥，争饅頭的你大我小。顔淵德行人，見了微微笑。子路好勇者，見了心焦燥。夫子喟然歎曰：我也曾在陳絶糧，不曾見這夥餓殍。」

宋李太伯不喜《孟子》。好飲酒，一日有達官送酒數斗，而家釀亦熟。一士無計得飲，乃作詩數首譏《孟子》云：「完廩捐階未可知，孟軻深信亦還癡。岳翁方且爲天子，女壻如何弟殺之？」「乞丐何曾有二妻，隣家焉得許多雞？當時尚有周天子，何必紛紛説魏齊。」太伯見詩大喜，留連數日，所譚莫非譏《孟子》也。酒盡乃辭去。

吴中有蔣思賢者，父子俱業傳神。一日，父子交寫，皆不像。或嘲之曰：「父寫子真真未像，子傳父像像非真。自家骨肉尚如此，何況區區陌路人。」

有一女子能詩，因姦見郡守。守指械爲題，命作一詞。女賦《黄鶯兒》云：「奴命木星臨，霎時間，上下分。松杉裁就爲圓領，交頸怎生？畫眉不成，眼睛兒盼不見弓鞋影。爲多情，風流太守，獨桌宴紅裙。」守大稱賞，即釋之。

或論三綱之義，夫爲妻綱；五行之道，陽伸陰詘，則夫宜無有畏於妻者。殊不知凡男命皆起於寅，寅，純木之精也；女命皆起於申，申，純金之精也，未有木而不畏金者也。又男道主火，女道主水，未有火而不畏水者也。況陽能發育主生，陰能收斂主殺，未有不樂生而畏死者也。此懼内之理，鮮有知者。

冬至後九九氣候，田家諺云：「一九二九，相逢不出手。三九二十七，籬頭吹觱栗。四九三十六，夜眠如露宿。五九四十五，窮漢街頭舞。一作：太陽開門户。六九五十四，蒼蠅垛屋杴。七九六十三，布衲擔頭擔。八九七十二，猫狗眠窨地。九九八十一，犁耙一齊出。」夏至後諺云：「一九二九，扇子不離手。三九二十七，冰水甜如蜜。四九三十六，汗出如洗浴。五九四十五，頭戴秋葉舞。六九五十四，乘涼入佛寺。七九六十三，夜眠尋被單。八九七十二，思量蓋夾被。九九八十一，堦前鳴促織。」

許義方妻劉氏，端潔自許。義方出外，經年始歸，語妻曰：「獨處無聊，亦與隣里親戚往還乎？」劉曰：「自君之出，足未嘗履閾。」義方咨歎不已。又問：「何以自娱？」答曰：「惟時作小詩，以遣情耳。」義方欣然索詩稿觀之，開卷第一題云「月夜招隣僧閒話」。

嘉靖設朝，大學士嚴嵩、吏部尚書熊浹被召來遲。世廟因出對云：「閣老心高高似閣。」二臣惶悚伏地，不能對。世廟好言慰之，云：「朕爲代對：天官膽大大如天。」

有人戲作《臘梨賦》曰：「葫蘆之質，油灰之色。盔頭以擺錫爲裝，燈籠以梅花爲式。纖絨輕軟，如千七之初生；紫氣光盈，若點卯之乍忒。其騷也與鬍子同稱，其乖也與鷂鷹比德。官銜每自附於總兵，排行慣托名於五十。海鶴欲叫，豈無得意之秋？胡蜂亂釘，正其被窘之刻。殺雞嘗自笑其刀鈍，買油竟可賒以塗額。紛紛雪下，似花片之輕翻；熠熠紅浮，若鬼火之騰出。何須對鏡以臨粧，不過盥洗而禮畢。亂曰：晝夜頭光復面滑，做夫妻兮不結髮。鹽滷調來煙櫃刮，瘡未愈時先痛煞。悲夫！人間百病俱可醫，切莫生來滴瀝搭。」又有歌曰：「似梅花不香，似雪花不洋。似琉璃挂不得廳堂上，似油灰賣不得修船匠。娘，謂何我底頭好似醬黄模樣？」

明陸天池有寓言曰：「某帝時，宮人多懷春疾。醫者曰：『須勅數十少年藥之。』帝如言。後數日，宮人皆顔舒體胖，拜帝曰：『賜藥疾愈，謹謝恩。』諸少年俯伏於後，枯瘠蹣跚，無復人狀。帝問：『是何物？』對曰：『藥渣。』」

熊元明戲作《歲朝詞・黄鶯兒》曰：「定凍五樣頭，煨鴨蛋，噪煮韭，蘿蔔白鮝鷄來湊。糟魚少頭，瓜虀没油，圍爐火燉生泔酒。餓吼吼，接連幾盌，個個踏陽溝。」

有陸厨被枷，臧晉叔爲詩曰：「陸厨今歲苦多端，頭向青松木裏鑽。日出乍看臺少脚，夜行不怕井無欄。濛鬆細雨衣難溼，料峭東風頸不寒。更有一般堪歎處，入時容易出時難。」

建平四年，妖賊王始自號太平皇帝，父同爲太上皇，兄休爲征東將軍，太爲征西將軍。慕谷德討擒之，人謂之曰：「何爲妖妄，貽自族滅？父及兄弟何在？」始曰：「太上皇蒙塵在外，征東、征西爲亂兵所害。如朕今日，復何聊賴？」其妻怒曰：「止坐此口，以至於此。」始曰：「皇后，自古及今，豈有不亡之國哉！」

有老夫娶少婦，朞年而殞。管子寧集唐嘲之：「一朵梨花壓海棠，有時顛倒着衣裳。風塵荏苒音書絶，天上人間兩渺茫。」「一朵梨花壓海棠，羅裙宜着繡鴛鴦。人生富貴須回首，魏國山河半夕陽。」「纖纖初月上鴉黄，一朵梨花壓海棠。舊枕未容春夢斷，爲郎憔悴却羞郎。」「潘安惆悵滿頭霜，一朵梨花壓海棠。去日漸多來日少，離人到此倍堪傷。」「似説春風夢一場，江流曲似九迴腸。却將此日思前日，一朵梨花壓海棠。」「萬轉千回嬾下牀，丁丁漏永夜何長。驚回一枕游仙夢，一朵梨花壓海棠。」楮石農代少婦追思：「一朵梨花壓海棠，白頭翁入少年塲。主人非病常高卧，醉倒簷前白玉牀。」「一朵梨花壓海棠，芸牕思貼弱肌香。誰知白髮龍鍾者，雲雨巫山枉斷腸。」「數年塵面再新粧，一朵梨花壓海棠。半夜燈前思舊事，滿牕明月滿簾霜。」「此日思君恨更長，空餘涕淚兩三行。夜深忽夢少年事，一朵梨花壓海棠。」

文衡山生年與靈均同，因取「唯庚寅吾以降」句爲圖書。有一守自北方來，聞知衡山善畫，因問人曰：「文先生前更有善畫過之者乎？」或以唐伯虎對。又問：「伯虎何名？」曰：「唐寅。」守即躍起曰：「文先生屈己尊人如此！」人問何故，曰：「吾見文先生圖書曰：『唯唐寅吾以降。』」聞者噴飯。

石敢當仰視桃符而詈曰：「汝何等草芥，輒敢居我上？」桃符俯而應曰：「汝已半截入土，猶與我争高下乎？」石敢當怒，往復紛然不已。門神解之曰：「吾輩不肖，方傍人門户，何暇争閒氣耶？」雖屬戲言，可發深省。

一蒙師與客小飲食茄，其徒忽問曰：「『茄』字如何寫？」師愕然未語，客曰：「草頭着『加』字。」師認爲「家」字，毅然曰：「要曉得『茄』字原出在《易經》『非我求童蒙，童蒙求我』。」客曰：「非此『家』字。」師復認爲「佳」字，恍然曰：「是已，《春秋》不云乎？『鄭國多盜，取人于萑苻之澤。』」客曰：「亦非也。『草』頭下一勾一撇着『口』字。」師將指畫作「勹」、「口」字，喟然曰：「忘之矣！《禮記》開卷即云：『臨財毋苟得，臨難毋苟免。』」客曰：「草頭下一勾一撇，不是這樣寫。」師又凝思，復認爲「刀」、「口」字，因厲聲曰：「汝讀《詩經》，如何不曉得《苕之華》乎？」客曰：「又悞矣。只是草頭下一個『力』字、一個『口』字耳。」師猛然想作「立」字，摇首瞪目，顧其徒而言曰：「可見凡人不特五經當熟，即二典亦須博通。我每晨持誦《金剛經》，見有這個『茄』字，所云『須菩提於意云何』、『佛告須菩提』。至《梁皇懺》則云：『南無菩薩摩訶薩。』」客曰：「又非也。」乃手畫「艹」頭下一「加」字與看。師曰：「原來出在《書經》『爾有吉茄謀吉茄猷』。」相與哄堂大笑。

明華亭徐司空達齋，文貞公弟也。初官都下，南歸。張江陵爲文貞門生，與諸公具酒餞之。臨别而達齋醉甚，乃拊江陵背曰：「去時還有張老來相送，來時不知張老死和存。」江陵銜之。顧小川爲文貞壻，謁松守方某，適有坐客，問：「此位何人？」方云：「當朝宰相爲岳丈。」王元美爲郎時，適有宴會，而嚴世蕃與焉。候久方至，衆問：「來何遲？」世蕃云：「偶患傷風耳。」元美笑云：「爹居相位，怎説出傷風？」衆大笑，亦有爲元美咋舌者。金給諫士希，本西域人，科中戲曰：「賢哉回也。」失偶再娶，又相賀曰：「這回好個風流壻。」四事皆用《琵琶記》語調謔，一時機鋒到，自亦難禁。

易公守莆田，一以寬厚爲政。有夫毆婦者，甲見其已甚，爲不平，毆其夫。婦見甲毆其夫，還同夫毆甲。甲言：「爲爾出氣，反同毆我？」拉以見易。易批其詞云：「福州剪子雲南刀，廣東茶銚蘇州絲。」擲示兩造，兩造不解。易復取足之云：「打得好，打得好。」兩造笑謝而去。

寧波曹某題詩譏相士袁柳莊曰：「英雄老眼識英雄，我正懷疑欲問公。九尺曹交湯九尺，重瞳項羽舜重瞳。形容何乃一相似，功業如何兩不同？須向此中明造化，莫將容易問窮通。」

廣文先生之貧，自古記之。近世士風日趨於薄，某學先生因有以銅銀爲贄者。先生嘲之曰：「薄俗送禮，不過五分。啓封視之，堯舜與人。」有餽之肉，乃瘟豬也。又嘲之曰：「秀才送禮，言之可羞。瘦肉一方，堯舜其猶。」或作破云：「教官之責門人也，言必稱堯舜焉。」

杭州經山寺僧至慧欲還俗，乃作詩云：「少年不肯戴儒冠，强把身心赴戒壇。雪夜孤眠雙足冷，霜天剃髮滿頭寒。朱樓美酒應無分，紅粉佳人不許看。死去定爲惆悵鬼，西天依舊黑漫漫。」後蓄髮還俗，花燭之夕，其師儼然受禮。有人作《黄鶯兒》嘲之曰：「和尚討家婆，脱偏衫，着綺羅。彌陀大笑金剛怒，撇了師徒，别了尼姑。繡房穩似禪牀卧，喝興波。堂前花燭，牽出老葫蘆。」

太學生相叙，各言土産，以相嘲難。東魯生曰：「一山一水一秀才，甲天下矣。」關中生曰：「何山？」曰：「泰山。」曰：「『只有天在上，更無山與齊』，當在華山下矣。」又問：「何水？」曰：「東海。」曰：「『黄河之水天上來，東流到海不復回』，又屬河之委矣。」又問：「秀才誰也？」曰：「孔子。」曰：「『文王我師也，周公豈欺我哉！』孔子，文王之弟子也。」相與一笑，是稱文譚。

成化丙戌，陳公甫、莊孔暘、章德懋應試南宫，主試劉定之、萬安相戒曰：「場中有此三人，不可草率。」及填榜，章、莊高列，獨不見陳卷。時題爲「老者安之」三句，亟覓至，則陳破云：「人各有其等，聖人等其等。」同考者業批其旁云：「若要中進士，還須等一等。」見者哄堂。

有黠僧對客云：「儒學雖正，不如釋學之博。如僧能讀儒書者多，儒者少能通釋典也。儒釋兼通者，宋景濂一人而已。」山陰張倬答曰：「譬如飲食，人可食者，狗亦能食之；狗所食者，人決不食之矣。」僧默然不能辨。

移棊相間法：將黑、白棊子各三枚，左右分列，三移則黑、白相間。自三以至於十外皆可移，多一子則多一移，相間不亂。歌以紀之：「三子從根起，二三望前移。四子根空一，從根還空位。二三復舊所，末子向前備。五子前後各空一，黑白從中移向前。二三黑白還空位，根頭二子自天然。六子從根各空一，四五二馬向前行。五六二子歸空位，二三黑白望空存。七子從根各空一，二移右起三四行。四子相連從中去，四移右數六七輪。五移隣子歸空位，二三去兮末子登。八子從根各空一，五六左右交互换。五移六七向前輪，六移七八補缺斷。二三黑白歸空位，就是兒童也不亂。九子從根亦空一，二移左斷四五通。三移六子從中去，四子相連亦去中。五移九十歸空位，右一降兮左一逢。十根空一前補後，三移五六向前通。四移六七歸空位，五移四子去其中。六移九十還舊處，壁隣二子補其空。八移五六向後去，二三歸空末子逢。」

雲間莫如忠六歲應試，主司訝其小。面試一破以《爲政》、《八佾》、《里仁》、《公冶長》爲題，莫應聲曰：「化隆於上而有僭，非其禮者；俗美於下而有犯，非其罪者。」主司歎賞。又以「子曰」二字爲題，破云：「匹夫而爲百世師，一言而爲天下法。」遂入泮。

有吏胥之子，人言文理粗通而不脱俗。父因試之，以「月」爲題。其子吟曰：「憑甚文書離海嶠，給何路引到天涯。更有一般違法處，夜深無故入人家。」其父怒曰：「果不脱俗。」又以「庭前山茶」爲題，命其再咏。其子又吟曰：「切照庭前一樹茶，緣何違限不開花？信牌急仰東風去，火速明朝就發芽。」其父批云：「看得後詩愈加不法，深爲髪指。着爾速將詩内俗字一一開除，庶望有成。如敢仍前抗違，取究未便，慎之毋忽。」

唐子畏謂祝枝山云：「詩之二言始於黄帝《彈歌》『斷竹，續竹。飛土，逐宍』，三言始於『振鷺』之詩，四言始於康衢『擊壤』之謡，五言始於蘇、李泣别之什，六言始於孺子『滄浪』之歌，七言始於漢武柏梁臺之句。至李長吉『酒不到劉伶墳上土』，八言也。杜少陵『男兒生不成名身已老』，九言也。李太白『黄帝鑄鼎於荆山鍊丹砂，丹砂成騎龍飛上太清家』，十言也。蘇子瞻『山中故人應有招我歸來篇』，十一言也。」祝云：「四十九言始自何人？」唐云：「詩有四十九言耶？」祝云：「有《新燕篇》末句云：『好像蘇州城隍廟東大關帝廟内西廊下立着個提八十三觔鋏柄大關刀黑面孔阿鬍子周將軍鋏草鞋裏伸出五個脚跡頭。』」舉座絶倒。

馮猶龍有《黄鶯兒・嘲長妓》云：「仰面覷妖嬈，出蘭房，須曲腰。粉墻半露花容貌，也不是雲粧髻高，也不是繡鞋底高。拜如折竹因風倒，好姣姣。太湖石畔，有個女曹交。」又《嘲麻妓》云：「繡閣俏嬋娟，恨朝朝，費粉錢。龐兒亂撲梨花片，千圈萬圈，不方不圓。水漚滿泛清波面，貼花鈿。繁星拱照，點破鏡中天。」

昔一人應受生，謂轉輪王曰：「要我爲人，必依我願方去。」王曰：「云何？」對曰：「父是尚書子狀元，繞家千頃五升田。魚池花果般般有，美妾嬌妻箇箇賢。充棟金珠並米穀，盈箱羅綺及銀錢。身居一品王侯位，安享榮華壽百年。」王曰：「有此好處我自去了，何待於汝！」

皇朝初定鼎，諸生有養高行遯者。順治丙戌再行鄉試，其告病觀望諸生悉列名與考。有人作詩刺之曰：「聖朝特旨試賢良，一隊夷齊下首陽。家裏安排新雀帽，腹中打點舊文章。當年深自慚周粟，今日翻然喫國糧。非是一朝忽改節，西山薇蕨已精光。」聞者絶倒。

如皋有一善刀筆吏，見石莊司巡檢申文内稱「巡檢司弓兵某等拏獲巨盗若干名」，因語之曰：「弓兵獲盗，于官何與？」文已將投，不及竄改。索其五金，乃于「司」字旁添一直，爲「同弓兵某等獲盗」。申文上而巡檢得旌矣。又有三童子交毆而斃其一，官擬一人抵死。其父欲爲申辨，因語曰：「酬吾多金，片言可豁也。」與之，書牘云：「三嬰戲毆，非姦非盗非仇；六手交加，一死一生一抵。」上司見而釋之。

林粹夫《咏酒・塞鴻秋》詞云：「米明王原掌奇門印，麯將軍會擺迷魂陣。水中郎穩坐雲安鎮，柴令公傳示蘭陵信。祭遵壺矢威，李白鑾書令，那愁城攻破莫逃命。」

元中統初，燕市一胡蜨甚大。大名王和卿賦《醉中天》詞云：「挣破莊周夢，兩翅駕東風。三百處名園，一采一箇空。難道風流種，諕煞尋芳蜜蜂。輕輕的飛動，賣花人搧過橋東。」

《猫睛驗時歌》曰：「子午如綫卯酉圓，寅申巳亥似牛尖。辰戌丑未如杏匾，此法千金總莫傳。」

金陵陳大聲《嘲北地巷曲》曰：「門前一陣騾車過，灰揚，那裏有踏花歸去馬蹄香？棉襖棉裙棉袴子，膀脹，那裏有春風初試薄羅裳？生葱生蒜生韮菜，腌臟，那裏有夜深私語口脂香？開口便唱寃家的，歪腔，那裏有春風一曲杜韋娘？舉杯定喫燒刀子，難當，那裏有蘭陵美酒鬱金香？頭上鬏髻高尺二，蠻娘，那裏有高髻雲鬟宮樣粧？行雲行雨在何方，土坑，那裏有鴛鴦夜宿銷金帳？五錢一兩等頭昂，便忘，那裏有嫁得劉郎勝阮郎？」

宋王德僭竊，執一士作詔云：「兩條脛脡，馬趕不前；一部髭鬚，蛇鑽不入。身坐銀交之椅，手執銅鎚之鍒。翡翠簾前，好似漢高之祖；鴛鴦殿上，渾如秦始之皇。」一應文武百官不許著草履上殿。德被擒，此士以此詔獲免。又有某賀翰林啓云：「通籍玉堂，帝亦呼庶吉之士；校書天祿，人皆稱劉更之生。」亦堪捧腹。

吴復庵《詠歲考生童・駐雲飛》十闋，《一等》云：「志氣軒昂，忽聽呼名直上堂。行走直舒暢，答應偏清亮。嗏，花朵白銀裝，紅綾飄颺。鼓樂喧天，皂隸都稱奬。童僕跟隨也有光。」《二等》云：「心下躊躇，名姓才呼意少舒。如插雙飛翅，也有三分趣。嗏領賞向前趨，絨花齊樹。鼓吹低聲，送出儀門去。比上不足下有餘。」《三等》云：「焦躁憂疑，兩脚高擡望眼迷。叫的無陽氣，應的無佳味。嗏高下總休提，過庭而已。鼓樂無聲，空把絲絲繫。無辱無榮寂寞歸。」《四等》云：「真箇蹊蹺，新進高年各討饒。文字原顛倒，疾病應昏耄。嗏自古法難逃，用撲作教。雖不傷臀，示辱還堪惱。掩耳吞聲忍這遭。」《五等》云：「到此難提，失志銷魂落水雞。求打聲如沸，賜打甘如醴。嗏那肯聽憑伊，從無此例。卸下衣巾，烏帽青衫已。半在黌宫半社裏。」《六等》云：「短歎長吁，今日頭巾是了期。戴你曾歡喜，别你何容易。嗏老大總傷悲，原無意味。增廩多年，落得添雙翅。出學歸田任所之。」《援例》云：「據狀申文，勉納銀錢出學門。冠帶無風韵，名色無憑准。嗏贏得好傳神，烏紗白鬢。頭角峥嶸，孫子應難認。問道尊官是恁人？」《告衣衿》云：「年老家貧，志氣難伸命又屯。要中身難進，要退心難忍。嗏仔細自評論，這條路穩。完節全名，免得親朋哂。也不生員也不民。」《新進》云：「新進儒童，文字粗知運偶通。彩帳街前擁，盤盒門前送。嗏氣象忒英雄，價高聲重。且請從容，休得齊喧哄。多少窮酸没此中。」《童生》云：「到底成空，枉却鑽謀囑托功。貴的書争送，富的銀争用。嗏兩考興匆匆，一場春夢。說嘴揮拳，前日何其勇。今日裏抑尾垂頭不見踪。」

陳介《嘲禿子・雁兒落》云：「似葫蘆怎解瓢？似湯鏇，似銀銚，簪不得道士冠，宜戴頂僧伽帽。呀頭髮徧周遭，遠看像個尿胞。如芋苗經霜打，比冬瓜雪未消。有些兒腥臊，又惹得蒼蠅鬧。鏖糟，只落得不梳頭閒到老。」

蒙求子《捲堂文》云：「學以治生爲先，不可無謀食之計；師以淑人爲貴，尤當嚴衛道之防。慨自世降而風微，逐致道衰而日甚。倚門餬口，效彈鋏之馮驩；寄食資身，同垂釣之韓信。一金雖甚薄，俛首於濁富之門；百里敢辭勞，委身於不親之地。視生徒猶骨肉，遂棄子與拋妻；以館舍爲福堂，遽離鄉而背井。坐時動經累月，不道歸遲；去時未反半旬，却嫌久滯。無枷無鏁，實爲自在之囚；不啞不聾，化作癡呆之漢。東人事機渾未解，遽稱爲聖爲賢；書生文理但粗通，包渠發魁發解。毛錐將安用，直須曲意狗人；文章難療饑，只得垂頭喪氣。事非由我，辜負雪月風花；身屬他人，受盡醎酸冷淡。幽暗岩崖生鬼魅，燈火未來時；悽涼境界憶家鄉，書生歸去後。濃霜染鬢，韶華多向苦中過；烈火燒心，家事盡從忙裏辦。行坐皆在人前，分明是上賓模樣；志氣落於人後，畢竟是末等生涯。總覔得一兩五錢，怎填補千瘡百空。徒使斯文掃地，豈知富貴在天。幾番欲發憤辭歸，當不得婉言留住。館童落落似朝星，半明半滅；門第悠悠似夏燕，自去自來。誰人效立雪楊游，何處尋浴沂童冠？雨洒書牕聲淅瀝，打破愁心；風吹紙帳影翩翻，驚回旅夢。算功課論長説短，欲訴無門；討束脩指東話西，要歸不得。農工商賈莫非人，奚必教書爲業；城市鄉村皆有利，何須處館營生。從今舊翼，定令飛過愁山；及早回頭，還好脱離苦海。且去乘龍朝帝闕，莫教騎馬傍人門。勉作捲堂之文，永白爲師之戒。」又有《館師歎》七律云：「先生虛話説難全，實景描來更可憐。馬眼槅橫孔乙己，梅花笏倒去求仙。二鼇一管羊毛筆，五箇三張麵袋簾。銕硬紫硃稀爛墨，亂批習字點而圈。」「村館從未説可傷，舊家風景更郎當。庭隅每泛渾尿桶，屏後常留宿浴湯。厚意涼拖一把扇，盛情白滚兩條薑。歲終節物無多送，一塊年餻又少糖。」「館童頑劣實堪羞，捉七游河踢石毬。燈挂倏移油累帳，點心無剩碟忘收。窩茶亂塞尿騷被，添粥深摳黑指頭。若更輕輕攢一記，是非搬壞不相留。」「博得虛名叫相公，四時八節苦無窮。兩盆臭菜朝朝罩，半注黃湯夜夜空。燒壞油燈無一足，跌殘筆架缺三峰。補頂帳子陳年絮，冷暖常教睡不濃。」「一壺白水灌空心，六筋齊攢四菜盆。三春不見河鮋面，八月空聞螃蟹名。蘿蔔傍邊沾油膩，粉皮頭上帶葷腥。惟有一爿黃草布，朝晨揩面夜揩臀。」「勸人切莫做先生，滿肚鏖糟氣不平。一身羈絆如繩縛，兩耳嘈嘈似雀鳴。質笨但嫌無教法，功多又説自聰明。更有一般堪恨處，束脩直欠到如今。」文衡山亦有一律云：「暑往寒來春復秋，等閒白了少年頭。半饑半飽清閒客，無鎖無枷自在囚。課少父兄嫌懶惰，功多子弟結冤仇。何時得遂男兒志，解散胸中萬斛愁。」

崇明佃户攬田，先以雞鴨送業主，此通例也。有張三者，向施氏攬田。施曰：「此田不與張三種。」既而張三取雞餽之，施轉語曰：「不與張三却與誰？」張三曰：「施相公如何頃刻間兩樣説話？」施曰：「方才這句話是無稽之談，此刻這句話是見機而作。」

有嘲跎子詩云：「哀哉跎背翁，行步甚龍鍾。遇客先施禮，無人亦打恭。有心尋地孔，何面見蒼穹。仰卧頭難着，俯眠腹又空。蝦身窨且縮，黿背聳還豐。雨不沾懷内，臀常晒日中。娶妻須凸肚，摟妾怎偎胸。劃石差堪擬，斷環略可同。小橋稱雅綽，新月肖尊容。赴水如垂釣，懸梁似挂弓。生前偏跼蹐，死去也謙冲。」

孫扶桑年十四時故作鄙俗七律一章，賀人晚年再娶：「寡婦今朝嫁寡公，生涯重整興怱怱。竹牀破篁咿啞響，舊竈新泥踢禿春。開口蛤蜊寬定宕，垂頭麻雀癟丁東。掀幃忽見牕櫺白，勉强支腰又一通。」見者絶倒。

會稽天依寺有半月泉，泉隱岩下，雖月圓滿，池中只見其半，最爲妙處。有僧鑿開岩名滿月，殊可笑。楊升庵因題一絶云：「磨墨濃填蟬翅帖，開半月岩爲滿月。富翁漆却斷紋琴，老僧削圓方竹節。」唐人韋鵬翼亦有殺風景詩云：「豈肯閒尋竹徑行，却嫌絃管好蛙聲。自從煮鶴燒琴後，背却青山卧月明。」亦有致。

昔子思、孟子稱孔子亦曰仲尼，未聞有别號也。舊有詩曰：「孟子名軻字未言，如今道號却紛然。子規本是名陽鳥，又要人稱作杜鵑。」

有詩家世一律云：「特報黄堂太守知，小兒今忝狀元回。家兄御史山東道，舍弟郎中福建司。伯父舊年陞冢宰，嚴親今歲轉尚書。不才久已叨黄甲，願假人夫一片時。」

自來縣尉下鄉擾人，雖監司、郡守不能禁止。有效《雅》體作《雞鳴》詩曰：「《雞鳴》，刺縣尉下鄉也。雞鳴喈喈，鴨鳴呷呷。縣尉下鄉，有獻則納。雞鳴于塒，鴨鳴于池。縣尉下鄉，靡有孑遺。雞既烹矣，鴨既羹矣。鑼鼓鳴矣，縣尉行矣。《雞鳴》三章，章四句。」

元啞御史春日與瞽者竝馬出游晉陽，因贈以詩云：「就鞍和裹綰絲韁，也逐王孫出晉陽。人笑但聞誇景物，風來應解識笙簧。馬蹄響處無芳草，鶯舌調時有緑楊。休道不知春色好，東風桃李一般香。」

一方士好大言。或問曰:「先生壽幾何?」方士啞然曰:「余亦忘之矣。憶昔女媧之世,天傾西北,地陷東南。余尚童稚,居中央平穩之處,兩不能害。因與群兒看伏羲畫八卦,見其蛇身人首,得驚癇,幾不起。賴神農以草頭藥治余,幸不死。蚩尤犯余以五兵,因舉一指,擊傷其額,流血被面而遁。蒼氏子不識字,來求教。爲其愚甚,不屑也。廢都十四月而生堯,延余作湯餅會,余贈以生肖錢。舜爲父母所虐,號泣於旻天。手爲拭淚,勸勉再三,遂以孝聞。禹治水過余門,勞而觴之,力辭不飲。孔甲贈余龍醢,余悞嘗之,口腥臭,因辟穀。成湯開一面之網,以羅禽獸,嘗面笑其不能忘情於野味。商紂强余牛飲,不從,置余炮烙之刑,七晝夜而言笑自若,妲己以爲異而釋之。姜家小兒釣得鮮魚,時時相餉,余以飼山中黄雀。後見夷、齊餓於首陽,以麻姑所贈交梨、火棗并魚遺之。穆天子瑶池之宴,讓余首坐。徐偃稱兵,天子乘八駿而返。阿母留余終席,飲桑落之酒過多,賴董雙成、蕚緑華兩箇丫頭扶我歸舍,沉醉不起。被楚、漢争鋒,咸陽三月火,殺聲震天,以致驚醒。吕后害韓、彭諸將,余力諫,不從,卒至三國分漢。南、北兩朝,上下佞佛。余言不入,與陶弘景輩隱居華陽,稱山中宰相。唐明皇欲游月宮,召見便殿。適貴妃與安禄山洗兒錢,取視之,即余向所贈堯者也。陳橋兵變,太祖自立而還,大宴功臣,欲以杯酒釋兵權,命余往説石守信等棄職歸山。觥籌交錯,至今尚在醉鄉。山中無曆日,不知世上是何甲子也。」

錢唐葉生爲太學官,無學識。有學生假作葉策題云:「《孝經》一序,義亦難明。且如『韋昭王』是何代之主〔一〕?『先儒領』是何處之山?孔子之志,四時常有也,何以獨言『吾志在春』?孔子之孝,四時常行也，何以獨言『秋行在孝』？既曰『夫子没』，而又何以『鯉趨而過庭』？爾多士其詳言之。」

【校勘記】

〔一〕「韋昭王」，原誤作「昭韋王」，據李隆基《孝經序》改。

至正間，民間訛傳采選繡女。愚民紛然嫁娶，不問良賤富貧，一語成婚，花轎盈街，鼓吹聒耳。吴僧柏子庭戲爲詩曰：「一封丹詔未爲真，三杯淡酒便成親。夜來明月樓頭望，惟有姮娥不嫁人。」隆慶間，有閹人假傳奉旨選宫女。有人改子庭詩云：「抵關内使未爲真，何必三杯便做親。夜來明月樓頭望，嚇得姮娥要嫁人。」康熙壬申仲冬，亦有此訛傳。有人作《兩同心》謔詞云：「天使遥臨，小民惶惑。那管門楣非匹。使諧琴瑟。年庚帖、才出寒門，花燈轎、已來香陌。趁今宵，日吉時良，嫁個嬌客。一枝花、銀燭摇紅，三杯酒、金尊凝碧。倩鱗鴻、探問梅香，夜來消息。」「憲示森嚴，民疑莫釋。乏粧奩、藉口匆忙，無聘禮、乘時倉猝。感皇恩，女嫁男婚，向平累畢。頓使皮箱淨桶。價高什百。呼掌禮、數徧追求，唤喜娘，多方尋覓。看來年，節届秋冬，穩婆忙迫。」

有識翰詹詩云：「自古文章推李杜，如今李杜忒稀奇。葉公懞懂遭蛇嚇，馮婦龍鍾被狗欺。雜湊零軿瓈玉賦，失粘走韵省耕詩。若教修史真羞死，勝國君臣也皺眉。」尤悔庵《嘲懼内・黄鶯兒》云：「何事犯娘行？跪粧臺，一炷香。風流罪過難輕放，笞之太强，殺之過傷。參詳惟有宫刑，當好關防。如何黑夜，越獄上牙牀？」

李學卿長女適巴長卿，貧甚。次女適富家鄒氏，嘗笑之。長女作詩云：「誰道鄒家富，巴家十倍鄒。池中羅水馬，階下列蝸牛。燕麥儲無數，榆錢散不收。夜來添驟富，新月挂銀鈎。」

貧家姑嫂不合，以致分居。顧成章以俚語爲詩嘲之，云：「姑姑嫂嫂會虀糟，日日虀糟要八刀。拆散一雙生鴨對，分開十隻小雞淘。除灰豆亦論顆數，换糞油還逐滴撩。只有喜神無用處，大家都把火來燒。」

嘲近視詩：「笑君兩眼忒稀奇，子立身邊問是誰。屋漏日光拏蛋子，月移花影拾柴枝。因看壁畫磨穿鼻，爲鑠書厨夾住眉。更有一般堪笑處，吹燈燒了嘴唇皮。」

一人娶妻，已破瓜無元。袁可潛作《如夢令》贈之，云：「今夜盛排筵宴，準擬尋芳一徧。春去已多時，問甚紅深紅淺。不見，不見，還你一方白絹。」

陳全浪游，誤入禁地，爲中貴所執。中貴素聞其名，乃曰：「汝可作一字，能令我笑即釋汝。」全曰：「屁。」中貴曰：「此何説？」全曰：「放也由公公，不放也由公公。」中貴一笑釋之。

有無賴子好作十七字詩，觸目成咏。時天旱，太守祈雨未應。作詩嘲之曰：「太守出禱雨，萬民皆喜悦。昨夜推牕看，見月。」守知，令人捕至，曰：「汝善作十七字詩耶？試再吟之，佳則釋爾。」即以别號「西坡」命題。其人應聲曰：「古人號東坡，今人號西坡。若將兩人較，差多。」太守大怒，責之十八。其人又吟曰：「作詩十七字，被責一十八。若上萬言書，打殺。」太守坐以誹謗律，發配鄖陽。其母舅送之，相持而泣。泣止，曰：「吾又有詩矣。發配在鄖陽，見舅如見娘。兩人齊下淚，三行。」蓋舅乃眇一目者也。

妓李三以姿容、詞曲擅名，而色甚黑。郭丸封調《黄鶯兒》嘲之：「水墨李三孃，黑旋風，兄妹行。張飛昔日同鴛帳，才别霸王，又接周倉。鍾馗也在門前鬧，尉遲幫。温將軍賣俏，勾搭了竈君王。」又有詩云：「黑有幾般黑？惟君黑得全。淚流如墨瀋，放屁似窑煙。熟藕爲雙臂，燒梨作兩拳。夜眠漆櫈上，秋水共長天。」唐崔涯亦有嘲李端端一詩云：「黄昏不語不知行，鼻似烟囱耳似鐺。獨把象牙梳插髩，崐崘山上月初生。」

吴僧法海好作惡詩，有人爲之序云：「師雖習西方之教，頗同東魯之風，因題曰《同東集》。長於譬喻，動有風騷。昔唐小杜既爲老杜之次，今師又在小杜之下。」

蕭軫娶再婚之婦，張任國以《柳稍青》詞戲之，云：「挂起招牌，一聲喝采，舊店新開。熟事孩兒，家懷老子，畢竟招財。當初合下安排，又不是、豪門買獃。自古道、正身替代，現任當差。」

許國爲諸生時赴試，過新嶺，貧不能乘輿，語其擔行囊者曰：「吾苟富貴，當平此嶺。」後登弟歸里，則乘輿過嶺。而擔行囊者復值嚮日之人，謂國曰：「公曩云富貴後爲平此嶺，今當云何？」國曰：「我之嶺已平，汝輩各自平汝之嶺可耳。」

夔峽道中有少陵題詩，以「天」字爲韵。自唐以後，無敢作者。一監司見而和之，大書其側。後人嘲之曰：「想君吟咏揮毫日，四顧無人膽似天。」

孀婦伍愛卿爲鄰僧圓茂所姦，里人捕白於官。時張欽爲令，判云：「僧圓茂既已脱障入空門，只合木魚敲夜月；伍愛卿本欲孀居標苦節，緣何錦帳作朝雲？紅粉多嬌，謾學墻花委砌；緇衣禿子，竟同野蜨尋香。一節不終，浪謂空即是色；五除未戒，誰云色即是空？愛卿著另配良人，姦僧宜追牒問罪。庶幾氏作閨中之婦，永諧琴瑟之歡；免得僧敲月下之門，長墮輪迴之苦。」

奸徒王某扮尼事發，司理黄圖判云：「王某三吴無賴，奸宄異常。倡白蓮以惑黔首，祝青髮以溷朱顔。教祖沙門，本是出游和尚；嬌藏金屋，改爲入幕觀音。抽玉笋合掌禪堂，孰辨爲尼爲尚；脱金蓮展館繡榻，誰知是女是男。譬之鸛入鳳巢，誰禁關雎之好；蛇游龍窟，豈無雲雨之私。明月本無心，照孀閨而寡居不寡；清風原有意，入朱户而孤女不孤。廢其書，火其居，方足以滅其跡；剖其心，刳其腹，不足以盡其辜。」

有題北妓壁云：「白茅蓋屋，曾無燕子之樓；黄土爲牀，絶少夫容之帳。泥漿半勺，馬長卿消渴之茶；鬼火一星，宋子京高燒之燭。」

集唐朝醫生楹聯：「新鬼煩寃舊鬼哭，他生未卜此生休。」

嘲弈者黑子大負詩云：「半枰花影日初斜，當局誰嗟一子差。好似峨嵋三日雪，幾無餘地著寒雅。」

秀才歲考，祝文昌疏云：「小品發蒙，鍊就來皇皇汲汲；同音長律，細辨他仄仄平平。乙夜呼吆，烏帽作勾魂之響；丁年儆倖，黑臂防擊柝之聲。只我願之惟三，任等分而爲六。王罕皆之八編對折，實滋懼焉；唐升聞之二集平分，不敢請爾。」

有儒童、訟師、胥役三人同詠遲開山茶，亦堪一噱。儒童云：「吾乃嘗聞如此茶，無其葉矣少其花。苟非枯槁而死者，豈可從而遂不芽？」訟師和云：「呈爲堂前不法茶，恃符抗斷不開花。哀哀哭訴東皇主，恩賜簽差押發芽。」胥役又和云：「照得無知懶惰茶，玩延踰限不開花。信牌右仰東風去，火速通知即發芽。」

有《咏紅馬桶》七排一首云：「鮮紅閨器映斜暉，知是桃夭乍賦歸。何幸得隨金屋貯，有緣長與玉人依。憐他暖氣噓寬褲，羨爾冰肌貼解衣。一幅嬌臀遮未滿，雙灣粉腿坐來肥。香分煙麝吹還遠，聲滴珠璣聽漸微。啓閉屢沾纖手澤，提携直到麗姬幃。難教脱底窺深艷，爲寵專房賜著緋。曉帳乍開情便昵，卸粧小擁興旋飛。倒垂玉峽峰雙峙，圓扣紅膚暈一圍。鄉近温柔終夜密，品珍奩贈未行揮。溪頭浴垢迴波濺，墻脚欹風點水稀。寄語侍兒收拾去，新孃茶罷竚牕扉。」

海外一處名桃花窟，通衢大道，大張曉諭曰：「爲嚴禁拒淫，以廣化生，以平曠怨事。照得陰陽煦嫗，本爲斯道之大原；男女搆精，亦屬有生之恒事。一施一受，無從判以是非；爾愛爾恩，何遂怵以刑畏。皆由家雞自秘，護玉珍香；因而野鶩人窺，飛魂散魄，乃有不法女子，慳吝婦人。據牝户爲己私，擣防玉杵；掩陰溝而獨宿，波咽紅潮。坐使陽生一滴，竟無歸注之鄉；尚云價重連城，不受微瑕之玷。試思乾坤同大被，爾我何分？豈其夫婦效齊眉，鴛鴦始結。業經撤其裙袴，露厥肌膚，消煙障於巫峰，屏雲帡於玉澗。人無鑽穴之勞，道有歡聲之載。攷諸古無奸淫之律，準乎禮弛男女之嫌矣。誠恐内好外違，貞惟作態；欲擒故縱，拒益多情。此實造孽之由，興訟之旨。爲此復行曉諭：嗣後大開方便之門，廣啓化生之路。埜田多露，許即順從；慾海揚塵，定施幽閉。毋違特諭。」

有作陌上逢狗合詩，一聯云：「十里菜花交緩緩，一春晴日弄遲遲。」

馬殿幹有美姬，馬苑有梁，邑丞得之。陳無損屬句謔云：「昔居殿幹之家，爰喪其馬；今入邑丞之室，無逝我梁。」

有譏作淡酒詩云：「數升糯米淺慳量，飯熟全家大小嘗。着手滿傾三斛水，先頭打起一壺漿。冷吞恰似金生麗，熱飲渾如周發商。昨夜强斟三五琖，幾乎瀉破肚中腸。」

亢旱祈禱不應，有人作對譏之，云：「妖道惡僧，念退風雲雷雨；貪官污吏，拜出日月斗星。」

有僧誦《心經》至「無眼耳鼻舌身意」，黄紫芝曰：「焉用誦此？僧秃其頭，而無眼耳鼻舌，更成何物？」僧亦啞然。

石衛尉以明珠精鏐聘得麗人，而虞其他適，則黥面記之，抑且徧黥其體，使無完膚。較蒙不潔之西子，更爲酷烈矣。

《皇室新譜》一卷，李林甫撰。其譜言李氏之先出於高陽氏之子咎繇，爲堯理官，以官命族，因爲理氏。其後理證得罪於紂，證之子利正避難於伊侯之墟，食李而得全，因改理爲李氏。咎繇七代孫曰乾，字先果。天寶二年三月，追尊爲先天太皇帝。乾生耳，字伯陽。乾封元年二月，追尊爲混元皇帝。天寶三年三月，又加大聖祖。自此載唐二十帝。

無當玉卮卷七

唐末有宜春人王轂，以歌詩擅名。嘗作《玉樹曲》，略云：「璧月夜，瓊樓春，蓮舌泠泠詞調新。當時狎客盡豐禄，直諫犯顏無一人。歌未闋，䜭王劍上黏腥血。君臣猶在醉鄉中，一面已無陳日月。」此調大播人口。

退之「心訝愁來惟貯火，眼知别後自添花」，臨川云「髪爲感傷無翠葆，眼從瞻望有元花」；又「久欽江總文才妙，自歎虞翻骨相屯」，又「久諳郭璞言多驗，老比顔含意更疏」；韓「我今罪重無歸望，直至長安路八千」，永叔「今日始知予罪大，夷陵去此更三千」；柳「十年顦顇到秦京，誰料今爲嶺外行」，王「十年江海别常輕，豈料今隨寡嫂行」；柳「直以疏慵招物議，休將文字趁時名」，王「直以文章供潤色，未應風月負登臨」；柳「十一年前南渡客，四千里外北歸人」，又「一身去國六千里，萬死投荒十二年」，蘇「七千里外二毛人，十八灘頭一葉身」，黄「五更歸夢三千里，一日思親十二時」，皆不約而合，句法使然故也。

和靖「馬從同事借，妻怕罷官貧」，情狀已可喜。及觀岑參《送顔少府》云：「愛客多酒債，罷官無俸錢。」戎昱《題李明府壁》云：「料錢供客盡，家計到官貧。」雖欲不喜不得也。

唐令狐相進李遠爲杭州，宣宗曰：「聞李遠詩云：『青山不厭千杯酒，長日惟消一局棊。』豈可使治郡哉？」對曰：「詩人之言，不足爲實也。」乃薦遠廉察可任。此正『説詩者不以辭害志』也。退之《和劉使君》云：「吏人休報事，公作送春詩。」夢得《送王司馬之陝州》云：「案牘來時惟署字，風煙入興便成章。」自俗吏觀之，皆可坐不了事之目也。

有《成都集》，乃天慶中進士葉沆所作。《閒居感懷》云：「身閒難報國，語直易傷時。」《郉墅》云：「夜庭和月掃，秋户拂雲關。」亦可想見其胸襟矣。

樂天《九日思杭州》云：「笙歌委曲聲延耳，金翠動摇光照身。」子瞻《有懷錢唐》云：「剩看新番眉倒暈，未應泣別臉銷紅。」黎元耆舊，何遽忘之耶？徐攷其集，白《送姚杭州赴任，因思舊游》云：「閭里固宜勤撫恤，樓臺亦要數躋攀。」蘇亦云：「細雨晴時一百六，畫船鼉鼓莫違民。」是未嘗無意於民庶也。然白又有「故妓數人憑問訊，新詩兩首倩留傳」，坡又有「休驚歲歲年年貌，且對朝朝暮暮人」，大抵淫樂之語多於撫養之語耳。夫子稱「未見好德如好色」，而傷之曰「已矣乎」。二公未能免俗，餘人不必言。

「身閒當貴真天爵，官散無憂即地仙」，香山詩也。東坡有「試問高吟三十首，何如低唱兩三杯」之句。《天覺真讚》云：「書生大抵多窮相，金眼除非是党公。」真《笑林》語也。

燕山招納之舉，多出於蔡攸。攸父子晚年爭權相忌，至以茶湯相見，不交他語。王師敗於白溝河，元長嘗以詩寄攸曰：「老嬾身心不自由，封書寄與淚横流。百年信誓當深念，三伏征涂盍少休。目送旌旗如昨夢，心存關塞起新愁。緇衣堂下清風滿，早早歸來醉一甌。」詩稍傳入禁中，徽宗命京以進呈。上閲畢曰：「『三伏征涂』不若改作『六月王師』。」詩復以還。觀此詩，則知是舉非惟當時人知其非，雖其父亦知之矣。

永新江彦明與新淦俞師郝相友善，俱有詩聲。江《晚春》云：「鬬草事空猶昨日，惜花心又在明年。」詞意婉美如此。郝有「叫月子規喉舌冷，宿花胡蝶夢魂香」之句，尤爲彦明所稱賞。

吴江三高亭祠越范蠡、晉張翰、唐陸龜蒙。或題一詩於上云：「人誚吴癡信不虚，追崇越相果何如？千年家國無窮恨，只合江邊祀子胥。」

東湖先生一日食罷偃息，倏起疾言曰：「予作詩數十年矣，適於牀頭得《少陵集》，試閲之，忽有所見，元來詩當如此作。」遂有「不知何處雨，已覺此間涼」之句。自是落筆皆得平易自然之妙，人不能學。

王逢原《孔融》詩云：「戲撥虎鬚求不齧，何如縮手裏中歸。」

嘗見梵志數頌，詞朴而理，其一曰：「欺誑得錢君莫羨，得了却是輸他便。來生報答甚分明，只是換頭不識面。」又曰：「多置莊田廣修宅，四鄰買盡猶嫌窄。雕牆峻宇無歇時，幾日能爲宅中客。」又曰：「造作莊田猶未已，堂上哭聲身已死。哭人盡是分錢人，口哭原來心裏喜。」又曰：「衆生頭兀兀，常住無明窟。心裏爲欺謾，口中佯念佛。」又曰：「世無百年人，强作千年調。打鐵作門限，鬼見拍手笑。」又曰：「勸君休殺命，背面彼生嗔。喫他他喫汝，循環作主人。」又曰：「他人騎大馬，我獨跨驢子。回頭擔柴漢，心下較些子。」又曰：「家有梵志詩，生死免入獄。不論有益事，且得耳根熟。白紙書屏風，客來即與讀。空飯手捻鹽，亦勝設酒肉。」

三處有西湖，東坡連鎮二州，故表謝云：「入參兩禁，每玷北扉之榮；出典二邦，輒爲西湖之長。」晚謫惠州，有豐湖，亦名西湖。淳熙中，秘書監楊萬里使廣東，過惠賦詩云：「三處西湖一色秋，錢唐潁水更羅浮。東坡元是西湖長，不到羅浮便得休。」

水月園俯瞰平湖，前列萬柳。方岳《送王侍郎》詩云：「送別孤山步繞湖，闌干盡處倚菰蒲。翁之樂者山林也，客亦知夫水月乎？萬事不如歸自好，百年聊與醉爲徒。藕花初醒蓴絲老，喚住罾船鱠腹腴。」

陽朔道上諸峰，如筍出地，各不相倚。三峰九嶷，折城天柱者數千里，如樓通天，如闕刺霄，如修竿，如高旂，如人怒，如馬嚙，如陣將合，如戰將潰。灕江荔水綳織其下，蛇龜猿鶴，焯燿萬態。退之「水作青羅帶，山爲碧玉篸」、子厚「海上千山似劍鋩，秋來處處割愁腸」、子瞻「繫悶豈無羅帶水，割愁還有劍鋩山」、魯直「桂嶺環城如雁宕，蒼山平地忽蟻封」，皆實録也。

長洲許子遜《粵中吟》云：「南亭驛路控諸蠻，曉食檳榔散客顔。朱邸草深門久閉，桂枝飄下越王山。」「迢迢五嶺雁來遲，越女含情唱《竹枝》。灕水月明三萬丈，到今流不盡相思。」

張超然《詠松濤》云：「月明何處雨，風定數聲鐘。」亦佳句也。

陳驥仲《題太白酒樓》云：「我亦江南客，徘徊濟水東。江山殘照裏，天地一樓中。縱酒非無託，工詩自合窮。千秋無賀監，春日更飄蓬。」

朱爲章號獨醒居士，《新羅道中》云：「緑蒲畬客飯，紅葉女郎樵。」《銅雀臺故址》云：「無情漳水清何極，垂死奸雄意可憐。」《金山晚眺》云：「煙霞滅没三山外，江海蒼茫一氣中。」《寓樓》云：「九秋雁帶斜陽雨，一路鴉啼濁浪河。」皆極鍛鍊。

駢「夜静絲聲響碧空，宫商信任往來風。依稀似曲還堪聽，又被風吹别調中。」高駢《風箏》詩也。駢守蜀，因築羅城，朝廷疑之。知有移命，故託以見意。

宋憲聖慈烈吴后工於詞翰，《題徐熙牡丹圖》云：「吉祥亭下萬千枝，看盡將開欲落時。却是雙紅有深意，故留春色緩人思。」《題芍藥》云：「穠李天桃掃地無，眼明驚見玉盤盂。揚州省識春風面，看盡群花總不如。」

薛道衡「空梁落燕泥」之句，人多不見其全篇。蓋題是《昔昔鹽》，其詞云：「垂柳覆金隄，蘼蕪葉復齊。水溢芙蓉沼，花飛桃李蹊。採桑秦氏女，織錦竇家妻。關山别蕩子，風月守空閨。常斂千金笑，長垂雙玉啼。盤龍隨鏡隱，彩鳳逐帷低。飛魂同夜鵲，倦寢憶晨雞。暗牖懸蛛網，空梁落燕泥。前年過代北，今歲往遼西。一去無消息，那能惜馬蹄。」無非閨中懷遠之意，但不知立題之義如何。趙嘏乃廣爲二十章，以一句爲一題，亦復綺麗。其中有云：「良人猶遠戍，寂寞夜閨空。繡户流春月，羅帷坐曉風。魂飛沙帳北，腸斷玉關中。尚自無消息，錦衾那得同。」又：「雲中路杳杳，江畔草萋萋。妾久垂珠淚，君何惜馬蹄。邊風悲曉角，營月怨春鼙。未道休征戰，愁眉又復低。」

明皇在禁中與貴妃宴樂，妃衣褪，微露乳，以手捫之曰：「軟柔新剥雞頭肉。」禄山在傍，接對云：

「滑膩如凝塞上酥。」帝續之曰：「信是胡兒只識酥。」不怒而反以爲笑，謬戾如此，天下安得不亂？

香山《琵琶行》云：「門前冷落車馬稀，老大嫁作商人婦。」東坡舉此以喻琴操，即感悟而求落籍。龍仁夫《題琵琶亭》云：「老大姮娥負所天，忍將離恨寄哀絲。江心正好觀秋月，却抱琵琶過別船。」中含諷意。又有女子題詩船牕云：「邪孃重利妾身輕，獨抱琵琶萬里行。彈到《陽關》齊拍手，不知元是斷腸聲。」含無限悲怨，非抱器過船者比也。

宋宣仁太后上仙，置道場内殿，有長老升法座，一僧參問曰：「太后今歸何處？」對曰：「太后身歸佛法龍天上，心在兒孫社稷中。」舉朝稱善。

曾見一鈔本廢書，中多格言警語。有一詩云：「巧厭多忙拙厭閒，善嫌懦弱惡嫌頑。富遭嫉妬貧遭辱，勤曰貪婪儉曰慳。觸目不分皆笑蠢，見機而作又言奸。不知那件從人意，自古人生處世難。」言雖俚鄙，曲盡世情。

王岐公詩喜用「金」、「玉」、「珠」、「翠」等字，世人謂之「至寶丹」。其子明之在姑蘇時有所愛，比至京師，公强留之逾時。作詩云：「黄金零落大刀頭，玉筯歸期畫到秋。紅錦寄魚風逆浪，紫簫吹鳳月當樓。伯勞知我經春別，香蠟窺人徹夜愁。好去渡江千里夢，滿天梅雨是蘇州。」句意甚工，而富艷奇巧，亦得家法云。

王荆公《詠謝公墩》云：「我名公字偶相同，我屋公墩在眼中。公去我來墩屬我，不應墩姓尚隨公。」或謂荆公好與人争，在朝則與諸公争新法，在野則與謝公争墩，亦善謔也。又《詠史》云：「穰侯老擅關中事，長恐諸侯客子來。我亦暮年專一壑，每逢車馬便驚猜。」則公不獨欲專朝廷，雖丘壑亦欲專而有之，蓋生性然也。《詠鴟》云：「依倚秋風氣勢豪，似欺黄雀在蓬蒿。不知羽翼青冥上，腐鼠相隨執亦高。」《詠小魚》云：「繞岸車鳴水欲乾，魚兒相逐尚相歡。無人挈入滄溟去，汝死那知世界寬。」二詩皆託物興詞，而有深意。

荆公《咏北高峰塔》云：「飛來峰上千尋塔，聞説雞鳴見日升。不畏浮雲遮望眼，自緣身在最高層。」鄭丞相清之《詠六和塔》云：「經過塔下幾春秋，每恨無因到上頭。今日始知高處險，不如歸卧舊林丘。」二詩皆自喻。王作於未大用前，鄭作於既大用後，然卒皆如其意。

胡忠簡自福唐貶新州，王瀘溪以詩送之，有曰：「百辟動容觀奏牘，幾人回首愧朝班？」又曰：「癡兒不了公家事，男子要爲天下奇。」秦檜見而大惡之，以謗訕流辰州。其詩人皆傳誦。忠簡和詩少有見者，詩云：「巖耕名已振京闕，未信終身袖手閒。萬卷不移顔氏樂，一生無媿伯夷班。致君自許唐虞上，待我誰能季孟間？宗社年來欠元老，蒼生拭目看來還。」「士氣年來弱不支，逢時言行欲俱危。不因湖外三年謫，安得江南一段奇。非我獨清緣世濁，此心誰識只天知。萬牛回首須公起，大厦將顛要力持。」清峭警拔，與前詩相稱。劉改之《送王簡卿歸天台》二詩，辛稼軒致書云：「送王侍郎詩偉甚，真所謂『横空排硬語，妥帖力排奡』者也。」詩云：「欲數人才難屈指，有如公者又東歸。班行失士國輕重，道路不言心是非。載酒青山隨處飲，吟詩玉麈爲誰揮？歸期趁得東風早，莫放梅花一片飛。」「千巖萬壑天台路，一日分爲兩日程。事可語人酬對易，面無慚色去留輕。放開筆下閒風月，收斂胸中舊甲兵。世事看來忙不得，百年到手是功名。」可爲王、胡之繼。又有高九萬《送方秋崖以諫去國》云：「忠言歷歷未曾行，盡載圖書出帝京。餘子但知纔可忌，先生當以去爲榮。門闌竹石關心久，部曲溪山照眼明。長嘯歸歟莫惆悵，浙江風定自潮平。」又可爲龍洲之繼。

東坡放曠不羈，出獄和韵即云：「却對酒杯渾似夢，試拈詩筆已如神。」方以詩得罪，而所言如此。又云：「却笑睢陽老從事，爲予投檄向江西。」不以爲悲，而以爲笑。至惠州云：「日啖荔枝三百顆，不妨長作嶺南人。」渡海云：「九死南荒吾不恨，兹遊奇絶冠平生。」方負罪戾，而傲世自得如此。

「閉門覓句陳無已，對客揮豪秦少游」，山谷喻二人才思遲速也。後山詩如「壞墻得雨蝸成字，古屋無人燕作家」，寥落之狀可想；淮海詩如「翡翠側身窺緑酒，蜻蜓偷眼避紅粧」、「有情芍藥含春淚，無力薔薇卧晚枝」，艷冶之情可見。二人他作亦多類此。

金明池爲宋東京遊賞之地，當時有詩云：「柳外雕鞍公子過，水邊紈扇麗人行。」風景可以想見。有人送邊帥赴任云：「前隊貔貅銜曉色，後車鸎燕襍春聲。」行色之盛，宛然在目。惜全篇不傳。

姑蘇靈巖寺，館娃宫舊址也。貢有初誦一詩云：「白晝娃宫宴未旋，東風吹下越來船。捧心方妬三千女，嘗膽誰知二十年。花暗屧廊蜂蝀困，草深香徑鹿麋眠。憑闌一段傷心事，都在西山夕照邊。」用意、遣詞俱佳。

劉龍洲《鎮江多景樓》詩有句云：「江流千古英雄淚，山掩諸公富貴羞。」蓋自吴、晉以來，立國於南者，恃長江天險，兢兢保守，北望中原，置之度外。詩意深寓此恨也。

劉後邨絶句云：「新難闍黎頂尚青，滿村聽講《法華經》。那知世有彌天釋，萬衲如雲座下聽。」謂小道易惑衆，而不知有大道也。又云：「刮膜良方直万金，國醫曾費一生心。誰知髽髻携籃者，也有盲人問點鍼。」謂精藝難成，而小藝亦可售也。

元遺山在金末，親見國家殘破，詩多感愴。如云「高原水出山河改，戰地風來草木腥」、「花啼杜宇歸來血，樹挂蒼龍蜕後鱗」、「白骨又多兵死鬼，青山元有地行仙」、「燕南趙北無全土，王後盧前總故人」，皆寓悲愴之意。至云「神功聖德三千牘，大定明昌五十年」，不忘前朝之盛，亦可念也。

劉静修《書事》詩云：「卧榻而今又屬誰？江南回首見旌旗。路人遥指降王道，好似周家七歲兒。」周公謹《襍識》載北客詩云：「憶昔陳橋兵變時，欺他寡婦與孤兒。誰知二百餘年後，寡婦孤兒又被欺。」二詩皆爲宋太祖作，若出一機軸，而辭意嚴正，道人所不能道，真可謂詩之斧鉞矣。

虞勝伯《題趙松雪苕溪圖》云：「吴興公子玉堂仙，寫出苕溪似輞川。回首青山紅樹下，那無十畝種瓜田？」又沈啓南題其畫馬云：「隅目晶熒耳竹披，江南流落乘黄姿。千金千里無人識，笑看胡兒買去騎。」又周良右題其竹枝云：「中原日暮龍旂遠，南國春深水殿寒。留得一枝煙雨裹，又隨人去報平安。」三詩皆主刺譏，而勝伯尤爲微婉。

陳剛中《詠曹操殺吕布事》云：「布死城南未足悲，老瞞可是算無遺。不知别有三分者，只在當時大耳兒。」張思廉作《縛虎行》云：「白門樓下兵合圍，白門樓上虎伏威。戟尖不掉丈二尾，袍花已脱斑斕衣。捽虎腦，截虎爪，眼視虎，如貓小。猛跳不越當塗高，血吻空腥千里草。養虎肉不飽，虎饑能噬人。縛虎繩不急，繩寬虎無親。坐中叵奈劉將軍，不從猛虎食漢賊。反殺猛虎生賊臣，食原食卓何足嗔。」

虞邵庵《退朝口號》云：「雨浥輕塵道未乾，朝回隨處借花看。牆東千樹垂楊柳，飛絮來時近馬鞍。」「日出風生太液波，畫橋影裹彩船過。橋頭柳色深如許，應是偏承雨露多。」王叔載云：「細讀此詩而詳味之，如醉後厭飫珍羞而食宣州雪梨，爽口可愛也。」

沈處士貞吉好道，奉純陽師甚虔。一日召乩，得詩云：「鶴背發長歌，清聲振林樾。萬里洞庭秋，湖波弄明月。片月已蒼蒼，詩成天欲曙。獨鶴忽不見，閒雲自來去。」貞吉驚喜下拜，以爲真神仙來也。後徐武功見之，亦曰：「此詩非仙師不能作。」

劉欽謨《無題》詩曰：「簾幕深沉柳絮風，象牀豹枕畫廊東。一春空自聞啼鳥，半夜誰來問守宫？眉學遠山低晚翠，心隨流水寄題紅。十年不到門前去，零落棠梨埜草中。」人盛傳之。

沈啓南《咏錢》云：「有堪使鬼原非謬，無任呼兄亦不來。」《門神》云：「檢爾功名惟故紙，傍誰門户有長情。」《楊花》云：「借風爲力終無賴，與水何緣却託生。」又嘗作《落花》詩，其警聯云：「無方漂泊關遊子，如此衰殘類老夫。」「美人天遠無家别，逐客春深盡族行。」「萬物死生寧離土，一場恩怨本同風。」皆清新雄健，不拘拘題目，而亦不離題目，兹其所以爲妙也。

楊廉夫《詠楊妃襪》一聯云：「安危豈料關天步，生死猶能繫俗情。」題小而議論甚大。

至正間，張氏專擅。張光弼棄位不仕，以詩酒自娱，號一笑居士。有詩云：「一陣東風一陣寒，芭蕉長過石闌干。只消幾度瞢騰醉，看得春光到牡丹。」蓋言時事也。《歌風臺》詩云：「世間快意寧有此，亭長還鄉作天子。沛宫不樂復何爲？諸母父兄知舊事。酒酣起舞和兒歌，眼中盡是漢山河。韓彭誅夷黥布戮，且喜壯士今無多。縱酒極歡留十日，慷慨傷懷淚沾臆。萬乘旌旗不自尊，魂魄猶爲故鄉惜。由來樂極易生哀，泗水東流不再回。萬歲千秋誰不念，古之帝王安在哉？莓苔石刻今如許，幾度西風灞陵雨。漢家社稷四百年，荒臺猶是開基處。」豪邁跌宕，與題相稱。

魏仲先《閑居書事》云：「成家書滿屋，添口鶴生孫。」《和王衢見寄》云：「身猶爲外物，詩亦是虚名。」《春日》云：「妻喜栽花活，兒誇鬬草贏。」《村居述懷》云：「鶴病生閑惱，僧來廢静眠。」又有《詠盆池萍》云：「莫嫌生處波瀾小，免得漂然逐衆流。」真隱者之言也。

張光弼詩：「免冑日趨丞相府，解鞍夜宿五侯家。玉盃行酒聽春雨，銀燭照天生晚霞。世亂且從軍旅事，功成須插御筵花。漢王未可輕韓信，尚要生擒李左車。」又云：「蛺蝶畫羅宫樣扇，珊瑚小柱教坊箏。」又云：「玉瓶注酒雙鬟緑，銀甲調箏十指寒。」又云：「新粧滿面猶看鏡，殘夢關心懶下樓。」一時之富貴華侈，盡見於詩。

楊孟載妙於詩，如云「花無桃李非春色，人有笙歌是太平」、「一官不博三竿日，萬事無過兩鬢星」，予愛其閒曠；及云「亂世身如危處立，異鄉人似夢中來」、「千金已廢牀頭劍，一字無存架上書」，則又歎其困窮。如云「紅雨落花來衮衮，緑波芳草去迢迢」、「六朝舊恨殘陽裏，南浦新愁細雨中」，予愛其含蓄；及云「柳色嫩於鵞破殼，蘚痕斑似鹿辭胎」、「小雨送花青見蕚，輕雷催笋碧抽尖」，則又驚其新巧。至「翠袖錦筝邀上客，畫船銀燭照歸人」、「高樓錦瑟花連屋，深巷珠簾柳映橋」，則又見其情致之綺麗矣；「宣王石鼓青苔澁，武帝金盤玉露多」、「八陣雲開屯虎豹，三江潮落見黿鼉」，則又見其氣象之突兀矣；他如「半醉半醒花冉冉，閒愁閒悶雨沉沉」、「恨不髮如春草緑，笑曾花似面顔紅」、「萬里歸心鷗送客，片時殘夢鳥驚人」，則又優柔痛快，而無牽合排比，其亦詩人之豪者哉！

雅正卿《題御溝流葉圖》云：「彩豪將恨付霜紅，恨自綿綿水自東。金屋有關防虎豹，玉書無路託鱗鴻。秋期暗度驚催織，春信潛通誤守宫。莫道人間音問杳，明年錦樹又西風。」琢句甚工。

郭矮梅《詠簾》中二聯云：「紅影眼花春撲撲，玉鉤心事日懸懸。思歸梁燕心長切，望幸宫娥眼欲穿。」

楊廉夫詩：「二月皇都花滿城，美人多病苦多情。一雙孔雀行瑶圃，十二飛鴻上錦筝。酒掬真珠傳玉掌，羹分甘露倒銀罍。不堪容易少年老，争遣狂夫作後生。」又云：「天街如水夜初涼，照室銅盤璧月光。别院三千紅芍藥，洞房七十紫鴛鴦。繡靴蹋踘句驪様，羅帕垂彎女真粧。願汝康强好眠食，百年歡樂未渠央。」又云：「公子銀缾分汗酒，佳人金勝剪春花。」又云：「金埒近收青海駿，錦籠初教雪衣娘。」又云：「小洞桃花落香雪，大隄楊柳舞晴煙。」皆言宴賞游樂之意，亦其平生性格所好也。

貢泰甫《送戴伯貞還廣西》一律云：「桂江煙水接瀟湘，逐客南歸道路長。卷裏漫多新制作，篋中猶是舊衣裳。逢人盡説官如水，老我相看鬢已霜。此去莫教音問斷，鴈飛今喜過衡陽。」叙事委曲，而感慨繫之。

「水殿雲廊三十六，不知何處晚涼多」，王子宣詩；「晚涼浴罷閒無事，水閣東頭看月生」，吳主一詩。二人在當時皆以詩鳴，此其得意句也。

汴梁爲宋東京，士人游宦者，少得清暇，以遂宴賞之樂。當時有「賣花擔上覷桃李，拍酒樓前聽管絲」之句，黄體方續之云：「雨後淤泥填紫陌，風前塵土障青天。」戲語云：「此所謂東華軟紅塵也。」

朱妙行先生《題大滌洞壁》詩曰：「經書那得語虚無，荆棘林中有坦塗。不遇異人真口訣，誤人錯下死工夫。」名聞於朝。宋理宗屢召不起，書一偈曰：「去來如一，真性湛然。風收雲散，月在青天。」趺坐而化。

施肩吾爲詩奇麗，如「荷翻紫蓋摇波面，蒲瑩青刀插水湄」，又「煙黏薜荔龍鬚軟，雨壓芭蕉鳳翅垂」，皆輕巧之極。

揚州山光寺一小室中，有題二絶於壁上者，曰：「馬蹄輕蹩柳花浮，醉入淮南第一州。不是青樓羞薄倖，自緣無錦不纏頭。」「高臺已傾池已平，隋家宫殿春草生。千年往事何足歎，廣陵非復舊時城。」不題名氏。荆公云，此沈文通詩。

張芸叟刻意於詩，筆意豪健，與東坡相近。其《題庾樓》詩有「萬里秋風吹鬢髮，百年人事倚闌干」之句，誤載坡集，後人不能辨别也。其樂府有《霸王别虞姬》云：「垓下將軍夜枕戈，半夜忽然聞楚歌。詞酸調苦不可聽，拔山力盡將如何？」「將軍夜起帳前舞，八千兒郎淚如雨。臨行馬上復何言？虞兮虞兮奈何汝。」又《虞姬答》云：「妾向道，妾向道。將軍不要爲人患，坑郤降兵二十萬。懷王子孫皆被誅，天地神人共成怨。」「妾向道，妾向道。將軍莫如敬賢能，將軍一心疑范增。當時若信范增計，將軍早已安天下。天下安定在一人，將軍左右多奸臣。受却漢王金四萬，賣却君臣與妾身。」「妾向道，妾向道。將軍不肯聽，將軍莫把漢王輕。漢王聰明有大度，天下英雄同駕馭。將軍惟恃拔山力，即此悲歌猶不悟。將軍不悟兮無如何，將軍雖悟兮争奈何！賤妾須臾爲君死，將軍努力渡江波。」

「風來震澤帆初飽，雨入松江水漸肥」，善用「飽」、「肥」二字。又盧襄詩「眼饞正得看山飽，梅瘦聊須著雨肥」，先下「饞」、「瘦」字，便似有意求奇，不似上聯自然合拍也。

龔聖予工詩，善畫馬。每畫，題詩於後。嘗見三幅皆佳，《高馬小兒圖》詩云：「華騮料肥九分膘，童子身長五尺饒。青絲鞚短金勒緊，春風去去人馬驍。莫作尋常厮養看，沙陀義兒皆好漢。此兒此馬俱可憐，馬方三齒兒未冠。天真爛熳好容儀，楚楚衣裝無不宜。豈比五陵年少輩，臙脂坡下鬭輕肥。四海風塵雖已息，人材自少當愛惜。如此小兒如此馬，他日應須萬人敵。老夫出無驢可騎，乃有此馬騎此兒。呼兒回頭爲小駐，停鞭聽我吟新詩。兒不回頭馬行疾，老夫對之空嘖嘖。」又《黑馬圖》詩云：「八尺龍媒出墨池，昆侖月窟等閑馳。幽州俠客夜騎去，行過陰山鬼不知。」又《瘦馬圖》詩云：「一從雲霧降天關，空盡先朝十二閑。今日有誰憐瘦骨？夕陽沙岸影如山。」

嚴陵釣臺題詠甚多，殆難措手。《釣臺集》所未及，尚有佳者。于紫巖云：「抛却羊裘入漢庭，偶然偃卧兩忘形。先生無處可伸足，太史何煩奏客星。」又楊某云：「虹作長竿雲作餌，纖月沉鉤在江底。巨鱗入手還縱之，漢家鼎小難調理。」

李希古自言夢至一宫殿，有儀衛，中數百伎抛毬，人唱一詩。覺而記得三首，云：「侍宴黄昏未肯休，玉堦夜色月如流。朝來自覺承恩最，笑倩傍人認繡毬。」又云：「隋家宫殿鎖清秋，曾見嬋娟颭繡毬。金鑰玉簫俱寂寂，一天明月照高樓。」又云：「堪恨隋家幾帝王，舞腰挼盡繡鴛鴦。如今重到抛毬處，不見熏爐舊日香。」

丁晉公侍宴，賞花釣魚，有句云：「鸎驚鳳輦穿花去，魚畏龍顔上釣遲。」上賞詠再三，群臣皆以爲不及。

長洲縣東禪寺有僧遇賢，姓林氏。好賦詩，多含理致。如云：「楊子江頭浪最深，行人到此盡沉吟。他時若向無波處，還似有波時用心。」「門前緑柳無啼鳥，庭下蒼苔有落花。聊與東風論箇事，十分春色屬誰家？」若此之類，皆名言也。

張敏叔人物蕭灑，文章雅正。家極貧窶，有絶句云：「茅簷月有千金税，稻飯年無一粒租。生事蕭條人問我，水芭蕉與石菖蒲。」又題集清軒有句云：「洗竹放教風自在，傍溪看得月分明。」其詩大抵多清澹。

蘇養直《爲王文孺賦草堂》云：「笛弄松江明月，蓑披笠澤歸雲。若話青霄快活，五侯何處如君？」

中都一士大夫家收江南李後主書一詞云：「銅壺漏滴初盡，高閣雞鳴半空。催啓五門金鎖，猶垂三殿珠櫳。階前御柳摇緑，仗下宫花散紅。鴛瓦數行曉日，鸞旂百尺春風。侍臣蹈舞重拜，聖壽南山永同。」下有「馮延巳」三字，恐延巳作也，不然何以有「聖壽南山永同」句？

梁朝舍人杜苟鶴，於吟諷每得至理。如《贈僧》云：「安禪不必須山水，滅得心頭火自涼。」又「利門名路兩何憑，百歲風前短燄鐙。只恐爲僧心不了，爲僧心了總輸僧。」南宗傳爲心印。又有《時世行聊紀》二首：「夫因兵死守蓬茅，麻紵裙衫鬢髮焦。桑柘廢來猶納税，田園荒盡尚徵苗。時挑野菜和根煮，旋斫生柴帶葉燒。任是深山更深處，也應無計避征徭。」「八十老翁住破邨，邨中牢落不堪論。因供寨木無桑柘，爲點鄉兵絶子孫。還似平寗徵賦税，未曾州縣略安存。至今雞犬皆星散，日落西山哭倚門。」

仙居僧清壹工詩，《寄萬愚公》云：「歸從衡岳此身清，老校群書眼倍明。白屋有田供伏臘，青雲無夢到公卿。頻挑野菜招僧至，少著深衣入郭行。早歲自嗟行役遠，失將詩律問先生。」愚公亦善詩，《中秋寄陳碧棲》云：「秋氣清如此，秋花香奈何。人生還健在，月色況明多。有酒君當醉，無愁我欲歌。樓高俯松頂，誰共酌姮娥？」

莆田方子通最長於詩，莫不超達。嘗造一園亭，不遇主人，盤礴終日，因題壁間云：「何年突兀庭前石，昔日何人種松柏？乘興閒來就榻眠，一枕春風君莫惜。城西今古陽山色，城中誰有千年宅？往來何必見主人，主人自是亭中客。」其灑落類如此。

錢唐李坦之善詩，其警句云：「城南草緑王孫去，江上花飛燕子來。」「芙蓉水碧雙鳧冷，苜蓿秋高萬馬肥。」不可勝録也。

王文穆罷相，知杭州。朝士送之詩，唯陳從易學士云：「千重浪裏平安過，百尺竿頭穩下來。」冀公愛之。

王介甫少時作《石榴花》詩云：「濃緑萬枝紅一點，動人春色不須多。」如此風味，豈鐵心木腸者哉！

皎然禪師《贈吴憑處士》詩云：「世人不知心是道，只言道在他方妙。還如瞽者望長安，長安在西東向笑。」東坡代答云：「寒時便是熱時風，饑漢那知食藥功。莫怪禪師西向笑，緣師身在長安東。」

南宫縣君錢氏詩云：「士悲秋色女懷春，此語由來未是真。倘若有情相眷戀，四時天氣總愁人。」

詹玠，南方人，有《咏梅》詩云：「只有雪争白，更無花似香。」《棊》詩云：「人心無算處，國手有輸時。」又嘗有句云：「入山不避虎，當路却防人。」格雖不高，真入理之言。

前蜀許宗憲鎮寗江，劉隱辭掌書記。許不存賓客之禮，劉求退職，又不從，遂咏《白鹽山》、《灩澦堆》刺之。許聞而憤怒。忽一日，於江干飲酣，仰視白鹽、灩澦，曰：「剛有破措大，欲於此死。」遂令壯士拽劉離席，因縛於砂石上，烈日曬之。顧謂左右曰：「候吾飲散，投入水中。」劉厲聲曰：「昔鸚鵡洲致溺禰處士，今灩澦堆欲害劉隱辭。某雖不及禰衡，足下争同黄祖？但得留名，死亦宜矣。」許聞之，怒意漸解。同幕再諫，良久捨之。其《白鹽山》詩曰：「占斷瞿唐一峽煙，危峰迥出衆峰前。都緣頑硬搥浮世，著莫峥嶸倚半天。有樹只知栖鳥雀，無雲不易駐神仙。假饒崾屼高千丈，争及平平數畝田。」《灩澦堆》曰：「灩澦崔嵬百萬秋，年年出没幾時休？未容寸土生纖草，能向當江覆巨舟。無事便騰千尺浪，與人長作一堆愁。都緣不似磻谿石，難使漁翁下釣鉤。」

傅逸人名嵩，有題壁詩云：「寒蛩入夜忙催織，戴勝春深苦勸耕。人若無心濟天下，不知蟲鳥有何情。」又《贈張忠定》云：「忍把浮名賣却閒，門前流水對青山。青山不語人無事，門外風花任往還。」忠定答云：「蕭蕭疏葦映門墻，見説新秋鱠味長。何事輕抛來帝里，至今魂夢繞寒塘。」

王蜀廣德杜光庭，學海千潯，詞林萬葉，有吟一言至十五言《紀道德》、《懷古今》兩篇。《紀道德》云：「道，德。清虚，玄默。生帝先，爲聖則。聽之不聞，搏之不得。至德本無爲，人中多自惑。在洗心而息慮，亦知白而守黑。百姓日用而不知，上士勤行而必免。既鼓鑄於乾坤品物，信充仞乎東西南北。三星高拱兮任以自然，五帝垂衣兮修之不忒。以心體之者爲四海之主，以身率之者爲萬夫之特。有皓齒青娥者爲伐命之斧，蘊奇謀廣智者爲盜國之賊。曾未若軒后順風兮清静自化，曾未若皋陶邁種兮温恭允塞。故可以越圓清方濁兮不始不終，何止乎居九流五常兮理家理國。豈不聞乎天地於道德也旡以清寗，豈不聞乎道德於天地也有踰繩墨。語不云乎仲尼有言朝聞道夕死可矣，所以垂萬古歷百王不敢離之於頃刻。」《懷古今》云：「古，今。感事，傷心。驚得喪，歎浮沉。風驅寒暑，川注光陰。始衒朱顔麗，俄悲白髮侵。嗟四豪之不返，痛七貴以難尋。夸父興懷於落照，田文起怨於鳴琴。雁足淒涼兮傳恨緒，鳳臺寂寞兮有遺音。朔漠幽囚兮天長地久，瀟湘隔别兮水闊煙深。誰能絶勝韜賢湌芝餌术，誰能含光遁世鍊石燒金？君不見屈大夫紉蘭而發諫，君不見賈太傅忌鵩而愁吟？君不見四皓避秦峩峩戀商嶺，君不見二疏辭漢飄飄歸故林？胡爲乎冒進貪名踐危途與傾轍，胡爲乎護權恃寵顧華飾與彫簪？吾所以思抗跡忘機用虛無爲師範，吾所以思去奢滅欲保道德爲規箴。不能勞神傚蘇子張生兮干時而縱辯，不能勞神傚楊朱墨翟兮揮涕以沾襟。」

龔濬之《古樂府》云：「妖嬈破瓜女，争上秋千架。香飄石榴裙，影落薔薇下。牆外見鴛鴦，雙雙春水塘。歸來情脉脉，無緒理殘妝。」其他如「閑多卷滿新題句，嬾極牀堆未答書」，皆佳。

蔣貽恭《咏蠶》云：「辛勤得蠒不盈筐，鐙下繰絲怨恨長。著處不知來處苦，但貪衣上繡鴛鴦。」

張橘軒與元遺山爲斯文骨肉，張云：「富貴倘來良有命，才名如此豈長貧。」元改「倘來」爲「逼人」、「此」爲「子」。又云：「半篙溪水夜來雨，一樹早梅何處春？」元曰：「『一樹』烏得爲『何處』？不如改爲『幾點』。」壬辰北渡，寄元詩，有句云：「萬里相逢真是夢，百年垂老更何鄉？」元改「里」爲「死」、「垂」爲「歸」。如光弼臨軍，旂幟不易，一號令之，而精采百倍。

張文潛作《七夕歌》，爲東坡所稱。詞云：「人間一葉梧桐飄，蓐收行秋回斗杓。神宫召集役靈鵲，直渡天河横作橋。河東美人天帝子，機杼年年勞玉指。織成雲霧紫綃衣，辛苦無歡容不理。帝憐獨居無與娱，河西嫁與牽牛夫。自從嫁後廢織紝，緑鬢雲鬟朝暮梳。貪歡不歸天帝怒，謫歸却踏來時路。但令一歲一相逢，七月七夕河邊渡。别多會少知奈何，却悔從前恩愛多。匆匆離恨説不盡，燭龍已駕隨羲和。河邊靈官曉催發，令嚴不管輕離别。空將淚作雨霧霑，淚痕有盡愁無歇。寄言織女君休歎，天地無窮會相見。猶勝姮娥不嫁人，夜夜孤眠廣寒殿。」

開封李長卿令縉雲，有女英華，慧性過人，態貌綽約。染疾而逝，殯於邑之仙巖寺三峰閣。形迹不秘，去來不時，牕壁題染，在在可録。有《春日述懷》云：「三月園林麗日長，落花無語送春忙。柳綿不解相思恨，也逐游蜂過短墻。」「花滿名園酒滿尊，仙家別是一乾坤。千山皓月供詩興，一曲清風醒醉魂。」「園林簇簇日暉暉，白蜨黄蜂自在飛。公子醉眠芳草岸，風移花片點春衣。」《咏延慶寺》云：「精藍隱隱枕山巔，二月登臨意豁然。古木鳥啼風淡淡，層崖花落水濺濺。」《咏永寧寺》云：「雲窪偶到萬松源，露冷風清覺斷魂。歸到窪尊天已曉，暝然就枕到黄昏。」其警句有云：「醒酒清風摇竹去，催詩小雨過山來。」又：「緑髮照波秧正暖，黄雲卧隴麥初成。」非詩人所易到也。其詩無悽涼悲怨之詞，皆艷麗歡愉之語，殆鬼中之仙耶？

中峰和尚有九言《梅花》詩云：「昨夜西風吹折千林梢，渡口小艇滚入沙灘坳。野市古梅獨卧寒屋角，疏影横斜暗上書牕敲。」盧贄元有《酴醿花》詩云：「天將花王國艷殿春色，酴醿洗粧素頰相追陪。絶勝濃英綴枝不韵李，堪友横斜照水先攙梅。」

宣和間中秋，帝在苑中賦晚景一聯云：「日映晚霞金世界，月臨天宇玉乾坤。」宰臣皆稱賀。次年金人犯順，二帝北狩。

陳希夷對周世宗歌曰：「臣愛睡，臣愛睡。不卧氊，不蓋被。片石枕頭，簑衣鋪地。震雷掣電鬼神驚，臣當其時正鼾睡。閒思張良，悶想范蠡。説甚孟德，休言劉備。三四君子，只是争些閒氣，怎如臣向青山頂上、白雲堆裏，展開眉頭，解放肚皮，且一覺睡。管甚玉兔東升，紅輪西墜。」

施逵投北庭，易名宜生。試《天子日射三十六熊賦》，冠牓首。少時有《子陵釣臺》詩云：「懸崖斷罄少人蹤，只合先生卧此中。漢業已無一抔土，釣臺今是幾秋風？」「同學劉郎已冕旒，未應換與此羊裘。子雲到老不曉事，不信人間有許由。」《至黄州弔東坡》詩云：「文星落處天應泣，此老已知吾道窮。事業漫誇生仲達，功名猶忌死姚崇。」又《感春》詩云：「感事傷懷誰得知？故園閒日自暉暉。江南地暖先花發，塞北天寒遲鴈歸。夢裏江河依舊是，眼前阡陌似疑非。無愁只有雙胡蝶，解趁殘陽作陣飛。」又《感錢王戰臺》云：「層層樓閣捧昭回，元是錢王舊戰臺。山色不隨興廢去，水聲長逐古今來。年光似月生還没，世事如花落又開。多少英雄無處問，夕陽行客自徘徊。」又《題壁》云：「君子雖窮道不窮，人生自古有飄蓬。文章筆下千堆錦，志氣胸中萬丈虹。大抵養龍須是海，筭來栖鳳莫非桐。山東宰相山西將，莫把前功論後功。」

李寓庵《咸陽懷古》云：「連雞勢盡霸圖新，兀兀宫牆壓渭濱。指鹿只能欺一世，沐猴那解定三秦。倚天樓觀餘焦土，落日河山幾戰塵。今古悠悠同一轍，不須作賦弔前人。」語意、格律俱妙。

周芝田道冠埜服，浪跡江湖，有「草香花落後，雲黑雨來時」之句。《琴》詩云：「膝上横陳玉一枝，此君唯獨此心知。夜深斷送鶴先睡，彈到空山月落時。」

江南道中，壁上有人題云：「蛇蝎性靈生便毒，蕙蘭根異死猶香。」不知何人詩，亦妙語也。

賈似道賜第止在蘇堤、葛嶺、孤山之近，游人常盛。自賈據此，有游騎過，爲偵事者察報，每爲所羅織。世變後，有人題二詩云：「當年誰敢此經過，相國門前衛士多。諸葛功名猶未滿，周公事業竟如何？雕梁雨蠹藏狐鼠，花礎雲蒸長薜蘿。萬死莫酬亡國恨，空留遺跡在山阿。」「樓臺突兀妓成圍，正是襄樊失援時。」王氣暗隨檀版歇，江聲流入玉簫悲。姓名不在功臣傳，家廟徒存御賜碑。誤國誤民還自誤，滿庭秋草露垂垂。」又題其養樂園曰：「老壑曾居葛嶺西，游人誰敢問蘇堤。勢將覆餗不回首，事到出師方噬臍。廢圃久無人作主，敗垣唯有客留題。算來衹有孤山耐，依舊梅花片月低。」養樂者，其奉母之所也。

張文濳初官通許，喜營妓劉淑女，爲作詩曰：「可是相逢意便深，爲郎巧笑不須金。門前一尺春風髻，牕外三更夜雨衾。别燕從教鐙見淚，夜船惟有月知心。東西芳草渾相似，欲望高樓何處尋？」又云：「未説蛸蠐如素領，固應新月學蛾眉。引成密約因言笑，認得真情是别離。尊酒且傾濃琥珀，淚痕更著薄胭脂。北城月落烏蹄後，便是孤舟腸斷時。」二詩《宛丘集》不載。

京口天慶觀主聶碧牕嘗爲龍翔宫書記，北朝赦至，感而有詩云：「乾坤殺氣正沉沉，又聽燕臺降德音。萬口盡傳新詔好，四朝誰念舊恩深？分茅列土將軍志，問舍求田父老心。麗正押班猶昨日，小臣無語淚沾襟。」

朱新仲寓居嚴陵。汪彦章南遷，便道過之，適值清明。朱送行詩云：「天氣未佳宜且住，風波如此欲安之。」蓋用顔魯公帖及謝安事，語意渾成，全不覺用事。

吴履齋開慶之變再入相，四明士子上詩云：「來則非邪抑是耶？緑隄何必更行沙。瑟當調處難膠柱，棋到危時見作家。公論有誰能著脚，事機至此轉聱牙。不如疊嶂雙溪下，行對青山坐看花。」

陸太傅軫，會稽人，神采秀異。七歲猶不能言。一日，乳媪携往後園，俄而吟詩曰：「昔時家住海三山，日月宮中屢往還。無事引他天女笑，謫來爲吏在人間。」

許平仲養志不仕，有《辭召命》詩云：「一天雷雨誠堪畏，千載風雲漫企思。留取閑身卧田舍，静看胡蝶挂蛛絲。」

杜氏婦《北行》詩云：「江淮幼女别鄉閭，一似昭君遠嫁胡。默默一身離故國，區區千里逐狂夫。慵拈簫管吹羌曲，嬾繫羅裙舞鷓鴣。多少眼前悲泣事，不如花柳舊江都。」

楊徽之以能詩聞，其《塞上》云：「戍樓煙自直，戰地雨長腥。」《嘉陽川》云：「青帝已教春不老，素娥何惜月長圓。」《僧舍》云：「偶題岩石雲生筆，閑繞庭松露溼衣。」

盧多遜謫死朱崖，天慶觀道士練惟一夜聞牕外有人讀書，審其聲，有類多遜。明日有詩題窗外曰：「南斗微茫北斗明，喜聞牕下讀書聲。孤魂千里不歸去，辜負洛陽花滿城。」筆迹亦類之。明年歸葬洛陽。

静脩文集有《讀史》詩云：「紀録紛紛已失真，語言輕重在詞臣。若將字字論心術，恐有無邊受屈人。」又《詠曾點》云：「獨向舞雩風下來，坐忘門外欲生苔。歸時過著顔家巷，説與城南花正開。」

章德元嘉温，平陽人，除翰林編修。其父寄以詩云：「九十翁翁七十兒，此時那可兩分離。客鄉已是三年别，人世應無百歲期。春鴈北飛頻送目，夕陽西下幾顰眉。何如及早成歸計，莫待山榴開滿枝。」即告歸侍焉。

趙穆仲待制風流習尚不減魏公，而詩詞流傳希少。《元百家詩》尚有遺者，擇録數首，以見一斑。

《春夜曲》云：「去年美人未還家，緑牕青春桃始華。桃花今年只依舊，美人别後長咨嗟。芳心欲傳向誰愬？捲却羅袖彈琵琶。琵琶聲哀思欲絶，衣上啼痕幾時滅？共君别久胡不來？菱花寶鏡生塵埃。君隔揚子江，妾居黄金臺。臺雖高，望無極，人萬里兮天只尺。春水緑波春草碧，來魚去鴈無消息。日既暮兮月色寒，相思如夢彫朱顔。青鐙炯炯照不寐，攬衣起坐空愁歎。」又《短歌行》云：「君不見潁川水，首陽薇。民到於今慕夷齊，巢由之民誰不知？又不見千門萬户宫，神明通天臺。及今千五百餘載，空遺荒土飛黄埃。西風蕭蕭秋草萋，野花灼灼啼鳥悲。落日欲留不可得，夜深明月依然來。玉樓朱閣盡如夢，自古興亡何足哀。」又《美人曲》云：「美人如花花不如，翠滑難勝碧玉梳。道修且阻無音書，蛾眉長顰未曾舒。春風吹衣裳，黯然淚沾襟。鷪啼本無心，轉添愁海深。牕前紅梅花，落盡不可簪。玉臺明鏡如秋水，疑有人間兩西子。美人未可彫朱顔，朱顔但願長如此。」又《千里思》云：「顔如花，膚如雪，秋水雙眸面如月。千里相思不相見，當時却恨輕離别。美人美人顰蛾眉，緑牕寂寂春風微。巫山夢斷君何處，化作朝雲縹緲飛。」又《早春》絶句云：「高卷朱簾日漸長，梅花庭院雪飄香。閑倚闌干看新柳，不知誰爲染鵝黄。」又《思歸》有句云：「魯侯不遇關天意，臧氏焉能沮我才。」

政和以後，花石綱寖盛。晁伯宇有詩云：「森森月裏栽丹桂，歷歷天邊種白榆。雖未乘槎上霄漢，會須沈網取珊瑚。」人多傳誦。

宋仁宗時，禁林故事，進春帖子自皇后、貴妃以下諸閤皆有。温成張后薨未久，詞臣闕而不進。上甚不懌，諸公惶駭，倉卒作不成。歐公徐曰：「某有一首。」乃取小紅牋，録云：「忽聞海上有仙山，煙鏁樓臺日月閑。花下玉容長不老，只應春色勝人間。」既進，上大喜。王禹玉拊公背曰：「君文章真是含香丸子也。」

歙溪據二浙上流，古爲新安郡，清淺可愛。溪西太平寺，舊號興唐。李太白嘗遊而留題焉，其詩曰：「天台國清寺，天下爲四絶。今到興唐游，奇踪更無別。枅木劃斷雲，高僧頂殘雪。檻外一條溪，幾迴碎明月。」郡人以爲登覽勝處。石刻尚存，而太白集中不見此詩，故著之。

安信可在黄州，有句云：「萬古戰争餘赤壁，一時形勝屬黄岡。」惜不見其全篇。

莫子山暇日山行，遇一寺，頗有泉石之勝，因誦唐人「終日昏昏醉夢間」一絶以快之。及叩其僧，庸僧也。與語，略不相入，屢欲舍去。僧意以爲檀施，苛留作午供。鬱鬱久之，殆不自堪。因以前詩錯綜其辭而書於壁，曰：「偷得浮生半日閑，忽聞春盡强登山。因過竹院逢僧話，終日昏昏醉夢間。」

王化基《感懷》有句云：「美璞未成終是寶，精鋼寧折不爲鉤。」可見其志矣。

詩人之語詭譎寄意，固無不可。山谷《題惠崇圖畫》云：「欲放扁舟歸去，主人云是丹青。」使主人不告，當遂不知？王子端《藂臺》絶句云：「猛拍闌干問興廢，野花啼鳥不膺人。」若膺人，可是怪事。《竹莊詩話》載法具一聯云：「半生客裏無窮恨，告訴梅花説到明。」真堪絶倒。

王荆公家婦女多能詩。張奎妻長安縣君，荆公之妹也。有句云：「草草杯盤供語笑，昏昏燈火話平生。」吴安持妻蓬萊縣君，荆公之女也。有絶云：「西風不入小牕紗，秋意應憐我憶家。極目江山千萬恨，依前和淚看黄花。」劉天保妻，平甫女也，句有「不緣燕子穿簾幕，春去春來那得知」，皆脱灑可喜。

宸濠内寵甚盛，有翠妃者，居緑英宮，能吟善書，尤被寵幸。《咏梅》云：「繡針刺破紙糊牕，引透寒梅一綫香。螻蟻也知春色好，倒拖花片上東墻。」

洪芻字駒父，山谷之甥也。有《渡海》一聯云：「關山不隔還家夢，風月猶隨過海身。」

趙宜禄《題嵩山歸隱圖》云：「風煙萬頃一椽茅，丘壑端能傲市朝。窈窕雲山三兔穴，飄飖風樹一鳩巢。本來無取亦無與，只合自漁還自樵。三十六峰俱可隱，願從君後不須招。」

辛敬之自號女几野人，其佳句有「黄綺暫來爲漢友，巢由終不是唐臣」，真處士詩也。

劉景元有句云：「歲月消磨詩句裏，河山浮動酒杯中。」

史季山有《冬日即事》句云：「簷雪日高晴滴雨，鑪煙風定暖生雲。」

劉少宣詩，大概尖新，長於對屬。其佳句有云：「午風襟袖知秋早，甲夜闌干得月多。」又《濟南泛舟》云：「人行著色屏風裏，舟在迴文錦字中。」

古人多有偶得佳句而不能立題者，如山谷云：「清鑒風流歸賀八，飛揚跋扈付朱三。」未知可以贈誰。又云：「人得交游是風月，天開圖畫即江山。」亦無全篇。金劉雲卿有句云：「推愁不去若移石，呼酒不來如望霓。」又：「半生竊禄魚貪餌，四海無家鳥擇棲。」

趙黄山：「燈暗風翻幔，蛩吟葉擁墻。人如秋已老，愁與夜俱長。滴盡堦前雨，催成鏡裏霜。黄花依舊好，多病不能觴。」此詩信佳作也。又《黄山道中》一聯云：「好景落誰詩句裏，蹇驢馱我畫圖間。」世號「趙蹇驢」。

僧圓真，字子初，雖爲浮屠，喜與豪士游。負其材略，有握兵治民之心，蓋隱於僧者也。嘗題《移刺右丞畫》云：「調燮之餘總是閒，閒中游戲到毫端。而今亦有丹青手，猶在蟠溪把釣竿。」又《詠柳葉》云：「一氣潛通造化中，人間無處不春風。莫嫌冷地開青眼，試看夭桃幾日紅。」可以見其志也。

薩天錫《宫詞》：「深夜宫車出建章，紫衣小隊兩三行。石闌干畔銀鐙過，照見芙蓉葉上霜。」人莫不膾炙之。北地無芙蓉，宫中無石闌干，擎執宫人紫衣，大朝賀則於侍儀司法物庫關用，平日則無有也。又《京城春日》詩：「燕姬白馬青絲韁，短鞭窄袖銀鐙光。御溝飲馬不迴首，貪看柳花飛過墻。」其時有禁御溝不許洗手飲馬，留守司差人巡視，犯者有罪。故宋顯夫御溝詩有「行人不敢來飲馬，稚子時能坐釣魚」之句。

有人逢一書生奔馳入京，問求何事，答曰：「將應不求聞達科。」陳伯敷有詩云：「處士近來恩例別，麻鞋一對當蒲輪。」

南唐移吴之祚，讓皇溥既渡江，賦詩曰：「江南江北舊家鄉，二十年前夢一場。吴苑宫闈今冷落，廣陵臺榭亦荒涼。烟凝遠岫愁千疊，雨滴孤舟淚萬行。兄弟四人三百口，不堪回首細思量。」

趙復初武昌之役，渡江時有《寄皇甫庭》詩云：「寄語江南皇甫庭，此行無慮隔平生。眼前漫有千行淚，水自東流月自明。」又《自遣》云：「乘雲曾到玉皇家，彩筆雲牋賦落霞。老去空山春寂寞，自鋤明月種梅花。」人甚稱之。

逍遥子潘閬《樽前勉兄長》一律云：「一家久寄浙江濱，倏忽如今二十春。須信百年都似夢，莫嗟萬事不如人。樽中有酒何妨醉，篋裏無金未是貧。但看故鄉榮達者，算來多葬北邙塵。」

詩有用叠字者，如《春游》詩云：「春風春日競奢華，春水春山春景佳。新柳戀鸎鸎戀柳，好花迷蜨蜨迷花。尋芳子入游芳伴，買酒人投賣酒家。去是路兮歸是路，馬頭相對日頭斜。」又如「一聲南雁已先紅，摵摵淒淒葉葉同」，又「樹樹樹梢啼曉鶯，夜夜夜深聞子規」，又「看山山上山經看，留客客中客易留」，更如「夜夜夜深看夜月，山山山外訪山人」。宋人詠西谿，甚至「灣灣灣處復灣灣」，可謂更叠更切，愈出愈奇。

閩僧有絶句二首云：「家住閩山東復東，其中歲歲有花紅。而今再到花紅處，花在舊時紅處紅。」「家住閩山西復西，其中歲歲有鶯啼。而今再到鶯啼處，鶯在舊時啼處啼。」好怪一至於此。

夏侯天師子雲有《藥圃》詩云：「緑葉紅英徧，仙經自討論。偶移岩畔菊，鋤斷白雲根。」古人造語，有純用平聲，琢句天然渾成者，如「枯桑知天風」是也；有純用側聲作詩者，如「月出斷岸口，影照別舸背。且獨與婦飲，頗勝俗客對。月漸上我席，暝色亦稍退。豈必在秉燭，此景也可愛」；又有一韵句，如「屋北鹿獨宿，溪西雞齊啼」是也。又邊貢妻胡氏通書義，貢多侍姬，胡嘗反目。一日宴客，客舉令曰：「討小老嫂惱。」皆不能對，胡對曰：「想娘狂郎忙。」坐客大笑。

强彦文詩格律甚高，得唐人風致。其《金陵道中》云：「空有青山自龍虎，可能荒冢更衣冠。」及「遠山初見疑無路，曲徑徐行漸有村」、「船中燈火十年話，枕上江湖萬里心」、「客舍三杯酒，漁舟半夜燈」。

郵亭客舍壁間題句，篇什有可采者。其筆畫柔弱，語言哀怨，皆好事者戲爲婦人女子之作。常山道上有一詩云：「迢遞投前店，颼飅守破牕。一燈明復暗，顧影不成雙。」後書「女郎張惠卿」。衢信間驛名「彡谿」，謂其水作三道來，作「彡」字形。鮑孃有詩云：「谿驛舊名彡，煙光滿翠嵐。須知今夜好，宿處是江南。」釣臺祠下詩版留題，不知其數。劉武僖自柯山赴召，亦記歲月於仰高亭上，末云：「侍兒意真代書。」後有人題云：「一入侯門海樣深，謾留名字惱行人。夜來髣髴高唐夢，猶恐行雲意未真。」

宋李文正云：「士人當使王公聞名多而識面少。」太華逸民李廌云：「寧使王公訝其不來，無使王公厭其不去。」姚合亦有詩云：「時過無心求富貴，身閒不夢到公卿。」曾有山人至都門，與一尊官抗禮。尊官訝其倨，問主人云：「此君何爲者？」山人輒對曰：「余山人也。」公可謂打折麒麟腿者。」尊官曰：「山人宜在山林，譬之麒麟，在郊藪則爲瑞物，入朝市亦何異搖尾乞憐之犬耶？」

牡丹世稱花王，吟詠必須「天香國色」四字，唐人多用之。後人不復再用，不知非四字不能稱此花。嘉靖中，杭州金茂之有二聯云：「色疑傾國罕，香憶自天來。」「信知國内真無色，浪説天邊别有香。」可謂善用四字者也。王伯穀亦有「色借相公袍上紫，香分天子殿中煙」之句，亦佳。

趙子昂善書，有文名。元世祖聞而召見之，子昂丰姿如玉，照映左右。世祖心異之，以爲非人臣之相。使脱冠，見其頂尖鋭，乃曰：「不過一俊書生耳。」遂命書殿上春聯。子昂題曰：「九天閶闔開宫殿，萬國衣冠拜冕旒。」又命書應門春聯，題曰：「日月光天德，山河壯帝居。」因出宋藝祖神像，命之題贊，以觀其志。子昂踧踖良久，題曰：「玉帶緋袍色色新，一回展卷一傷神。江南江北新疆土，曾屬當年舊主人。」世祖大喜。

詩有銷魂者三，《香奩集》其一也。夫銷魂者，即壞心田之謂也。其曰「打疊紅牋書恨字，與奴方便寄卿卿」，詩媒詞逗也；其曰「但得暫從人繾綣，何妨長任月朦朧」，踰墻鑽穴也；其曰「最是斷腸禁不得，殘燈影裏夢初回」，旦氣梏亡也；其曰「欲把禪心銷此病，破除才盡又重生」，淫惡不悛也。閱之必增益淫邪之念，故當以綺語爲戒。

曹武毅破江南歸，數年不調。一日内宴，侍臣皆賦詩翰，以武人不預，乃陳乞應詔。太宗曰：「卿武人，以『刀』字爲韵。」因以寄意曰：「三十年前學《六韜》，英名常得預時髦。曾因國難披金甲，不爲家貧賣寶刀。臂健尚嫌弓力軟，眼明猶識陣雲高。庭前昨夜秋風起，羞見蟠花舊戰袍。」太宗爲遷數官。

唐徐凝詩「三十六宫秋夜長」，景物淒凉之極；唐蘇郁詩「三十六宫愁幾許」，人情抑鬱之極；唐許渾詩「三十六宫聞玉簫」，群心跂慕之極；宋邵堯夫詩「三十六宫都是春」，天真爛熳之極。

陸魯望妻蔣氏善屬文，性嗜酒。姊妹勸節飲强食，蔣應聲曰：「平生偏好飲，勞爾勸吾飡。但得尊中滿，時光度不難。」僧知業有詩名，一夕訪陸談玄。蔣使婢奉酒，知業云：「受戒不飲。」蔣隔簾謂曰：「上人詩云：『接岸橋通何處路，倚樓人是阿誰家？』觀此風韵，得不飲乎？」知業慚而退。

政和徐貞一號玄虚子，過仙霞關，書二絶於壁云：「一劍凌空海色秋，玉皇賜宴紫虚樓。醉來跨鶴須彌頂，指點培塿見十洲。」「碧殿歌傳阿濫堆，玉笙吹徹海桃開。仰天一嘯江風發，笑接白雲歸去來。」明晨盛傳有仙至關。

晉江蘇隨，嘉祐間進士，令博羅，棄官歸，葆神鍊氣，不與俗接。一夕夢游異境，賦詩曰：「夢乘鸞鶴到仙家，侍女風流魏月華。琥珀琖斟千歲酒，琉璃瓶插四時花。金函藏籙文刊玉，石壁題名篆點沙。一枕北牕初睡覺，日移門外柳陰斜。」

雁來紅，俗名老少年。無錫周子羽詩云：「翔雁南來塞草秋，未霜紅葉已先愁。緑珠宴罷歸金谷，七尺珊瑚夜不收。」後京師達官卷中畫此，徧求品題，無切咏者。一士人題云：「漢使傳書托便鴻，上林一箭墮西風。至今血染堦前草，一度秋來一度紅。」

湯久績守北邊，邊寇突至，出戰而歿。數月後，題詩通州驛壁云：「手提長劍斬渠魁，一箭那知中兩腮。胡馬踐來頭似粉，烏鴉啄處骨如柴。交游有義空揮淚，弟姪無情不舉哀。血污游魂歸不得，幽冥徒築望鄉臺。」湯素能詩，爲鬼猶能寫懷，亦忠勇之流也。

邵堯夫《養心歌》甚妙，歌曰：「得歲月，忘歲月。得歡悦，忘歡説。萬事乘除總在天，何必愁腸千萬結。放心寬，莫膽窄，古今興廢言可徹。金谷繁華眼裏塵，淮陰事業鋒頭血。陶潛籬畔菊花黄，范蠡湖邊蘆月白。臨潼會上膽氣雄，丹陽縣裏簫聲絶。時來頑鐵有光輝，運退黄金無艷色。逍遥且學聖賢心，到此方知滋味别。粗衣澹飯足家常，養得浮生一世拙。」

一人有十八學士卷，畫中人止得十七。白玉蟾題其上云：「臺閣峥嶸倚碧空，登瀛學士久遺踪。丹青想出忠良手，不畫當年許敬宗。」

下第舉子題《昭君圖》云：「一自蛾眉別漢宫，琵琶聲斷戍樓空。黄金買取龍泉劍，寄與君王斬畫工。」又崑山鄭文康《送下第生》詩有「王嬙本是傾城色，愛惜黄金自誤身」之句。

趙仲穆畫《鄭元和行乞圖》，首戴方巾，而以破絹裹其外，右手執簡板，左持一籃，一罐碎於地。雖衣衫藍縷，而人物風姿正自飄逸不群。上題詩曰：「鄭子曾誇蓋世才，風塵一墮甚張乖。歌殘世上蓮花落，誤却天邊桂子開。霜雪有情飄瓦罐，雨雲無夢到陽臺。試看身上千千結，盡是恩情博得來。」

有《詠手》詩云：「一唾功名在目前，豈期搏虎奮空拳。文章誤我終投筆，志氣凌雲肯執鞭。滄海釣鰲定有日，碧霄攀鳳看他年。扶持社稷心中事，要與君王解倒懸。」沈彦傅少時《咏女手》云：「曾向花叢揀俏枝，宛如春笋露參差。金釵欲溜撩輕髩，寶鏡重臨掃澹眉。雙送鞦韆扶索處，半掀羅袖賭鬮時。緑牕獨撫絲桐操，無限春愁下指遲。」

有老人年六十三，娶十六歲女爲繼室者。人嘲之曰：「二八佳人七九郎，婚姻何故不相當？紅綃帳裏求歡處，一朵梨花壓海棠。」「偎他門户傍他墻，年去年來來去忙。采取百花成蜜後，爲他人作嫁衣裳。」

文文溪，文山弟也。仕宋爲惠州知州，宋亡降元。有譏之者曰：「江南見説好溪山，兄也難時弟也難。可惜梅花各心事，南枝向暖北枝寒。」文山有子，出爲郡教授，行數驛而卒。閩人翁某作詩悼之，一聯云：「地下修文同父子，人間讀史各君臣。」考文山次子佛生、環生皆被執道死；長子道生奔循州，次年八月復亡，家屬皆盡，遺命以文溪子陞爲後。爲教授者，或其人與？

黄巢五歲時，父翁吟菊花詩未就，巢信口吟曰：「堪與百花爲總領，自然天賜赭衣黄。」父怪，欲擊之。翁令再賦，巢應聲曰：「颯颯西風滿院栽，蕊寒香冷蝶難來。他年我若爲青帝，報與桃花一處開。」翁大異之。巢下第，又作《菊花》詩曰：「待到秋來九月八，我花開後百花殺。衝天香陣透長安，滿城盡戴黄金甲。」已見跋扈之意。明高皇亦有《菊花》詩云：「百花發，我不發。我若發，都駭殺。要與西風戰一塲，徧身穿就黄金甲。」巢之反果在於秋，而明兵敗士誠、克大都皆在八九月。

西湖之盛起於唐，至南宋建都，游人仕女，畫舫笙歌，日費萬金，目爲銷金鍋。熊進德《竹枝詞》云：「銷金鍋邊瑪瑙坡，争似儂家春最多。蝴蜨滿園飛不去，好花紅到翦春羅。」

弘治間，海寧陳某《題賈似道湖山圖》云：「山上樓臺湖上船，平章醉後嬾朝天。羽書莫報樊城急，新得蛾眉正少年。」

木元經與田娟娟贈答詩：「烟中芍藥朦朧睡，雨底梨花淺澹粧。小院黄昏人定後，隔墻遥辨麝蘭香。」「隔江遥望緑楊斜，聯袂女郎歌落花。風定細聲聽不見，茜裙紅入那人家？」「異鳥嬌花不奈愁，湘簾初卷月沉鉤。人間三月無紅葉，却放桃花逐水流。」「聞郎夜上木蘭舟，不數歸期只數愁。半幅御羅題錦字，隔墻裏贈玉搔頭。」「碧牕無主月纖纖，桂影扶疏玉漏嚴。秋浦芙蓉倚蘋葉，半粧斜倚水晶簾。」「碧玉杯中琥珀光，燈前把勸阮家郎。不須更憶人間世，萬樹桃花即故鄉。」「楚天風雨繞陽臺，百種名花次第開。誰遣一番寒食信，合歡廊下長莓苔。」

宣和間，有伎者投長竿，念詩曰：「百尺竿頭望九州，前人田土後人收。後人收得休歡喜，更有收人在後頭。」此亦金讖而北禍可怪。

錢唐葛道人無他技，能以業屨爲生。一日偶得句云：「百囀已休鶯哺子，三眠初罷柳飛花。」自是始知其爲詩人。

宋謝無逸吟胡蝶二百首，人呼爲「謝胡蝶」。佳句如「飛隨柳絮有時見，舞入梨花何處尋」、「身似何郎全傅粉，心如韓壽愛偷香」、「江天春暖晚風細，相逐賣花人過橋」。

王欽若少寒窘，依幕府時，章聖以壽王尹開封。晚過其家，見紙屏題一聯云：「龍帶晚烟歸洞府，雁拖秋色過衡陽。」甚愛之，曰：「此語落落有貴氣。」後擢致相位。

楊徽之以能詩聞，太宗索其所著，以百篇獻上，卒章曰：「少年牢落今何幸，叨遇君王問姓名。」太宗選十聯寫於御屏，《江行》云：「犬吠竹籬沽酒客，鶴隨苔岸洗衣僧。」《寒食》云：「天寒酒薄難成醉，地迥樓高易斷魂。」《塞上》云：「戍樓烟自直，戰地雨長腥。」《嘉陽川》云：「青帝已教春不老，素娥何惜月長圓。」又「浮花水入瞿江峽，帶雨雲歸越雋州」。《哭江爲》云：「廢宅寒塘水，荒墳宿草煙。」《元夜》云：「春歸萬年樹，月滿九重城。」《僧舍》云：「偶題岩石雲生筆，閑繞庭松露溼衣。」《湘江舟行》云：「新霜染楓葉，皓月借蘆花。」《宿東林》云：「開盡菊花秋色老，落遲梧葉雨聲寒。」梁周翰詩云：「誰似金華楊學士，十聯詩在御屏風。」蓋紀實也。

蘭谿章某以拖欠錢糧爲縣令所拘繫，夜不能寐，題詩獄壁曰：「静數譙樓鼓，一二三四五。惟有獄中人，聲聲聽得苦。」縣令見之，寬其追比。

沈石田一詩甚爲曠達：「忙忙展枕逐雞栖，碌碌梳頭雞又啼。傀儡不曾知自假，髑髏方始笑人迷。昨朝青髩今朝雪，滿眼黄金轉眼泥。輸我一尊酬見在，有詩還向醉時題。」又有一詩，格調相同，惜不知何人所作：「坐對湖山酒一觴，醒時歌飲醉時狂。丹砂不是千年藥，白日難消兩鬢霜。身後碑銘空自好，眼前傀儡爲誰忙？得些好處且爲樂，光景無多易散場。」

吉州羅西林集刊近詩。一士囊詩及門，一童横卧闌間。喚童良久乃起，曰：「將見汝主人，求刊詩。」童曰：「請先與我一觀，我以爲可則爲公達。」士怪之，曰：「汝欲觀我詩，必能吟詩。賦一絶，當示汝。」童請題，士曰：「但以汝適來睡起搔首意爲之。」童即吟曰：「夜夢清鸞上碧虚，不知身世是華胥。起來搔首渾無事，啼鳥一聲春雨餘。」士駭服。同入見西林，取其《菊》詩，曰：「不逐春風桃李妍，秋風收拾短籬邊。如何枝上金無數，不與淵明當酒錢？」士出而疑之，後知童乃羅之子也。

張芸牕有繡養娘者，命蒼頭遞一羅帕與館人劉啓之。偶遺於地，芸牕見而責劉。劉作詩謝曰：「夜深撾鼓醉紅裙，半世侯門熟稔聞。自是東鄰窺宋玉，非關司馬挑文君。蒼頭悮送香羅帕，簧舌翻成貝錦文。幸賴老成持定力，一飄安穩過溪雲。」

辛稼軒守京口時，大雪，帥僚佐登多景樓，劉改之敝衣曳履而前。稼軒令賦雪，以「難」字爲韵。改之即吟云：「功名有分平吴易，貧賤無交訪戴難。」即此莫逆云。

岳蒙泉《咏陳橋兵變》有句云：「阿母素知兒有志，外人剛道帝無心。」又：「黄袍不是尋常物，誰信軍中偶得之？」使藝祖聞之，恐亦無詞以對。

華岩洞昔有桃花瓣闊寸許，從洞中流出。石壁上有詩二絶：「岩前流水無人渡，洞口碧桃花正開。東望蓬萊三萬里，等閒歸去等閒來。」「跨鶴歸來不記年，洞中流水緑依然。紫簫吹徹無人見，萬里西風月滿天。」

昔人咏商巖云：「後來亦有君王夢，不是陽臺即月宫。」明威寧伯王越詩云：「圖像原從夢卜真，天教版築得賢臣。漢家元帝知何事，只解丹青畫美人。」不説夢而説畫，語意更新。

張浣心《田家四時詩》云：「茆簷櫛比十餘家，男出耕兮女績蔴。新柳沿溪映門户，春深籬落放桃花。」「田家並力急耕芸，田婦當家送餉勤。禾黍油油初渴水，隴頭長望海東雲。」「村家半吐籬邊菊，已報東皇罷稏黄。男女腰鎌向田去，秋風吹送稻登場。」「農夫凌寒忙種麥，風冷雲昏歸舍急。牀頭新釀斟一壺，門外雪飛村巷白。」

吴門有吏娶一娼，燕客歌舞徹旦。隨犯事，决配九江，與婦泣別登舟。盧梅坡作詩曰：「昨夜笙歌燕畫樓，今朝忍淚送行舟。當初若嫁商人婦，無此江頭一段愁。」

項羽廟失火，有人題詩云：「嬴秦久矣酷斯民，羽入關中又一秦。父老莫嗟遺廟毁，咸陽三月是何人？」

嘉靖中，一詞林去官，養重山林者二十年。嚴分宜欲收人望，乃起用之。瀕行，一士餞詩云：「已卸烟花二十年，蓬頭跣足實堪憐。而今嫁作商人婦，又抱琵琶過別舡。」後竟損名譽。

身閒可以養氣，心閒可以養神；身心俱閒，與道合真。韓退之詩曰：「斷送一生惟有酒，尋思百計不如閒。」陶淵明詩曰：「形迹憑化往，靈府獨常閒。」朱晦翁詩曰：「深源定是閒中得，妙用原從樂處生。」是閒一也，韓也放，陶也達；陶也虛，朱也實。羅念庵詩曰：「影滿棠梨日正長，筠簾風細紫蘭香。午窓睡醒無他事，胎息閒中有秘方。」可謂通於閒之旨趣者。

穆陵道河亭上有題詩云：「穀雨初晴綠漲溝，落花流水共沉浮。東風莫掃榆錢去，爲買殘春更少留。」

唐皐《勸世歌》云：「人生七十古來少，先除少年後除老。中間光景不多時，更有炎涼與煩惱。朝裏官多做不盡，世上錢多賺不了。官大錢多憂轉多，落得自家頭白早。中秋過了月不明，清明過了花不好。花前月下且高歌，及時忙把金尊倒。請君檢點眼前人，一年幾度埋芳草。芳草高低新舊墳，可憐寒食無人掃。」

金陵名妓馬守真，字湘蘭，以豪俠得名。能詩工畫，有「酒是消愁物，能消幾箇時」之句。歲饑，霍洞見太守騎從出游，作詩云：「朝來五馬去尋春，誰信家家甑有塵？枕席道旁宜細問，恐非芳草醉眠人。」

有題驛亭一詩云：「帆力劈開千頃浪，馬蹄踏破五陵青，浮名浮利過于酒，醉得人間死不醒。」

明高皇微行，遇一監生，同飲於酒家。舉翣几木片命賦詩，生吟云：「寸木原從斧削成，每於低處立功名。他時若得臺端用，定向人間治不平。」高皇歎賞。明日召入，命爲按察使。

岳武穆遺詩二章，《精忠録》所未收者，《題齊山翠微亭》云：「經年塵土滿征衣，得得尋芳上翠微。好水好山觀未足，馬蹄催趁月明歸。」《題池口樂光亭》云：「愛此倚闌干，誰同寓目閑？輕陰弄晴日，秀色隱空山。島樹蕭騷外，征帆杳靄間。予雖江上老，心羨白雲關。」又有《湖南僧寺》句云：「潭水寒生月，松風夜帶秋。」不減唐人。

宋姚鏞，自號雪篷，爲吉州判官，以平寇功擢守章貢。爲人豪雋，令畫工肖像，騎牛於澗谷之間。趙東野題詩云：「騎牛無笠又無蓑，斷隴横岡到處過。暖日和風不常有，前村雨暗却如何？」蓋規之也。後忤帥臣，卒貶衡陽。又明蘇人劉完庵爲僉事，將致政，有憲司索題《牧牛圖》。完庵題云：「牧子騎牛去若飛，免教風雨溼蓑衣。回頭笑指桃林外，多少牧牛人未歸。」憲司感悟，亦掛冠而去。

弘治間，一方伯未第時，與某生交好甚篤。及仕，生遠造之，款叙之外，略無盼念。生題壁云：「十年心事酒杯間，坐對江鷗去復還。一帶西山青入眼，幾人青眼似西山？」題畢即去。方伯大慚，追之不返。

陳白沙《題厓山大忠祠》曰：「天王舟楫浮南海，大將旌旗仆北風。世亂英雄終死國，時來胡虜亦成功。身爲左袒皆劉豫，志復中原有謝公。人衆勝天非一日，西湖雲掩岳王宫。」又有佳句如「竹徑旁通沽酒市，桃花亂點釣魚船」，又「出墻老竹青千個，汎浦春鷗白一雙」，又「一春花鳥篇章廢，萬里雲霄羽翼孤」。

解大紳見女人衣上用數重鈕扣，作詩謔之曰：「一幅鮫綃剪素羅，美人體態勝姮娥。春心若肯牢關鏁，鈕扣何須用許多。」

嘉、隆間，内官薛某採辦江南，喜言詩，因與士紳款洽。臨行，諸公以詩酒餞别。薛連道：「你也做詩送老薛，我也做詩送老薛。」衆揶揄之而止。將解維，衆促吟畢，乃云：「溪塘兩岸蓼花紅，盡是離人眼中血。」衆乃歎服。

有張總戎《誡子》詩一章，人頗傳誦。詩云：「銀燈剔盡自咨嗟，富貴榮華有幾家？紅日難消頭上雪，黄金都是眼前花。時來言語風行草，運去田園水搏沙。寄語兒曹須勉力，各人尋箇活生涯。」

宣、正間，三楊皆秉樞軸，溥、榮由進士，士奇以薦舉。一日會，席間以松、竹、梅爲題，分賦一詩。文敏、文定題畢，各書「賜進士某」。文貞知其誚己，乃題曰：「竹居子，松大夫，梅花何獨無稱呼？回頭試問松與竹，也有調羹手段無？」

李西涯柄政，無救世亂。陸滄浪以詩譏之曰：「文章聲價斗山齊，伴食中書日又西。回首湘江春水緑，鷓鴣啼罷子規啼。」蓋以鷓鴣聲道「行不得也哥哥」，子規聲道「不如歸去」；「湘江」者，西涯故鄉也。西涯卒不能捨。輕薄者畫一醜惡老嫗騎牛吹笛，題曰「李西涯相業」。西涯自題一絶云：「楊妃血濺馬嵬坡，出塞昭君怨恨多。争似阿婆牛背穩，笛中吹出太平歌。」

成化間，教諭周汝航之妻海寧朱静庵能詩。《咏明妃》曰：「玉容憔悴向胡天，爲惜黄金誤少年。堪笑君王重聲色，丹青不畫夢中賢。」《咏虞姬》云：「貞魂化作原頭草，不逐東風入漢郊。」詞氣烈烈，可謂女中詩豪。

朱晦翁有四絶句，意甚警策：「鵲噪未爲吉，鴉鳴豈是凶？人間凶與吉，不在鳥音中。」「耕牛無宿草，倉鼠有餘糧。萬事分已定，浮生空自忙。」「翠死因毛貴，龜亡爲殼靈。不如無用物，安樂過平生。」「雀啄復四顧，燕寢無二心。量大福亦大，機深禍亦深。」

賈宗錫巡按江西，群豪屏迹。後少懈，學士張元禎以詩投之曰：「禹門三級浪滔天，處處漁翁罷釣船。昨日鄰家邀我飲，盤中依舊有魚鮮。」賈竟窮惡黨。

夏子喬除館職，數爲御史糾劾。子喬疑時宰諷旨，作《青雀》詩寄諫院張昇云：「弱羽傷弓尚未完，孤飛誰敢擬鴛鸞？明珠自有千金價，莫與他人作彈丸。」

闖賊陷京師，有中州士人被掠，與一士人共住一大家樓下。時當暮春，雨中對酒聯句，其人首倡云：「風風雨雨送春歸。」忽聞樓上續云：「無雨無風春亦歸。」兩人默然拱聽，徐云：「蜀鳥啼殘花影散，吴蠶食罷柘陰稀。嘴邊黄淺鶯兒嫩，頷下紅深燕子肥。獨有道人歸不得，杖頭長掛一蓑衣。」兩人登樓視之，絶無人踪，惟飛塵盈寸而已。

裴慶餘嘗同李北門船游，舟師誤以篙水濺侍女衣上。李怒，裴解以詩云：「滿額鵞黄金縷衣，翠翹浮動玉釵垂。從教小濺羅裙溼，知道巫山雲雨歸。」北門笑而釋之。

饒州有尼嫁士人張生，戴宗吉爲詩貽之曰：「短髮蓬鬆緑未匀，袈裟脱却著紅裙。于今嫁與張郎去，贏得僧敲月下門。」

建文帝一夕與懿文同侍高皇側，命詠新月。懿文云：「昨夜嚴陵失釣鈎，何人移上碧雲頭？雖然不得團圓相，也有清光偏九州。」建文云：「誰將玉指甲，搯破碧天痕？影落江湖裏，蛟龍不敢吞。」高皇覽之不悦。未幾，懿文薨，建文出亡。

高駢有感慨詩云：「鍊汞燒銀二十年，至今身在藥爐邊。不知子晉緣何事，只學吹簫便得仙。」葉祖嘗詠世間不分曉事，一聯云：「醉來黑漆屏風上，草寫盧仝《月蝕》詩。」

裘萬頃不樂仕進，以薦者召爲司直。在朝賦詩云：「新築書堂壁未乾，馬蹄催我上長安。兒時只道爲官好，老去方知行路難。千里關山千里念，一番風雨一番寒。何如静坐茆簷下，翠竹蒼梧行細看。」遂乞歸。

弘、正間，蘇州月洲和尚犯姦。縣令聞其能詩，以鶴爲題，月洲吟曰：「素身潔白頂圓朱，曾伴仙人入太虚。昨夜藕花池畔過，鷺鷥冤却我偷魚。」縣令釋之。又一婦以夫犯盗牛事，上縣令詩云：「洗面盆爲鏡，梳頭水當油。妾身非織女，夫豈會牽牛？」令亦免其罪。

有名僧慧空者，自武夷來朝九華，還過太平，息肩三峰庵。題詩於石壁上云：「停宿禪居石澗邊，三峰長與白雲眠。溪聲唤出波心月，竹影摇沉水底天。野鳥樹頭傳祖意，山花香裏送真傳。古今話到無心處，話到無心道自然。」題畢即行。所題詩句日炙雨侵，墨蹟更現。今勒碑作勝蹟焉。

「浮雲易散琉璃脆」，喻不久也。又「水中之泡」、「風中之燭」，亦未切當。惟有一詩云：「老健春寒秋後熱，半夜殘燈天曉月。草頭露水板橋霜，水上浮漚山頂雪。」更一字不可移。

幔亭山徐仙官降乩，留詩十餘首，有「寒流瀉出松頭月，曉鶴飛殘嶺上雲」、「殘棊屢換人間局，灑酒微添海上波」、「寂寂山腰間琥珀，年年洞口自桃花」等句。

丹陽玉乳泉壁間一絶云：「驛馬出門三月暮，楊花無奈雪漫天。客情最苦夜難度，宿處先尋無杜鵑。」

宋僧晦幾《滕王閣》詩云：「檻外長江去不回，檻前楊柳後人栽。當時惟有西山在，曾見滕王歌舞來。」含蓄無窮，感慨係之。

解大紳七歲時，母孀居，苦於徭役。大紳具訴於縣宰，並繫以詩曰：「母在家中守父憂，却教兒子訴原由。他年諒有相逢日，好把春風判筆頭。」宰疑假手於人，復令賦堂下小松，應聲曰：「小小青松未出闌，枝枝葉葉耐霜寒。如今正好低頭看，他日參天仰面難。」宰大奇之，遂蠲其税。

章子厚與劉子先友善，後契闊十年，子厚拜相，寄書言其相忘遠引之意。子先以詩謝之曰：「故人天上有書來，責我疏愚喚不回。兩處共瞻千里月，十年不寄一枝梅。塵泥自與雲霄隔，駑馬難追腰裹才。莫謂無心向門下，也曾終夕望三台。」子厚得書大喜，召爲户部侍郎。

蘇州劉逸少，年十一，文辭精敏。見長洲宰王元之、吴縣宰羅思純，二公試之，與之聯句。羅曰：「無風煙焰直。」劉曰：「有月竹陰寒。」羅曰：「日移竹影侵棊局。」劉曰：「風遞花香入酒樽。」王曰：「風雨江城暮。」劉曰：「波濤海寺秋。」王曰：「一回酒渴思吞海。」劉曰：「幾度詩狂欲上天。」凡數十聯，略不淹思。二公驚異，聞於朝，賜進士及第。

沈筠堂《題西湖消夏圖》云：「南山争比北山高，十里湖光瑮六橋。一隻畫船牕四豁，柳風起處最逍遥。」「煮茗敲棊事事幽，藕花香過酒家樓。劉剛夫婦皆仙客，權把西湖當十洲。」

黄仲則《陌頭行》云：「妾心化游絲，牽歡古道邊。明知牽不住，無奈思纏綿。」「妾心化春草，遮歡山水程。明知遮不住，到處得逢迎。」

有人題玉泉山寒亭一詩云：「朔風凛凛雪漫漫，未是寒亭分外寒。六月火雲天不雨，請君來此凭闌干。」

有題卓筆峰二絶云：「笠澤研池小，穹窿架石峩。仰憑天作紙，寫出太平歌。」「雲來初似墨，鴈過還成字。千載只書空，山靈恨何事。」

有題《長恨歌》後一詩，結句云：「如何私語無人覺，却被洪都道士知？」

游景仁《黄鶴樓》詩云：「長江巨浪拍天浮，城郭参差萬景收。漢水北吞雲夢入，蜀江西帶洞庭流。角聲交送千家月，帆影中分兩岸秋。黄鶴樓高人不見，却隨鸚鵡過汀州。」

無當玉卮卷八

呂祖降壇詩甚多，全書中尚未纂入，因恭録之，以免遺忘。「一陣秋風一陣香，終南山下古壇場。桂花有約期先至，此地重經菊又芳。」又：「文鸞隊隊鶴聲聲，九曲靈符達玉清。抛却天機管人事，仙曹笑我太多情。」又：「俯視塵寰秋意賒，白雲深處駐雲車。菊籬幾處開無際，總是人間頃刻花。」又：「玉清宫内文先到，正志壇前駕又來。三徑已荒人落寞，山僧時復掃莓苔。」又：「正把天機自翦裁，有神道自建陵來。偷閒倏爾乘風至，且喜聰明絶點埃。」又：「躬乘馴鶴謁三官，牛斗光寒月正圓。朝罷歸來香滿袖，尚饒馥郁下雲端。」又：「桃花浪暖泛輕舟，湖上逍遥半日游。怪底駒光容易過，許多人白少年頭。」又：「晚風吹過弱流西，幽草閒花一望迷。玉篴一聲人去也，五雲深處認交梨。」又：「幽隐碁罷夕陽殘，放鶴人歸躡翠巒。白鳳自來還自去，吹簫人倚碧闌干。」又：「家在崐崙閬苑東，五雲常護碧霞宫。玄微妙道延齡法，煮石餐芝造化功。」又：「三官朝罷别仙宫，拂袖忙忙降世中。可惜人間眠未曉，乾坤杳杳覺秋風。」又：「偶向東山采藥回，忽聞香氣透雲隈。不知下界緣何事，撥轉雲頭帶雨來。」又：「簫管携將出洞歌，終南山下好風和。此時抗手同騎鶴，落得醺醺醉意酡。」又：「羽化丹丘不計年，功成麗美在周天。自從道濟群生後，金闕名標第一仙。」又：「偷閒一刻興無窮，尊酒何妨醉碧筩。世事浮雲奚足問，不如跨鶴返天宫。」又：「暫停政事下丹霄，跨鶴登臨萬里遥。試問江南舊游地，功曹笑指兩虹橋。」又：「正值三冬復一陽，人間風景莫相當。良園不耐繁華境，獨有梅花送暗香。」又：「煙雲縹緲冠蓬山，采藥携童出復還。白鶴有知應笑我，謂余何事到人間。」又：「馭鶴依然駕徂東，千山煙鏁翠微中。私心莫訝來何晚，雅背猶餘夕照紅。」又：「機謀參贊玉清宮，退食終南一徑通。笑我不如林外鶴，天工人事兩匆匆。」又：「天氣新涼脱俗氛，薄羅衫子翦秋雲。登壇此夕饒清興，頃刻仙凡境界分。」又：「偷得餘閒在，人間片刻游。江山還識否？曾記岳陽樓。」又：「江城天欲晚，古寺聽梵鐘。駕鶴歸何處？終南最上峰。」又：「駕鶴今何往？飄然任所之。人間三日醉，天上一枰棊。玉宇重臨候，禪關再叩時。還將心裏事，訴與野人知。」又賜得雲道子云：「終南山上有知音，誰説終南捷徑深。我亦仕途留爪蹟，君從宦海滌胸襟。學仙漫着登雲履，報國先舒捧日心。示罷乩言香滿袖，雲車從此度高岑。」又賜吕嘯秋云：「每逢壇坫汝推敲，好把行藏問六爻。心緒密於蠶作繭，意城高似鳥爲巢。縱嗟爾室同懸磬，莫把浮生等繫匏。指點一番須記取，黄人捧日上林梢。」

請群仙賞牡丹，果老仙詩曰：「老眼看花分外妍，花光花意總嫣然。笑余驢背推敲久，七字吟成媿衆仙。」何仙姑詩曰：「玩花詩句我難工，感慨當年一捻紅。唤醒鼠姑應自悔，浪誇國色媚春風。」

乩仙降壇詩，莫不煙霞縹緲，迥非塵凡所能道者。如：「絳雪紛紛點翠苔，忽傳青鳥信音來。蒼星已遲玉關口，接餉蟠桃齒頰開。」又：「絳燭緋羅吐餤奇，謫仙齊賦下壇詩。明晨奏草玄元殿，奪得東方宫錦披。」又：「隔簾燒燭爛如銀，隱映繁星出絳濱。獨韵三山鶴背笛，吹殘人世幾紅塵。」又五言云：「洞裏日修真，紅泉滌世氛。酒醒棋一局，不遣世人聞。」又：「春光到百卉，余方醉瀛洲。一聞香篆結，跨鶴洞庭秋。」又：「仙家愛梨棗，采之餉群真。絶勝金母桃，結實空千春。」又：「月色何佳哉，乘煙駕鶴來。梅花香雪裏，白鳥韵齊開。」又：「豐城有靈劍，飛入虞山阿。劍上星斗文，向子胸前羅。」又：「五雲擁蓬萊，雞唱玉樓門。銕笛一聲曉，琪花落滿臺。」又：「虞山冷紫烟，星檜七枝傳。龍蛇影落地，泠然吸丹泉。」又：「更籌已報四，雞唱又過三。鸞輧在前路，跨鶴歸煙嵐。」韓湘子云：「蓬萊弱水路三千，飛渡全憑鶴羽翩。衫袖不愁經雨濕，薰風吹我下雲天。」何仙姑云：「香氣濃濃透九天，議來忱悃玉清前。吾尊上相飄飄下，且落人間溼霧邊。」張玉華云：「四海逍遥未許誇，饑來揀取棗如瓜。隨緣天上長生路，不管人間頃刻花。」又：「漣漣秋雨洗瀟湘，風送寒雅噪夕陽。出得終南西嶺外，槐花半老桂花香。」又：「税駕延陵季子家，雲消雨霽夕陽斜。終南本有神仙釀，忘却攜來醉暮霞。」監花使者云：「曾記當年下九天，相傳丘祖二真言。軒牕風景依然在，徑草幽花色色鮮。」柳雲岩真人云：「澹雲微雨菊花天，陣陣西風徹几筵。不是躬膺師命切，爲誰遣鶴下雲巔？」又：「飄流四海任西東，數百光陰一瞬中。富貴榮華何處是？如今落得袖盈風。」又：「走徧天台落魄橋，四時佳趣我能消。憑空一陣天香度，吹落雲光下九霄。」管樂仙子張德華云：「輕舟逐水愛山青，萬頃桃花泛古津。行盡清谿雲外路，往來多少看花人。」又：「洞庭飛過夕陽斜，遥望漁舟繞落花。打槳聲聲狐艇去，暮霞還照埜人家。」清華道童雲鳳兒云：「功成圓滿列仙列，掌管瑶臺十二鬟。寤寐不驚忘嗜慾，須知采藥煉金丹。」又：「遠鴈寒雲韵獨悠，此時序已屬三秋。山中獨酌陶然醉，那管人間萬種愁。」清花使者云：「奉法來臨道路賒，秋山落日夕陽斜。暮雲淡入黄昏霧，數點寒雅散晚霞。」又：「芒鞵踏偏出雲關，水滿秋田月滿山。咫尺瑶臺千里路，匆匆何事到人間？」又：「逍遥散步出蓬萊，偶與仙曹語一回。正返清華餐石子，靈符九曲又催來。」清妙洞女道黎瓊仙云：「三秋爽氣自西來，手把雲羅自翦裁。製就道家裝束好，凌波微步下仙臺。」石清道人云：「草滿牕前月滿廊，昔人用盡妙文章。如今多少秋滋味，好卷湘簾伫月涼。」

賈似道當國時，一日游湖山，有蜀僧徘徊其側。賈問：「汝欲何爲？」對曰：「詩僧。」賈命咏湖中漁翁。僧請韵，賈以「天」字爲韵。僧應聲云：「籃裏無魚少酒錢，酒家門外繫漁船。幾回欲脱蓑衣當，又恐明朝是雨天。」賈大器之。

有人召乩仙，請作梅花詩，仙遂書：「玉質亭亭清且幽。」人云：「要紅梅。」仙又書云：「著些顔色在枝頭。」人云：「下要『牛』字韵。」仙即書云：「牧童睡起朦朧眼，錯認桃林欲放牛。」又請咏雞冠花，仙書云：「雞冠本是胭脂染。」人云：「要白者。」仙又書云：「洗却胭脂似雪粧。只爲五更貪報曉，至今猶帶一頭霜。」

宸濠妃婁氏性賢明，善吟詠。濠嘗作《秋懷》詩，有「莫向西風問彭蠡，盤渦怒欲起蛟龍」之句。妃探知其意，嘗泣諫之。濠令妃題樵圖，乃樵回首與婦語。妃題曰：「婦唤夫子夫轉聽，採樵須是擔頭輕。昨宵雨過蒼苔滑，莫向蒼苔險處行。」觸事諷諫。濠知其意而不聽。發難時，妃又作詩曰：「金雞未報五更曉，寶馬先嘶十里風。欲借三杯壯行色，酒家猶在夢魂中。」

一錢太守劉寵廟在紹興錢清鎮。王叔能過廟賦詩曰：「劉寵清名舉世傳，至今遺廟在江邊。近來仕路多能者，也學先生揀大錢。」

王荆公罷相，出鎮金陵。時飛蝗自北而南，江東諸郡皆有之。劉貢父寄一絶云：「青苗助役兩妨農，天下嗷嗷怨相公。惟有蝗蟲偏感德，又隨車騎過江東。」

賈似道當國，行推排田畝之令。時人嘲之曰：「三分天下二分亡，猶把山河寸寸量。縱使一丘添一畝，也應不似舊封疆。」成化初，邢宥爲蘇州守，以郡中久荒，陂蕩起税，民心頗怨。有投詩刺之者曰：「量盡山田與水田，只留滄海共青天。漁舟若過閒洲渚，爲報沙鷗莫浪眠。」

賈似道令人販鹽百艘至臨安，太學生有詩云：「昨夜江頭湧碧波，滿船都載相公鹺。雖然要作調羹用，未必調羹用許多。」

明長樂鄭憲題《太真圖》，圖乃太真醉卧於地，二宦扶之不勝，明皇顧笑之狀。詩云：「龍顔回首顧紅顔，醉卧東風上馬難。不是侍兒扶不起，只因恩愛重如山。」又《題朱買臣採樵讀書》詩曰：「一擔荆薪一束書，且行且讀樂何如。擔頭自有經綸策，堪笑糟糠妾婦愚。」又《題韓淮陰乞食漂母》詩云：「乞丐當時事本虚，英雄未遇古誰無？臨題恨殺丹青手，不畫登臺拜將圖。」

宋馬光祖知京日，有士子姦人室女。事覺到官，光祖以「踰墻摟處子」爲題，令賦詩。士人援筆書曰：「花柳平生債，風流一段愁。踰墻乘興下，處子有心摟。謝砌應潛越，韓香計暗偷。有情還愛欲，無語强嬌羞。不負秦樓約，安知漢獄囚？玉顔麗如此，何用讀書求。」光祖判云：「多情多愛，還了半生花柳債。好個檀郎，室女爲妻也合當。傑才高作，聊贈青蚨三百索。燭影摇紅，記取媒人是馬公。」

即於公堂合巹，撤黃堂，輿從送歸。

錢鶴灘歸田後，聞江都張妓名，治裝訪之，已歸鹽賈矣。賈重錢才名，立日請飲，命妓出見，衣裳縞素，皎若秋月。妓出白綾帕求詩，即題曰：「淡羅衫子澹羅裙，淡掃蛾眉淡點脣。可惜一身都是澹，如何嫁了賣鹽人？」

東坡詩云：「無事此静坐，一日似兩日。若活七十年，便是百四十。」有更之者曰：「無事此游戲，一日似三日。若活七十年，便是二百一。」馮猶龍反其詩曰：「多事此勞擾，一年如一刻。便活九十九，僅湊上一日。」

太倉史公謹自號吴門野樵，其《贈吴羽士》有「松下翦雲縫鶴氅，花間滴露寫鵝經」之句。又自題其畫一絶云：「雨餘山色翠如苔，樹杪寒煙溼未開。童子無端掃紅葉，隔林知有故人來。」

明宜山鄧氏能詩，嫁吴某，以罪被逮。鄧寄以衣，而侑以一絶云：「欲寄寒衣上帝都，連宵裁剪眼模糊。可憐寬窄無人試，淚逐東風灑去途。」又《題畫菊》云：「良工妙手恁安排？筆底移來紙上栽。葉緑花黄長自媚，等閒不許蜨蜂來。」

湛甘泉與霍渭厓拆毁庵觀淫祠，豹韜衛營中一庵亦在毁中。有尼覺清題詩於壁云：「慌忙收拾舊袈裟，檢點行囊没一些。袖拂白雲歸洞口，肩挑明月繞天涯。可憐松頂新巢鶴，却負籬邊舊種花。分付犬貓隨我去，休教流落俗人家。」或作方獻夫賜告里居規僧房以益宅，僧作是詩。

至元間，太師秦王伯顔專權蠹政，貪惡無比。貶嶺南，道江西，至隆興卒，寄棺驛舍。有人題壁曰：「百千萬定猶嫌少，垛積金銀北斗邊。可惜太師無運智，不將些子到黄泉。」又有一律弔之云：「人臣位極更封王，欲逞聰明亂舊章。一死有誰爲孝子？九泉無面見先皇。輔秦應已如商鞅，辭漢終難及子房。虎視南人同草芥，天教遺臭在南荒。」蓋嘗出令：北人毆打南人，不許還報。

正統間，少師魏文靖好吟詠，不以工拙爲計。有《老態》詩云：「漸覺年來老病磨，兩肩酸痛脊梁跎。耳聾眼暗牙根蛀，腿軟腰疼鼻涙多。臟毒頭風時又舉，痔瘡疝氣不能和。更兼酒積微微發，三歲孩童長若何？」詩雖俚鄙，曲盡老態。趙松雪亦有一詩甚佳：「老態年來日日添，黑花飛眼雪生髯。扶衰每藉過眉杖，食肉先尋剔齒籤。右臂拘攣巾不裹，中腸慘慽涙常淹。移牀獨坐南牕下，畏冷思親愛日簷。」

有人題一詩於岳陽飛吟亭上云：「覓官千里赴神京，鍾老相傳蓋便傾。未必無心唐事業，金丹一粒誤先生。」

成化間，金陵妓林秋香，風流姿色，冠於一時，兼善丹青。從良後，有舊知欲求一見。因畫柳枝於扇，題詩曰：「昔日章臺舞細腰，任君攀折嫩枝條。從今寫入丹青裏，不許東風再動摇。」

明江陰一士子題《昭君圖》曰：「驪山舉大因褒姒，蜀道蒙塵爲太真。能使明妃嫁胡虜，畫工應是漢忠臣。」

劉誠意初見高皇，與坐賜食。因舉斑竹箸命題，應聲曰：「一對湘江玉竝看，二妃曾灑涙痕斑。」高皇攢眉曰：「秀才氣味。」又曰：「漢家四百年天下，總屬留侯一借間。」高皇大悦。

蜀中一耆儒題《張果老倒騎驢圖》詩云：「世間多少人，誰似這老漢？不是倒騎驢，凡事回頭看。」

吴士姜子奇娶婦三載，值淮張據吴，明兵臨城下。子奇挾妻出避，愴惶間因失其妻，爲領兵官携歸京邸。子奇流落四方者數年，行乞至京。有高門一婦人見之而泣，貽酒饌米囊，急使之去。子奇不敢仰視。翌日，復乞於此，婦呼與語。又爲主女所見，白母，令人追之。檢其囊中有金釵一隻、書一封，因告其夫。啓視之，則律詩一首，云：「夫留吴越妾江東，三載恩情一旦空。葵藿有心終向日，楊花無力暫隨風。兩行珠淚孤鐙下，千里家山一夢中。每悵妾身罹此難，相逢媿把姓名通。」官兵見詩憐之，資給遣還。

陳友諒陷江西諸郡，其帥某聞豐城汪某妻藺氏色美，殲其家，獨生藺及四歲嬰。將納之，婦請持一月服。帥從之，移兵他郡，命二姬守之。越數日，藺俟二姬熟睡，乃先殺嬰，嚙指血書壁曰：「涇渭難分濁與清，此身不幸厄紅巾。孤兒豈忍從他姓，烈婦何曾嫁兩人？白刃自揮心似鐵，黄泉欲到骨如銀。荒村日落猿啼處，過客聞之亦慘神。」書畢自刎。陳罪帥而爲立廟。

于肅愍公悼夫人董氏詩十一首，中一詩云：「世緣情愛總成空，二十餘年一夢中。疏廣未能辭漢主，孟光先已棄梁鴻。燈昏羅幕通宵雨，花謝雕闌驀地風。欲覓音容在何處？九原無路辨西東。」又崑山張節之悼寵妾詩云：「桃葉歌殘思不勝，西風吹淚結紅冰。樂天老去風流減，子野歸來感慨增。花逐水流春不管，雨隨雲散事難憑。夜來書館寒威重，誰送薰香半臂綾？」二作皆膾炙於世。

高皇幼時在皇覺寺，主僧縛之階下。高皇口占一詩曰：「天爲羅帳地爲氈，日月星辰伴我眠。夜間不敢長伸脚，恐踏山河社稷穿。」

慈仁寺東廊有二絶句：「故宮高與碧山齊，無數垂楊接御堤。玉輦不來花落盡，晾鷹臺上鳥空啼。」「新甃湯泉咽不流，繚垣攲側野棠秋。月明深鏁長生殿，夜半無人晢斗牛。」詞意悽惻，真傑作也。

白香山始爲《何處難忘酒》詩，後人多傚之。宋王景文有四篇，曰：「何處難忘酒？荆蠻大不庭。有心扶白日，無力洗滄溟。豪傑將斑白，功名未汗青。此時無一琖，壯氣激雷霆。」「何處難忘酒？姦邪大陸梁，腐儒空有鄙，好漢總無張。曹趙扶開寶，王徐賣靖康。此時無一琖，淚與海茫茫。」「何處難忘酒？英雄太屈蟠。時違聊置畚，運至即登壇。梁父吟聲苦，干將寶氣寒。此時無一盞，拍碎石闌干。」「何處難忘酒？生民太困窮。百無一人飽，十有九家空。人悦天方解，時和歲自豐。此時無一琖，入地訴英雄。」

孟澄女字淑卿，色美能詩。《咏楊妃菊》云：「《霓裳》舞罷小腰肢，低首臨風幾許思。莫怪姿容太妖冶，半縁卯酒半臙脂。」《題美人觀蓮圖》云：「緑槐蟬静日偏長，嬾爇金鑪百和香。莫摘池中蓮子看，箇中多半是空房。」《春歸》云：「落盡棠梨水拍堤，萋萋芳草望中迷。無情最是枝頭鳥，不管人愁只管啼。」

吴康齋躬耕食力，怡然終身。嘗有句云：「淡如秋水貧中味，和似春風静後功。」

宋浦江梅和勝未冠時，家貧親老。大雪中以詩謁邑宰，有「有令可干難閉户，無人堪訪嬾移舟」之句。令延之，訓其子弟，應舉未捷，有《自遣》詩云：「天之未喪斯文也，吾亦何爲不豫哉？」一時傳誦。

有《咏楊妃羅襪》一絶云：「仙子凌波去不還，獨留塵襪馬嵬山。可憐一掬無三寸，踏盡中原萬里翻。」

邵康節詩云：「老年軀體索温存，安樂窩中别有春。萬事去心閒偃仰，四肢由我任舒伸。庭花盛處涼鋪簟，簷雪飛時軟布裀。誰道山翁拙於用，也能康濟自家身。」劉伯温《辭職自遺》詩云：「買箇黄牛學種田，結間茅屋傍林泉。因思老去無多日，且向山中過幾年。爲吏爲官皆是夢，能詩能酒總神仙。世間百事都增價，老了文章不值錢。」二詩真得隱居之趣者也。

《美人春睡》一律云：「象牙筠簟碧紗籠，綽約佳人睡正濃。半抹曉烟籠芍藥，一泓秋水浸芙蓉。神游蓬島三千界，夢繞巫山十二峰。誰把棋聲驚覺後，起來香汗溼酥胸。」

德祐丙子，元師入信州。謝叠山變姓名，入建寧山。至元中，御史程文海等交薦，累召不赴行省。參政魏天祐復被旨，集守令戍將迫蹙上道。臨行，以詩别親知曰：「雪中松柏愈青青，扶植綱常在此行。天下豈無龔勝潔，人間何獨伯夷清。義高便覺生堪捨，禮重方知死甚輕。南八男兒終不屈，皇天上帝眼分明。」張叔仁和云：「打硬修行三十年，如今證驗作儒仙。人皆屈膝甘爲下，公獨高聲罵向前。此去好憑三寸舌，再來不值一文錢。到頭畢竟全清節，留取芳名萬古傳。」叠山甚稱之。至燕，不食而死。

東坡新任蘇州，極惡僧。佛印竟至府門求見，卒入報。坡曰：「好生與他説，府尊火正紅。」卒傳命，印曰：「門外一塊鋏。」卒再入報，坡命之進。印立丹墀下，放杖作揖。坡曰：「山僧如何揖公侯？」印曰：「大海終當納細流。昨夜虎丘山上望，一輪明月照蘇州。」坡大喜。以府堂正對吴山，命印作詩。印曰：「和尚説，老爺請提筆。」坡許之，印立成，曰：「吴山突兀勢峥嶸，險阻崎嶇徑路横。猛虎出林風激聒，老龍入洞雨汀泙。槎牙古樹離斜倒，拉撻高巖屈竅生。對景顛纖吟不就，静聽流水響嘤吰。」中有難字，遽未能寫，閣筆久思，又恐失體。詢知是佛印，遂與之定交。

有《題二喬觀兵書圖》云：「香肩竝倚讀兵書，韜略原非中饋宜。千古《周南》風化本，晚涼何不讀《關雎》？」亦雅致可喜。

丘瓊山《弔岳武穆》樂府云：「臣飛死，臣俊喜，臣浚無言世忠靡。臣檜夜報四太子，臣構稱臣自此始。」詞嚴義正，允稱史筆。

沈石田詩云：「揮金買笑逞豪英，自媿當初欠老成。脂粉兩般迷眼藥，笙歌一派敗家聲。風中柳絮狂心性，鏡裏桃花假面情。識破這條真綫索，等閒趯倒戲兒棚。」此詩爲少年蕩子之戒。

石曼卿《題張氏園亭》云：「亭館連城敵謝家，四時園色鬥明霞。窗迎西渭封侯竹，地接東鄰隱士瓜。樂意相關禽對語，生香不斷樹交花。縱游會約無留事，醉待參横落日斜。」

楊文理作《舟行八咏》，《咏篷》警句云：「數葉飽風淮浦晚，一繩拖雨洞庭秋。」《咏櫓》警句云：「分開水面秋煙冷，斫破波心夜月明。」

瞿宗吉幼時和楊廉夫《香奩八咏》，其《花塵春跡》云：「燕尾點波微有暈，鳳頭踏月悄無聲。」《黛眉顰色》云：「恨從張敞毫邊起，春向梁鴻案上生。」《金錢卜歡》云：「織錦軒窗聞笑語，采蘋洲渚聽愁吁。」《香頰啼痕》云：「斑斑湘竹非因雨，點點楊花不是春。」廉夫曰：「此瞿家千里駒也。」

洪武間，張彥倫《詠愁》詩警可誦：「來何容易去何遲，半在胸中半在眉。門掩落花春去後，窗含殘月酒醒時。濃如野外連天草，亂似空中惹地絲。除却五侯歌舞地，人間無處不相隨。」

王雪村善召乩仙。一日，與馬鶴牕泛湖，因請召之。即書一律云：「此地曾經歌舞來，風流回首即塵埃。王孫芳草爲誰緑？寒食梨花無主開。郎去排雲叫閶闔，妾今行雨在陽臺。衷情訢與遼東鶴，松柏西陵正可哀。」後書：「錢唐蘇小小敬和鶴窓湖橋首唱。」二人稱賞久之。雪村字天碧，里甲報吏名於有司，撥授處州府架閣庫役。一日，題馬一絶云：「一日行千里，曾施汗血勞。不知天厩外，誰是九方皋？」守奇之，試以「南山晴雪」題。雪村信筆呈云：「雪霽南山正坐衙，瑩然相對兩無瑕。瑞光曉布三千里，和氣春生百萬家。未可擁爐傾竹葉，且須呵筆咏梅花。豐年有象皆侯德，五袴歌謡徧海涯。」守擊節歎曰：「有才如此，不獲時位，豈非命乎？」

「老覺腰金重，慵便玉枕凉」，未是富貴語，「吟登蕭寺旃檀閣，醉倚王家玳瑁筵」、「軸裝曲譜金書字，樹記名花玉篆牌」，乃乞兒相，未嘗識富貴者；「笙歌歸院落，燈火下樓臺」、「歸來未放笙歌散，畫戟門前蠟燭紅」，非富貴語，看人富貴者也；至于「舞低楊柳樓心月，歌罷桃花扇底風」，富貴氣象，形容盡矣。不言歌舞錦繡，惟寫氣象，如「落花游絲白日静，鳴鳩乳燕青春深」，恐亦僧堂、道院之所有；若「梨花院落溶溶月，柳絮池塘淡淡風」、「樓臺側畔楊花過，簾幕中間燕子飛」，試問窮人家有此景否？

錢舜舉《咏范增》云：「暴羽天資本不仁，豈堪亞父作謀臣。鴻門若遂尊前計，又一商君又一秦。」陳剛中題其墓云：「七十衰翁兩鬢霜，西來一火笑咸陽。生平奇計無他事，只勸鴻門殺漢王。」二絶可謂詩史。

端平中，北使王檝詩云：「到處江山是戰埸，淮民依舊説耕桑。梅花不識興亡恨，猶向東風笑夕陽。」譏朝臣不知邊事之危急。景定間，北將胡咨議留江州詩云：「寂寞武磯山上廟，蕭條羅伏水中船。垂楊不管興亡事，依舊青青兩岸邊。」亦譏將相不知國家將亡，猶隨時取樂，如平安無事時也。

明蘇郡徐用理《題楊妃妙舞圖》云：「曲按《霓裳》舞翠盤，滿身香汗怯衣單。凌波步小月三寸，傾國貌嬌花一團。楊柳欲眠風不定，海棠無力露初乾。風流自古迷心目，莫怪三郎倚醉看。」

熙寧中，鄭俠上書，事作下獄，悉治平時所往還厚善者，晏叔原亦在數中。後於俠家搜得叔原與俠詩，云：「小白長紅又滿枝，築毬場外獨支頤。春風自是人間客，主管繁華得幾時？」神宗見詩，即令釋出。

陳汝嘉扁其所居曰「皆夢軒」。陶九成賦詩云：「北窗高卧羲皇上，不比南柯太守衙。塵世蕉陰方覆鹿，山童竹葉自敲茶。黄粱旅邸空仙枕，春草池塘即謝家。萬事轉頭同一幻，怪來筠管忽生花。」昔有題夢軒一聯云：「謝家兄弟池塘草，商室君臣鼎鼐梅。」

王元載誦一詩云：「二十四友金谷宴，千三百里錦飄游。人間無此榮華樂，無此榮華無此愁。」唐伯剛有句云：「玉樓金屋愁如海，布襪青鞵醉似泥。」閒乃上界神仙之福，百倍於功名爵禄。而世之閒人反勞擾以求多事，不亦愚哉！故曰：「不是閒人閒不得，閒人不是等閒人。」

宋慶曆間，華州進士張元累舉不第，落魄不得志，負氣倜儻。嘗薄游塞上，觀覽山川，有經略西鄙意。欲謁范、韓二帥，耻自屈，乃刻詩石上，使人拽之市而自笑其後。其詩咏雪有「戰退玉龍三百萬，敗殘鱗甲滿天飛」之句，詠鷹有「有心待搦月中兔，更向白雲頭上飛」之句。二公聞而召見，躊躇未用。元乃間走西夏，結連囊霄，謀抗朝廷，連兵十餘年，大爲邊患。

洪武戰江南日，授太平府般若庵，欲借一宿。僧異其狀，輒問爵里姓名。因題詩寺壁曰：「戰退江南百萬兵，腰間寶劍血猶腥。山僧不識英雄主，只管叨叨問姓名。」後僧恐人見，堊去其詩。登極後，遣人視詩在否。衆僧惶恐，有僧補一詩。使返，以無對。命鑰僧至，將殺之。僧曰：「御詩後吾師有詩在焉。」問：「何詩？」僧誦曰：「御筆題詩不敢留，留時恐惹鬼神愁。故將法水輕輕洗，尚有龍光射斗牛。」高皇喜，寺僧免究。

台州陳剛中《題博浪沙》云：「一擊車中膽氣高，祖龍社稷已驚摇。如何十二金人外，猶有民間鐵未銷？」

交趾使人游西湖，賦一絶云：「一株楊柳幾株花，醉飲西湖賣酒家。我國繁華不如此，春來徧地是桑麻。」日本使者亦有一絶曰：「昔年曾見此湖圖，不信人間有此湖。今日打從湖上過，畫工還欠著功夫。」

胡敬齋過徐孺子祠，題詩曰：「漢暨紛紛不可爲，先生明哲已先知。如何不把幾微事，説與陳蕃下榻時？」

瓊州定安縣南五指山，即黎母山，瓊崖之望也。丘文莊少時咏詩云：「五峰如指翠相連，撑起炎州半壁天。夜盥銀河摘星斗，朝探碧落弄雲煙。雨餘玉筍空中見，月出明珠掌上懸。豈是巨靈伸一臂，遥從海外數中原。」識者知其必貴。

王伯安年十一時，過金山寺，海日與客酒酣，賦詩未成。伯安從旁曰：「金山一點大如拳，打破維揚水底天。醉倚妙高樓上月，玉簫吹徹洞龍眠。」客大驚異。復使賦蔽月山房詩，隨應曰：「山近月遠覺月小，便道此山大於月。若人有眼大如天，還見山小月更闊。」益奇。

吴原博有《雪後入朝》詩云：「天門晴雪映朝冠，步澀頻扶白玉闌。爲語後人須把滑，正憂高處不勝寒。饑烏隔竹餐應盡，馴象當庭踏又殘。莫向都人誇瑞兆，近郊或恐有袁安。」其愛君憂國、感時念物之情，藹然可掬。

張子興《中酒》詩云：「一枕春寒擁翠裘，試呼侍女爲扶頭。身如司馬原非病，情比江淹不是愁。舊隸步兵今作敵，故交從事却成讐。淹淹細憶宵來事，記得歸時月滿樓。」

沈石田作《田家樂》，有「帝力何有於我」之意：「田家快活没憂愁，門前稻子沓成樓。主人遇客先呼酒，童僕逢人便可留。雨落兒童拖草履，晴乾嫂子戴烏兜。有時一曲還堪聽，月子彎彎照九洲。」「田家快活没嗟吁，數椽茅屋儘堪居。春養花蠶供衣服，夏日焚香檢道書。秋蓄黄雞肥啄黍，冬舂白米有盈餘。朋友歡招堪置酒，山肴野蔌也相宜。」「田家快活真不俗，沉醉高歌自鼓腹。門前雞犬亂紛紛，地上桑麻花碌碌。父慈子孝兩心寬，兄友弟恭如手足。日高文五睡正濃，占斷人間天上福。我見黎農三兩人，勾肩搭背嬉笑行。山歌拍手更相和，傍花隨柳過前村。我見黎農快活因，自説村居不厭貧。自有宅邊田數畆，不用低頭俯仰人。雖無柏葉珍珠酒，也有濁醪三五斗。雖無海錯美精肴，也有魚蝦供素口。雖無細果似榛松，也有荸薺共菱藕。雖無蔴菰與香菌，也有蔬菜與葱韭。雖無歌唱美女孃，也有邨媍相伴守。雖無銀錢多積蓄，不少飯兮不少粥。雖無翠餙與金珠，也有尋常觕布服。煎鰟皮，强似肉。樂有餘，自知足。不能琴，聽彈孝行也賞心。不能棊，五花六直慣能移。不能書，牛契田谿寫有餘。不能畫，印板故事滿壁掛。花朝節，年年賞花花不缺，花前不放酒杯歇。桃花盡盡開，菜花香又來。風雨時，高歌酌酒掩柴扉，牧童騎犢過邨西。風吹箬笠横，無腔笛韻清。月明夜，清光澹澹茅簷射，有肴無酒鄰家借。無板曲高歌，猜拳豁一壺。雪落天，江上漁翁釣罷還，火葙煨熱坐團團，片片飄來不覺寒。四時快活容易過，饑來喫飯困來眠。米自舂，酒自做。紡棉花，織大布。野菜餛飩似肉香，秧芽搭餅甜酒漿，炒豆鬆甜兒叫娘。有時車田跋小漊，烏背鯽魚大小有。軟骨新鮮真箇肥，勝似鰣魚與石首。杜洗麩，爊葫蘆。煸莧菜，糟落蘇。蜆子清湯煮淡虀，葱花細切炙田雞。難比羔羊珍羞味，時常也得口頭肥。自説村居無限好，自有地段種瓜棗。自種槐花染淡黄，自種紅花染紅襖。自有菜油能照讀，自有豆麥能罨醬。自拉小園種細茶，不用掂觔與播兩。鄰家過，説家務。不顧小小貴，不願大大富。自有船，儘可渡。自有牛，不用僱。且喫葷，莫喫素。黄脚雞，鍋裏熩。添些鹽，用些醋。買觔肉，掘笋和。煨芋艿，煎豆腐，沈沈喫到日將暮。深缸湯，軟草鋪。且留一宿到明朝，田家快樂真好過。」

王文恪年十二，題《吕祖渡海圖》云：「扇作帆子劍作舟，飄然直渡海洋秋。饒他弱水三千里，終到蓬萊第一洲。」其大志已見。

宣德中，黄州有犯夜者，上太守詩曰：「舟泊蘆花淺水渚，故人邀我飲金巵。因歌赤壁兩篇賦，不覺黄州半夜時。城上將軍原有禁，江南游子本無知。黄堂若問真消息，舊有聲名在鳳池。」問其姓氏，終不答，是必建文中行遯諸臣也。

張君壽浪游江湖，八月十四夜，皓月澄空，忽見上流一舟如雀，一老翁盪槳，歌曰：「郎提密網截江圍，妾把長竿守釣磯。滿載魴魚都换酒，輕煙細雨又空歸。」君壽異之，刺舟與語。又歌曰：「蓼香月白醒時稀，潮去潮來自不知。除却醉眠無一事，東西南北任風吹。」

張躍川，弘治間有名士也。有四絶云：「低低壁落矮矮柱，小小廳堂窄窄門。廣厦廣庭非不愛，欲留約束與兒孫。」「老去不嫌粳米粥，饑來常喫菜餛飩。好飯好羹非不愛，欲留淡泊與兒孫。」「來音去信常關念，嫁女婚男不出村。遠眷遠親非不愛，欲留近便與兒孫。」「鑿開石竇通泉脉，插種梅花入瓦盆。深紫深紅非不愛，欲留清白與兒孫。」

吕翁祠在邯鄲縣北二十里黄粱店。李長沙詩云：「舉世空中夢一塲，功名無地不黄粱。憑君莫向癡人説，説與癡人夢轉長。」又王崇慶詩云：「曾聞世有盧生夢，只恐人傳夢未真。一笑乾坤終有歇，吕翁亦是夢中人。」

馬端肅與劉文靖、李文正、謝文正同受孝廟顧命。不三月間，端肅飄然而去，賦詩云：「朝罷歸來惱一場，暗將心事訴穹蒼。東風有意開桃李，鴻雁無心戀稻粱。天上陰雲能蔽日，地間寒氣已成霜。不如安樂窩中去，静聽鵑聲叫洛陽。」

正德中，流賊趙風子等倡亂内地，置二金旗，上書「虎賁三千，直抵幽燕之地；龍飛九五，重開混沌之天」。嘗有詩云：「碌碌男兒嬾做官，赤眉混戰黑羊山。閒來夜月敲金鐙，多少英雄破膽寒。」後被擒，過衛輝驛，題壁云：「志氣軒昂今已休，傷心兩眼淚横流。秦庭無劍誅高鹿，漢室何人問丙牛？野鳥空啼千古恨，長江不盡百年愁。西風動處多寥落，一任魂飛到故丘。」解至京師，剥皮西市。

建文初，王崇正未第時，游錢唐。值御史朱某泊諸司觀潮，嗔王弗避，拘至，試以候潮詩。援筆立就，云：「大江東去接蓬萊，萬里潮聲兩浙開。幾度夜隨明月上，有時風捲雪山頹。畫船衝汛沙頭立，白馬凌空海上回。我欲乘槎訪霄漢，清風不礙釣魚臺。」有僉憲猶怒，復試之，有「分明一派長江水，做出許多聲勢來」之句，御史笑而釋之。

泐大師現女人身説法，作村婦艷詩云：「西施住盡黄金屋，泥壁蓬牕獨剩儂。寄語梁間雙燕子，天涯可有好房櫳？」

丘瓊山《感事》詩云：「白髮年來也不公，春風亦與世情同。而今燕子如胡蜨，不入尋常矮屋中。」棄舊戀新，古今同慨。

咸平中，洪州來鵠喜以詩譏訕當路〔一〕，《金錢花》云：「青帝若教花裏用，牡丹應是得錢人。」《夏雲》云：「無限旱苗枯欲盡，悠悠閒處作奇峰。」《偶題》云：「可惜青天好雷電，只能驅趁懶蛟龍。」語亦頗韵。

【校勘記】

〔一〕「詩」，原文脱漏，據文意補。

倭國遣使啫哩嘛哈奉表高皇。問彼國風俗，以詩答曰：「國比中原國，人同上古人。衣冠唐製度，禮樂漢君臣。銀瓮篘新酒，金刀膾錦鱗。年年二三月，桃李一般春。」

僧冲邈有《翠微山居》八絶，超悟可誦：「閒來石上卧長松，百衲袈裟破又縫。今日不愁明日飯，生涯只在鉢盂中。」「臨溪草草結茅堂，静坐安然一炷香。不是息心除妄想，却緣無事可思量。」「老老山僧不下堦，雙眉恰似雪分開。世人若問枯松樹，我作沙彌親手栽。」「幼入空門絶是非，老來學道轉精微。鉢中貧富千家飯，身上寒暄一衲衣。」「一池荷葉衣無盡，數畝松花食有餘。剛被世人知住處，又移茅屋入深居。」「茅簷静坐千山月，竹户閒棲一片雲。莫送往來名利客，堦前踏破緑苔紋。」「爐中無火已多時，蚤起惟將一衲披。莫怪山僧甞冷淡，夜深孏去拾松枝。」「豈是栽松待伏苓，且圖山色鎮長青。他年行脚不將去，留與人間作畫屏。」

察院按臨邑，官各遠迎。一教諭後至，接見於郭外水次。按公怪其傲，試以詩，乃以「水次椿子」爲題。即吟云：「獨立污泥沙，今經幾歲華。有心依古道，無意泛仙槎。春至萍爲葉，風來浪作花。

本來梁棟器，無奈用時差。」按公大稱賞之。

李密庵有《半歌》云：「看破浮生過半，半之受用無邊。半中歲月儘幽閑，半裏乾坤寬展。半郭半鄉村舍，半山半水田園。半耕半讀半經廛，半士半民姻眷。半雅半粗器具，半華半實庭軒。衾裳半素半輕鮮，肴饌半豐半儉。童僕半能半拙，妻兒半樸半賢。心情半佛半神仙，姓字半藏半顯。一半還之天地，讓將一半人間。半思後代與滄田，半想閻羅怎見？酒飲半酣正好，花開半吐偏妍。帆張半扇免翻顛，馬放半韁穩便。半少却饒滋味，半多反厭糾纏。百年苦樂半相參，會占便宜只半。」

成化中，華亭張東海爲南安太守，律己愛物，大得民和。壯年致仕，子皆成名，殊無一事累心。周德中目爲神仙太守，張以詩答之云：「歸休太守似神仙，布被蒙頭日夜眠。却怪門前來熱客，馬蹄踏破紫雲煙。」「古今何處有神仙？鶴駕鸞驂總浪傳。莫信空同鄒道士，刀圭入口亦徒然。」「歐陽自號無仙子，卓識真知冠古今。弱水蓬萊在何處？愚夫白骨紫苔深。」又歌曰：「東海先生歸也，南安太守新除。一桃行李兩船書，被人笑道癡愚。書也書，寒不堪穿，饑不堪煮，收拾許多何用處？況而今白髮蒼顏，坐黃堂之署，乘五馬之車，那得工夫再看渠？又將載到南安去，古人糟粕，誰味真腴？枉説道，黃卷中，時與聖賢相對語。」又《除夕》詩云：「酒冷香消夢不成，道人殊覺歲崢嶸。老如舊曆渾無用，坐戀殘燈亦暫明。雪霰已應隨臘去，梅花聊復與春爭。向來筋力虛名盡，白髮無愁也自生。」

張璧娘《寄林子真》詩云：「黃消鵞子翠消鴉，簟拂層冰帳九華。裙縷退木腰束素，釧金鬆盡臂纏紗。牀前弱態眠新柳，枕上迴環壓落花。不信登墻人似玉，斷腸空盼宋東家。」

吴興王雨舟《宫詞》云：「駕幸長春二鼓時，提燈馳報疾如飛。上房供奉忙多少，才拭龍牀布地衣。」「昨夜閩中進荔枝，君王親受幸龍池。先將竝蒂盛金盒，密賜昭儀盡不知。」「錦標奪得有誰争？跪向君王自報名。宣索宫花親自插，連呼萬歲兩三聲。」

景泰五年，遣周文襄賑饑。周進本作二詩致朝士云：「蕭蕭匹馬過長安，滿目饑民不可看。十里路埋千百冢，一家人哭兩三般。犬銜骸骨形將朽，鴉啄骷髏血未乾。寄語當朝諸宰輔，銕人聞着也心酸。」「艱難百姓實堪悲，大小人民總受饑。五日不燒三日火，一家關閉九家籬。隻鵞祇换三升穀，斗米能求八歲兒。更有兩般堪歎處，地無芳草樹無皮。」有人題詩三清殿壁自縊云：「我年七十遇三荒，惟有今年荒得荒。我今弔死三清殿，知道來年荒不荒？」至今觀中大醮，必首薦吟詩高士云。

于忠肅公《題桑》云：「一年一度伐條柯，萬木叢中苦最多。爲國爲民甘寂寞，却教桃李聽笙歌。」又《犬》詩云：「護主有恩當食肉，却銜枯骨惱饑腸。于今多少閒狼虎，無益於民更食羊。」沈石田《咏蠶》云：「衣被功深藏蠢動，碧筐火暖起眠時。願言努力加飡葉，二月吴民要賣絲。」馬清癡《題蠶豆》云：「蠶忙時節豆離離，爛煮堪充老肚皮。却笑牡丹如斗大，可能結實濟人饑？」此詩本宋王文康：「棗花至小能成實，桑葉雖柔解吐絲。堪笑牡丹如斗大，不成一事只空枝。」又王尚文《題棉花》云：「采得西風雪滿籃，禦寒功在倍春蠶。世間多少閒花草，無補於人也自慚。」秦廷韶《題菜》云：「翠葉蒙茸塌地鋪，曉炊初薦美如酥。世間此味人知少，乞報中州士大夫。」諸作皆非嘲風弄月之比，可獻之采風者。

有衆飲清庵。翟欽甫至，衆不之識，俾賦清庵。欽甫故爲拙句云：「爲問清庵何以清？」衆大笑，接云：「霜天明月照蓬瀛。」衆失色。連書「廣寒宫裏琴三弄，白玉樓頭笛一聲。金丹玉壺秋水冷，石田茅屋暮雲平。夜來一枕游仙夢，十二瑶臺獨自行」。衆愧謝，延之上坐。

唐人《題焚書坑》有云：「竹帛烟銷帝業墟，關河空鎖祖龍居。坑灰未燼山東亂，劉項原來不讀書。」陸文量題云：「焚書只是要人愚，人未愚時國已虚。惟有一人愚不得，又從黄石受兵書。」

洞庭葉正甫久客都門，其妻劉氏因寄寒衣，侑以詩云：「情同牛女隔天河，又喜秋來得一過。歲歲寄郎身上服，絲絲是妾手中梭。剪聲自覺和腸斷，線脚那能抵淚多。長短只依先去樣，不知肥瘦近如何？」

萬曆間，温州盤石衛獲得安南國船二隻，言語支離不通，而文字不異中國。其酋長有詩云：「微軀飄泊豈無家，只爲蠅頭一念差。昔日已曾朝北闕，今朝焉得指南車？夢魂自信歸鄉國，骸骨誰憐没草沙。寄語妻兒休問卜，年年滴淚向中華。」上官憐之。後因遣使封王，送歸其國。

聶壽卿，其《醉後跌起口占》有句云：「老我不勝金谷罰，傍人應笑玉山頽。」

張球獻詩丞相吕夷簡曰：「近日厨中乏所供，孩兒啼哭飯籮空。母因低語告兒道，爹有新詩上相公。」公見詩甚悦，以俸錢百緡遺之。

金陵妓朱斗兒號素娥，與陳魯南聯吟，有「芙蓉明玉沼，楊柳暗銀堤」之句，人多誦之。《於江干送所歡》云：「楊子江頭送玉郎，離思牽挽柳絲長。柳絲挽得吾郎住，再向江頭種幾行。」又托買束腰，其人問尺寸，答云：「既許紅綾束，何須問短長。纖腰君抱過，寸尺自思量。」

謝幼睿《纊衣》一首最工，詩曰：「懶向粧臺理曉粧，爲郎獨自製衣裳。金針入處心俱痛，素綫穿時恨共長。霜户敢辭纖手冷，芸牕思貼弱肌香。縫成不怪無鴻雁，贏得宵來覆妾牀。」

集「冷」、「香」韻句：「水向石邊流出冷，風從花裏過來香。」「拂石坐來衣帶冷，踏花歸去馬蹄香。」「叫月杜鵑喉舌冷，宿花胡蝶夢魂香。」「幽人到處煙霞冷，仙子來時雲雨香。」「霜封夜瓦鴛鴦冷，花拂春簾翡翠香。」「粧臨水鏡花俱冷，曲奏霓裳月亦香。」「雪罥層巒山骨冷，花隨飛浪水痕香。」「夷光出浦輕紗冷，洛妃凌波羅襪香。」

有《人心難足歌》云：「終日奔波只爲饑，才教食足又思衣。衣食若還多充足，洞房衾冷便思妻。娶得妻來鴛被暖，奈何送老恐無兒。有妻有子雙雙樂，終日思量屋舍低。起得高樓并大厦，又無官職受人欺。縣丞主簿皆嫌小，欲去朝中掛紫衣。人心似海何時滿？奈被閻羅下帖追。」

劉後村《咏楊雄》云：「執戟浮沉亦未迂，無端著論美新都。白頭所得能多少？罔被人稱莽大夫。」

楊孟載《咏七姊妹花》云：「紅羅鬥結同心小，七蕊參差弄春曉。盡是東風兒女魂，蛾眉一樣青螺掃。」「三妹娉婷四妹嬌，緑牕虚度可憐宵。八姨秦號休相妬，腸斷江東大小喬。」

彭友信歲貢至京。一日，高皇微行，偶相值。忽見虹霓，口占云：「誰把青紅綫兩條，和雲和雨繫天腰？」友信續云：「玉皇昨夜鑾輿出，萬里長空駕彩橋。」高皇異之，相約明辰會於竹橋，同早朝。翌辰，友信果往，候久不至，遂失朝。已而宣入，高皇曰：「有學有行君子也。」以爲北平布政司。

熙寧初，韓魏公罷相，留守北京。新進多凌慢之。公有句云：「花去曉叢蜂蝶亂，雨餘春圃桔槔閒。」人服其微婉。公嘗言：「人生保初節易，保晚節難。」九日燕諸曹，有詩云：「莫羞老圃秋容淡，要看黄花晚節香。」李彦平深敬此語，大書於壁。

石守道嘗作《三豪詩》，謂石曼卿豪於詩，歐陽永叔豪於文，杜默豪於歌。默有《送守道赴太學》六字歌，其豪句云：「頭角驚殺蝦蟹，學海波中老龍。爪距逐出狐兔，聖人門前大蟲。推倒楊朱墨翟，扶起仲尼周公。一條路出甕口，幾程身在雲中？水浸山影倒碧，春着花稍半紅。」默，濮州人，因此歌得在三豪之列。

紅葉題詩，各書所載，人名不同，而其事、其詩俱相似而小異。惟蜀尚書侯繼圖一事，事既不同，詩亦各異。繼圖未第時，登大慈寺樓，倚闌遠望，忽木葉飄墜，上有詩云：「拭淚歛蛾眉，爲鬱心中事。搦管下庭除，書成相思字。此字不書石，此字不書紙。書向秋葉上，願逐秋風起。天下有心人，盡解相思死。天下負心人，不識相思意。有心與負心，不知落何地？」繼圖藏之笥中。後娶任氏，偶吟前句。任曰：「此妾昔日戲書梧桐葉上詩，從何見之？」繼圖檢葉示之，大以爲異。

孫何帥錢唐，柳耆卿作《望海潮》詞贈之，盛誇杭州之勝，有「三秋桂子，十里荷花」等語。此詞流播，金主亮聞之，欣然有慕，遂起投鞭渡江之志。使畫工圖臨安城邑及吴山、西湖之景以歸，而於吴山絶頂貌己之狀，策馬而立。題曰：「萬里車書盍混同，江南豈有别疆封？提兵百萬西湖上，立馬吴山第一峰。」謝處厚詩云：「誰把杭州曲子謳，荷花十里桂三秋。那知卉木無情物，牽動長江萬里愁。」褚石農謂此詞雖牽動長江之愁，然卒爲金主送死之媒，未足悵也。至於荷艷桂香，粧點湖山之清麗，使士夫流連於歌舞嬉游之樂，遂忘情於中原，是則深可恨耳。因和其詩云：「殺胡快劍是清謳，牛渚依然一片秋。却恨荷花留玉輩，竟忘煙柳汴宫愁。」

越僧某索畫於沈石田，并寄以詩云：「寄將一幅剡溪藤，江面青山畫幾層。筆到斷崖泉落處，石邊添箇看雲僧。」石田爲畫其詩意。

宋高宗好養鵓鴿。有人作詩云：「鵓鴿飛騰繞帝都，朝收暮放費工夫。何如養箇南來雁，沙漠能傳二帝書。」

有尼悟道詩云：「盡日尋春不見春，芒鞵踏破隴頭雲。歸來笑撚梅花嗅，春在枝頭已十分。」

成化間，倭人入貢，見蜀葵花，不識。國人紿之曰：「此一丈紅也。」倭人題詩云：「花於木槿花相似，葉與芙蓉葉一般。五尺闌干遮不盡，尚留一半與人看。」

毘陵李氏女有《拾得破錢》一絶云：「半輪殘月掩塵埃，依稀猶有開元字。想見清光未破時，買盡人間不平事。」

有《題漂母圖》一詩云：「一飯常懷報德深，歸來不負贈千金。豈知漢祖酬功日，不與王孫共此心。」

嘉靖中，都御史毛伯温征安南。夷主咏萍以詩云：「錦鱗密密不容針，帶葉連根定計深。常與白雲争水面，豈容明月墜波心。千層浪打誠難破，萬陣風顛永不沉。多少魚龍藏裏面，太公無計下鈎尋。」伯温和之云：「隨田逐水冒秧針，到底原來種不深。空有根苗空有葉，敢生枝節敢生心。寧知聚處馬知散，但識浮時不識沉。大抵中天風色惡，掃歸湖海竟無尋。」由是貢服。

鄭翰卿夢一麗人作迎風之舞，歌春愁之曲，曰：「老鶯巧婦送春愁，幾度留春更不留。昨日漫天吹柳絮，玉人從此嬾登樓。」

張乖崖在蜀，有一幕官不爲所禮，獻詩有「秋光都似宦情薄，山色不如歸意濃」，張謝而留之。姜白石歸吴興，順陽公以青衣小紅贈之。其夕大雪，過垂虹，賦詩云：「自譜新詞韵最嬌，小紅低唱我吹簫。曲終過盡松陵路，回首煙波十里橋。」

陳孟潔、楊士奇往候劉伯川，因留款，雪霽酒酣，命各賦詩言志。陳云：「十年勤苦事雞牕，有志青雲白玉堂。會待春風楊柳陌，紅樓争看緑衣郎。」楊云：「飛雪初停酒未消，溪山深處踏瓊瑶。不嫌寒氣侵人骨，貪看梅花過野橋。」伯川笑曰：「陳子十年勤苦，僅博紅樓一看，當爲風流進士；楊子雖寒，當大用。」後陳以庶常終，楊至少師，一如伯川言。

楊復命童采萍于玄武湖，都察院吴思庵拒之。楊作詩送之云：「太平堤下後湖邊，不是君家祖上田。數點浮萍容不得，如何肚裏好撑船？」

陳不矜《夢中游仙》十絶句：「玉貌青童洞裏回，洞中仙子有書催。書詞問我何多事，何不驂鸞早早來？」「長恐凡材不合仙，喜逢神女執因緣。雲中隱隱開金鏁，路入麻仙小有天。」「海石榴花映綺牕，碧夫容朵亞銀塘。青鸞不舞蒼虬卧，滿院春風白日長。」「沉沉香霧映房櫳，剪剪簷頭盡日風。汗雨已稀塵慮息，始知身在蕊珠宮。」「老聃西逝即浮圖，莫怪窓間貝葉書。長哂楊妃仙格勢，却教鵁鶄念真如。」「常怪樂天《長恨》詞，釵鈿寄語太傷悲。于今始信蓬萊上，也憶人間有問時。」「得到仙都白玉堂，氤氲香澤滿衣裳。非龍非麝非沉水，疑是諸天異國香。」「玉女倚天多喜笑，素娥如月與精神。假饒不許長年住，猶勝人間不遇人。」「瓊漿飲罷日西沉，瞬息觀游抵萬金。塵累滿懷那住得，鳳簫休作别離音。」「玉水本流三島上，蟠桃生在五雲間。若非去處那真實，劉阮昏迷錯往還。」

歐陽永叔《咏昭君》云：「絶色天下無，一失難再得。雖能殺畫工，於事竟何益？耳目所及尚如此，萬里安能制夷狄？」

羽士鄧青陽《觀物吟》中一絶云：「人生天地常如客，何獨鄉關定是家？争似區區隨所遇，年年處處看梅花。」

桃花仕女歌詩八首：「梳成鬆髻出簾遲，折得桃花三兩枝。欲插上頭還住手，偏從人問可相宜。」「慵慵欹枕捲紗衾，玉腕斜籠一串金。夢裏自家搔鬌髮，索郎抽落鳳皇簪。」「家住東吴白石磯，門前流水浣羅衣。朝來繫着木蘭櫂，閒看鴛鴦作對飛。」「石頭城外是江灘，灘上行舟多少難。潮信有時還又至，郎舟一去幾時還？」「潯陽南上不通潮，却算游程歲月遥。明月斷魂清靄靄，玉人何處教吹簫？」「山桃花開紅更紅，朝朝愁雨又愁風。花開花謝難相見，懊恨無邊總是空。」「西湖荷葉緑盈盈，露重風多蕩漾輕。倒折荷枝絲不斷，露珠易散似郎情。」「夫容肌肉緑雲鬟，幾許幽情欲話難。聞説春來倍惆帳，莫教長袖倚闌干。」

遜秀才，蓋山猿聽講日久，得悟者也。《咏落葉》云：「萬片霜紅照日鮮，飛來階下覆苔博。等閑不遣僧童掃，借與山中麋鹿眠。」《春景》云：「門徑苔深客到稀，游絲低逐軟紅飛。松稍零落飄金粉，童子枝頭曬衲衣。」《夏景》云：「風敲牕竹驚僧定，鳥觸殘花墜澗香。《圓覺》半函看已了，紉針自補舊衣裳。」《秋景》云：「幾點歸雅幾許鐘，紛紛涼月在孤峰。清霜獨染千林樹，明月漫山一片紅。」《冬景》云：「十笏房清百衲温，名香長是夜深焚。道人愛看梅梢月，分付山童莫掩門。」

史彌遠欲佔阿育王寺地作墳，衆僧莫敢誰何。一小僧作偈云：「寺前一塊地，嘗有天子氣。丞相要作墳，不知主何意？」史聞之，遂息其意。

屈悔翁有句云：「才子多貪色，神仙不好名。」司空表聖云：「名能不朽稱仙骨，理到忘機見佛心。」高東井《贈方子雲》云：「從來貧士貪留客，未有庸人解好名。」名應好乎？不應好乎？三代以下之人惟恐不好名。此説近是。

《花王閣剩藁》中有《哭董天士》四律，真血性之作也：「事事知心自古難，平生二老對相看。飛來遺札驚投箸，哭到荒村欲蓋棺。殘藁未收新畫册，餘資惟買破儒冠。布衾兩幅無妨殮，在日黔婁不畏寒。」「五岳填胸氣不平，譚鋒一觸便縱横。不逢黄祖真天幸，曾怪嵇康太世情。開牖有時邀月入，杖藜到處避人行。料應塵海無堪語，且試驂鸞向紫清。」「百結懸鶉兩鬢霜，自餐冰雪潤空腸。一生惟得秋冬氣，到死不知羅綺香。寒貫春醪才破戒，老棲僧舍是還鄉。只今一瞑無餘事，未要青蠅作弔忙。」

「廿年相約謝風塵，天地無情殞此人。亂世逃禪聊解脱，衰年哭友倍酸辛。關河泱漭連兵氣，齒髮蒼浪寄病身。泉下有靈應念我，白楊孤冢亦傷神。」

邯鄲盧生祠題壁詩甚多，有一絶云：「富貴榮華五十秋，雖然是夢也風流。我今落魄邯鄲道，要問先生借枕頭。」又有句云：「若教穩作封侯夢，我欲聯牀睡百年。」又：「盧生自有封侯相，貧骨須知夢亦難。」

盛次仲雪夜有句云：「看來天地不知夜，飛入園林總是春。」

張光弼，廬陵人。元末政壞，遂棄官不仕，以詩酒自適。號一笑居士。有《春日》詩云：「一陣東風一陣寒，芭蕉長過石闌干。只消幾度瞢騰醉，看得春光到牡丹。」蓋寓時事也。今集中無此詩。嘗曰：「吾死埋骨西湖，題曰『詩人張員外墓』足矣。」後如其言。海昌胡虚白作詩以弔，云：「二一仙坊裏張員外，頭白相逢只論詩。今日過門君不見，小樓春雨燕歸遲。」「西子湖頭碧草春，天留山水葬詩人。老逋泉下應相見，爲説梅花寫得真。」

小青者，武林馮生姬也。家廣陵，名元元，其姓不傳。大婦奇妬，姬曲意下之，終不説。殁於孤山别室，年才十八耳。時萬曆壬子歲也。其詩爲大婦焚去，僅存《焚餘草》。古詩云：「雪意閣雲雲不流，舊雲竟壓新雲頭。米顛顛筆落牕外，松嵐秀處當我樓。垂簾只愁好景少，卷簾又怕風繚繞。簾卷簾垂底事難？不情不緒誰能曉？爐煙漸瘦剪聲小，又是孤鴻唳悄悄。」絶句云：「稽首慈雲大士前，莫生西土莫生天。願將一滴楊枝水，化作人間並蒂蓮。」「春衫血淚點輕紗，吹入林逋處士家。嶺上梅花三百樹，一時應變杜鵑花。」「新粧竟與畫圖争，知在昭陽第幾名？瘦影自臨春水照，卿須憐我我憐卿。」「西陵芳草騎轔轔，内信傳來唤踏春。杯酒自澆蘇小墓，可知妾是意中人？」「冷雨幽牕不可聽，挑燈閒看《牡丹亭》。人間亦有癡於我，不獨傷心是小青。」「何處雙禽集畫欄？朱朱翠翠似青鸞。如今幾個憐文彩，也向秋風鬥羽翰。」「脉脉溶溶灧灧波，芙蓉睡醒欲如何？妾映鏡中花映水，不知秋思落誰多？」「盈盈金谷女班頭，一曲驪歌衆伎收。直得樓前身一死，季倫原是解風流。」「鄉心不畏兩峰高，昨夜慈親入夢遥。見説浙江潮有信，浙潮争似廣陵潮？」

范文正公嘗作《西湖》絶句云：「長憶西湖勝鑑湖，春波千頃緑如鋪。吾皇不讓明皇美，可賜疏狂賀老無？」公詩不多見。觀此，其山水襟懷亦不淺也。

雜録《西湖竹枝詞》：「儂住西湖日日愁，郎船只在東江頭。憑誰移得湖山去，湖水江波一處流。」沈性之。「山下有湖湖有灣，山上有山郎未還。記得解儂金絡索，繫郎腰下玉連環。」陸仁。「鴛鴦胡蝶盡雙飛，楊柳青青郎未歸。第六橋邊寒食雨，催郎白苧作春衣。」張簡。「湖中女兒不解愁，三五蕩槳百花洲。貪看花間雙蛺蜨，不知飛上玉搔頭。」嚴恭。「湖上女兒學琵琶，滿頭都插鬧粧花。自從彈得《陽關》曲，只在湖船不在家。」强珇。「白苧衫兒雙髻丫，望湖樓子是儂家。紅船撑入柳陰去，買得雙頭茉莉花。」申屠衡。「雷峰港口晚涼天，相唤相呼出采蓮。莫爲采蓮忘却藕，月明風定好迴船。」徐夢吉。「初三月子似彎弓，照見花開月月紅。月裏蟾蜍花上蜨，憐渠不到斷橋東。」繆侃。「湖西日脚欲没山，湖東月出牙梳彎。南北兩峰船上看，恰似阿儂雙髻鬟。」釋道元。「湖頭女兒二十多，春山兩點明秋波。自從湖上送郎去，至今不唱江南歌。」馬琬。「垂楊小苑繡簾東，鷺閣殘枝蝶趁風。最是西陵寒食路，桃花得氣美人中。」王微。

于忠肅詩奕奕俊爽，如「香爇雕盤籠睡鴨，燈輝青瑣散棲鴉」、「紫塞北連天末去，黄河西繞郡城流」、「風穿疏牖銀燈暗，月轉高城玉漏遲」、「天外冥鴻何縹緲，雪中孤鶴太淒清」、「醉來掃地卧花影，閒處倚牕看藥方」、「渭水西風吹鶴髮，嚴灘孤月伴羊裘」、「野花偏向愁中發，池草多從夢裏生」，皆佳句也。又《夏日憶西湖》云：「湧金門外柳如煙，西子湖頭水拍天。玉腕羅裙雙蕩槳，鴛鴦飛近采蓮船。」

無當玉卮卷九

匣有魚腸堪結客，世無狗監莫論才。

萋萋滿地王孫草，漠漠一天神女雲。

座中放論歸常悔，醉裏題詩醒自嫌。

人來絶域原拚命，事到傷心每怕真。

流水莫非遷客意，夕陽都是美人魂。

雨牕話鬼燈先暗，酒市論仇劍欲鳴。

夢中有路終難别，肘後何方可療貧？

我豈妄哉聊復爾，臣之壯也不如人。

芳草伴人還易老，落花隨水亦東流。

四海酒杯形影外，十年詩草夢魂餘。

收來香黍堪齋鶴，寫就《黄庭》不换鵞。

興爲連年愁病減，囊因一片熱腸貧。

澹如秋水貧中味，和似春風静後功。

紅日難消頭上雪，黄金都是眼前花。
堤邊楊柳籬邊菊，春色秋香各有時。
百囀已休鶯哺子，三眠初罷柳飛花。
相看何物同塵世，只有秦時月在天。
生平不滿昌黎處，三上河東宰相書。
癡心水面空撈月，饞口林中渴望梅。
舊塔未傾流水抱，孤峰欲倒亂雲扶。
殘瀋積來頻洗研，鑪灰撥去屢添香。
埧篾落寞空萎被，梅鶴蕭疏冷靖廬。
破庵僧賣臨街瓦，獨井人争向晚泉。
底事春風欠公道，兒家門巷落花多。
舉杯欲飲心先醉，對景求歡意不舒。
誰言老去離家慣，轉恐歸來卒歲難。
磨來凍墨無濃色，典後朝衣有皺痕。
從今識得桃源路，始信人間别有天。
山中烏喙方嘗膽，臺上蛾眉正捧心。

放開筆下閒風月，收斂胸中舊甲兵。

緑楊輕拂黃金繸，嫩草初抽碧玉簪。

曉鶯林外千聲囀，芳草階前一尺長。

龍帶晚烟歸洞府，鴈拖秋色入衡陽。

夜涼吹笛千山月，路暗迷人百種花。

棊散不知人換世，酒闌無奈客思家。

楊柳緑摇樓外雨，桃花紅點渡頭煙。

花底輕煙迷蛺蜨，柳梢殘日帶歸雅。

戲剥瓜仁排卍字，閒將琖底印連環。

人間不夜皆因月，天上無情豈是仙。

病身對妾莊如客，老眼看燈大似輪。

竹因風靜平安久，花爲春寒富貴遲。

體因慣病翻忘藥，人不工詩亦自窮。

自在騎牛今竪子，苦辛逐鹿昔英雄。

牛後難防燒尾火，馬前還怕打頭風。

凍解空池梅有影，雪鋪幽砌月無痕。

梅能傲雪香能永，楓不經霜色不紅。
茶烹雨裏煙俱溼，笑向風前齒亦涼。
人穿柳絮如冲雪，船傍梨花半入雲。
青山供養忘機客，紅粉消磨用世才。
有福不離花世界，無愁常喜竹平安。
竹榻生香新稻草，布衾不暖舊棉花。
揀墨試磨新得研，焚香閒撫舊修琴。
山無層數周遭碧，花不知名分外紅。
紅葉飄時兼雨下，青山斷處借雲連。
一曲晚風張緒柳，半谿殘月杜陵花。
胡蝶前生原夜合，楊花身後作浮萍。
照水有情聊整髩，倚闌無緒更兜鞵。
清夜夢回花氣冷，小樓月滿雁聲寒。
春衣典盡還賒酒，鶴俸分來又買花。
入坐半爲求字客，敲門都是送花人。
星沈淺水魚吞餌，月上空廊犬吠花。

風吹池水干何事，人映桃花憶此門。
功名何物催人老，車馬無情送客多。
酒伴强人先自醉，棋兵捨己只貪贏。
淚添九曲黄河溢，恨壓三峰華岳低。
人居客館眠常早，家寄空書寫最難。
小倦何心燒白术，薄陰有信近黄梅。
浮生若寄誰非夢，到處能安即是家。
插新花似延佳客，讀舊書如遇故人。
花無可戀香難捨，書有何讐校不休。
蕭綱斷酒二百日，王奂長齋十一年。
雲在岫無争出意，石當流有不平鳴。
柳倦欲眠風勸舞，鳥歌未和雨催歸。
才穿雲過捫衣潤，欲覓詩行任馬遲。
淺水戲魚如可拾，密林藏鳥只聞聲。
百歲開懷能幾日，一生知己不多人。
棋枰半取殘牋補，詩草時尋退筆書。

白月無聲秋漏永，紅燈有影夜樓深。
道在巳時惟自適，事求人處總難憑。
好句有情憐皓月，落花無語怨東風。
貧難好客如當日，老覺逢人羨少年。
春服未成翻愛冷，家書空寄不妨遲。
含潮粉暈紅偏潤，堆枕香雲緑更明。
楊柳護田蒙緑霧，桃花隔水墜紅雲。
三間屋僅棲兒女，一領裘還共祖孫。
酒常知節狂言少，心不能清亂夢多。
十分心事一分語，盡夜相思盡日眠。
雨中破壁蝸留篆，醉後餘腥蟻起兵。
馬齒坐叨人第一，蛾眉臆對月初三。
緑臆一帶遲遲日，紫燕雙飛寂寂春。
事當失路工成拙，言到乖時是亦非。
迎人雞犬閒如舊，滿架琴書賣欲無。
水連銕甕無邊白，山到金陵不斷青。

夢短夢長俱是夢，年來年去究何年？
江山見慣新詩少，世味嘗深感慨多。
貧歸故里生無計，病卧他鄉死亦難。
若無好賦因風去，豈有仙雲入夢來。
黐書細檢遺忘事，撥火閒尋未過香。
曲引急流歸遠港，微删密葉顯新花。
賣花市散香沿路，踏月人歸影過橋。
百五正逢寒食節，十千誰醉美人家？
横波問渡雨連船，懸崖策馬風吹面。
無夢不愁雞唱蚤，有書只望鴈飛過。
尊中臘酒翻花熟，案上春聯帶草書。
道心静似山藏玉，書味清於水養魚。
悲歡離合一杯酒，南北東西萬里程。
碧梧葉響秋將至，紅薔花香客正來。
荷因有暑先擎蓋，柳爲無寒漸脱棉。
衣因亂疊痕常縐，書爲頻翻卷不齊。

貧士出門非易事，豪門投刺豈初心。
金塘水滿鴛鴦睡，繡户風開鵝鴨知。
無言便是别時淚，小坐强於去後書。
優孟得時皆貴客，英雄見慣亦常人。
疊石略存山意思，蒔花聊破睡工夫。
也堪斬馬談方略，還是騎牛讀《漢書》。
岸柳帶雅明遠照，塔鈴和月語清宵。
異鄉最有離愁病，妙藥難醫腸斷人。
呼女牕前看刺鳳，課兒燈下學塗雅。
水流已逝應難返，月缺何時得再圓？
兩三點雨逢寒食，廿四番風到杏花。
玉階茉莉香初放，金井梧桐露已殘。
香篆舞來簷際斷，水痕圓到岸邊無。
一院露光團作雨，四山花影下如潮。
九曲腸迴千水直，兩眉愁重萬峰低。
書爲重看多折角，詩因待酌暫雙存。

舊生萍處泥猶緑，新落花時水亦香。
斜陽古道秋風冷，野店孤村夜月寒。
入店已非前度主，拂墻猶有舊題詩。
怕鉏野草傷新筍，偶檢殘書得舊詩。
沙邊水退猶存跡，煙際帆遥似不行。
青拖柳黛羞諼草，紅入桃腮妒海棠。
詩近老成多帶辣，酒逢寒士不嫌酸。
且看松柏凌霜勁，莫認楊花逐水顛。
羲畫破天煩妹補，羿弓饒月待妻奔。
浪花摇雨檣光遠，沙鳥翔風樹影迴。
酒惟可化當前淚，詩尚能傳别後情。
緣到多從離處合，情癡翻令喜生疑。
小牕近水寒偏覺，古木遮天曙不知。
風過静聽松子落，雨餘閒數藥苗抽。
竹塢一灣流水急，松陰滿地白雲多。
因留僧話通吟偈，爲課兒功熟舊書。

已同十二巫山遠，似隔三千弱水長。
買田陽羨宵宵夢，作客并州處處家。
江心浪險鷗偏穩，船裏人多客自孤。
明偕金屋情偏永，偷度銀河膽自寒。
花因寒重難舒蕊，人爲愁多易斂眉。
剪髮接韁牽戰馬，拆袍抽綫補旌旂。
庭樹陰移書案午，檻花香撲酒杯春。
簞食應知顔子樂，緼袍誰笑仲由寒。
老驥尚懷千里志，枯桐空抱五音材。
霜寒雁足無書寄，月暗雞聲有夢還。
宦久真成强弩末，歸遲空望大刀頭。
春風夢裏眠胡蝶，明月山頭泣杜鵑。
春風大是無知物，吹老春光晝轉長。
門關静院飛紅雨，簾捲空階冷緑苔。
雨後有人耕緑野，月明無犬吠花邨。
舊甓恐閒都貯水，破墻難補盡糊詩。

没底籃兒盛皓月，無心鉢子貯清風。
名須没世稱才好，書到今生讀已遲。
出墻紅杏争舒艷，幽谷芳蘭自吐芽。
沽酒每聞捐玉珮，濟人時復典宫袍。
量淺酒痕先上面，興高琴曲不和絃。
柳腰扶去愁偏重，梨面低來淚暗流。
西下夕陽東上月，一般花影有寒温。
吴國若教丞相在，越王空送美人來。
時乖禍向天邊墮，運轉春隨黍谷回。
美人自古如名將，不許人間見白頭。
廢書衹覺心無着，少飲從教睡亦清。
豺狼匿怨何須畏，烏鵲同行也不妨。
同心人有雙棲樂，竝蒂花宜一處開。
楊柳情多因帶水，芭蕉心定不聞雷。
枝頭聲噪聞靈鵲，水面音沉乏便鱗。
愁真豈有言堪慰，腸斷都無計可迴。

花正開時霪雨至，月方圓處黑雲生。
愁來已厭人間窄，睡去還憂夢境凶。
須知世上逃名易，只有城中乞食難。
深雖如海門能入，捷縱非山路亦通。
鏡影不知雙鬢白，書聲寧識此翁衰。
人原是俗非因吏，仕豈能優且讀書。
香龕十笏佛無語，清磬一聲人叩心。
心如乳燕歸新壘，身似賓鴻返舊汀。
花外盡栽連理樹，鏡中雙照比肩人。
病教揖讓虛文減，老覺婆娑古意多。
傳來天外綢繆語，携向燈前展轉看。
不知誰把夫容摘，枝上分明見爪痕。
湘波有盡情無盡，兩地相思載滿船。
雲開晚霽終殊旦，菊吐秋芳已負春。
莊生曉夢迷胡蜨，望帝春心托杜鵑。
文章聲價由來賤，風月因緣到處新。

只爲花陰貪坐久，不須歸去更薰衣。
我比楊花更飄蕩，楊花只有一春忙。
海棠枝上紅猶嫩，豆蔻苞中香更妍。
家如夜月圓時少，人似秋雲散處多。
夢中得句多忘却，推醒姬人代記詩。
人因福薄才生慧，天與才多恰費心。
連城璧玉完歸趙，深院崑崘盜出綃。
夢回枕上牕微白，知是天明是月明？
鳥立樹稍除墜果，風來簷隙自翻書。
地下黄金終出現，人間黑眼最分明。
葉底花開人不見，一雙胡蜨已先知。
鄉夢與江潮消長，旅愁依塞草榮枯。
目中自謂空千古，海外誰知有九州？
桃片隨風不結子，柳棉浮水又成萍。
青庚不去看朱子，黄甲何曾到白丁。
船衝宿鷺排墻起，燈引秋蟲入帳飛。

宦海升沉都有數，人情冷暖此時真。
身非無用貧偏暇，事到難圖念轉平。
書因補讀隨時展，詩爲留删盡數鈔。
自笑不如原上草，春風吹到也開花。
教人急挽江心柁，自已難收馬背韁。
隗囂且作遨游計，高傑難平反側心。
友如作畫須求澹，山似論文不喜平。
臨水種花知有意，一枝化作兩枝看。
殺虎先擒雙翼虎，埋蛇且斬兩頭蛇。
黑頭爲相原無謂，白眼看人也不妨。
但將愁向天邊寄，一任憂從地下埋。
客裏每先頑僕起，夢中常惜好詩忘。
不貪夜識金銀氣，冷眼旁觀富貴花。
來聽武子言情曲，代寄山公啓事書。
秋似美人無礙瘦，山如好友不嫌多。
籌邊不用三枝箭，破膚惟看一局棋。

鏡裏舞鸞空有恨，釵頭飛燕已無蹤。
永夜夢魂千里月，隔年書信數行星。
傾翻北海千杯酒，繫住浮雲一片心。
丹霞有路身難到，青鳥能言信易通。
事能知足心常愜，人到無求品自高。
當路莫栽荆棘草，他年免挂子孫衣。
桐樹已曾棲彩鳳，繡幃争肯放游蜂。
過眼功名花在鏡，驚心歲月箭離絃。
便牽魂夢從今日，再覩嬋娟是幾時？
自與情人和淚别，至今愁看雨中花。
自從環珮無消息，簷馬丁東不忍聽。
度曲花猶遮半面，迎眸春已透三分。
合綫煩君申食指，拾釵爲我屈儒躬。
殘淚未消和影拭，舊書重展背人看。
紅豆相思多入骨，緑蘿着處便生根。
高牽纏臂金無色，誤觸搔頭玉有聲。

燈暗頻疑虛室響，衾多不敵半牀寒。
衣上石華新吐迹，帳中霞采舊丰神。
登墻不惜三年望，展畫誰甘百日呼。
阿翠不知秋色老，調箏猶唱杏花天。
若非鸞鏡應無匹，或對夫容竟有雙。
羞聞軟語情猶淺，許看香肌愛始深。
不如意事機偏巧，但有心人恨便多。
帶一分愁情更好，不多時别興尤濃。
學畫鴛鴦調翠黛，戲簽蝴蝶當荆釵。
未必傾城皆國色，大都失足爲情癡。
人與桃花争一面，春將柳葉門雙眉。
去後情懷憑酒遣，來時歡喜有燈知。
水摇髩影疑釵墜，身比花香惹蝶親。
常啓鏡奩如對月，應知蝶夢不離花。
料來狼狽原應爾，便説平安那當真。
臙來井底胭脂水，學畫人間富貴花。

名場似弈無同局，吏道如詩有别裁。
偶因悮墮金錢劫，恥逐青蚨一處飛。
閒花只好閒中看，一折歸來便不鮮。
五鼓可回千里夢，一官妨盡百年身。
一樣春風分冷暖，桃花含笑柳含愁。

蘭皋詩話

蘭皋詩話提要

《蘭皋詩話》三卷，據國家圖書館藏清鈔本點校。撰者丁鶴，字芝田，浙江始寧人。以貢生官訓導。有《羅浮夢傳奇》等。按書中有雍正三年「乙巳三月十二夜，余寓臨安，月色甚佳」云云，是爲記事可考之最晚者。書似作於此後不久。所紀多涉康熙詩壇之人與事，及所録之逸詩，無論長篇短制，眼識俱高，非一般網羅散佚之作可比。卷三中補抄入一條，故此本或即出自撰者本人之手。

蘭皐詩話卷一

始寧丁鶴芝田著

宋西洲祖昱，余畏友也。下筆千言，倚馬立就。每欲攤紙疾書，與人鬬捷，余常勸止之，曰：「使人屈於子，則人不自安矣；使子屈於人，則子亦不見長矣。」西洲因余言，稍稍改之。余到都訪之，即作詩贈余，以余姓檢「九青」韵，迅筆疾書，尚有故態。然其詩固不可及，如「往事回頭驚過電，故人屈指數晨星」句，余爲人道之，無有不推服者。

西洲之外，學富才敏者惟土城胡希張浚。癸巳歲試畢，因偕余返棹，夜遇大風，泊渡頭。胡子謂余曰：「孤舟旅夜，無酒無殽，何以遣此？與君各話『舟』字故事一百條，各背杜詩一百首。如不足者，明日罰之杖頭。」余曰：「背詩不拘五、七律，故事則必以對屬爲工。」胡子欣然曰：「諾。」自二字起至五、六、七字，如「扁舟」、「輕舟」、「竹葉舟」、「蓮葉舟」、「黄龍負舟」、「白魚入舟」之類，一時興會所至，各極其巧。舟子鼓掌稱快，就枕已夜半矣。次日風息，至柯橋，上旗亭，痛飲而歸。至今追憶書之，亦一段佳話也。

憶余昔與夏雨邨兆豐在唐窩軒天香亭中夜飲，醉後聯牀，方支枕際，雨聲點滴，從窗外來。亭故多芭蕉，遂於枕上拈「蕉窗聽雨」題聯句，得「多」字。余起云「芭蕉種後雨聲多，況復今宵枕畔過」，雨邨即云「無復緑陰分夜月」；余云「空餘清淚寄寒波。淒清似鼓湘靈瑟」，雨邨「宛轉如聞蜀道歌。莫向雲屏揮彩筆」；余「美人心事幾蹉跎」。於今回首，宛成昔夢，不勝天各一方之感。時戊戌春分後六日。

記余亡友史寄園積華有《四居詩》，膾炙人口，余曾爲之跋。今記其一二聯：「機杼聲長清夜月，桔槔浪軟碧湖風」、「蓴鱸正美彎菱緑，稻蟹初肥方柿黄」，宋人佳句也。題余《羅浮夢傳奇》一絶云：「樂府争傳題扇橋，鼓吹風月出蕭騷。年來腸斷無人識，夢裏梅花笛裏飄。」别余一年，化爲異物。余以詩哭之云：「曾題樂府識知音，標榜名流識史岑。百歲未完子舍事，尚有尊人在。九原猶抱帝鄉心。欲同予北上，因母病止。寒風淚蠟收殘局，夜月流泉憶斷琴。生平酷愛弈、琴。太息寄園今宿草，孤篷江雨共誰吟？」他日歸里，當緝其殘稿，以俟知寄園者傳焉。

高雲老人《寓木蘭軒》詩云：「柳巷栖遲學笑巖，卜居新僦木蘭龕。聊將墜露爲清供，偶對寒雲作晚參。松柏歲寒同寂寞，江湖人老半癡憨。舉頭滿目西山翠，何日携笻試一探？」桐軒主人稱爲絶唱。然余謂「松柏」一聯，不如石濂上人「殿闕草肥欺故土，衣冠人老變閒僧」也。

丙申秋夜，新月皎潔，余乘興過鴻寄軒，會高雲老人。坐頃，老人對月吟成一律贈余云：「詩文堪骨肉，富貴任窮通。君是南天鶴，我成北地鴻。道心與月滿，世事對秋空。東壁多同學，誰來問轉蓬？」後數日，同學在館中者，聞之有愧色。老人對余云云，余曰：「今之東壁，我固知其無能爲也。獨不見王摩詰之於孟浩然乎？携之秘省，薦之當宁，可謂真知己矣。而卒不遇，命也。人不能自致於青雲，陋已；而又責望於不能爲力之友朋，抑又卑已！」

宋西洲南歸，將出都門，以詩别雲公云：「高雲大士好蕭閒，六十年來住世間。生既逃名歸白社，死當埋骨向青山。舊時猿鶴猶堪憶，幾處煙蘿尚可攀。莫道風塵京洛滿，老夫猶得素衣還。」蓋深勸其歸也，然太傷於激烈矣。余則云：「石帆山下青桐塢，萬个琅玕一草庵。最是夢回春雨夜，落花風信滿江南。」雲公見余詩，遂幡然有思歸之意。

桐軒主人性愛書，家藏萬卷有奇，手披不輟。齋植一桐，嘗吟詠其下，故號曰桐軒。詩獨宗少陵，多驚人語，然秘不以示人，故人未之知也。余愛而私識其一二語，亦足見吉光片羽矣。其《種菊》云：「地僻自成閒事業，天寒能發瘦精神。」《詠蘭》：「大雅絃歌歸闕里，美人心事在瀟湘。」《詠野航齋》：「眼前虛白原無物，世上浮沉别有因。」《西山别墅》：「空翠自添今昔興，閒雲曾識去來心。」

桐軒爲余言，向讀杜工部《寄高三十五書記》詩，有「諸將奴才子」句，心甚疑之。謂工部一生遣詞温厚，不應下一「奴」字，且與上下氣脈不貫。一日復讀此詩，乃是「收」字，不覺拍案叫快。而金聖歎注云：「才子皆諸將之奴隸。」惡俗不堪，且解不去。今乃「收」字，以是知老杜歸美哥舒翰而推重高達夫，故下直接云「空同足凱歌」也。余曰：聖歎固不知詩者，即其《與王斲山》詩云：「風雷半夜吴王墓，天地清秋伍相祠。一例冥冥誰不朽，早來把酒共論之。」絶無意味，惡俗已極，何足言詩！聖歎一生固自負爲才子者，乃作如此解，甘爲奴隸而不辭，何其品之陋也！

杜工部《憶李白》詩：「涼風起天末，君子意如何？鴻雁幾時到，江湖秋水多。」四句神情綿邈，言象俱忘，《三百篇》中《蒹葭》「白露」也。桐軒主人每欲擬之而未得。余謂歐陽公欲擬常建《破山寺》一聯，一生未得。東坡曰：「公厭芻豢，思螺蛤耶？」然則桐軒其亦有螺蛤之思也夫？

桐軒主人以榆錢和羹，作糕餉予，索詩，走筆答之：「青小榆錢怯火熬，半爲羹食半爲糕。梨花漫自誇寒具，槐葉何須説冷淘。滿地翻飛貧不療，一時争拾價能高。纑腸亦受些些賄，堪笑東坡是老饕。」主人得詩大笑，謂深得坡仙之趣，因問「寒具」是何物。余曰：「《要術》、《食經》皆言環餅，世疑饊子也。」後閲林洪《山家清供》，辨爲餦餭，爲寒食寒具。閩人會姻名煎餔，以糯粉和油煎，沃以糖食之。不濯手則污物，可留月餘，宜禁煙用也。和靖先生《山中寒食》詩：「方塘波緑杜蘅青，布穀提壺似足聽。有客初嘗寒具罷，據梧痛飲散幽襟。」則爲寒食用無疑矣。

附榆錢製法：作糕，用水淘淨，候乾，以一層粉、一層餹、一層榆莢間，至數層，作糕餌。作羹，亦以麵條裹之，和以葱肉更美。

余《送春》詩有「星斗漸迴榆莢散，風沙亂捲楝花稀」句，桐軒主人見之云：「此地從無楝花。」余笑曰：「果如君言，則是燕京花信風止有二十三番也。」桐軒爲之頤解。後問之土人，謂有之而不多云。

挽文信國詩，桐軒以邊貢「花外子規燕市月，水邊精衛浙江潮」爲第一。余謂二語固妙，蓋上句傷魂之難返，下句悲力之徒竭也。

滕王閣詩，自唐迄今無慮數千首，然不聞有出色者，惟子安舊句照耀寒潭雲影耳。本朝彭少宰羨門過之，題詩曰：「依然極浦生秋水，終古寒潮送夕陽。」覺珠簾畫棟爲之一新矣。

《漁洋詩話》載太倉崔華不雕句「一寺千松内，飛泉臺上行」、「欹檣坐清晝，薄冷出蘋間」，又「丹楓江冷人初去，黄葉聲多酒不辭」，阮亭先生呼爲「崔黄葉」。余謂其「溪水碧於前度日，桃花紅似去年時」兩句勝此，此老得非崔護後身耶？即謂之「崔桃花」亦可。

湘中閣，冒氏水繪園最勝處也。阮亭先生詩「君家好林塘，最是湘中閣」是也。往年巢民先生延陳其年讀書其地，以小奚紫雲侍之，事載《迦陵集》中。余讀滄州先生《白蒲書屋詩序》，而歎余生也晚，前輩風流，邈然已逝，不禁有感於中，走筆書一律以記之：「不見湘中閣上春，名園取次委荒榛。愛才世少如臯冒，好學今無陽羡陳。緑酒空懷前氣誼，紫雲還憶小眉顰。山丘華屋同零落，猶有騷壇感舊人。」

有僧以詩名，遊陽羡，投詩於陳其年先生乞序。先生覽之，皆紺堂上人所作，不覺大笑，調寄《偷聲木蘭花》以戲之。後先生同史雲臣過吴門，訪紺公梅隱，述其故，一座閧然。紺公曰：「是毋足異，有僧假余詩謁王阮亭先生，中有『亂松殘雪寺，孤磬夕陽山』句，阮亭先生見之，歎賞不已，贈詩曰：『愛公殘雪句，何減碧雲篇。』載之《池北偶談》。可見名流愛才，全不因其人也。」偶憶宋定九詩「青山野寺紅楓樹，黄草人家白酒篘。日暮江南堪畫處，數聲漁笛滿滄洲」，顧樵水愛而畫之，阮亭先生題以詩：「東原佳句紅楓樹，付與丹青顧愷之。把翫居然成兩絶，詩中有畫畫中詩。」余謂紺公「殘雪」句天然如畫，惜不令樵水見之耳。因題一絶：「孤磬斜陽句更幽，何如漁笛起汀洲？亂松殘雪僧歸寺，絶倒丹青顧虎頭。」

蘭皐詩話卷二

始寧丁鶴芝田著

趙松雪以書法稱雄一世，畫入神品。當時四方萬里重購其詩文者無虛日，而《松雪齋集》寥寥無幾。曾於友人章梅湖家見其墨蹟詩三首，皆集中所不載者。其《題樂山亭》曰：「當陽城外碧嵯峨，獨搆危亭意若何？嵐氣漸來簷角少，水聲偏向石稜多。清風鶴慣荆州舞，《白雪》人傳郢玉歌。何事近來真得趣，青松十萬近巖阿。」《題瓶中百日梅花》曰：「仙子初裁蜀錦裳，玉壺清映内家妝。一百五日花當好，三十六宫春正長。新緑漸生應帶露，舊紅微褪爲經霜。自從深院留題後，一任東風上下狂。」《題豐樂軒》曰：「山下長溪溪上邨，溪山如畫正當門。遺懷詩就題蕉葉，理釣船歸繫柳根。問姓不教通譜系，買書只許遺兒孫。相忘只是柴門裏，何日從君酒一尊？」

吾鄉前輩徐文長先生，十餘歲倣楊雄《解嘲》作《釋毁》。後入胡少保幕，嘗戴敝烏巾、白布澣衣，非時直闖，入門長揖就坐，奮袖縱談。知兵，好奇計，凡軍事皆與密議。及少保下請室，文長遂發狂，引錐自刺。又以嫌擊殺其繼室，論罪繫獄。張宫諭元忭力求，乃免。復游金陵、上谷。後病發歸，揵户不見一人，挾一犬以居，絶穀食者十年。聞宫諭死，白衣往弔，不告姓名而去。嘗言：「吾書一，詩二，文三，畫四。」有《闕編》、《櫻桃館》諸集。後三十餘年，楚人袁中郎遊越中，得其殘帙，梓行於世。余嘗得其手書於表兄葛霽川家，蓋文長與其先伯祖雲岳公友善，所得書牘、詩草最多。當文長之作

《四聲猿》也，每一調成，即書寄，得百餘十條，爲一卷軸。後復失去，此數篇其散帙也。《寄雲岳子》云：「讀書蕺山上，洗筆右軍池。出户予一見，經年人不知。别久忽成夏，蕺葉更春姿。西流漁雙鯉，寄我相思詞。多君寡投合，惜此如瓊枝。更欲傾一語，何時復來斯？」《和雲岳子首尾吟》二首，其一《懷古》：「今人即是古人心，今古何須更討尋。長見羹牆猶影響，無言户牖亦銘箴。葛天世遠憑神到，金馬才高自陸沈。試看一燈傳萬點，今人即是古人心。」其二《息機》：「塵塗奔走利名身，真愧齋居懶散人。海上盟從鷗鳥舊，漢陰製厭桔槔新。即休行脚非關倦，不挂絲頭儼似貧。四十年來成一笑，塵塗奔走利名身。」《别丁子範於虎丘》：「少年同學共青氈，一劍孤飛何處天？别後相思應與共，向來心事尚難傳。樹連古道冬催雪，水泛寒燈夜泊船。自是《陽關》歌不得，祇憑尊酒醉君前。」獄中所作女婦節烈者三首，其一《吕貞女》曰：「公冶未逢黄雀語，孔笄先到孟家庭。《周南》《行露》衣難濕，塞北隨陽鳥自貞。雙劍終交從獄底，千秋獨美是冰清。慚予正坐深閨玷，祇爲他人記姓名。」其二《方烈婦》曰：「才聞貞女侍夫家，又見冰操照海涯。芳樹競看棲好鳥，白人偏不與梨花。脂光抱日千尋麗，粉氣飄蘭萬里賒。莫道封章遲不上，更無一字也榮華。」其三《吴節婦》曰：「烈女不更天所與，枯笷復活事誠難。一從孟筍抽冬後，再見雷州掛紙還。身比貞筠惟謝粉，心如下擇祇依山。若銷幾點風前淚，迸作瀟湘一樣斑。」《次韵答釋者》二首，一曰：「鰥生莫訝垂憐少，李白猶言欲殺多。顧爾難將佛力救，已拚身向鬼門過。他年夜雨還思否，此日風波奈若何？悟後恩仇成一笑，借君如意鼓盆歌。」又：「浮生不計逍遥大，較量纔生煩惱多。未了舊時逋敢欠，要知山下路須過。百齡枉作千年調，一手其如萬目何？已分此身場上戲，任他悲笑任他歌。」數詩集中俱不載。余曾於倉塘羅文懿公家見先生墨蹟詩稿，大塗大抹，旁書曰：「使文長而作此，豈不笑殺八千人乎？」一時人皆不解。余曰：「先生之言，是殆罵倒一切也。」人曰：「何謂？」余曰：「項羽以江東八千子弟渡江，先生直以子弟待人也。」人皆歎服。

曾益字謙，號鶴岡，會稽諸生。嘗注昌谷集并八叉集。老而無子，詩多不存。得其《禹廟畫壁歌》，敍云：「吾越名勝既甲天下，而禹廟尤爲殊絶。今經亂後，頹毀殆盡。壬辰重修，焕然一新。仲冬友人晉謁，適誦杜甫『古屋畫龍蛇』句，語及梅梁化龍事，咸相詫。顧子曰：『盍畫梅於壁以代之？』因援筆作二梅，其勢軒翔，似欲騰去。爰書『梅龍』二字顔其上，字徑四尺，壁廣二丈有四，高二丈有八。作歌一篇，以記杜工部梅梁之遺意。」云：「高天一聲飛霹靂，回驚禹廟雙龍逸。屋頭古畫黯無存，梁間水藻徒沾濕。我來千秋試一探，寂寞空山慨今昔。慚無竹杖可投陂，兼少漁梭掛虚壁。偶拈秃管畫雙梅，一斗據胸吞墨汁。大塗小抹縱所如，左右上下無不得。重遣新思搆倔奇，柯幹臃腫根盤魄。削銅拗鐵老莫逾，噴霧拏雲允稱特。眠者如龍屈曲蟠，昂者干霄作龍立。繁須獵獵葩鱗鱗，詎止千萬勞圈剔。直是江淮濟淪魚，游泳群來禹門集。無論逸致逞千端，即看猛氣騰百尺。是花都借三郎催，有石都如五丁劈。譬如造化釀春姿，隨區隨萌隨甲拆。長年開發笑東風，豈同摇落悲狼藉。柔條擺煙風莫摇，素影穿簾月窺入。胎含向背學陰陽，蕚吐參差間疏密。大庾毋煩分暖寒，隴上何須覓消息。一夜相思已破疑，五月江城儘吹笛。孤山石在景闃寥，聳嶺叢深罷輪白。畫梁晉殿已沈塵，登涉希過謝安屐。何如一壁擅雄標，觀者是人誇嘖嘖。山農束手向隅悲，楊家補之庶勁敵。自來神物解通靈，咄嗟怪事傳非一。僧繇畫龍龍欲騫，一加點睛便飛出。真人銅柱鎮蛟宮，纔遇花開冰湧溢。槎牙頭角儼生成，此梅寧肯終潛蟄？虬松錯峙噀血黃，蒼藤舞簷矜葉赤。一時風雪乍迷濛，百里霜濤肆撼激。俄聞陵谷多圮傾，瞥見滄桑幾遷易。連宵注耳聆吼吟，祇愁拔地成大澤。梅梁舊事況非遥，工部高吟猶在臆。胡髯一一縱難攀，騎馬墜地憯堪惜。魂翔夢怖心愴惶，紛紛筆硯思拋擲。所幸宛委在眼前，依然玉宇藏秘册。平成鉅績仗神功，轉向彤墀歌治績。」其詩之雄放如此。與徐文長先生友善。

王埜字真翁，一刻貞翁，山陰人，自號曰蜕嵓。預壘石爲墓於亭山麓，曰小芙蓉城。志稱其詩沖淡自得，所著《周易衍義》、《蜕嵓詩集》、《詩話》、《百别詩》、《絃誦新聲》，并所輯《紹興名勝題詠》、《五鐙集要》、《湖山紀遊》諸集，皆不可見。舊志有《埜鏡湖竹枝詞》一：「柳姑廟前楊柳青，柳姑廟下春水生。漁郎放舟入湖去，斜日短歌無限情。」

張杉字南士，山陰人。每與蕭山毛西河唱酬，惜詩不傳。於西河集中見其《送妓還江南》詩云：「若爲送别賦新詞，東冶亭前折柳絲。獨恨醲花人不見，風流思殺按歌時。」

吴棠禎字伯憩，號雪舫，山陰人。少有才名，詩多綺麗，而不傷於纖。客都下，偶見其《古意》八首，曰：「青珠簾幕月初低，赤玉闌干花未齊。郎去龍沙天欲盡，妾眠蛤帳夢猶迷。金堤日暖韓憑浴，繡榻風輕謝豹啼。誰識陌頭秦氏女，半爲機上竇家妻。」「二月輕紅醉畫廊，愁多嬾起合歡牀。沙頭人别青溪女。水面魚浮白石郎。金粉暗抛留鈿盒,玉樓深鎖是斜陽。桃花一夜臙脂雨,乳燕銜歸玳瑁梁。」「繭窗風動玉鈴和,侍女香熏菡萏羅。睡起便來窺寶鏡,妝成還自看淩波。鴛鴦飛去烏闌晢,鸚鵡教來《白紵歌》。正是惱人深院裏,江東寒食落花多。」「畫板秋千壁月中,煙鬟少婦立春風。白鵝寫就尋歡子,赤鳳歸來憶《惱公》。面拭香巾微受粉,壺凝珠淚别成紅。個儂慣唱《相思引》,彈入冰絃調不同。」「香温薇帳睡初酣,夢裏傷心最不堪。玉樹雪晴啼巧婦,金鈴雨濕護宜男。白登未返梅花馬,緑鬢空留杏子簪。不敢翠樓長極目,粘天芳草是江南。」「櫻桃花吐抑纖纖,斑管吟成《昔昔鹽》。鬬草鸞靴分小印,學琴鳳甲剪雙尖。畫船偶泛青絲笮,書幌長披緑玉籤。一自粉郎油壁去,玉簫聲斷不開簾。」「清江疏雨草如煙,少女春心托杜鵑。鴨緑乍薰桃葉日,麝黄初點破瓜年。鶯啼芳樹疑歌曲,榆落空堦似簸錢。無奈夜寒眠不得,燈花半墮玉爐邊。」「十里飛花撲鏡湖,妖姬明媚自當鑪。丸將丹粉呼魚婢,書就紅腰付雁奴。上客不嫌停寶勒,下帷何惜解羅襦。夫君家世金吾子,妒殺臨邛白玉壺。」心竊慕之,而稿已散軼。聞宋子岸舫尚存一帙,乃遣价走數千里外索之。岸舫即爲抄擲,繙閲不忍釋。誠如牧齋評鄖子云:「義山之後,不經見也。」

山陰許尚質字又文,號釀川。九歲作文,年三十一成諸生,名籍甚。後客遊,卒於都門。余不獲與之交。子子受在里,尋余數過,亦不曾面,余至都而子受已歸矣。余於《梅湖詩鈔》中得其數詩,皆《釀川集》所不録者也。《小除夕錢唐吴寶崖貽家莘埜詩集卻寄兼懷陶式南》:「予本放誕人,半生苦覊紲。屈指廿年間,南舟與北轍。回憶少小時,文場咨宕跌。一朝雲泥殊,道旁相訣絶。懷刺既不甘，出門亦蹩躠。尋復理章句，而恥事剽竊。同心有陶子，硜硜守故節。相思各自媚，相對無言說。去夏束輕裝，旅食逢秋熱。搦管徒抽思，作賦空騷屑。歸來治研田，一編遭鼠竊。授經水亭東，傳餐悲饔飧。倏忽吳季子，倒屐齒欲折。聯茲縞帶交，以慰形影孑。主人慕賢豪，髹几重陳設。日索詩百篇，日書字千頁。拉余遊曹山，捫蘿尋曲折。忽然念陶子，悠悠成小別。促我速作書，爲君致契闊。早趁夏涼天，山川共賞閲。鼓楫入雲門，捩柂轉禹穴。尚有夏王碑，詎乏秦人碣。玄夷洵夢窅，石匱寧垦裂。山椒遺菲泉，一泓清且澈。問君飲白沙，何如此香洌？日暝歸東池，餘興猶未輟。大呼小奴子，截我烏玉玦。濡墨無留停，懸筆若轉蔌。妬君才思敏，或欲從旁掣。四座咸咨嗟，後來誰頏頡？無何溽暑過，庭除鳴蜻蛚。翻然別我去，中情自幽咽。聞君再渡江，南下探薛蕠。吳姬罷酒漿，罟師稓魚鱉。棖棖響琵琶，君心大喜悦。笑彼熟醉者，謀身非明哲。嚴冬投尺書，又知歸計決。貽我家椽詞，前賢讓高潔。何當共來遊，春山聽啼鴂。丈夫會有時，無煩憂泣血。所慮歲華侵，絲鬢各如雪。詩成示陶子，望君情逾切。」《賀陳黄門納姬》：「平居賦閑情，靡曼迴剛腸。喜無兒女態，尚矜鬚髯張。數過陳驚座，一飲累十觴。十觴不辭醉，愛君多慨慷。邸舍疊文石，引水環方塘。方塘有比翼，遊戲儼成行。已知戀儔匹，足充君後房。胡爲碧玉女，乃復嫁王昌？豈其食河魚，不必皆河魴？豈其聘齊婦，不必皆齊姜？載之以後乘，貯之以東廂。裁腰一束細，量珠千斛强。解襦聞薌澤，玉釵掛冠傍。錦衾與角枕，樺燭爛生光。遮莫汝南雞，啼落天河霜。晨起當窗牖，纖手理殘妝。不謂畫眉嫵，重見黄門郎。閲此巧笑姿，寒谷生春陽。陽春二三月，窺艷鄰東牆。桃李自相值，花葉自相當。爲君致區區，雜佩分相將。綴以蟠螭結，繫以合歡裳。白璧飾槃帶，黄金裝耳璫。橘以寓善頌，瓜以喻年芳。二物非所貴，所貴矢勿忘。喜極爲君舞，奮袖時低昂。積薪後居上，娶妻小最良。況君公子胄，懿卜叶鸞皇。翽翽九鳳雛，聯翻相頡頏。一雛文采異，振羽千仞岡。明年開嘉讌，仙酒來餘杭。是日日長至，雲物書禎祥。一婦進綦履，一婦作羹湯。一婦何所爲？挾瑟上高堂。爲彈《白頭吟》，其音中宫商。」《寒食倣白體》：「白楊黄土一鈎斜，置冢何曾有萬家。野骨猶思澆杏酪，香魂依舊蕩梨花。煙消綿上傳遺俗，夢醒人間隔少霞。古往今來多似此，鈿車空自鬭繁華。」《吴山春望》：「雨餘一抹淡朝霞，點點鳧鷖漾白沙。江上春潮平兩岸，湖中晴色散千家。參差弱柳初含絮，歷亂夭桃盡放花。徙倚不堪頻遠眺，片帆歸去日將斜。」《巫山高》：「十二高峰嵐氣浮，蕭蕭木葉渚宫秋。朝雲飛傍巫山頂，暮雨吹來巫峽頭。宋玉蘭臺多艷思，楚王夢澤擅風流。高唐往蹟渾閒事，歸雁哀猿啼不休。」

任俠字五陵，居會稽之康樂湖。年二十娶妻，二十一生子。是年妻與子俱卒，遂負笈出門，遍遊名山。嘗登五嶽巔，著《五嶽遊記》。年五十歸來，重立家室，生三子二女。年八十餘，尚能著屐遊山。余嘗與之遊，未知其能詩也。今於《梅筏書鈔》中見其數詩，雄深縝密，乃老手也，因亟録之。《雪中過杏花村》：「肩輿過秋浦，忽到杏花村。風雪嚴城閉，天寒大野昏。鳥啼下枯木，犬吠出柴門。不必清明日，行人已斷魂。」《九十九曲水》：「清江三百六十灘，夜夜灘頭風雨寒。九十九灣煙水盡，鷓鴣聲裏是南安。」《新安雜詩》：「野水分流急，荒村逐徑斜。青凝人面子，香簇鹿頭花。蠻饌禾蟲貴，鄉筵火酒賒。女郎操井臼，素足太鯺沙。」又：「獨坐海風厲，微行山徑斜。魚爲烏鬼飯，舟作蛋人家。螻蟻巢懸樹，蟛蜞穴在沙。數聲泥滑滑，啼落野田花。」《辰溪道中》：「冬日冷淒淒，敺驢下五溪。松門風有葉，石路雨無泥。樹黑飛鼯鼠，叢深竄鶩鶘。行人始朝食，茆店午雞啼。」

俞鞠陵公穀，居會稽之月池里。好古，於書無不窺。與其婦翁王白岳先生閉户著《廉書》二十年，稿凡八訂。書分十集，考訂周詳，敍事明晰，著作家殆不及也。詩深得三唐法脈，其《新秋即事》云：「風力高秋暑未除，解衣散髮坐秋廬。燕棲喬樹争枝遠，雀鬬空庭墮羽疏。狂生或成三日醉，窮來且讀十年書。笑誰食得神仙字，脈望何時化蠹魚？」《秋懷》云：「獨行澗上散無聊，鴿鴿空飛響半霄。老樹争奇開軟葉，紅花弄影媚寒條。三秋多興家千里，一月能閒詩半瓢。漸喜令人無復識，鄰翁酒熟又相招。」

諸朗字良月，會稽人。工詩而貧，老年益甚。卒，無子，其集不知落誰氏之手，未獲全見也。偶得其絶句二首，一《搆閣》云：「置身百尺上，日月光自通。高風聳氣岸，大江流心胸。」一《汲水》云：「多汲苦竹根，少汲落花瓣。才多易淪落，情多易離散。」

《漁洋詩話》：「《竹枝》古稱劉夢得、楊廉夫，近彭羨門尤工此體。如《廣州竹枝》云：『木綿花上鷓鴣啼，木綿花下牽郎衣。欲行未行不忍別，落紅没盡郎馬蹄。』『半年水宿半山居，冬采香根夏采珠。珠好須從蚌中覓，香燒還仗博山爐。』山陰徐伯調緘《越中竹枝詞》云：『句踐城南春水生，水中鬬鴨自呼名。伯勞飛遲燕飛疾，郎進城時儂出城。』皆本色語。」昔蔣大鴻僑居越中，有《越州竹枝詞》七首，亦清婉可歌，云：「兔丘山北石帆東，裝點虞姬自阿儂。郎慣夜來又早去，爲儂迎送有樵風。」「緑雲高綰似堆鴉，窄袖籠鬆小艇斜。自愛越溪顔色好，開篷露坐不須遮。」「鞋幫踏損鬢釵横，齋宿焚香坐五更。又起長春新嶽廟，紅裙一半向東行。」「曉奩倦整采茶忙，露濕酥胸玉腕香。焙得一甌新日鑄，約郎深夜剪燈嘗。」「寒菱小角不容刀，指甲纖纖著齒勞。鐵裏一開香玉綻，春來礙破幾櫻桃？」「紈扇輕翩近絳紗，孝娥臺畔女如花。衆中恐有人偷覷，半撲罏煙半自遮。」「西施山月照雙蛾，月下女兒尋黛螺。更脱弓鞋量石跡，比儂分寸不争多。」

乙巳三月十二夜，余寓臨安，見月色甚佳，鼓興登吴山絶頂。途遇前輩楚中唐赤子先生，因同登山頂，選石論詩。唐謂中丞法陶庵小詩一時獨步，曾記其《莫愁湖上》一絶：「天然亭子米家圖，爲問名場識此無？漫怪長官邀不去，勾留都是莫愁湖。」大有白香山風味。又對余言：「如此好月，杭州人都睡覺，無有領略者，可惜。」余因謂：「山色唯夕陽、月下最佳，昨薄暮登此，甚快。」唐曰：「必有佳句，欲請教。」余因背《薄暮登吴山絶頂》詩，唐大加贊賞，謂不讓《西洲》。唐亦連背己作，清新俊麗，不愧作家。時省城夜緊，山中不可以久留，踏月下山，惆悵而别，亦一段佳話也。

吾鄉耆舊鮑硯農先生，與澹歸和尚少讀書於卧龍山。後不相見者三十年，遇於嶺南。澹歸贈詩云：「蒼茫秋色共衰顔，老友難將宿草攀。謂陳章侯。二十五年提起處，一絲不隔卧龍山。」「天涯邂逅惜無多，石壁松風蕩薜蘿。何處消停三十載，重描端水舊頭陀。」

嶺南三君屈大均翁山、梁佩蘭藥亭、陳恭尹元孝，詩皆絶俗。余於桐軒家見三人墨跡一卷，乃伊兄宦粤時所得者。其一《題飲馬泉》，翁山作：「飲馬東連白道泉，桑乾西接紫河煙。何年代邸淪秋草，幾處秦城出遠天。事去英雄羞一劍，時來遊俠喜三邊。哀笳莫奏思鄉曲，都尉臺前月正圓。」其二《題踏雪圖》，元孝作：「亂鴉飛處雪紛紛，蹴踏驢蹄看未真。蒼莽好同關塞路，空濛都作畫圖人。雲封大壑寒無影，樹壓高崖氣已春。何日探梅花事早，灞橋尋伴復經旬。」其三《題竹院逢僧圖》，藥亭作：「百歲人間似隙光，不知禪定日偏長。竹風滿院忘朝暮，苔石經春少雪霜。醉夢亡醒聞斷磬，清言獨罷覺餘香。卻嫌身尚嬰軒冕，未得從師問梵王。」

季偉公璜詩雖不及三子，然亦清麗可觀。其《題補衮圖》云：「深宮無事日初長，未敢停針試午妝。裁去心同金剪澀，補來指染玉鑪香。欲添繡綫呼鸚鵡，重整殘機下鳳凰。卻笑年年貧女手，爲人猶作嫁衣裳。」《到都》有「蔓草新官路，殘陽舊帝京」句。

查夏重先生與桐軒兄弟友善，有「老境前遊前度夢，春程一雨一番風」句，桐軒每爲余誦之。

陸冠周寅，麗京先生次公子也。麗京諱圻，武林耆宿，西泠十子之冠。晚年遠遊不歸，或云在嶺南爲僧，釋名德龍；或云隱武當，爲道士。冠周歷年求之不得，煩懣悲思，作《告哀詩》十首。余録其二：「四海何窮際，孤蹤一釣竿。已知從白社，曾否托黄冠？霜鬢無名字，癡兒有肺肝。性來頻坐起，行住總難安。」「稚子方髫齔，牽衣亦可悲。祇因長念父，不敢數呼兒。學拜知離别，題緘識歲時。弓裘誰汝訓，好自減頑癡。」篇中至性語，讀之令人淚下。

山陰錢霍字去病，號荆岳，與毛西河齊名，世稱「錢毛」。有《望舒樓詩集》。與先君子友善，性嗜酒，卓犖不羈。詩宗太白。先君子三十初度詩：「墨妙將軍題扇橋，東風一夜緑芭蕉。人來金谷千山雨，酒似錢塘八月潮。」即此一詩，亦可見其豪矣。

合肥龔端毅公，爲先祖癸酉所得士，昭代名公鉅卿半出其門。惜余生晚，不獲見公丰采。公詩如黄鍾大吕，響徹人間。而《漁洋詩話》所載公詩寥寥數句，何耶？

周之嶼字嶼沙，號玉凫，亦先祖癸酉門生也。博學工詩，見其《讀史感懷》一截：「石羊埋棘漆燈熒，短犢横牽上廢亭。金盌更從何處覓？春深杜宇哭冬青。」

吴日千名騏，雲間高士也。著作甚富，流落於僧寺山林而不刻稿。有《三月十九日》詩一首，可見其人品矣：「回首傷心事，依稀三十年。山沈龍伯海，石裂女媧天。禾黍空摇曳，煙雲屢變遷。管寧猶未死，慟哭晚風前。」

蕭子野，雲間高士，隱於鄉。以修紡車爲業，得錢則沽酒飲客。與談今古事，靡所不曉。斗室之中，一榻之外，無長物也。枕畔止《孟子》一書，朝夕諷誦。偶托諸吟詠，則又靡不雋妙。許衡齋爲余言如此。余因欲購其筆墨，則許皆已忘之。偶記其《題僧鞋鞠》一首：「藥草花如履，宜隨老趙州。雨餘看躑躅，月底自夷猶。跡寄栖籬下，西歸掛杖頭。何年還化鐵，踏破萬山秋。」

紅蘭主人，宗室也。愛士工詩，有「西嶺出雲將作雨，東風無力不飛花」句，一時都下稱爲「東風居士」。

東皋漁父，故將軍博問亭也，工詩，有《東皋集》。其《詠東皋》云：「耕鑿皆君澤，林泉亦帝鄉。」《詠芭蕉》：「自喜翩躚影，誰憐轉展心？老夫持彩筆，書遍《白頭吟》。」皆矜貴可傳。

周蓉湖先生未遇時，曾請乩仙書詩二句：「月明有水皆爲影，風静無塵别遞香。」不知何指。一日，益州相公大會名士，公與焉。即席賦白丁香，公未得頷聯，即以二語足之。一座見者皆閣筆，相國大加贊賞，名盛都下，遂得與宏詞科。

沈客子，嘉禾名士也。往在都門，曾作《雜感》百篇，内有詩二句云：「就中惟有高常侍，時傍花陰近玉鞭。」當事見之，以爲諷己，遂見擯斥，終身不第。甚矣，詩之下語宜慎也！

范質公詩「掃花便欲親苔坐，删竹嘗防礙月行」，最爲清絶；楊無補詩「閒魚食葉如遊樹，高柳眠雲半在池」，錢虞山愛之，書之便面，系以詩曰：「掃花删竹吴橋句，食葉遊魚楊補詩。安得屏風譜佳什，且將團扇寫清詞。」

往見陳滄洲先生詩集於家淇園案頭，時正公被議之秋。重公人品，不以筆墨見長，未之留意。今於都下，於高雲上人寓見公册頁，手録近作十六首，書法直造鍾、王閫奥。其詩之温柔敦厚，深得詩人之旨，恐當代詩家，竟無其匹。略綴數首於卷中，以貽同好。《秋日和李侔山秀野原韵》四首之二：「露寒曉殿晝深沈，黄葉飛飛下禁林。萬寶收成知帝德，一時代謝見天心。餘生載筆容疏放，老眼繙書費討尋。寸晷漸移宫漏永，鳥聲蟲問助商吟。」「安穩何心戀故枝，家山遠近理如斯。癡兒未解謀身拙，老母深愁見面遲。稻蟹宜人將進酒，霜花帶雨正催詩。他時猿鶴應相識，莫遣青山問阿誰。」《夜坐》一首：「珥筆歸來只閉門，棲鴉鄰樹伴黄昏。偶逢月上如嘉客，每對花開憶故園。銀箭漸添金鴨静，蘭釭半灺玉蟲繁。十年塵土春婆夢，倦學眠蠶是國恩。」《詠秋海棠》二首之一：「嬌姿弱質不勝枝，静倚危闌倩護持。紅葉題詩人去後，緑蕉聽雨雁來時。分明珠淚隨風墮，零落天香帶露披。莫向尊前惜沈醉，斷腸心事九秋知。」

龍夫人八音體詩，夫人姓賀氏，永新孝廉諱科實之母也。題云《雲中念科兒長安公車之苦因作八音體詩以思之》，詩曰：「金鞍續夢月初低，石路霜濃滑馬蹄。絲冷輕裘風面面，竹圍古寺露迷迷。匏尊注酒分童僕，土屋開扉見犬雞。革去寒威春到眼，木樨詩向杏花題。」詩載魏叔子文集中。龍公曾爲吾邑父母，愛民重士，廉介無倫。上官責以催科，每躬自任咎，後掛冠而去。今讀太夫人之詩，蓋知其惠愛有自，益令人思公不置也。爰附載於此。戊戌秋杪識。

家藥園伯《贈友重婚》詩二首，艷麗非常，真香奩物也：「十載愁聽夜半烏，鵲橋今不羨金吾。論才似足傾新婦，問齒無憂喚老奴。紅棗折花臨寶鏡，青梅結子綴流蘇。憑誰寄語湯司曆，閏月能將再閏無？」「合巹尊開艷綺霞，掃眉才子六萌車。錦琴須藉朱絃續，玉藕還添絳縷斜。依舊星前雙駕鵲，分明月底共棲鴉。春風次第傳芬萼，笑指當階姊妹花。」家兄書以贈友，蓋因是友亦兩娶一姓，是年亦閏，巧合而用之耳。余愛其詩，并以載其事。

「燕趙多佳人，美者顔如玉。被服羅衣裳，當户理清曲。」近日燕中婦女佳者絶少，間有一二麗質，半爲脂粉所污，求其如玉，難矣。且妝飾不雅，與江南天壤。矮髻高裙，全無湘水巫雲之意。爲女子時尚有可觀，嫁後便有戟手勃谿態，難寓目矣。余思天不域人，寧無自好？或金屋深藏，余未之見也。黄陶庵先生《燕姬歎》：「燕中姹女顔如玉，腰素盈盈才一束。翠翹寶靨試新妝，皓齒青娥矜艷曲。十斛明珠許换歸，初心松柏比心期。流蘇帳開珠箔掩，破盡工夫與畫眉。何知覿面成捐棄，只責朱顔不賣意。北邙蕭瑟白楊風，一半春宵酬秘戲。」吁，可畏也夫！

北地婦人所戴者名金箍子，梅湖爲余言，即元時所爲罟罟冠也。余因考夏雲英詩「要知名位恩深淺，只看金珠罟罟冠」，疑爲内宫妝飾，民間效之爾，然甚是不雅。

阮亭先生《題尤展成先生樂府》：「飄零法曲人間遍，誰付當年菊部頭？」余初不解「菊部」義。後閲《齊東野語》載：「思陵朝有菊夫人者，善歌舞，妙音律，爲仙韶院之冠，宫中號爲『菊部頭』，然以不獲際幸爲恨，即稱疾告歸。」

向讀徐文長先生《四聲猿》傳奇，内一支皆兩字一韻，以爲奇極。按曲譜皆無之，後閲《輟耕録》，載《廣寒秋》一詞：「虞邵庵先生在翰林時，宴散學士家，歌兒郭氏順時秀者，唱今樂府《折桂令》。起句云『博山銅細裊香風』，一句而兩韻，名曰『短柱』，極不易作。先生愛其新奇，席上偶談蜀漢事，因命紙筆，亦賦一曲云：『鑾輿三顧茅廬，漢祚難扶。日暮桑榆，深渡南瀘。長驅西蜀，力拒東吴。美乎周瑜妙術，悲夫關羽云殂。天數盈虚，造物乘除。問汝何如，早賦歸歟？』蓋兩字一韻，比之一句兩韻者爲尤難。」文長先生祖其意而爲之。學問淹博者，雖詞曲小道，亦必有所本也。《中州音韻》入聲是平聲，又作工夫聲。所以「蜀」、「術」等字皆與「魚」、「模」相近。《廣寒秋》一名《天香第一枝》，一名《蟾宫引》。

余《羅浮夢》傳奇，黄雁翁稱謂：「有明三百年詞家，文長工北，義仍工南，芝田今日可謂兼之。」故人吴司直女十三齡，愛余詞，輒私誦之。夏雨村夫人，柴一柳女，亦絶愛之。死後檢篋底，藏余詞稿一帙。雨村爲余言之，每爲惋惜。柴一柳育孝，字行原，吾鄉耆宿也。與余有中表之誼，時與倡和。詩學少陵，其稿甚富，未刻。所居桃源，仿佛栗里，慕五柳之風，故以「一柳」自號。學者從之甚衆，稱爲「一柳先生」。夫人虞，亦工詩。曾有《詠桃花源》句云：「漁翁如不出，誰復識桃源？」慧心妙手，已見一斑。吾鄉閨秀徐昭華聞其名，踵而訪之，夫人卻而不納。徐問曰：「此間有做詩柴二孃乎？」夫人應之曰：「如今不是看蠶時候，做甚麽絲？」徐爽然而去。

《輟耕録》載：「吕徽之先生博學能詩文，耕漁以自給。一日，携楮幣詣富家易穀種，值大雪，聞東閣中有人分韻作詩，一人得『滕』字，苦吟弗就。先生不覺失笑。閣中貴遊輩出，見先生，詢其見笑之由，以『藤』、『滕』二字請先生足之。即援筆書曰：『天上九龍施法水，人間二鼠嚙枯藤。鶖鶬聲亂功收蔡，蝴蝶飛來妙過滕。』」余一日齋中對雪，客有稱後二語，以爲押得恁巧。余曰：「亦是眼前故事，既限『滕』字，則自應想得。其奈東閣詩人皆是銷金帳中物耳。」客曰：「舍此别無可押乎？」余曰：「今日再押，則云『巧摹風態才如謝，細剪冰花神是滕』也。」客唯而退。

余友方貞觀，桐城人。博學能文，善書法。與同邑馬樸臣相如、姚鍾鐵華友善，世稱「桐城三鳳」。寓京師，有《寄家書》一詩，偶書友人扇頭。吾鄉陳南麓先生見而美之，讚賞不已。次日至寓，遂與定交。越月，贈以五十金，曰：「吾向所以不言者，以力未及故也。今既得之，與子黑頭相見，何如？」笑而予之，方子遂得歸家。一日，集慈仁寺木蘭軒，爲余道其事，言訖泪下，有文章知己之感。吁，南麓先生可謂愛才者矣！詩載於左：「封罷重開開復收，千行將得一分愁。餘生不作大刀夢，到死難明破鏡由。入望江雲昏似墨，斷腸草色冷於秋。百年總有歸來日，未必相逢是黑頭。」

法學士陶庵開府粤東，有《嶺南感懷》二作，爲查夏重先生亟賞。詩曰：「風雲日日嶺南生，百日曾無一日晴。殊俗猗蘭還自馥，非時反舌已多聲。心經患難粗知錬，身閱功名老漸輕。何事嶺南煙瘴地，羅浮春酒只頻傾。」「月令一年唯占夏，珠江百派總通潮。山移海水魚龍戲，霜避炎風草木驕。萬户相傳煙瘴酒，三絃間和粤童謡。東方日出扶桑近，北望天高北斗遥。」

觀察朱公諱綱，號忝齋，魚丘人也。工詩，善書法。向請質於漁洋、山薑兩先生。著有《滄雪樓稿》。己亥歲，余客津門幕中。公適奉委捕蝗歸，出詩一帙相示，其雋逸近山薑先生一家。然平日案牘之暇，惟好與客對弈，絶口不言詩，而詩之工妙乃爾，真天才也！爰備載於此，以見濟南名士之多云。《捕蝗途次書所見》：「蹤跡渾無定，來回小徑穿。不聞風謖謖，但見草芊芊。數點蜻蜓水，一雙燕子天。村童癡態好，牛背卧悠然。」「僕馬難辭瘁，辛勤赴野田。菰蒲青刺眼，禾黍緑齊肩。土銼茅檐外，蘋風蓼雨邊。掃除蝗孽盡，仍是慶豐年。」《捕蝗回寓夜坐》：「暫憩昏如醉，茅堂暑氣存。老槐藏細徑，流水抱孤村。人影樓邊月，蟬聲柳下門。披襟摇短扇，兀坐復何言。」「人静夜冥冥，柴扉不用扃。蘆多千畝碧，屋小一燈青。畏暑鋪長簟，思風去短屏。幾回天際望，斜掛兩三星。」《大暑日奉委捕蝗奔走田間不遑寧處倏已時届白露雨夜感懷》：「驚心來白露，歲月似星流。蟋蟀聲聲苦，梧桐葉葉秋。黑雲迷遠樹，白雨入空樓。景況淒涼甚，言愁我欲愁。」

庚子歲燈夕，傅閬林編修招余過飲，道生平甚歡劇。次日余以詩簡謝，答詩甚妙：「難得浮生一夕閒，縱閒亦是偶然閒。試燈節近宜燒燭，踏月人來爲啓關。馬槊鼓撾君尚健，瓶空油盡我知艱。明朝便欲應官去，蓬轉蘭臺獨强顔。」余得詩，復用「忙」字落句一首簡之，因前首「閒」字起韻，仿古人閒忙小令意也。復答詩云：「風騷今代獨堂堂，班馬無心較艷香。弱小自應譏鄶下，雄夸久矣畏齊强。好隨時世新花樣，莫説平生古戰場。暫别京塵知不遠，槐黄時節看君忙。」後余以扇索書「忙」字韵詩，已改前稿，詩云：「每每題詩寄草堂，齒牙吐慧艷生香。苦吟漸覺腰肢瘦，白戰還誇身手强。五載京塵嬰世綱，十年赤幟占名場。杏園花發春如繡，瞥眼歸來馬足忙。」外花箋數行云：「昨奉和之作，實係柳東先生代搆。今屬書，不敢自匿其醜。且亦不敢竊知己之所有，以自炫於知己之前。仍將拙作録正，叨在知愛，定不以荒鄙見嗤也。」足見閬兄虚懷不讓古人，視世之襲人之長以爲己有，惟恐人言者，度量相越爲何如耶！至詩之雋妙，有目者所共賞，但余受之有愧耳。柳東先生王霖，號雨楓，吾鄉山陰人，著有《寒山集》。

王孝廉皃南，諱時選，滕縣盖村人。立身端方，讀書博洽。曾修邑乘，爲當事者所撓，不終其事。著有《修志瑣言》一集。聞余至，即命駕相訪，攜書見示。閲之，其起例發凡，悉遵先民矩度，而文章掩映風華，大有廬陵筆意，滕縣一人也。其《懷古》詩，又全似新城風致。余愛而録其十絶附左，俾讀是詩者，想見其爲人也。「雍城借悟古雍門，唐代毬場見主恩。沈醉三郎猶未醒，老僧梵放幾黄昏。雍城在滕城西北一里許，中多唐太宗功臣故墟，俗傳打毬場也。今爲僧舍。」「臨山自古遶臨城，山色青青解送迎。最是多情官路柳，母雞橋畔折還生。臨城周四里，在臨山西，自前朝置驛。街北有母雞橋。」「靈丘昌慮分茅土，驪戚湖陵雉堞開。争是潺湲梁水上，殘垣夕照想犁來。郳城在縣東六里，梁水東。」「摇尾乞憐逐獸群，浮生得食便欣欣。甘心窮餓陶山側，甑底塵香范史雲。甑塵鄉在陶山，因范丹寓此得名。」「冷暖世情師弟真，嫌疑世眼漫生嗔。倘然此地非賢主，幾使無言謝館人。上宫，孟子之滕所館。」「井洌寒泉沁落花，銅瓶欲汲綆偏賒。王明受福知多少，今日爲君作意斜。欹井，其形欹斜，俗呼扳倒井。土人云：光武駐此，渴欲飲而不得，汲井，忽欹斜。」「城隅静樂亦名園，鎮日蓮陂看浴鴛。四百年來風景異，斷碑零落石無言。静樂園在縣治城外西南隅，元監郡安侯建。」「冬月來年未可催，哭驚寒谷唤春回。行行麥隴思純孝，拜倒巍巍女谷堆。焦花女墓在縣東南十八里，俗呼焦花女谷堆。女即爲母病而哭燎麥者也。」「層巒蜒蜿象龍蟠，尺五天光入漢寬。既爲蒼生露頭角，爲雲爲雨不辭難。龍山。」「水帶薛山雪竇風，桃花粥飯一春紅。殘衫破帽騎驢客，畫入滕陽驛路中。官橋，即薛水也。薛山在其東，薛城在其南。因水名國，因山名水。用李長蘅絶句原韵。」「二東漕運自隋唐，葉葉風帆下建康。白了村邊無覓處，蓬萊清淺種扶桑。白了村有隋、唐時運河故道。」「金源刻石紀炎朝，斑駁苔痕字未銷。不藉麗牲存紀性，宿墳埋殺盖寬饒。盖村盖氏碑。」

滕邑前令任公諱璣，徑陽名進士也。以前輩風流自期，弘獎士類。邑中黄畹九、劉若木兩先生爲諸生時，嘗受知焉。一日，任出詩相示，有《題畫美人》一絶云：「畫中人是意中人，醉眼依稀認未真。記得孤山梅樹下，花朝二月見遊春。」黄起而質曰：「公此作大有唐人風味，唐人詩云：『畫松一似真松樹，待我尋思記得無。曾在天台山上見，石橋南畔第三株。』與公詩恰一機軸耳。」任由是銜之，必求任一當，而誚讓窘辱，不遺餘力。及黄成進士，度不可難，即謀遷去。皀南孝廉爲予道其事，余曰：「任何器之小也！獨不見名公宿學，皆胚胎前人，不避指摘。如當代程周量先生，其《送魏子存之成都》詩云：『誰説蠶叢不易行，春風三月馬蹄輕。銅梁舊枕秦關險，玉壘新連楚水平。芳草緑時過漢口，杜鵑紅盡到綿城。知君篋底多詞賦，諭蜀文應似長卿。』全首仿王右丞《送楊少府貶郴州》作，不以爲嫌。任何見之陋也，總是欠讀書耳。」

蘭皋詩話卷三

始寧丁鶴芝田著

詩有一二語膾炙千古者，如崔信明「楓落吴江冷」、薛道衡「空梁落燕泥」、王胄詩「庭草無人隨意緑」、謝玄暉「澄江浄如練」、謝靈運「池塘生春草」、潘大臨「滿城風雨近重陽」等，不可枚舉。至如柳惲「亭皋木葉下，隴首秋雲飛」，王融愛而書諸屏；任濤「露團沙鶴起，人卧釣船流」，李隲愛而免其役，皆詩之知己也。本朝有胡君信承諾「楚人門巷瀟湘色」句，侯官許有介友「野航人遠雁聲低」句，載《漁洋詩話》。

古人以一詩傳，遂爲嘉名者，如「崔鴛鴦」、「鄭鷓鴣」、「謝蝴蝶」、「鮑孤雁」。明有「袁白燕」，見《驪珠集》。本朝有「杜黄鸝」，見《西河詩話》；有「崔黄葉」、「王黄葉」，見《漁洋詩話》。

詩人快意之句不可多得，見賞於知音尤難。淮陰張養重虞山有「南樓楚雨三更遠，春水吴江一夜生」之句，爲阮亭先生所亟賞。快意、知音，兩得之矣。

詩有藏鈎法，如陸放翁「霜清桑落熟，湯嫩雨前香」、王荆公「風吹鴨緑鱗鱗起，日弄鵝黄裊裊垂」、東坡「春疇雨過羅紈膩，夏隴風來餅餌香」等句是也。

詩有烘托法，如杜少陵詠樓「二儀清濁分高下，三伏炎蒸定有無」、婁東相公詠梅花「空山夜月寒相似，曉閣晴雲淡不分」、陳滄洲先生詠海棠「紅葉題詩人去後，緑蕉聽雨雁來時」等句是也。

詩要曉得死中求活法，如杜牧《題烏江亭》「江東子弟多才俊，捲土重來未可知」，翻去衆説，獨攄己見是也。吾鄉前輩錢去病先生《題項羽廟》：「楊柳依依古戰場，一雙春燕話斜陽。黄河渡口英雄廟，衣繡猶然是故鄉。」亦此法也。放翁《黄州》詩落句云：「君看赤壁終陳迹，生子何須似仲謀。」一翻覺靈妙異常。阮亭先生《荆州懷古》落句云：「何須更續《英雄記》，今古無人似仲謀。」亦此法也。

古人作詩文贈人，必摹倣其人之體格爲之。非效彼之顰，乃投其所嗜也。李義山贈杜工部詩：「人生何處不離群，世路干戈惜暫分。雪嶺未歸天外使，松州猶駐殿前軍。座中醉客延醒客，江上晴雲雜雨雲。美酒成都堪送老，當壚仍是卓文君。」中四句極意摹倣少陵而出。如昌黎《羅池廟碑》，即摹子厚；東坡《潮州廟碑》，即摹昌黎是也。

詩有一首之内字重而必不可易者，切勿强改，以害辭害意。白樂天詩：「分無佳麗敵西施，敢有文章替左司。隨分笙歌聊自樂，等閒篇詠被人知。」連用兩「分」字，皆不可易者也。蘇東坡詩：「相從傾蓋只今年，送别南臺淚黯然。此夜更歌《金縷曲》，他年莫忘《角弓》篇。三年不顧東鄰女，二頃難求負郭田。我欲歸休君未可，茂先方議斸龍泉。」連用三「年」字，皆必不可易者也。杜少陵《除架》詩「東薪已零落」、「寒事今牢落」，兩用「落」字。「森森畫戟擁朱輪，坐詠梁公覺有神。白傅閒遊空誦句，拾遺窮老敢論親。東海莫懷疏受意，西風幸免庾公塵。爲公過嶺傳新唱，催發寒梅一信春」，三用「公」字。

詩不忌複字，長律蓋所難免。然韵則不宜，而唐人多犯此病。昌黎《贈張籍》詩韵，乃至音義皆同，重三疊四，殊不可解。

律詩首句失韵，爲「入群孤雁」；落句失韵，爲「出群孤雁」，今人祇解首句耳。東坡《三月三日點燈會客》：「江上東風浪接天，苦寒無奈破春妍。試開雲夢羔兒酒，快瀉錢唐藥玉船。蠶市光陰非故國，馬行燈火記當年。冷煙濕雪梅花候，留得新春作上元。」阮亭先生《姑蘇懷古》：「山徑何時葬玉梟，興亡轉瞬日西徂。越人已自籌三策，秋祭當年竟五湖。雨過麋城空碧草，春深鶴市半青蕪。傷心更有南陽宰，不獨寒潮泣子胥。」「元」字、「胥」字皆此例。

包孝肅生平嚴峭，未嘗有笑容，人謂「笑比黄河清」。放翁詩「鼎鼎百年如電速，寥寥一笑抵河清」，古人本朝事便用，往往如此。

汪鈍翁論宋人詩云：「放翁真得眉山髓，不信誠齋學謫仙。」暇日嘗與友人論之，友人云：「此論未確。誠齋詩全不似太白，放翁亦不似眉山。東坡詩貪用故事，致失性靈，體格實遜於陸。鈍翁得毋因放翁生平服膺眉山，故有是語？抑以世論蘇、黄、范、陸，作品第耶？」按：誠齋自敍初學半山、後山，最後亦學絶句於唐人，已而盡棄諸家之體而别出機杼。今鈍翁又謂其學李白，不知何所出？

徐健庵先生云：「近之説詩者，厭唐人之格律，每欲以宋爲歸。孰知宋以詩名者，不過學唐人而有得焉者也。宋之詩，渾涵汪茫，莫若蘇、陸。合杜與韓而暢其旨者，子瞻也；合杜與白而伸其辭者，務觀也，初未嘗離唐人而别有所師。然則言詩於唐，猶樂舞之有《韶》、《武》，而絺繡之有黼黻也。今乃挾楊廷秀、鄭德源俚俗之體，欲盡變唐音之正，毋亦變而不能成方者與？」先生可謂知言矣。

詩語憑空譔出是第一乘，翻古得新是第二乘，偷意是第三乘，偷詞則最下乘也。

余嘗謂温、李之香艷，如内宫脂粉，蓋有倩盼之質，而加以文采之飾，何可無也！若今之所謂香艷者，乃村姬里婦，塗脂抹粉，自以爲姸，愈增其醜。西家之顰，邯鄲之步，夫豈易效易學者哉？

「文章江左家家玉，煙月揚州樹樹花」，徐昌穀句也。牧齋極贊之，云「至今令人口吻猶香」，而阮亭謂爲「吴派之最卑者」，兩人好惡不同。余謂牧齋不無偏袒之意，阮亭亦有伐異之心，皆不得其正也。

讀無夢園主人詩，評杜少陵曰：「『文章千古事，得失寸心知』、『新詩句句好，一任老夫傳』，温然其詞而隱然言外，何嘗有所謂吾道代興哉！而牧齋《與阮亭書》有『與子代興』之語，其視老杜何如人物，而遽然自任，可謂老不知恥者矣。」

（吴忱、楊焄點校）

説詩別裁

説詩別裁提要

《説詩別裁》三種，據道光間刊《拙存堂文集》本點校。撰者蔣衡（一六七二—一七四三），又名振生，字新了，一字涵潭，號湘帆、拙存，晚號江南拙老。江南金壇人，僑居無錫。精書法，晚年以十餘年之力寫十三經全本，入藏内府。有《拙存堂文集》。按蔣氏文集八卷始刻於乾隆初，再刻於道光中。乾隆本所收不全，卷七目録著録「説詩別裁」、「學詩偶存」兩種，然正文僅載《古詩十九首》一箋，其他併闕。今據道光本，知「説詩別裁」總名下，實含《古樂府》、《古詩十九首》、《杜詩紀聞》三種，而「學詩偶存」乃其自作詩。《古樂府》前有「樂府釋」一篇，乃輯劉繼莊（獻廷）之語，以樂音分樂府、古詩之別，又以五音説五律、七調説七律，作七律「須具樂府手眼」云云；而《古樂府》所録各首，解釋亦全引劉説。其解《古詩十九首》，從文脈綱目之類作法角度詮釋詩意，與清初諸家稍不同，至總箋遂歸爲「分段法」：首三篇爲一段，次三篇爲一段，第七篇獨立一段，八、九、十篇爲一段，十一至十五篇爲一段，十六至十八篇爲一段，末篇結束，每段一主題，此亦人所未道。《杜詩紀聞》僅録十餘首，乃其子麗記少時所聞，故云。中如《秋興八首》獨録第五首，謂思玄宗，似此皆有自家見地也。

説詩别裁

金壇蔣衡湘騆稿

樂府釋

大興劉繼莊先生曰：「三代以上，詩即是樂，樂即是詩。若離詩而言樂，則無有機括，而孰爲揺動哉？是猶大風吹竅，往而不返，不得爲樂也。故詩者，天地自然之樂也。有人焉爲之節奏，則相合而成焉。」

詩者，心之思；思不可見，寄之詞；詞有比興而思以出；比興不能盡，故被之聲歌，抑揚以畢其義。自漢以後，《郊廟》、《房中》析而爲二，古詩、樂府遂分。

古人樂府，非如今人有曲譜而後填詞也，然亦照定十二律，賦爲詞，付之樂工，叶以音律。但樂工知清濁高下而不通文，故先分章段，爲之鈎勒。若古詩，自存案頭，雖定有段落，而不作分解，以未嘗入樂故也。

樂府者，以其詞付樂工，其中工尺之抑揚，乃樂工事。五季變爲詞，將所留樂工之虚字盡填滿，較古法更嚴密，不能馳騁才華，不若古樂府之鬆矣。

樂歌必要短長相接，長取其聲之婉轉，短取其聲之促節。律詩則與管絃無涉，而天然之樂自存於中。唐以五言、七言爲句，此定式也。間有六字成句者，與宫商不協，不必作也。天然之音，止有五字。笛中之五、六、工、尺、上，配合宫、商、角、徵、羽之五音，猶琴之五絃，加文絃、武絃而成七，所謂變宫、變徵而成七調也。故南北正調，原止有五，唐律之五言是也；若七字則爲變調，而名變宫、變徵矣。七言難於五言十倍，以其雜變調故也。故雖變調，必須排蕩而成，不可輕易下筆。蓋八句不出起承轉收，須要具樂府之手眼耳。

今人易言近體，難言古詩，真乃不知甘苦者。殊不知古詩可長可短，近體限定字數，若非具大手眼，便如印板，何足言詩？故唐律之聖者，間于八句之中別有五花八門之妙，自成黄鐘大吕之音。

音樂以氣爲主，然氣有放開者，有收合者。放開者，《混江龍》之類是也；收合者，《桂枝香》之類是也。氣之放開、收合，相題而然。

讀古人書，須自具手眼，又必奇而可法〔一〕。得其法，可以他用〔二〕。

【校勘記】

〔一〕乾隆本此句下有「如王或庵之《文章練》、劉繼莊之《解樂府》，不必盡然，而」。

〔二〕乾隆本此句下有「故《古詩十九首》，或云二十首，或云數十首，或云各家雜作，或云各首一意，紛紛聚訟。獨取其作一章看者，以其意法絶妙。余讀書悉如此，不計人之非笑也」。

古樂府

臨高臺

臨高臺以軒。下有清水清且寒，江有香草目以蘭。黄鶴高飛離哉翻。彎弓射鵠，令吾主壽萬年。收中吾。

劉先生曰：「《臨高臺》一章，軍中鐃歌題也。作者胸中民胞物與，慨然有臯、夔、稷、契之思，故借題以展其宿抱。詩『欲窮千里目，更上一層樓』，言人必縱身高處，然後萬物情形，洞然矚目。首句『臨高臺以軒』是一段，『下有清水』二句是一段，『黄鵠高飛』句是一段，『彎弓射鵠』二句是一段。末三字『收中吾』是樂工標記語，言此《臨高臺》一闋，其收聲之音則在『吾』字之中音耳。此句不列章内。『臨高臺』者，言治亂之機，必在識時務之人托身高處，然後能俯而臨下，見微知著。禹、稷飢溺之任也。『軒』者，臺之軒。『以』者，托身于此也。『下有清水清且寒』，言大人普視一切，太和充溢，更無親疏，故曰『清且寒』也。『江有香草目以蘭』，言大將拔才能于儔伍中，『蘭』稱國香，待以國士之禮也。『黄鵠高飛離哉翻』，言奇才異能，志在犯上，離下位而欲翻騰，難綏鷹鸇之逐，故曰『彎弓射鵠』。『令吾主壽萬年』，夫强梗已鋤，人樂華胥，則我主之萬年，豈不普天抃首哉！」

上邪

上邪！我欲與君相知，長命無絶衰。山無陵，江水爲竭，冬雷震震夏雨雪，天地合，乃敢與君絶。

劉云：「此初結盟時，呼天而誓也。『長命』句是願望。『山陵』下五句是祝禱，此皆人世反常之事，必無之理，果如此，乃敢與君絶耳。」愚謂此既絶後呼天訢悵之詞，通首語俱歇後，傳神在「我欲」二字，點眼在兩「絶」字，章法從《三百篇·碩人》章脱胎。

戰城南

戰城南，死郭北，野死不葬烏可食。爲我謂烏：且爲客豪。野死諒不葬，腐肉安能去子逃？水深激激，蒲葦冥冥。梟騎戰鬭死，駑馬徘徊鳴。梁築室，何以南？何以北？禾黍不獲君何食？願爲忠臣安可得？思子良臣，良臣誠可思。朝行出攻，暮不夜歸。

劉云：「此詠戰鬭而死之人。于題之正面不寫一字，但寫其戰死之屍，且寫屍之胸中，一時曲曲折折，詭譎萬狀，爲千古奇文。與屈原《國殤》篇各標奇勝，《國殤》寫在題前，此寫在題後。」愚謂此代陣亡者刺同行之逃竄，傷國君之開邊也。首三句，自叙其戰死。「爲我謂烏」一段，即託逃者與烏言：當知我死之豪，必不如他人去子逃也。「水深」二句是興。「梟騎」二句是比。「梁築室」之或南或北，傷君之窮兵不已，丁壯從軍，禾黍荒廢，烏有食，君無食矣。真忠君愛國語。末言人臣死忠，那得相强，但願公等生還，爲良臣耳。「良臣誠可思」，而我則竟死矣。激昂中復極悽惋。

東　光

東光乎，蒼梧何不乎？蒼梧多腐粟，無益諸軍糧。諸軍遊蕩子，早行多悲傷。

劉云：「樂府製題，提筆爲要事。篇中安章頓句，各有其故，或在題前，或在題後，或題不足而詩補之，或詩不足而題補之。作者胸中有無限深意，非若今人之草草下筆也。此章因漢武有事西南夷，動衆勞民，文、景之富，一朝頓匱，故託古人諷諫意而作。『東光』，北之邊鄙；『蒼梧』，南之邊鄙。作者本指原側重『蒼梧』，而借『東光』興起。上二句，責將士之辭。下四句，蒼梧所以不乎之故。粟多腐壞，于軍儲無益；而卒伍皆遊蕩子，今枵腹從征，則早行之多悲傷，爲上者獨不察乎？故窮兵黷武當深戒。此作詩之意也。」

薤露歌

薤上露，何易晞！露晞明朝更復落，人死一去何時歸？

劉云：「向傳田横歿後，門下客作挽歌，《薤露》挽田横，《蒿里》挽五百從死之士。或曰：作此等題，須有一段英豪激烈之概，今皆不吐一字，而但見其蕭瑟悲涼，何也？噫！是殆不知作者苦心，并不知文章大科段者也。田横不與劉、項共逐秦鹿，屏迹海隅，又不肯降志從漢，種種曲折，豈可明言？蓋不唯恐罹漢高忌諱，即田橫有知，亦捫心飲泣而不願聞者。而門下客豈忍重提往事？故于不敘處，正藏一篇大文字在内。嗚呼！漢高頑鈍無恥，分羹不顧，而終王天下；田橫能得士心，死生不二，而終于自刭，惜哉！」

蒿里歌

蒿里誰家地？聚斂魂魄無賢愚。鬼伯一何相催促，人命不得少踟蹰。

劉云：「此挽從死之五百人也。『蒿里』，北荒之地，客死者亂葬所也。『誰家地』，寫得悲慘。今之天下，誰之天下哉？首陽片石，敢謂商家故物乎？乃夷、齊竟餓死而不屈也。『聚斂魂魄』，言搜括無遺。『無賢愚』，則不論是非善惡，收拾殆盡。漢高殲戮功臣，以怨報德，類如是。『鬼』而稱『伯』，假此以詈漢高，言召田橫以逼五百人之死，真鬼之伯矣。『不得少踟蹰』，徘徊難决之意也。故主恩深，敢愛一死？同心五百，奉教聖賢矣。此《蒿里》一曲之苦心也。」

鷄鳴

鷄鳴高樹巔，狗吠深宫中。蕩子何所之？天下方太平。刑法非有貸，柔協正亂名。黄金爲君門，璧玉爲軒堂。上有雙樽酒，作使邯鄲倡。劉王璧青甓，後出郭門王。舍後有方池，池中雙鴛鴦。鴛鴦七十二，羅列自成行。鳴聲何啾啾，聞我殿東廂。兄弟四五人，皆爲侍中郎。五日一時來，觀者滿路旁。黃金絡馬頭，熲熲何煌煌。桃生露井上，李樹生桃旁。蟲來嚙桃根，李樹代桃僵。樹木身相代，兄弟還相忘。

劉云：「樂府長短雖殊，法歸一致。短者，一句中包含多義；長者，即將短章多義析爲各解。此即律詩之前後分解也。分解不出『起承轉合』四字，故起、結最難，而中之對偶反易。不知分解，祇在對偶求工，雖烹鍊字句，而不知命意立局也。若知分解，則能析字爲句，析句爲章，雖千萬言，皆有紀律。如四體百骸，合而成人，能轉旋無礙者，心統之也。《老子》曰：『當其無，有車之用。』故文章妙處俱在虛空。上句鈎連下句，則上止得半句；下句鈎連上句，則下亦止半句；兩句合而一句之義始成，皆在空處也。故或奇峰插天，或千流萬壑，或喧湍激瀨，或烟波浩渺，祇須握定線索，十方八面，自會憑空結撰，並不費力也。今人補綴裒集，遮掩耳目，何足言文乎！如《鷄鳴》洋洋大篇，不解作詩之故，只緣未尋其段落耳。此是極富貴之兄弟，閱墻而欲孑身遠逝，作此勸止之。通篇作三段看：第一段『鷄鳴』六句，勸其不可浪遊，以罹法網；第二段『黃金爲君門』至『熲熲何煌煌』，言家勢之盛；第三段引喻，見至戚如兄弟，今何至如此？『鷄』、『狗』不是偶然起興，『黃金』二句，是由外以至内。『雙樽』言食，『邯鄲』言色。『作使』者，作而使之也。『劉王』，樽酒之有名者。『郭門王』，倡之有名者。倡家以『後出』者爲上。末喻言無知草木尚如此，况于人乎？古人引喻，妙在不確。若定樁搖櫓，亦愚甚矣。『鷄鳴』六句，如律之起；『黃金』至『煌煌』，如律之三、四句；『桃生』四句，如律之五、六句；結二句，則律之七、八也。」

陌上桑一作「日出東南隅行」，一曰「艷歌羅敷行」。

劉云：「古人妙文，決定在無字處，不必尋行數墨，而自出新裁，抒妙構，其本位却一無所有。今人不曉起承轉合之變化，但寔訓題面，如起而起，如止而止，非文章神化妙境也。四序雖定，而萬物之生成不然：穀生于夏而成于秋，麥生于冬而成于夏，有一定之時，無一定之物也。文之起承轉合亦然。徐文長曰：『冷水澆背，陡然一驚，便是興觀群怨之副本。』唯能于虚空中卒然而起，是謂妙起。本承也，而反特起，是謂妙承。至于轉，尤難言，且先要把上文撇開。如杜詩云：『江雲飄素練，石壁斷空青。』此殆是轉之神境，所以古樂府偏于本題所無者，忽然排宕而出，妙在有意無意之間。如白雲捲空，雖屬無情，却有天然位次。只是心放活，手筆放鬆。忽如救火捕賊，刻不容遲；忽如蛇遊鼠伏，徐行慢衍，是皆轉筆之變化也。至于合處，或有轉而合者，有合而開者，有一往情深、去而不返者。人所到，我不必争到；人不到，我却獨到。神而明之，存乎其人。果能久于其道，定與古人並驅也。」

日出東南隅，照我秦氏樓。秦氏有好女，自名爲羅敷。四語極平淡，而首句起興，下十五字出落詳盡，簡括似古謡。羅敷善蠶桑，采葉城南隅。青絲爲籠繫，桂枝爲籠鈎。頭上倭墮髻，耳中明月珠。緗綺爲下裙，紫綺爲上襦。行者見羅敷，下擔捋髭鬚。年少見羅敷，脱帽着帩頭。耕者忘其犂，鋤者忘其鋤。來歸相怨怒，但坐觀羅敷。使君從南來，五馬立踟躕。使君遣吏往，問是誰家姝？秦氏有好女，自名爲羅敷。吏答詞。羅敷年幾何？二十尚不足，十五頗有餘。亦吏答詞。使君謝羅敷：寧可共載否？羅敷前致辭：使君亦何愚！與吏語，喚醒多少痴人。使君自有婦，羅敷自有夫。着意只在此二句。前言秦女之好，俱用襯筆；後言夫壻之殊，俱用虛筆；唯此二句爲正筆，而下句固見女之以禮自維，上句尤見女之以禮範人也。東方千餘騎，夫壻居上頭。何用識夫壻？白馬從驪駒。青絲繫馬尾，黄金絡馬頭。腰中鹿盧劍，可值千萬餘。十五府小吏，二十朝大夫。三十侍中郎，四十專城居。逆計後來，妙！妙！爲人潔白晳，鬑鬑頗有鬚。盈盈公府步，冉冉府中趨。坐中數千人，皆言夫壻殊。此段只「東方」二字是實語，餘皆虛境。

劉云：「不從秦氏寫起，却没頭没緒，忽寫日出，有兩層妙意：蓋夏至前後，日出正東，仲春末正在東南隅，把采桑一事輕輕襯出，一也；仲春時花明柳媚，蕩子怨婦，最易牽情，二也。好女『自名爲羅敷』，妙在『自名』二字，其嬌羞自愛可見。此以承爲起也。『行者』八句，借衆人以反襯，爲使君作引。『一何愚』三句，喝斷使君。『千餘騎』，對太守之『五馬』也。『青絲』等語，妙在人急寫者，我偏不寫；人不寫者，我偏寫。『坐中』二句，忽然結住，是以轉爲收也。悠然而止，文章化境。○『夫壻』結束，正與前『羅敷』結束遥遥相對。」

隴西行

天上何所有？歷歷種白榆。桂樹夾道生，青龍對道隅。鳳凰鳴啾啾，一母將九雛。顧視世間人，爲樂甚獨殊。好婦自迎客，顔色正敷愉。伸腰再拜跪，問客平安否？請客北堂上，坐客氈氍瑜。清白各異樽，酒上正華疏。酌酒持與客，客言主人持。却略再拜跪，然後持一盃。談笑未及竟，左顧勅中厨。促令辦麤飰，慎勿使稽留。廢禮送客出，盈盈府中趨。送客亦不遠，足不過門樞。取婦得如此，齊姜亦不如。健婦持門户，亦勝一丈夫。

劉云：「凡詩，有有題者，有無題者。有題是詩之正面，無題是詩之反面。今《隴西行》，謂無題乎？何篇中並無『隴西』之意？篇首又不用此二字起。詩不出賦、比、興，此章何屬？若謂上八句是賦，則天上『白榆』、『桂樹』，賦之無謂；若謂上八句比興，則下『好婦』待客。又不類。此章分三段：『天上』八句第一段，『好婦』二十句第二段，『取婦』四句第三段。第三段是正意，然意却在句外。第二段鋪叙主賓酬酢，意所不屬。第一段託喻，却是作者正意。『隴西』二字，是作者特命之題也。詩中不言『隴西』，爲尊者諱也。立是名，補詩之不足也。『隴西』二字是題正面，全詩却是反射旁擊。漢武有事于西南，窮兵黷武。隴西男子無不荷戈從戎，巨室細民莫敢匿。故篇中備言婦人待客，委曲盡禮，以見家中無有男子也。言豪富者尚無男子，貧窮者豈容燕息乎？夫勞苦疆埸，必餐風宿霧。今反寫歡樂，其勞苦却在言外，使後人于無文字處默會，妙絶！第一段八句，以『天上』喻朝廷，此諷諫體也。一郡無男子，由朝廷用武之故，故從朝廷説起。『白榆』、『桂樹』在天河之間，『青龍』、『鳳凰』喻天上榮華，爲樂獨殊，反襯民間勞苦。『敷愉』二字，正見無男子而能盡禮待客處。客之特來，大約是夫壻邊信。末二句，特表婦人持門户之要務也。寫隴西，以反襯天下；寫豪富，反襯貧苦；寫婦人，反襯男子；寫閨門，反襯邊廷，可悟作文之法。若唐以後人作《隴西行》，必備寫山川風景，有何妙意？」

善哉行

劉云：「倉卒棄家，最不堪事，而反曰『善哉』，蓋事拙而自慰之詞也。」

來日大難，口燥脣乾。今日相樂，皆當喜歡。一解。憂戚中作豪邁語。「皆當」二字已包親交在內。經歷名山，芝草翻翻。仙人王喬，奉藥一丸。二解。忽作開筆，言唯遇仙人得不死藥，方可免難。自惜袖短，內手知寒。慚無靈輒，以報趙宣。三解。自度不能免難，又無力救人，不如早去也。四語透露苦衷。月沒參橫，北斗闌干。親交在門，飢不及餐。四解。此來日速行光景。歡日尚少，戚日苦多。何以忘憂？彈箏酒歌。五解。此慰親交之詞。淮南八公，要道不煩。驂駕六龍，游戲雲端。六解。極道其去之樂，與「大難」反映。

此因同事者被難，勢將及身，急將遠避也。

悲歌

悲歌可以當泣，遠望可以當歸。思念故鄉，鬱鬱纍纍。欲歸家無人，欲渡河無梁。心思不能言，腸中車輪轉。

劉云：「此客子懷故鄉之作。傷心處在『欲歸家無人』一句。家縱無人，親戚墳墓固在也。歌不能歌，泣何敢泣。不能泣而思有以當之，則亦唯歌之悲者。此爲加一倍法。『遠望』句，文勢對仗而起，然豈知其胸中千層萬層、七曲八曲而成者，因此一『望』，『念故鄉』之心不可排解，蓋欲歸而家無人也。言不能盡情，腸中輪轉，唯有悲歌而已矣。通篇皆承『遠望當歸』句，當知皆是首句。」

枯魚過河泣

枯魚過河泣，何時悔復及。作書與魴鱮，相教慎出入。

劉云：「此首命題真千古奇絶事。魚，河中之物，已枯則與河絶分矣。無奈人將此渡河，安得不泣？其泣時，即悔前之不慎出入耳。夫涉世末流，而此身尚在，猶可及也；偶蹈虎機，名敗身喪，何可及耶？世間之事，受累一番，便爲他日受用根本。『作書寄魴鱮』，前車覆，後車戒。作者血淚，何啻十斗！」

飲馬長城窟行

青青河邊草，綿綿思遠道。遠道不可思，夙昔夢見之。夢見在我旁，忽覺在他鄉。他鄉各異縣，展轉不相見。枯桑知天風，海水知天寒。入門各自媚，誰肯相爲言？客從遠方來，遺我雙鯉魚。呼兒烹鯉魚，中有尺素書。長跪讀素書，書中竟何如？上有加餐食，下有長相憶。

此嘆好友得志，不復相顧也。觀「入門各自媚」兩句可見。至用筆之妙，則在「竟何如」三字。前半夢中懷想，何等纏綿。若彼此關情，則宜因桑知風，見水知寒矣。及遠寄「尺素書」，「長跪」讀之，又何等珍重！乃書中「竟何如」哉？泛語通問而已。夙昔苦思，付之流水，悲夫！

古詩十九首

行行重行行，與末章「攬衣徘徊」句對照。與君生別離。點明別離，作提綱。○「生」字沉痛。相去萬餘里，各在天一涯。道路阻且長，會面安可知。胡馬依北風，越鳥巢南枝。此段言遠離。○直起四句，忽用比體作收。相去日以遠，衣帶日以緩。或庵云：跳脱。浮雲蔽白日，遊子不顧返。思君令人老，歲月忽已晚。此段言久別。○正領一句，隨刻劃「思」字、「老」字。又比一句，然後出「不返」，出「思君」，出「歲月晚」，斷亂離奇，視前段又一章法。棄捐勿復道，言友與我同心膠漆，萬里之外，遺札遺綺。今之不返，諒非棄捐勿道。詞婉而神傷矣。努力加餐飯。情至語。放寬一筆作結。

青青河畔草，鬱鬱園中柳。興。盈盈樓上女，皎皎當窻牖。娥娥紅粉粧，纖纖出素手。極力鋪襯，妙能脱卸。昔爲娼家女，今爲蕩子婦。十字悲怨。蕩子行不歸，空牀難獨守。以上俱比，繪出一思君樣子。

青青陵上柏，磊磊澗中石。比。人生天地間，忽如遠行客。此段言人生如寄，不能如柏之不彫、石之不磨，已擊動戚戚意。斗酒相娱樂，聊厚不爲薄。二句言隨人可與共飲。「聊」字最圓活。驅車策駑馬，遊戲宛與洛。

洛中何鬱鬱，冠帶自相索。長衢羅夾巷，王侯多第宅。兩宮遥相望，雙闕百餘尺。此段言隨地可以遊戲。鋪陳洛中，行鏤虚之筆。極晏娱心志，束上起下。戚戚何所迫？言飲酒、遊戲儘可快意。今之戚戚，皆遊子不返，迫我相思。「何所」二字，歇後語也。通首放開一句打轉，筆法奇變。

今日良晏會，歡樂難具陳。於戚戚時憑空想到歡會即在今日，與首章「會面」句遥照。彈箏奮逸響，新聲妙入神。令德唱高言，指友。識曲聽其真。自謂。○四句極陳歡會。齊心同所願，含意俱未伸。二句束上起下。言歡會之願，兩人所同，其如離別，而意俱未伸。人生寄一世，奄忽若飈塵。何不策高足，先據要路津。無爲守窮賤，轗軻長苦辛。三十字作一句讀，言友之遠離，無乃爲此？真是詼語。與上「高言」反照，故不復作束，又一章法。

西北有高樓，上與浮雲齊。交疏結綺窗，阿閣三重堦。上有絃歌聲，音響亦何悲。誰能爲此曲？無乃杞梁妻。《清商》隨風發，中曲正徘徊。一彈再三嘆，慷慨有餘哀。以上以歌自况，層層著色。下折入所思，筆尤敏妙。不惜歌者苦，但傷知音稀。願爲雙鴻鵠，奮翼起高飛。或庵云：通首以歌爲比，而脉絡從「識曲聽真」來。友之知音惟我，則我之知音惟友，所以願爲比翼鳥也。

涉江采芙蓉，蘭澤多芳草。采之欲遺誰？所思在遠道。自謂。還顧望舊鄉，長路漫浩浩。謂友。同心而離居，憂傷以終老。雙收。○或庵云：「同心」照應前後。

明月皎夜光，促織鳴東壁。興起「孟秋」。玉衡指孟秋，衆星何歷歷。伏「箕斗」、「牛女」句，奇。白露霑野草，感時暮。時節忽復易。申「孟秋」。秋蟬鳴樹間，自喻。玄鳥逝安適？喻友。○八句皆或庵細註。○此段對月行行時實景。昔我同門友，高舉振六翮。不念携手好，棄我如遺跡。四語點出「同門友」來，以明作詩之故。「不」

者，猶言「豈不」也，勿死句下。南箕北有斗，牽牛不負軛。單説「牽牛」而「箕斗」自見，亦見筆妙處。良無盤石固，虛名復何益？末段忽看衆星，指點虛名，以申首章「浮雲蔽白日」之意，奇幻。

冉冉孤生竹，結根泰山阿。興而比也。與君爲新婚，兔絲附女蘿。或庵云：比中之比。兔絲生有時，夫婦會有宜。千里遠結婚，悠悠隔山陂。思君令人老，故爲復筆，以炫人目。軒車來何遲。傷彼蕙蘭花，或庵云：又作比中之比。含英揚光輝。過時而不采，將隨秋草萎。以上申説同門之情。君亮執高節，賤妾亦何爲？掉尾忽作開筆，斡旋「棄我」，正見前句須活看，又與首章「棄捐」句對照。忠厚和平，得《三百篇》之遺。

庭中有奇樹，緑葉發華滋。攀條折其榮，將以遺所思。馨香盈懷袖，路遠莫致之。此物何足貴？撇得妙。但感別經時。此似與「涉江」首相類，但彼處歸重「同心」，而此則謂「相去日以遠」也。

迢迢牽牛星，是織女目中見其迢迢。皎皎河漢女。纖纖擢素手，札札弄機杼。終日不成章，泣涕零如雨。勸住。河漢清且淺，相去復幾許？盈盈一水間，脉脉不得語。歇後語。○或庵云：言相隔一水尚不可即，況萬餘里哉！意中之言，哽塞不出。行墨之外，萬恨千愁。

迴車駕言邁，悠悠涉長道。四顧何茫茫，東風摇百草。所遇無故物，焉得不速老？此段言友即今日迴車，目中所見，已非故物。從首篇「歲月忽已晚」發源，爲此章「不如早旋歸」伏脉。盛衰各有時，立身苦不早。人生非金石，豈能長壽考。奄忽隨物化，榮名以爲寶。玩上「速老」句，想此友即已立名，亦非少壯。故六句中婉轉歎息，見虛名之無益，爲下四章張本。

東城高且長，逶迤自相屬。迴風動地起，秋草凄已緑。四時更變化，歲暮一何速。晨風懷苦心，蟋蟀傷局促。倒插結束意。蕩滌放情志，何爲自結束？束上起下。燕趙多佳人，美者顔如玉。被服羅裳衣，當户理清曲。音響一何悲，絃急知柱促。比。此即「歡樂極兮哀情多」之意。馳情整巾帶，沉吟聊躑躅。思爲雙飛燕，啣泥巢君屋。此首言歲序甚速，儘可蕩滌情志，何爲如《晨風》、《蟋蟀》之結束乎？蓋見富貴者亦有時不免苦傷，所以情雖偶馳，便沉吟而止，但思與友相同，即爲快事。則友之不必戀榮名，自在言外。

驅車上東門，遥望郭北墓。白楊何蕭蕭，松柏夾廣路。下有陳死人，杳杳即長暮。潛寐黄泉下，千載永不寤。　不但言哀，直説到死，可謂流涕之語。　浩浩陰陽移，年命如朝露。人生忽如寄，壽無金石固。萬歲更相送，賢聖莫能度。服食求神仙，多爲藥所誤。不如飲美酒，被服紈與素。衣言云：末二句言看富貴已極，百計求生，終歸於死；不如飲酒、紈素，樂其天年。結得冷甚。〇一云秦王、漢武欲求長生，死且不免，豈不如區區榮名、美酒、紈素，反能不死乎？胡不早歸也？亦尖新。〇前人俱作自爲曠達解，以「紈素」二字，義有未安。〇此前後過脉。

去者日以疏，來者日以新。出郭門直視，但見丘與墳。古墓犁爲田，松柏摧爲薪。白楊多悲風，蕭蕭愁殺人。不但説到死，更説到墳墓無存，真愁殺人也。思還故里閭，欲歸道無因。言至故舊凋零，陌阡變易，始思還鄉。噫！晚矣！

生年不滿百，常懷千歲憂。「千歲憂」，猶諺云「千年計」也，即下「愛惜費」之意。晝短苦夜長，何不秉燭遊？爲樂當及時，何能待來兹？愚者愛惜費，但爲後世嗤。仙人王子喬，誰可與等期？言惟仙人不死，豈富貴利達者能爲王子耶？亦嗤之之詞。上五首洗發「歲月忽已晚」意，淋漓盡致。

凛凛歲云暮，螻蛄夕鳴悲。涼風率已厲，遊子寒無衣。以歲暮風寒係懷遊子，引入夢境。錦衾遺洛浦，同袍與我違。獨宿累長夜，夢想見容輝。初入夢。良人惟古歡，「古歡」，舊歡也。枉駕惠前綏。願得長巧笑，攜手同車歸。四句正寫夢境。既來不須臾，又不處重闈。亮無晨風翼，焉能凌風飛。四句寫初覺情思。眄睞以適意，引領遥相晞。徙倚懷感傷，垂涕沾雙扉。四句寫覺後情態。○通首皆或庵註。

孟冬寒氣至，北風何慘慄。愁多知夜長，仰觀衆星列。三五月明滿，四五蟾兔缺。月明月缺，俱不成寐，所謂「一心抱區區」也。○忽斷。客從遠方來，遺我一書札。上言長相思，下言久離別。置書懷袖中，三歲字不滅。自得書後望之，又三歲矣。一心抱區區，忽續。懼君不識察。言區區之心，如其識察，胡不早歸？

客從遠方來，遺我一端綺。相去萬餘里，故人心尚爾。若俗筆，「端綺」下定接「文彩」二句。看古跳脱處。文彩雙鴛鴦，裁爲合歡被。著以長相思，著絮也，言裝以絮，見其長相思也。緣以結不解。緣被之緣，言有以緣之，見其「結不解」也。與上「字不滅」同一珍重之意。○或庵云：四語就「端綺」點綴比喻，以盡情致。以膠投漆中，誰能別離此？以上三章洗發「齊心同所願」句。

明月何皎皎，照我羅牀幃。憂愁不能寐，攬衣起徘徊。即所謂「行行重行行」也。客行雖云樂，不如早還歸。直抒胸臆，爲全篇結穴。出户獨彷徨，愁思當告誰？引領還入房，淚下沾裳衣。上意已盡，無可復言，只將「徘徊」意中説作結，無限悲涼。

箋曰：《十九首》，思友也。嗟榮名之何益，嘆知己之無多。幸有良朋，復成遠別。歲月益久，愁思愈深。獨向空堦，徘徊月下。或爲思婦之纏綿，或作騷人之痛哭。萬般幻景，一樣離愁。

首曰「生别離」，末云「早還歸」，起結了然。而首篇大意悉舉，自是總冒。次篇言思，如燈取影，然説至空牀獨守，情已苦矣。故三篇轉若自寬，全用反筆，只末一句掉轉。此兩篇單説自己，宜作一段。四篇忽作歡會幻想，提出「同心」二字，兩人合寫。五篇言同心既離，誰爲知音？以上俱暗藏「思」字。至六篇則明點「所思」，再醒「同心」，俱用正筆。此三篇又一段。第七篇乃通章出題，至此纔點「朋友」字。又借衆星透出虚名何益，爲下數章張本。一篇自獨爲一段。八、九、十三篇追敘同門，言君心即不變，更無奈别久地遠，果何時會面哉？此又一段。十一篇「迴車言邁」，與「今日良會」篇筆意相似，但彼從歡樂着想，此則極言衰老，中説虚名無益。十二篇言世事我已參透，所以不屑榮名。十三、十四説死、説墳墓改易，十五篇嗤守錢虜，俱是放聲一慟，所謂盡言也。此五篇又一段。十六篇相思之極而入夢。十七、十八遺札遺綺，極言同心，惟其膠漆，所以别離更痛。此三篇又一段。末篇總束全章。觀其篇法之峰斷岡連，可分爲十九首，可合爲一首。若其筆之變化跳脱，直是横絶千古，非可言盡。讀者各領其妙而已。

先生讀書，獨具隻眼。《易》、《詩》、《莊》、《騷》、《左》、《史》各有箋註。從游之暇，輒手授各種面命之，覺矇瞽一開，心胸豁如也。兹箋其緒餘耳，而脉絡分明，精神鈎貫，向未經人道破，得此始識作者真面目矣。門人王游謹識。〔一〕

【校勘記】

〔一〕「王游」，乾隆本作「游王」。

杜詩紀聞

杜少陵《何將軍山林》十首，章法細密不待言，其三章曰：「萬里戎王子，何年別月支？異花開絶域，滋蔓匝清池。漢使徒空到，神農竟不知。露翻兼雨打，開拆日離披。」《消夏録》曰：「馬上無事，與鄭廣文閒説其來歷，遂成此詩。文氣似與上下文絶不相蒙，而法脉有天然之妙。文章唯太史公有此奇横。」愚謂通首皆比也。首句來處，二句此間；三句來處，四句此間；五、六句嘆君臣皆未及知，以起下意；七、八説廣文，亦自喻。公與鄭俱有才不遇，感慨深矣。

陪李金吾花下飲

勝地初相引，徐行得自娱。見輕吹鳥毳，隨意數花鬚。細草稱偏坐，香醪嬾再沽。醉歸應犯夜，可怕李金吾。

金聖歎云：「不曰『招飲』，而曰『陪飲』，滑稽之甚。前四句虚言『陪』字，後四句實寫『陪』字。花下勝地，初猶相引，後乃不屬意，任我自娱。閒『吹鳥毳』、『數花鬚』，無聊之極。細草間尚告『稱偏坐』，香醪小飲，又不再沽，俗而且鄙。末句謔浪之辭，似訶禁犯夜，直是面笑李金吾矣。」

月　夜

今夜鄜州月，閨中只獨看。遥憐小兒女，未解憶長安。香霧雲鬟濕，清輝玉臂寒。何時倚虚幌，雙照淚痕乾。

此在長安月夜，憶鄜州閨中也。翻從鄜州説起，又不説閨中憶我，却説不解憶長安。憶鄜州，正面也；憶長安，對面也。去此兩層，單寫旁面小兒，離奇變化，益見深情苦憶。筆法不可思議矣。王或庵先生云：「『閨中只獨看』之下，自應説閨中之憶長安，却接『兒女』二句，此借葉襯花也。」總之，古人善用反筆，善用傍筆，故有隱筆，有奇筆。今人曾夢見否？

春　望

國破山河在，城春草木深。感時花濺淚，恨别鳥驚心。烽火連三月，家書抵萬金。白頭搔更短，渾欲不勝簪。

司馬温公曰：「『牂羊墳首，三星在罶』，言不可久也。古人爲詩，貴于意外。如此詩云『山河在』，則無餘物矣；『草木深』，明無人矣。花鳥平時可娱之物，見之而泣，聞之而悲，則時可知矣。他皆類此，最得詩人之體。」

晚出左掖

晝刻傳呼淺，春旗簇仗齊。退朝花底散，歸院柳邊迷。樓雪融城濕，宫雲去殿低。避人焚諫草，騎馬欲鷄棲。

此詩但賦退朝之景，意味殊淺。題曰「晚出」，疑有所謂也。乾元元年二月，李輔國判行軍司馬事。四月，册張淑妃爲皇后。五月，張鎬罷。六月，房琯、嚴武等俱貶。然則「雪融城濕」，似喻内寵擅權，小人用事；「雲去殿低」，喻親賢疏遠，其傷李泌、張鎬、房琯諸公乎？時公必有諫草，故第七句緊接，見退朝之所以晚也。

天　河

常時任顯晦，秋至輒分明。縱被微雲掩，終能永夜清。含星動雙闕，昔在朝所見。伴月落邊城。今在塞所見。牛女年年渡，何曾風浪生？

王云：「此刺明皇幸貴妃以致亂也。旨隱詞微，真風人之遺。」

初　月

光細弦欲上，影斜輪未安。微升古塞外，已隱暮雲端。河漢不改色，關山空自寒。庭前有白露，暗滿菊花團。

蔡夢弼曰：「『微升古塞外』，喻肅宗即位于靈武也；『已隱暮雲端』，喻肅宗爲張皇后、李輔國所蔽也。」王云：「此真得作者之意。所謂『光細』二句，亦喻肅宗初即位之時也；『河漢』二句，喻天下之亂如故也；『庭前』二句，喻己之遲暮衰老，無所用于世也。比興深長，可爲解人道，難與俗人言。」

野人送朱櫻

西蜀櫻桃也自紅，野人相贈滿筠籠。數迴細寫愁仍破，萬顆勻圓訝許同。憶昨賜霑門下省，退朝擎出大明宮。金盤玉筯無消息，此日當新任轉蓬。

王叔聞先生云：「『也自紅』三字，已含末四句。」王或庵云：「感慨悲涼，令人低徊不已。如此沒要緊題，却作得極有關係。總之，感慨原在未有詩之先，遇題輒發耳。」

聞官軍收河南河北

劒外忽傳收薊北，初聞涕淚滿衣裳。却看妻子愁何在，漫卷詩書喜欲狂。白日放歌須縱酒，青春作伴好還鄉。即從巴峽穿巫峽，便下襄陽向洛陽。

顧云：「『初聞』而先之『涕淚』，爲君也。」黄維曰：「杜詩之妙，有以意勝者，有以篇法勝者，有以俚質勝者，有以倉卒造次勝者。此詩倉卒間寫出欲歌哭之狀，使人千載如見。」梁鶴林先生曰：「一片元氣包裹而成此詩，豈可以字句求哉！」

撥悶

聞道雲安麴米春，纔傾一盞即醺人。乘舟取醉非難事，下峽消愁定幾巡。長年三老遥憐汝，棙柂開頭捷有神。已辦青錢防雇直，當令美味入吾脣。

此悶極無聊，設想到雲安沽麴米春，醉而撥悶也。通首皆虛境，着意在「聞道」二字。

秋興第五首

蓬萊宮闕對南山，承露金莖霄漢間。西望瑶池降王母，東來紫氣滿函關。雲移雉尾開宫扇，日繞龍鱗識聖顔。一卧滄江驚歲晚，幾迴青瑣點朝班。

《秋興八首》章法聯絡之妙，歷朝來諸家評詳矣。余獨摘此首者，以第四首結曰「故國平居有所思」，乃八首關鍵。下四首皆思故國平居，此則思玄宗，因後曰西禁而追憶其當陽臨御時也。通首皆虛，只第七句一點「秋」字，末句又挽足全首之意。若「驚歲晚」下作一凄凉句，便與上文不稱。「雲移」二句，十四字一氣貫注到「識聖顔」，句奇而字字對仗，尤精工。夫前六句之宫殿、金莖、瑶池、紫氣、獻賦諸事，誰不知之而再鋪陳哉！吾鄉前輩潘南邨詩有《茅屋》一首曰：「板橋纔過石橋連，官路斜分小路前。我有茅堂臨極浦，如今緑樹正參天。離邨一里漁灣火，隔水三家竹塢烟。惆悵此時何所着，不堪遠望思茫然。」即用杜少陵此法。

詠懷古跡五首之三

群山萬壑赴荆門，生長明妃尚有村。一去紫臺連朔漠，獨留青塚向黄昏。畫圖省識春風面，環佩空歸月夜魂。千載琵琶作胡語，分明怨恨曲中論。

顧玉停曰：「《詠懷古跡五首》，前庾信、宋玉，後蜀主、孔明，豈古跡竟無，詠懷絶少，而以明妃厠其中耶？蓋以明妃天地所鍾靈，至今傳頌，而漢帝止從畫圖一識面，終死胡中。貴妃何如人，竟致馬嵬之亂，可傷孰甚？此首全在言外，真卓識。」〇少陵詩有不可解之句，如《詠懷・宋玉》一首曰：「悵望千秋一洒淚，蕭條異代不同時。」夫「異代」即「不同時」，乃作此語，何耶？蓋身雖異代，「摇落」之悲，却似同時人耳。此爲深知宋玉也。《秋興》之「瞿塘峽口曲江頭」，摘出一句，不可解。下云「萬里風烟接素秋」，乃知劉繼莊所謂「兩句合而一句之義始成」，直妙論也。又如「晚節漸于詩律細，誰家數去酒杯寬」，對偶不測。自稱「律細」，何耶？蓋雨中遣悶，戲呈路十九曹長耳。雨中悶極，唯有作詩飲酒，故想路十九也。此皆意在空際之法。

「紀聞」云者，麗少時聞之先君子也。少陵全部箋註，先君子手加訂評，三易稿本。力不能刻，謹鐫所紀，用表先君子讀詩心得云爾。

古詩十九首解

古詩十九首解提要

《古詩十九首解》一卷，據嘉慶間南滙吴氏聽彝堂刊《藝海珠塵》己集本點校。撰者張庚（一六八一—一七五六），字浦山，號瓜田逸史，浙江嘉興人。乾隆元年薦博學鴻詞。有《强恕齋詩文集》。《清史稿》卷二九一著録其有《畫徵録》、《續録》。按自序謂雍正六年戊申館於滿城陳氏，爲弟子説《古詩十九首》，録爲一册。其説承自吴淇《古詩十九首定論》，雖自謂「什僅二三」，實多接吴氏話頭，即連文中所録之胡氏、王氏等語，亦爲吴氏《定論》原引之胡應麟、王世貞語。兩家皆以《論語》説詩旨，議論甚正，饒有情味。張氏之説頗有加深加密原説、青轉勝藍者。如「孟冬寒氣至」一首，謂詩中「三五」、「四五」乃是追數從前之月圓月缺，非當下真見月，以見别離之久；如此方與下半之遠客遺書亦爲追憶之事，而能置諸懷袖、三歲不滅一致也。吴氏則識未及此。其説之細密每如此，尤其十三首而下，吴説漸形粗率，而張説神氣不衰如初，首尾完足，此尤爲補續之功也。

古詩十九首解

張庚纂

睢陽吴氏説《選》詩大有發明，然穿鑿附會，牽强偏執，在在有之。欲求醇全者，什僅二三。雍正戊申，館於滿城陳氏，弟子於正課之暇，以《古詩十九首》請業，因參其説詮解焉。然爲得爲失，究不自知耳。爲録一册，以俟服古者正之。秀水瓜田逸史張庚識。

胡氏曰：「畜神奇於温厚，寓感愴於和平，意愈淺愈深，詞愈近愈遠，篇不可句摘，句不可字求。蓋千古元氣鍾毓一時，而作者以無意發之。故詣絶窮微，掩映千秋。」○吴氏曰：「此漢人選漢詩也。《十九首》不著姓氏，亦猶《三百篇》不著姓氏之遺意也。今尚有可考者，《玉臺新詠》以『西北有高樓』爲枚乘，西漢人也；『冉冉孤生竹』爲傅毅，東漢人也。可見此《十九首》，漢家四百年人材盡在其中，故其詩卓絶古今。」按：「驅車上東門」一篇，「上東門」乃長安東門名，亦似出於西都之人手；「青青陵上柏」一篇言「遊戲宛與洛」，則出於東都之人手，誠兩京詩之萃也。又曰：「《十九首》不出於一手，作於一時，要皆臣不得於君，而託意於夫婦、朋友，深合風人之旨。後世作者皆不出其範圍。《詩品》云：升堂者劉楨，入室者曹植，此外寥寥矣。」○組織風騷，鈞平文質，得性情之正，合和平之旨。義理、聲歌，兩用其極。故能紹已亡之風雅，垂萬禩之規模。有志斯道者，當終身奉以爲的。

行行重行行，與君生別離。相去萬餘里，各在天一涯。道路阻且長，會面安可知。代馬依北風，越鳥巢南枝。相去日已遠，衣帶日已緩。浮雲蔽白日，遊子不顧返。思君令人老，歲月忽已晚。棄捐勿復道，努力加餐飯。

此臣不得於君，而寓意於遠別離也。參吴氏。首言「行行」，遠也；復言「重行行」，久也，即包全篇意。次句「生別離」，即《楚詞》「悲莫悲兮生別離」也。下緊接「相去」四句，見別離易而會面難。曰「相去」、曰「各在」，言君之去我萬餘里，是我於君爲天涯也；我之去君萬餘里，是君於我爲天涯也。見兩相眷之意，已暗伏下「浮雲」句。然「道路阻長」如此，「會面」亦「安可知」乎？「代馬」二句，忽插比興語，有三義：一以緊承上「各在天一涯」，言北者自北，南者自南，永無相見之期；二以依北者北，巢南者南，凡物各有所託，遥伏下「思君」云云，見己之身心，唯君子是託也；三以依北者不思南，巢南者不思北，凡物皆戀故土，見遊子當返，以起下「相去日已」云云。以上言「遠」，完上「行行」二字。「相去日已遠」以下言久也，完下「行行」二字。「遠」字若作「遠近」之「遠」，與上文「相去萬餘里」複矣。惟相去久，故思亦久，以致「衣帶緩」，「帶緩」即伏下「加餐」。「白日」比遊子，「浮雲」比讒間之人。「不顧返」猶言不思返，因「思」字音啞，「顧」字則響。見遊子之心本如白日，其不思反者，爲讒人間之耳。「思君」二句承「衣帶緩」來，己之憔悴，有似於老，而實非衰殘，只因「思君」使然。然屈指從前，「歲月」亦不可不云「晚」矣。妙在「已晚」上著一「忽」字，彼衣帶之緩曰「日已」，逐日拊髀，苦處在漸；歲月之晚曰「忽已」，陡然警心，苦處在頓。漸與頓皆久中之情。「棄捐」二句緊承「令人老」，作轉捩以結，言相思無益，徒令人老，曷若棄捐勿道，且努力加餐，庶幾留得顔色，以冀他日會面也。其孤忠拳拳如此！尤妙在通篇無一怨詞，即以「浮雲」比讒間，亦無懟恨氣，可識詩人之忠厚矣。

青青河畔草，鬱鬱園中柳。盈盈樓上女，皎皎當窗牖。娥娥紅粉粧，纖纖出素手。昔爲倡家女，今爲蕩子婦。蕩子行不歸，空牀難獨守。

此詩刺也。雖莫必其所刺誰何，要亦不外乎不循廉恥而營營之賤丈夫。若以爲直賦倡女，倡女亦何足賦，而費此筆墨耶？起曰「樓上女」，何以便知其爲「倡家女」、爲「蕩子婦」？則以「當窗牖」故。且「當窗牖」而必「紅粉粧」、「出素手」，安知不於樓上招邀乎？因愈知其爲「倡家女」、「蕩子婦」矣。《衛風》云：「自伯之東，首如飛蓬。豈無膏沐，誰適爲容？」貞婦所爲如此。今樓上女反是，故不妨直呼之爲「倡家女」、爲「蕩子婦」也。既是出身「倡家」，嫁於「蕩子」，而當此草青柳鬱之春，自不能獨守空牀矣。然亦何以知其牀之空？則以「蕩子行不歸」故。又何以知其必爲「蕩子」？則以其「行不歸」故。又何以知其「行不歸」，則以此女之「當窗牖」必「紅粉粧」、「出素手」故。使蕩子不行，行而即歸，則嬿昵有情，亦何爲「紅粉粧」、「出素手」，招邀於樓上也？凡士人不能安貧而自衒自媒者，直爲之寫照矣。

青青陵上柏，磊磊澗中石。人生天地間，忽如遠行客。斗酒相娛樂，聊厚不爲薄。驅車策駑馬，遊戲宛與洛。洛中何鬱鬱，冠帶自相索。長衢羅夾巷，王侯多第宅。兩宫遥相望，雙闕百餘尺。極宴娱心意，戚戚何所迫。

此高曠之士自言其無入不自得也。「陵上柏」、「澗中石」，物之可久者，反興人生之不久。「忽如遠行客」，言倏忽如遠行之人，不久即歸也。見人當及時行樂，無爲戚戚所迫。「聊厚不爲薄」，「聊」字、「不爲」字妙甚，言斗酒本薄，我亦未嘗不知其薄，而聊以爲厚，不以爲薄，真足娱樂矣。若不知其薄而以爲厚，則是一厚薄不分憒憒人矣。一旦食前方丈而極宴之，鮮不以向之斗酒爲薄，而以今之極宴爲厚也。由是覬覦之心日熾，覬覦之心熾則必爲戚戚所迫，而汲汲以求之矣。今惟以斗酒之薄而聊厚之以自娱，即入極繁華之場而極宴之，以我視之，亦不過娱心意爲樂，與斗酒何異？所以無入不自得，又何所爲戚戚之迫哉？宛、洛以下寫得極繁盛，上卻著「遊戲」二字，見得人以富貴眩我，我只如遊戲也。其襟懷何等高曠！即「富貴不能淫，貧賤不能移」身分。王氏謂：「此曠遠之士能不以利禄介懷者。」得此詩之旨矣。○前「斗酒」，後「極宴」，寫得厚薄相懸，而以「娱」字一之，「戚戚」一句總結兩「娱」字，法律細密。

今日良宴會，歡樂難具陳。彈箏奮逸響，新聲妙入神。令德唱高言，識曲聽其真。齊心同所願，含意俱未伸。人生寄一世，奄忽若飆塵。何不策高足，先據要路津。無爲守窮賤，轗軻常苦辛。

此因宴會而相感於出處之詩。以「令德」二字爲一詩之綱，以「含意」句爲一篇之樞紐。從前所解，上下截不得融洽者，由於不得綱與樞紐也。古人宴會必作樂，樂必有曲，曲必本乎德。「令德」，曲之情；「高言」，曲之文；「識曲」，識其「令德」、「高言」之盡美；「聽其真」，聽其「令德」、

「高言」之盡善也。良朋宴會，令德相符，固足歡樂；然未有不感於貧賤同困，而不得一展其用也。是則令德之展用，實齊心而同願也，第俱「含意未伸」耳。於是作者爲伸之曰：「人生於世，歲月如飈之揚塵，直奄忽以過，乃抱玆令德而轗軻終身，可不惜哉？」因爲婉言以商之曰：「何不策高足以據要路乎？無爲常守貧賤而轗軻以終身也！」「據要路」即《孟子》「當路」，「當路」方得展用。然細玩「何不」、「無爲」語意，有「然有命也，不可倖致」意。故吳氏以爲大類《論語》「富而可求」章，卻將「如不可求，從吾所好」留作歇後。而後人指爲激詞，目爲詭調，皆未會其意。此說極好。〇「宴會」曰「良」，則非尋常作劇佚遊也；曰「今日」，則非平生所易得也。「歡樂」中上「良」字，從來歡樂莫過於同德相聚。「彈筝」六句，敷陳「歡樂」。「人生」二句，因「歡樂」而生感，即漢武《秋風詞》「歡樂極兮哀情多」意。總完得「今日良宴會」五字，蓋古人起句必包全篇也。

西北有高樓，上與浮雲齊。交疏結綺窗，阿閣三重階。上有絃歌聲，音響一何悲。誰能爲此曲，無乃杞梁妻。清商隨風發，中曲正徘徊。一彈再三歎，慷慨有餘哀。不惜歌者苦，但傷知音稀。願爲雙鳴鶴，奮翅俱高飛。

此抱道而傷莫我知之詩。借「歌者」極寫之，而結以「願爲」二句見意，格局甚好。〇此篇上半易明，惟「不惜」四句，解者每多牽强。吳氏以爲此聽者代之之詞，若曰：「歌之苦我所不惜，難得者知音耳；如有知音，願與同歸矣。」然以上文文勢觀之，此接代詞覺突且無味。蓋此詩本就聽者摹寫，則「不惜」仍是聽者「不惜」。起六句是敘述，「誰能」六句是擬議，結四句乃發論見意也。若謂：「我聽其歌，悲哀慷慨，亦何苦也。然我不惜其苦，所可傷者，世有如此音聲，而竟不得一知者耳！」因自露其意氣，遂慨然曰：「我與若人所抱既同，所遇又同，若得化爲雙鶴，奮翅俱飛，以去此人間，誠所願矣！」○欲寫「歌者」，先位置一樓，「樓」上著一「高」字，又申「與浮雲齊」，言其峻絶出塵也。「交疏」二句雖言深，而接以「三重階」，仍自寫「高」。古人用筆之不雜如此。先出歌聲後出人者，「高樓」之上，「交疏」之中，人之有無不得知，因歌聲知之也。而於人則曰「誰」、曰「無乃」，作猜擬之詞者，蓋雖因歌聲而知樓上有人，然終不知其爲何如人，因即歌聲擬料之。古人用筆之仔細如此。下只就聲音摹寫四句，摹寫聲音，正摹寫其人也。古人用筆之清超如此。至如「高樓」，曰「西北有」，亦非泛就一方向起也，蓋尊之也。《古艷歌》云：「日出東南隅。」是賦艷，故就「東南」寫；此賦感，故就「西北」寫。蓋天地之氣，盛於東南，成於西北，所謂義氣也。故賓位在西北。古人用筆之不泛如此。論杜詩曰「無一字無來歷」，即此意也。若必謂某字出某書，猶是村夫子見識。○古人作詩惟恐露，故多含蓄之；今人作詩惟恐不露，故必明言之。此古今人之所以不相及也。

涉江采芙蓉，蘭澤多芳草。采之欲遺誰，所思在遠道。還顧望舊鄉，長路漫浩浩。同心而離居，憂傷以終老。

此亦臣不得於君之詩。開口「涉江」，何等勇往；中間「還顧」，何等無聊；結語何等悽咽。首尾四十字，真一字一淚。○吴氏曰：「『芙蓉』、『芳草』，喻仁義也。『多芳草』，言富於仁義也。

『遺所思』，報遺於君也。『在遠道』，喻君門九重也。明明『遺所思』，卻先曰『采之欲遺誰』，故作自詰之詞者，宕出下文，以其人之可思，而益顯其道之遠也。」〇此篇解者亦未融洽，由「還顧」二句看不徹也。若謂就所思之居處而言，故曰「遠道」；就我之往從而言，故曰「長路」，非有二也。若然，則直望之可也。夫人心之所思，目必注之，情之常也，何用「還顧」二字，致文意上下不蒙。況明明説出「舊鄉」，則「長路」斷非君門矣。觀「涉江」二字起，明是言身在中途。前瞻君門，則有九重之隔；「還望舊鄉」，則又「長路浩浩」，真進退維谷矣。其所以致此者，良由君心素同而一旦離居故耳。「同心」則所謂一德一心也，而乃「離居」焉，安得不「憂傷以終老」乎？若「所思在遠道」下即接「同心」二句，豈不直捷明快？然少意味，故以「還顧」二句作一波折，然後接出，不但意極婉曲，而局度亦甚紆餘矣。玩「同心而離居」「而」字，必有小人讒間矣。玩「憂傷以終老」「以」字，有甘心處之而無怨意，此忠臣立心也。

明月皎夜光，促織鳴東壁。玉衡指孟冬，衆星何歷歷。白露霑野草，時節忽復易。秋蟬鳴樹間，玄鳥逝安適？昔我同門友，高舉振六翮。不念攜手好，棄我如遺迹。南箕北有斗，牽牛不負軛。良無磐石固，虚名復何益。

此不得於朋友而怨之之詩。起八句雖是序時物，然正意已寓。「明月」曰「皎夜光」，「衆星」曰「何歷歷」，喻平日之交情耿耿不磨也。「露霑草」、「時節易」，喻朋友之志變易也，伏下「不念」句。「蟬鳴樹間」，喻朋友之得所高鳴也，伏下「高舉」句。「玄鳥逝安適」，喻己之失所無歸也，伏下「遺棄」句。曰「同門友」，則是平昔切磋共學，非泛泛交遊可知。曰「攜手好」，則平昔之寘予於懷可知。奈何高舉而棄我如遺也？「南箕」四句，言交情既不能如磐石之固，亦如箕斗徒擁虛名而已。「箕斗」、「牽牛」雖借喻朋友之無益，亦是應上「玉衡」、「衆星」作章法。「促織鳴東壁」，東壁向陽，天氣漸涼，草蟲就暖也。此古人體物之細。○《史記·天官書》：「斗杓指夕，衡指夜，魁指晨。堯時仲秋夕，斗杓指酉，衡指仲冬。」此言「玉衡指孟冬」，則是杓指申，爲孟秋七月也。然「白露」爲八月節，「促織鳴東壁」又即《豳風》「八月在宇」義，「玄鳥逝」又即《月令》「八月玄鳥歸」，然則此詩是七八月之交。舊註泥煞孟冬十月，大謬。吴氏據歷家歲差法，以爲漢去堯時二千餘年，此時仲秋，杓當指申，衡應指孟冬。此説亦未盡然。蓋今時仲秋，杓猶指酉也。

冉冉孤生竹，結根泰山阿。與君爲新婚，兔絲附女蘿。兔絲生有時，夫婦會有宜。千里遠結婚，悠悠隔山陂。思君令人老，軒車來何遲。傷悲蕙蘭花，含英揚光輝。過時而不采，將隨秋草萎。君亮執高節，賤妾亦何爲。

此賢者不見用於世，而託言女子之嫁不及時也。吴氏曰：「『孤生竹』喻己，『泰山』喻夫，『結根』喻託身。但夫婦之會有宜，猶兔絲之生有時，弗可苟也，故又以『兔絲』爲喻。『軒車』，逆女之車也。『來遲』者，以結婚之遠在千里外也。『思君』云云是倒句。『軒車來遲』，故思君致老耳。身固未嘗老，思君致然，即《詩》所謂『維憂用老』也。『傷彼』四句從『老』字來。『含英揚光』，多少自負。誠欲及時見采，不甘與秋草同萎。『君亮』句指『軒車來遲』，爲所思之人占地步，政自占地步，言君之來遲，信執高節矣，我亦何爲而不執高節哉？」○此詩平平敘去起。「過時」一句卻是一篇之主，以上十二句皆此句緣起。結句深一步，以自重其品。「生有時」「時」字即《摽有梅》「迨其吉」「吉」字。「過時」「時」字即「迨其今」「今」字。「賤妾亦何爲」，則視「迨其謂之」高一籌矣。

庭中有奇樹，緑葉發華滋。攀條折其榮，將以遺所思。馨香盈懷袖，路遠莫致之。此物何足貴，但感別經時。

此亦臣不得於臣，而託興於奇樹也。其託興於樹，不以衰爲感，而感於盛，有二義：夫人自少小以至强壯，强壯不過二十年，則日衰矣；樹之由萌蘖以至榮盛，榮盛不過百日，則日衰矣。則其盛也，不誠可惜哉！此詩人所以託興也。有志之士，斷不肯閒玩廢日，董子所以不窺園也。故平時不爲時物所觸，感亦無自而生。一旦見樹之當時芳茂，安得不感己之當時偃蹇？此又詩人之所以託興也。「樹」曰「奇」，則非凡卉矣；曰「庭中有」，則非野植矣。「葉發華滋」，培之厚也。「攀條」而「折榮」，取其精也。「遺所思」，欲獻於君也。「馨香盈懷袖」，餘馥被物也。「莫致之」，深自惜也。寫得極鄭重。先自貴其物如此，卻以「何足貴」一語故抑之，以振出末句，見所感之深。「經時」二字有深意，歲有四時，時有三月，「經時」則歷三月矣。古之人，三月無君，則皇皇如也，能無感乎？「此物」即「其榮」，言「榮」者，誇之以自珍，言「物」者，卑之以尊君。曰「感」不曰「傷」者，「傷」必因乎「衰」，「衰」則過時矣，不復可爲矣，故可「傷」；「感」乃因乎「盛」，「盛」而不見用，尚可冀其用，故曰「感」。○通篇只就「奇樹」一意寫到底，中間卻具千迴百折，更妙在由「樹」

而「條」而「榮」而「馨香」，層層寫來，以見美盛，而以一語反振出「感別」便住，不更贅一語。正如山之蜿蟺迤邐而來，至江以峭壁截住。格局筆力，千古無兩。

迢迢牽牛星，皎皎河漢女。纖纖擢素手，札札弄機杼。終日不成章，泣涕零如雨。河漢清且淺，相去復幾許。盈盈一水間，脈脈不得語。

吴氏曰：「此蓋臣不得於君之詩，特借織女爲寓。通篇不涉渡河一字，只依《毛詩》從織上翻出意來，是他占地步高。後來作家彙千，皆丘垤耳。『迢迢』，君門遼遠也。『皎皎』，貞士潔白也。織乃女子正業，故以爲喻。『纖纖』二句，手不離機杼，所守之貞也。『終日』二句，所守者苦節之貞也。『河漢』二句，可渡而終不渡，所守之貞且堅也。『相去』無幾，只争『一水』，身不得往，語或可聞，然終不肯遥訴一語，所守之貞之苦，並不求其知也。詩中自首至尾，亦不及秋夕一字。終年如此，終月如此，終日如此，所守之貞之苦終古如此也。」〇欲寫織女之繫情於牽牛，欲先用「迢迢」二字將牽牛推遠，以下方就織女寫出許多情致。句句寫織女，句句歸到牽牛，以見其「迢迢」。「皎皎」句與首句是對起，故下雖就織女以寫牽牛之「迢迢」，卻句句仍只寫織女之「皎皎」。蓋「皎皎」，光輝潔白之貌，今機杼之勤，所守之貞，不肯渡河，並不肯告語，皆織女之「皎皎」也。兩兩關寫，無一筆牽纏格礙，豈非千古絶筆？又上既云「迢迢」，下復曰「相去復幾許」，見得近在咫尺，似悖矣，不知神妙正在此悖也。蓋從乎情之不得通而言，則見爲「迢迢」；從乎地之相阻而言，則仍「幾許」。故下一「復」字，若謂雖曰「迢迢」，亦復不遠。愈説得近，則情愈切；情愈切，則境愈覺遠矣。真善於寫遠也。更妙在以「盈盈」二句承結，遂將「迢迢」、「幾許」兩相融貫，謂爲「迢迢」，則又「復幾許」，謂之「相去」只此「幾許」，則又限於「盈盈」而「不得語」；既限於「盈盈」而「不得語」，則雖「幾許」之「相去」，已不啻千里萬里矣，可不謂之「迢迢」乎？人但知「盈盈」二句承「河漢清淺」來，不知其雙貫「迢迢」、「幾許」兩語也。真奇妙莫測。○「青青」章雙疊字六句，連用在前；此章雙疊字亦六句，卻截二句在結處，遂彼此各成一奇局。吴氏曰：「此與『青青』章俱有『纖纖素手』字，彼用一『出』字，的是賣弄春葱，爲倡女之態；此用一『擢』字，的是擲梭情景，爲貞女之事。」

迴車駕言邁，悠悠涉長道。四顧何茫茫，東風摇百草。所遇無故物，焉得不速老。盛衰各有時，立身苦不早。人生非金石，豈得長壽考。奄忽隨物化，榮名以爲寶。

此因不得志於時，而思立名於後也。古人作詩，起句從無泛設之理。讀者往往忽略，所以不得全篇神理。如此詩起用「迴車」二字，用意極深遠。夫人幼而學之，孰不欲壯而行之？迨轍環幾徧，終不得遇，而逝者催老，安得不更而爲「迴車」之思乎？此孔子所以有「歸歟」之歎也。得此意以讀是詩，則全篇神理得矣。「迴車」所見，不將秋景點綴，以致傷遲暮之情，偏就艷陽之春寫者何？正要在春風上逼出「無故物」來。去年之百草不知何去，今東風所摇而新者，又是一番萌蘖。所謂「不覩舊耆老，但見新少年」也，則我老之速可知已。然以盛衰之常理推之，彼我固各有其時，亦何足苦？所苦者，從前歲月徒消鹿鹿，而立身不早耳。今既老矣，而壽考又不可必，將隨物化,可弗寶此榮名乎?此所以亟亟「迴車」也。言外有不得見之事實,則當修之以名於後世。意其不説出者,古人之謙也。聖如孔子,亦只説得「小子之不知所以裁」,未嘗明言「我將裁之,以傳道於來」也。此意是朱子補出。○凡人衰老之感,都就秋物憔悴起興。此獨從三春榮盛寫,妙極矣。蓋秋物雖一日憔悴一日,然畢竟猶有憔悴之骨子在。一經春風,則憔悴者悉化,又換一番新物矣。則吾身之如贅可知,傷何如哉!此即上章就近處寫遠意,「奇樹」篇之感盛亦此意。可識古人用筆冒過數層處。

東城高且長,逶迤自相屬。迴風動地起,秋草淒已緑。四時更變化,歲暮亦何速。晨風懷苦心,蟋蟀傷局促。蕩滌放情志,何爲自結束。燕趙多佳人,美者顔如玉。被服羅裳衣,當户理清曲。音響一何悲,絃急知柱促。馳情整巾帶,沉吟聊躑躅。思爲雙飛燕,銜泥巢君屋。

此蓋傷歲月迫促,而欲放情娛樂也。然以「思」結之,亦可謂「發乎情,止乎義」矣。「東城」二句,就其地以起興。「迴風」四句,言時光易逝,因慨古之懷苦心者,則有若《晨風》之詩;傷局促者,則有若《蟋蟀》之詩。凡此皆自爲拘束,曷若「放情志」以「蕩滌」其「懷」、「傷」乎?其放情志而不自拘束,奈何?莫若艷色新聲矣。「燕趙」之地多「佳人」,其尤者則有玉顔,且盛服當户而理曲,其幺絃促柱之悲音,一何動聽也。既目其如玉之顔,復耳其最悲之曲,而情爲之馳矣。「巾」,冠也;「巾帶」,冠纓也。凡人心慕其人,而欲動其人之親愛於我,必先自正其儀容。「馳情整巾帶」者,致我之敬,以希感動佳人也,正馳情之極也。「沉吟」心口,爲之自忖自語;「躑躅」身足,爲之且前且卻。此是理欲交戰情形，以起下「思爲」云云一結。既而終以爲不可，因思身不得巢君之屋，惟燕得以巢之，遂「思爲飛燕」也。此篇張氏以爲「燕趙」以下另是一首，且以重用「促」字韵爲據。細玩詞意亦是，但從前都作一首，陸平原《擬古》亦作一首擬，仍其舊可也。然必如是解方不牽强，即作兩首，即如是解亦可。○古人詩句句相生，如此詩起云「東城高且長」，下就「長」字接「逶迤相屬」句，以足「長」字之勢；就「逶迤」字生出「迴風動地」句；就「地」字生出「秋草」句；就『秋草』字生出「四時變化」句；就「時變」字生出「歲暮速」句；就「速」字生出「懷」、「傷」二句；就「懷」、「傷」二字生出「放情」二句；就「放情」不拘生出下半首。真一氣相承不斷，安得不移人之情？

驅車上東門，遥望郭北墓。白楊何蕭蕭，松柏夾廣路。下有陳死人，杳杳即長暮。潛寐黄泉下，千載永不寤。浩浩陰陽移，年命如朝露。人生忽如寄，壽無金石固。萬歲更相送，聖賢莫能度。服食求神仙，多爲藥所悮。不如飲美酒，被服紈與素。

此達人自言其所得也。「陰陽」，氣也。「浩浩」，無窮盡也。「移」字妙甚，自古及今，生生死死，更迭相送，都在一「移」字中。即爲聖爲賢，亦莫能度此。若因「莫能度」而求神仙之術，則又謬矣。仙可求乎？求之未有不爲藥所悮而速其死也。然則如之何而可？莫若現前者足以樂矣。《唐風》云：「子有衣裳，弗曳弗婁。宛其死矣，他人是愉。」又曰：「子有酒食，何不日鼓瑟？宛其死矣，他人入室。」依此而言，「不如飲美酒，被服紈與素」之爲得也。○吴氏曰：「『上東門』，長安東門名。『郭北』，西都之北郭，非東都之北邙也。首八句直序下。『浩浩』以下卻用論宗語，猶元人《歎髑髏》雜劇，先取一副髑髏傀儡置場上，然後假借莊生勸世之言。此格甚好。」

去者日以疏，來者日以親。出郭門直視，但見丘與墳。古墓犁爲田，松柏摧爲薪。白楊多悲風，蕭蕭愁煞人。思還故里閭，欲歸道無因。

王氏謂：「此客異鄉，因見古墓而思里閭也。」吴氏以爲「思」字屬死者解。細玩詩意，兩説俱可。依吴氏説，言天地之化無一息之停，無非是去者、來者兩物而已。去日以疏，來日以親，蓋言日親者非真親也，是日疏之因也。親者非親，疏者真疏，其何以堪？「出郭」二句申上「日親」，而「日親」者如是；「古墓」二句申上「日疏」，而「日疏」者如彼，更何以堪？而况目前之「白楊」、「悲風」、「蕭蕭愁」何如耶？結二句因代死者作慘語以自傷，言覩此景狀，死即有知，而興思故里，然欲覓道而歸，則幽明相隔，茫茫無路，將何因也？則人生之可傷何如耶？若依王氏説，上八句解同，結二句言當此時安得不深首丘之思？無如「欲歸」而「道無因」也。「道無因」「道」字當作「引導」解。歸有資斧，則因資斧爲道。或歸有附託，則因附託爲道。兩者俱無，所以久淹也。若作「道路」解，則東西南北，犁然在目，何謂「無因」？

生年不滿百，常懷千歲憂。晝短苦夜長，何不秉燭遊？爲樂當及時，何能待來兹。愚者愛惜費，但爲後世嗤。仙人王子喬，難可與等期。

此教人及時爲樂也。吴氏曰：「通篇以『時』字爲主。『生年不滿百』，人皆知之；『常懷千歲憂』者，爲子孫作馬牛耳。愚謂此二句大概言常人之情如此。『晝短』四句則作者之自得也。人生時日，晝夜各半，即日日爲樂，只得一半，何不繼之以夜，以紓我之生年乎？且在百年之內，又不知七十、六十，可不及現在之時行樂，而欲待不可必之『來茲』乎？因思『懷千歲憂』者，真愚者也。愚者只『愛惜費』，『愛惜費』，憂之效也。『後世』雖泛指，而子孫亦在其中。祖父懷憂惜費，以遺子孫，而子孫恣慾揮霍，不惟旁人嗤其愚，即子孫之揮霍亦是嗤其徒自苦耳。此二句緊頂『千歲憂』句講。結引『王子喬』而歎美之，一以喚醒懷憂者，一以自賢其所得也。」○「仙人」二字從「愚者」楔出。既出「仙人」，便指「王子喬」以實之，否則「王子喬」三字突矣。

凜凜歲云暮，螻蛄多鳴悲。涼風率以厲，遊子寒無衣。錦衾遺洛浦，同袍與我違。獨宿累長夜，夢想見容輝。良人唯古歡，枉駕惠前綏。願得長巧笑，攜手同車歸。既來不須臾，又不處重闈。亮無晨風翼，焉能淩風飛。眄睞以適意，引領遥相睎。徙倚懷感傷，垂涕霑雙扉。

吴氏曰：「首四句俱是敘時。『凜凜』句直敘，『螻蛄』句物，『涼風』句景，『遊子』句事。『錦衾』句引古以起下，言洛浦二女與交甫素昧平生者也，尚有錦衾之遺，何與我同袍者反違我而去也。」此解「遊子」三句極得旨。「同袍」雖違我，我則深思而不能置也。「獨宿」已難堪矣，況「長夜」乎？況「累長夜」乎？於是情念極而憑諸「夢想」，以「見」其「容輝」。「夢」字下粘一「想」字，極致其深情也。又含下慌惚無聊一段光景。「良人」四句，敘夢之得通而感其惠顧，更願其長顧不變而同歸也。曰「唯古歡」，言其原非今之輕浮可比，所謂極致其深情也。「既來」二句咎所夢之不明，「亮無」以下乃因夢而思愈深，悲愈促，恨不能奮飛，惟有「眄睞」「引領」，「感傷」極而「垂涕泣」耳。劉氏以「徙倚」二句爲夢覺景，固非；吴氏通作夢境，亦無味。蓋此詩之妙，在正醒後之一段無聊賴也。○此詩大抵客遊無賴，而思故人拯之。詩境極幽奥。反覆諷誦，淒其欲絶。

孟冬寒氣至，北風何慘慄。愁多知夜長，仰觀衆星列。三五明月滿，四五蟾兔缺。客從遠方來，遺我一書札。上言長相思，下言久離别。置書懷袖中，三歲字不滅。一心抱區區，懼君不識察。

此婦人以君子久役不歸，而致其拳拳也。天寒夜永，愁人處之，何以爲情？「仰觀衆星」，亦是愁極無聊。言「衆星列」，則是下浣之夕，非有月時也。而「三五」云云，是因見「衆星列」而追數從前之月圓月缺，不知經歷多少孤悽之夜矣，以見别離之久，起下「客從」云云。故「三五」、「四五」連敘，非真見月也。從前解者皆不見分曉。客從遠方遺書，亦是追憶昔日之事。書中所言如此，其情非不拳拳於我，因而珍之重之，以置諸懷袖中，見其書如見君子。三歲以來，字猶不滅，區區一心，所抱如此，而良人至今不歸，豈有中變耶？故曰「懼君不識察」。○月之圓缺，亦是借喻君子之離合。「衆星」喻宵小布列。恐君子信讒不察，故因所遺之書，以表區區懷抱也。深情婉曲，愈味愈旨。上下兩層皆爲追想，製局極精。

客從遠方來，遺我一端綺。相去萬餘里，故人心尚爾。文采雙鴛鴦，裁爲合歡被。著以長相思，緣以結不解。以膠投漆中，誰能别離此？

此感恩而自言其歷久不忘也。以「故人心尚爾」一句爲主，若謂從前千思萬想而不得一音，以分棄我如遺矣；今有客遠來，遺我以綺，不覺兜底感切，曰「故人心尚爾」也。我何爲自棄哉？

蓋實見其綺之「文采」爲「雙鴛鴦」也。「尚爾」「爾」字不專指「綺」，指「雙鴛鴦」之「綺」也。此一句直是聲淚俱下。若先出「文采雙鴛鴦」，次寫「故人心尚爾」，豈不更明順？然不見目擊心驚之切，故先寫「故人心尚爾」，次出「文采雙鴛鴦」，是倒句之妙。「綺」爲「雙鴛鴦」，宜爲「合歡」所設，於是「裁爲合歡被」，以俟君子之歸。然又未卜即能歸止，故仍「著以長相思，緣以結不解」，以致深思極感之意。故人遺綺之心如此，是「漆」也；而我裁被之情如此，是「膠」也。故結以「以膠投漆中，誰能別離此」。「別」字入聲，是「分別」之「別」；「離」是「離間」之「離」；「此」字指固結之情，非指膠漆。語益淺而情益深，篇彌短而氣彌長，自是絕調。試以此詩衡後人言情之作，曾有是真摯否？〇此與前篇後半相似。但不知何故，將前篇截去上六句，更不成篇；將此詩亦效前篇法加幾句在頭上，亦不成篇。其故在讀者自得之。

明月何皎皎，照我羅牀幃。憂愁不能寐，攬衣起徘徊。客行雖云樂，不如早旋歸。出户獨彷徨，愁思當告誰？引領還入房，淚下霑裳衣。

此寫離居之情。以客行之樂對照獨居之愁，極有精思。古人作詩，固先有主意，然亦必有所因；有所因，然後主意緣之以出。如此詩以「憂愁」爲主，以「明月」爲因。始而「攬衣徘徊」，既而「出户彷徨」，終而「入房泣涕」，都因「明月」而然，而「憂愁」之苦況遂以切著。若無「明月」，亦惟是「寤擗有摽」而已。起句之不泛設，於此益見。〇因「憂愁」而「不寐」，因「不寐」而「起」，既「起」而「徘徊」，因「徘徊」而「出户」，既「出户」而「彷徨」，因「彷徨」無告而仍「入房」，十句中層次井井，而一節緊一節，直有千迴百折之勢，百讀不厭。○「入房」上著「引領」二字，妙。「引領」猶言「延頸」，當兹無可告語而入房，猶不遽入，而延頸若有所望；又著一「還」字，言終無告矣，只得入房也。其愁情苦致如畫。若此一句不如是極寫，接「淚下」句便少力。

古詩十九首繹

古詩十九首繹提要

《古詩十九首繹》一卷，據光緒十九年刊本點校。撰者姜任修（一六七六—一七五一），字自芸，晚號退耕、白蒲子，江蘇如皋人。康熙六十年進士，官直隸清宛知縣。有《白蒲子編年詩》等。此篇有雍正七年己酉自序。繹者，通説一首之辭意也。其體例仿《毛詩》小序，以首句括一首大旨，如「哀無怨而生離也」、「傷委身失其所也」之類。其説雖無多發明，然甚簡達，而歸於安雅。繹末又頗采近人之説《十九首》者，其中如蔣衡（湘帆）之箋尚存，而朱嘉徵（止谿）、王仲儒（西齋）等，則片言隻語，賴此得存。

《古詩十九首》，不知定自何代。《文選》録之，而分爲二十。《玉臺新詠》存十二而遺其七，謂枚乘八首。《文心雕龍》謂「冉冉孤生竹」一首屬傅毅，載《樂府·雜曲歌辭》。餘亦漢人作，辭有「東都」「宛洛」，鍾參軍且疑爲陳思王詩。近代朱竹垞又指《驅車上東門行》載《樂府·雜曲歌辭》，「生年不滿百」一首係《西門行》古辭，是文選樓中學士裁翦長短句作五言，移易前後，雜糅置之，隱没作者姓氏，人代莫定。但以古人之詩，名曰「古詩」。「古」之云者，對今體而言也。其曰「十九首」，乃舉所集之成數。如删《詩》存三百五篇，非出於一時一手，間或相因類及，而他人有心，不盡同調，統以論次第、篇法則固矣。故各繹音義，均歸安雅，不使學古詩者病於穿鑿傅會云。雍正己酉九秋，退耕姜任脩書於白蒲書塾。

古詩十九首

如皋姜任脩自芸繹

行行重行行，與君生別離。相去萬餘里，各在天一涯。道路阻且長，會面安可知。胡馬依北風，越鳥巢南枝。相去日已遠，衣帶日已緩。浮雲蔽白日，遊子不顧返。思君令人老，歲月忽已晚。棄捐勿復道，努力加餐飯。《玉臺》作枚乘《雜詩》之三。

繹曰：哀無怨而生離也。「悲莫悲兮生別離」，似此行行不已，萬里遥天，相爲阻絶，後會安有期耶？蓋以胡馬越鳥，南北背馳，其勢日遠，其情日傷，帶已寬而人已老矣。此豈君真棄捐我哉？緣邪臣蔽賢，猶浮雲障日，是以一去不復念歸耳。然而不必煩言也，惟努力加餐，保此身以待君子，蓋即「姑酌金罍」之意。譚友夏云：「人知以此勸人，此併以之自勸，風人之忠厚如此。」此賢者不得於君，而託爲之作。「浮雲」句亦有日暮途遠意。太白「浮雲」、「遊子」二句是注脚。

青青河畔草，鬱鬱園中柳。盈盈樓上女，皎皎當牕牖。娥娥紅粉粧，纖纖出素手。昔爲娼家女，今爲蕩子婦。蕩子行不歸，空牀難獨守。《玉臺》作枚乘《雜詩》之五。

繹曰：傷委身失其所也。妙在全不露怨語，只備寫此間、此物、此景、此情、此時、此人，色色俱佳，所不滿者，獨不歸之蕩子耳。結只五字，抵後人數百首閨怨詩。或曰：「躁進而不砥節，故比而刺之。」嚴滄浪謂：「六句連用疊字，今人必以爲重複，古詩正不當以此論之。」沈確士云：

「從『河水洋洋』章化出。」

青青陵上柏，磊磊澗中石。人生天地間，忽如遠行客。斗酒相娛樂，聊厚不爲薄。驅車策駑馬，遊戲宛與洛。洛中何鬱鬱，冠帶自相索。長衢羅夾巷，王侯多第宅。兩宮遥相望，雙闕百餘尺。極宴娱心意，戚戚何所迫。

繹曰：刺貪競不知止也。柏石長存，人僅茫茫過客耳，乃若有迫之使長戚戚者，吾爲即境娱情，以斗酒相娛樂，雖不厚而已非薄矣。目前之交遊名勝，儘堪極盡歡宴，用滿心意，尚何所迫而患得患失，僕僕營求，日不暇給哉？王西齋以謂諷勸雅遊行樂之辭。詩人固有無可奈何，而反其説以相慰藉者。

今日良宴會，歡樂難具陳。彈箏奮逸響，新聲妙入神。令德唱高言，識曲聽其真。齊心同所願，含意俱未伸。人生寄一世，奄忽若飈塵。何不策高足，先據要路津。無爲守窮賤，轗軻長苦辛。

繹曰：欲及時也。設樂地以誘之，謂今日有宴，便可交歡。試就唱曲領取，罔非令德高言，惟在識者之聽而得其真詮，合於人心之不然而同然者耳。至「含意」句，詩聲小頓。下六句從「識曲」時吞吐轉出，代伸曲意，即其真也，即所同願也。所當及此方壯，早圖得志也。首句似從前首「極宴」生來。鍾伯敬云：「歡宴未畢，忽作熱中語，不平之甚。」沈確士云：「據要津，詭辭也。古人感憤，每有此種。」

西北有高樓，上與浮雲齊。交疏結綺牕，阿閣三重階。上有弦歌聲，音響亦何悲。誰能爲此曲，無乃杞梁妻。清商隨風發，中曲正徘徊。一彈再三歎，慷慨有餘哀。不惜歌者苦，但傷知音稀。願爲雙鳴鶴，一作「鴻鵠」。奮翅起高飛。《玉臺》作枚乘《雜詩》之一。

繹曰：閔高才不遇也。居高聞遠，悲音洞宣。爲此曲者，何哀乃爾乎？以曲高和寡，非爲歌苦而愛惜，乃爲知稀而憂傷也。安得如雙鶴和鳴，奮飛塵外，不復向庸耳索識曲哉？宋彊齋云：「明知知音稀，不惜歌聲苦。君子懷寶自傷，往往如此。」王西齋云：「音落黄埃，千秋共歎。」

涉江采芙蓉，蘭澤多芳草。采之欲遺誰，所思在遠道。還顧望舊鄉，長路漫浩浩。同心而離居，憂傷以終老。《玉臺》作枚乘《雜詩》之四。

繹曰：憂終絶也。懷忠事君，死而不容自疏，豈間於遠乎？采芳遺遠，以彼在遠道者，亦正還顧舊鄉，與我有同心耳。夫君心本同，以有離之者而分居闊絶焉。能不「維憂用老」乎？曹子桓《燕歌行》藍本於此。或曰：「枚叔久遊梁，思歸而仿楚聲焉。」

明月皎夜光，促織鳴東壁。玉衡指孟冬，衆星何歷歷。白露沾野草，時節忽復易。秋蟬鳴樹間，玄鳥逝安適。昔我同門友，高舉振六翮。不念攜手好，棄我如遺跡。南箕北有斗，牽牛不負軛。良無磐石固，虚名復何益。

繹曰：撫時思自立也。清秋其忽戒矣，物换星移。我友富貴相忘，棄舊不顧，何以異是？雖有同門式好之名，亦無益耳。箕斗罔施，牽牛弗御，鑒此而悟交之不固，人之不足倚也，可不自立哉？舊説以爲刺友，然君子不責人以恕己，非徒朋友相怨已也。楊升庵云：「漢襲秦制，以十月爲歲首。漢之孟冬，夏之七月也。其曰『孟冬寒氣至，北風何慘慄』，則漢武改秦朔，用夏正以後詩也。三代改朔不改月，古人辨證，博引經傳多矣，獨未引此耳。又唐儲光羲詩『夏王紀冬令，殷人乃正月』，此亦一證。」《補註》云：「『冬』當作『秋』。」蔣湘帆云：「衆星歷歷，先伏箕斗牛女，故末段忽看衆星，指點虛名。」

冉冉孤生竹，結根泰山阿。與君爲新婚，兔絲附女蘿。兔絲生有時，夫婦會有宜。千里遠結婚，悠悠隔山陂。思君令人老，軒車來何遲。傷彼蕙蘭花，含英揚光輝。過時而不采，將隨秋草萎。君亮執高節，賤妾亦何爲。劉彦和作傅毅。《樂府》作「雜曲歌辭」。

繹曰：怨遲暮也。賢者致身而不用，託詠以傷之，曰竹根高結，今則俯就君婚，如兔絲之附女蘿，蓋以生有時，會有宜，固有所爲而爲之。乃婚雖結而路則睽，人已老而車不至，秋蘭萎草，得無傷後時乎？「君亮」句拗得通身峭厲，落末句「亦何爲」，百倍精神。王西齋云：「譬中設譬，曼衍徘徊，詩態獨絶。」沈確士云：「情竟已離，尚不作訣絶怨恨語，詩人温厚和平。」葉岑翁云：「杜詩《新婚別》祖此。」

庭中有奇樹，緑葉發華滋。攀條折其榮，將以遺所思。馨香盈懷袖，路遠莫致之。此物何足貴，《文選》作「貢」。但感別經時。《玉臺》作枚乘《雜詩》之七。

繹曰：美久要也。初與君別，庭花未滋，今則芳馨堪折贈矣。懷中別思，與香俱盈，不惟其物，而惟其意。遠人未得所遺者，亦曷從而知之？蓋「貽筦」、「歸荑」之意。局調亦從此來。朱止谿云：「三閭去國，婕妤辭宮，離而日遠矣，然而睠懷不忘，君子取風焉。」

迢迢牽牛星，皎皎河漢女。纖纖擢素手，札札弄機杼。終日不成章，泣涕零如雨。河漢清且淺，相去復幾許。盈盈一水間，脈脈不得語。《玉臺》作枚乘《雜詩》之八。

繹曰：懼間也。「雖則七襄，不成報章」，「嗟我懷人，寘彼周行」，化此兩意以比之。曰「路遠莫致」，猶可言也，此則徒步山河，覿面千里矣。太白「長門一步地，不肯暫回車」所本。王或庵云：「相隔一水，尚不可即，況萬餘里哉？意中之言，哽塞不出；行墨之外，萬恨千愁。」蔣湘帆云：「代織女目中見其『迢迢』，與末『脈脈』相應。」

迴車駕言邁，悠悠涉長道。四顧何茫茫，東風摇百草。所遇無故物，焉得不速老。盛衰各有時，立身苦不早。人生非金石，豈能長壽考。奄忽隨物化，榮名以爲寶。

繹曰：勸惜陰也。前路茫茫，一往而逝。「少壯不努力，老大徒傷悲」，與草木同朽者，可不疾名之不立哉？或曰：「君子履變而知退也。百年易盡，令名無窮，可不省哉？夫虚名無益，至不得已而託之身後之名，亦可哀矣。」王弇州云：「『千秋萬歲後，榮名安所之？』併名亦無歸也。」蔣湘帆謂：「即令今日回車，目中所見，已非故物；今日即已立身，亦非少壯。」味此始識得《世説》王敬伯問古詩何句最佳，孝伯詠「所遇」二句爲最。

東城高且長，逶迤自相屬。迴風動地起，秋草萋已緑。四時更變化，歲暮一何速。晨風懷苦心，蟋蟀傷局促。蕩滌放情志，何爲自結束。燕趙多佳人，美者顔如玉。被服羅裳衣，當户理清曲。音響一何悲，絃急知柱促。馳情整巾帶，沈吟聊躑躅。思爲雙飛燕，銜泥巢君屋。《玉臺》作枚乘《雜詩》之二。

繹曰：戒志荒也。賢者心乎王室而自達之辭。樂國將衰，君子見危授命之時乎？《晨風》刺秦康之忘業棄賢，《蟋蟀》刺晉僖之儉不中禮，徒自苦耳。求賢可以匡時，唯賢乃心家國，正兩相須也。「佳人」，作者託以自比燕婉之求，曰秋風逼歲，拘拘傷遲暮乎？美人艷曲，燕趙名姬，孰可求美而釋女，女奚不馳情識曲，期兩美之必合耶？沈雲卿「海燕雙栖」本此。《文選》分「結束」上爲一首，「燕趙」下爲一首。静按之，「何爲」句束上領下，勢若建瓴。「佳人」，令聞也；「如玉」，天姿也；「被服」，盛飾也；「當户」，現身也；「音響」，發聲也；「絃急」，情迫也；「馳情」、「沈吟」，臨期鄭重，弱顔故植也，皆可相與「蕩滌放情志」者也。通首奔逸，至此勒韁，未可中分傷格。

驅車上東門，遥望郭北墓。白楊何蕭蕭，松柏夾廣路。下有陳死人，杳杳即長暮。潛寐黄泉下，千載永不寤。浩浩陰陽移，年命如朝露。人生忽如寄，壽無金石固。萬歲更相送，賢聖莫能度。服食求神仙，多爲藥所誤。不如飲美酒，被服紈與素。《樂府》作「雜曲歌辭」。

繹曰：勸達生也。今之視昔，即後之視今。試觀北邙山下，何曾恕過聖賢，亦未見有仙去。飲美酒、服紈素，曉人固當如是。此蓋「對酒當歌」，以爲風諭。王弇州云：「『使我有身後名，不如且飲一杯酒』，蓋前首歎老而欲早立榮名，此並避名而言嗜欲。信陵君飲醇近婦，不得已之極思也。」宋彊齋云：「志士不大用，而寄情于飲食衣服。願愈違，趨愈下。」徐衣言云：「秦皇、漢武欲求長生，死且不免，曷如美酒紈素，反能不死乎？是故求仙似高於八世，誤則殆有甚焉。縱欲反覺較勝，勝心復焉用爲？」

去者日以疏，來者日以親。出郭門直視，但見丘與墳。古墓犂爲田，松柏摧爲薪。白楊多悲風，蕭蕭愁殺人。思還故里閭，欲歸道無因。

繹曰：疾没也。古往今來，大去者誰復與親哉？郭門外一望丘墳，其犂爲田、摧爲薪者，殆日以疏矣。但有悲風日聞，使旅魂愁絶而已。歸路茫茫，故里安在耶？前篇哀其老死，此並哀其死後，更進一層，深於醒世語。淵明《挽詩》學之。或曰：「憫亂者思歸焉。」

生年不滿百，常懷千歲憂。晝短苦夜長，何不秉燭遊？爲樂當及時，何能待來茲。愚者愛惜費，但爲後世嗤。仙人王子喬，難可與等期。

繹曰：懲需也。需者，豕蝨是也。世短憂長，一生吝嗇，徒自苦耳。夜以繼日，樂乃無虛焉。夫人生幾何？即秉燭夜遊，猶嫌其晚，而況不及時爲樂，守錢虜尚復何待？豈能似僊之不老？亦空使千古姍笑爲豕蝨類耳。葉岑翁謂：「即《唐風・山有樞》意。」王西齋云：「重章累歎，無非爲年命不長，行樂已晚。茲欲秉燭夜遊，又進一層矣。陶詩約起二句爲『世短意常多』，特妙。」

附録：西門行

出西門，步念之。今日不作樂，當待何時？逮爲樂，逮爲樂，當及時。何能愁怫鬱，當復待來茲。釀美酒，炙肥牛，請呼心所歡，可用解憂愁。人生不滿百，常懷千歲憂。晝短苦夜長，何不秉燭遊？遊行去去如雲除，敝車羸馬爲自儲。此一曲本辭。《相和歌辭・瑟調曲》。

出西門，步念之。今日不作樂，當待何時？一解。夫爲樂，爲樂當及時。何能坐愁怫鬱，當復待來兹？二解。飲醇酒，炙肥牛。請呼心所歡，可用解愁憂。三解。人生不滿百，常懷千歲憂。晝短而夜長，何不秉燭遊？四解。自非仙人王子喬，計會壽命難與期。自非仙人王子喬，計會壽命難與期。五解。人壽非金石，年命安可期。貪財愛惜費，但爲後世嗤。六解。此一曲晉樂所奏。

凜凜歲云暮，螻蛄夕鳴悲。涼風率已厲，遊子寒無衣。錦衾遺洛浦，同袍與我違。獨宿累長夜，夢想見容輝。良人惟古歡，枉駕惠前綏。願得常巧笑，攜手同車歸。既來不須臾，又不處重闈。亮無晨風翼，焉能凌風飛。眄睞以適意，引領遥相睎。徙倚懷感傷，垂涕霑雙扉。

繹曰：惡媒絶路阻，不得已而託夢通精誠也。天寒袖薄，獨宿衾單。所思不見，惟有夢耳。然當古歡枉駕，以爲惠綏同車，得以永偕歡笑。乃其倏來倏逝，背我分飛，安能假翼往來耶？相見雖博一歡，而目送翻滋涕淚。乃知夢裏良緣，人生亦不可多得。《惜誦》云：「昔予夢登天兮，魂中道而無杭。」此詩所本也。

孟冬寒氣至，北風何慘慄。愁多知夜長，仰觀衆星列。三五明月滿，四五蟾兔缺。客從遠方來，遺我一書札。上言長相思，下言久離别。置書懷袖中，三歲字不滅。一心抱區區，懼君不識察。

繹曰：懼交不忠而怨長也。寒更不寐，夜夜相思。步列星而極明，匪朝伊夕矣。所以然者，感君惠書，恩情深重，中心藏之，無日忘之也。然而君不我見也，安知我之心乎君哉？前篇但言寄情于彼，此則以情見寄，顧我則笑，信假爲真矣。第書至，已言久别，而懷袖三歲，又加久焉。

不蒙知遇，已至於今。區區一心，終身徒抱而已。《惜往日》云「惜壅君之不識」是也，而措辭卻微婉。

客從遠方來，遺我一端綺。相去萬餘里，故人心尚爾。文彩雙鴛鴦，裁爲合歡被。著以長相思，緣以結不解。以膠投漆中，誰能別離此？

繹曰：美合志以止離心也。反爲恩倖之辭。前言萬里棄捐，此則初心不易；前言芳遠莫致，此則遺贈厚儀；前言相去無幾，一水脈脈，此則天涯猶接席也。離心既同，豈復同心能離？永矢綢繆，並不計其識察，較前情更深矣。愈忠厚，愈悲痛。朱止谿云：「先主、孔明，如魚得水。管子言：『生我父母，知我鮑子。』二者足以當之。」

明月何皎皎，照我羅牀幃。憂愁不能寐，攬衣起徘徊。客行雖云樂，不如早旋歸。出户獨彷徨，愁思當告誰？引領還入房，淚下霑裳衣。《玉臺》作枚乘《雜詩》之九。

繹曰：傷末路計無復之也。阮公「薄帷鑒明月」同調。彼爲河清不可俟，此爲遇主終無期。故以月興，曰：生憎明月，偏照愁眠，久客無裨，終竟何樂？悔不旋歸矣！計之不早，歸尚無期，不忍此心之長愁，而陳志無路也，能不悲哉？《九辯》云：「車既駕兮朅而歸，不得見兮心傷悲。倚結軨兮長太息，涕潺湲兮下霑軾。」此詩情景似之。

古詩不但後之讀者稱爲古，昔之作者亦自題爲古，如古歌、古絶句之類，以其音節、神氣是古非今，非謂古有定格，不容增損移動，必若印板而後合者。馮鈍吟之言曰：「李于麟云：『唐無五言古詩，陳子昂以其古詩爲古詩。』然則律詩始於沈、宋，開元、天寶已變矣，亦可云盛唐無律詩，杜子美以其律詩爲律詩乎？」可知古詩只是合古體。自漢以降，風氣或殊，考調審音，均歸一轍。蓋其逐臣棄友、思婦勞人，託境抒情，比物連類，親疏厚薄、死生新故之感，質言之，寓言之，一唱而三歎之。無聲弦指，空外餘音，令諷者歌哭無端。籟由天作，《國風》、《楚騷》，此其嫡嗣乎？《古詩源》云：「清和平遠，不必奇闢之思、驚險之句，而漢京諸詩皆在其下。五言中方員之至也。」吾師白蒲先生，以能理亂絲之心，紬繹於無字句處，得其指歸，良所謂「匡説《詩》，解人頤」者。循途者由是而之焉，其神明變化於規矩與！吴郡門人王康謹識。

春秋詩話

春秋詩話提要

《春秋詩話》五卷，據道光二十六年粤雅堂刊《嶺南遺書》本點校。撰者勞孝輿（一六九六—一七四五），字巨峰，一字阮齋，廣東南海人。雍正十三年拔貢，乾隆元年試博學鴻詞科，報罷。以拔貢歷官貴州龍泉、畢節、鎮遠等縣，卒於任所。有《阮齋詩文集》等。少受知於惠棟，與何夢瑶、羅天尺、蘇珥同爲惠門四君子。此書據盛逢潤序及羅天尺後序，當成於雍正八年至十一年間。係取《春秋左傳》中之涉詩者，分賦詩、引詩、解詩、拾詩、評詩等五類，前三類多以「事」爲旨，頗合「詩話」之例，誠爲章實齋「詩話通於經」説之好例也。

序一

少時讀《孟子》，至「《詩》亡然後《春秋》作」，嘗爲轉一語曰：「《春秋》作而《詩》乃不亡。」聞者或疑之。既而涉獵諸經，以次而治及《春秋》，雖文成數萬，其旨數千，所爲維王迹於勿墜者，未易盡窺其涯涘，而華衮斧鉞寓於筆削，大要與風人美刺之意若合符節。始信曩時所言，亦非謬而不經也。歲癸丑，予初入粤，客端州署，校閱試卷。時同事者爲江南江寧劉君峩厓、廣東南海勞君巨峰，皆博雅士也。月餘内，樽酒論文，刻燭吟詩，頗極人生韵事。試既竣，劉君以病去，勞君乃出所著《春秋詩話》，屬序於予。予心賞其名，及展卷披閱，蓋取《左傳》中與《詩》相附者集爲五卷，曰賦、曰引、曰解、曰拾、曰評，類聚群分，章疏句解，要皆發前人之所未發。其仍繫以《春秋》者，傳固爲經作也。夫不精一經者，不能治諸經；不精諸經者，不能治一經。學者通患，類多不免。今治一《春秋傳》，而《詩》之源流得失，皆於是乎見之。是《春秋》也，而可作《詩》觀乎？通是意者，編年紀月，可以觀《易》；惇庸命討，可以觀《書》；朝聘會同，可以觀《禮》。引而伸之，觸類而長之，其爲開拓萬古之心胸，曷有紀極，寧僅詩話云爾哉？顧予也，暮景飛騰，才疏著述，往往了於心而弗克了於手。而勞君以壯年英發，乃能於舊巢故壘中力開生面，且篤其實而藝者，書之確然，可以信今而傳後。是則予之所俯仰感懷，中惕息而愧讓弗如者也，遂書以復焉。時雍正癸丑季夏上浣，江右禾川年家同學教弟盛逢潤海觀氏拜題於端署梅花書屋。

序二

康熙甲辰，余應歲試，識孝輿場中。時羅履先同余寓仙湖，何報之、陳聖取朝夕相過，孝輿並締交，稱莫逆。諸子皆學使惠公所賞識，同在師門，風義倍敦也。孝輿性情篤雅類履先，風致瀟洒類報之，志大則似聖取。惟聖取不修邊幅，頹然自放，與孝輿頗異。余亦疏慵忤物，而孝輿反並愛之，與諸子共爲耐久交，無異也。嶺南舊爲詩藪，代有名家，惠公嘗勗及門接武。余善病，不能工。履先天才獨絶，超超玄箸。余尤喜其贈遺之作，頌不忘規。報之下筆蘊藉，欲言者無罪，聞者足戒，以合於風人之旨。聖取孤行己意，語多悲痛。孝輿則磊落英多，人謂其五言得王、孟風味。然孝輿不徒以詩鳴，思以其才見於世，所謂志大似聖取者。聖取貢入太學，後舉優行，丞龍游；孝輿亦膺選拔，令黔，相繼没，才士何多不永耶！澳門司馬張公，孝輿同年生也。分守佛山，訪其孤，得所撰《春秋詩話》，梓之以傳，屬履先、報之及余爲序。夫慈母於垂絶之兒，置懷以哺；仁人於久荒之墓，樹表以識。公於孝輿，不令言與俱没，其用心將無同？願公推是心於有政也。嗚呼！孝輿、聖取已矣，余與履先、報之雖幸存，而感念同門，悲深梁木。惠公墓棘與孝輿宿草同湮，無復甄陶劘切，其傷悼何如！惠公著有《春秋説》，孝輿此書，無乃淵源獨得。微司馬之力，孰知河汾之傳，猶有瓣香未墜耶？余將與履先、報之合刻聖取、孝輿所自爲詩，以不死吾友。爰敘是書，以爲乘韋先。乾隆辛未至日，友弟碧江蘇珥。

序三

吾黨工詩者素推羅履先，僕與勞孝輿、陳聖取、蘇瑞一皆不及。顧孝輿善言詩，嘗同飲聖取晚成堂，雨窗夜話。孝輿謂：「《國風》淫詩備列，不知所逸何等？宣尼可作，當不受删《詩》之誚。」又謂：「陳正字碎琴燕市，無異王右丞主第琵琶。」一座首肯。然尚未知其有《春秋詩話》一書也。未幾，聖取宦越，孝輿宦黔，僕亦沿牒象郡，自是杳不相聞。歲辛未，請告里居，柏園張司馬乃爲孝輿刻此書，屬僕讐校。孝輿故善言詩，此書尤卓然可見者。其詩亦日進而工，而所著《阮齋詩鈔》，其子無力授梓，弗克表見當世。用是嘆司馬之高誼爲不可及也。司馬宦粤十數載，所至以慈惠稱，尤折節下士，士之單寒者振之。嘗夜雨乘扁舟訪履先於村塾，又嘗醵金邺詩人汪白岸之貧。昔陳仲舉爲豫章太守，問徐孺子所在，徑造其廬；王東亭作吴郡，與張希祖情好日隆。韓退之贈盧同句：「俸錢給公私。」蘇子瞻貽吕倚詩：「薄少可時助。」司馬既追步古人，兹復有此舉，俾孝輿半生心血不致泯滅無傳，且使讀是書者知孝輿之善言詩，因以知孝輿之工於詩。不特孝輿之幸，亦吾黨之光也。獨是孝輿、聖取著作相埒，兩人並卒於官，遺文散軼，存十一於千百，責在後死者。僕既不能如李建中手寫郭集以待上獻，復不能鏤之金石以永其傳，追念二十年前尊酒論文，徒深舊雨之感。視司馬高誼，能勿愧哉！僕亦少有詩筆，老去不復料理，牙生輟絃於鍾子，匠石廢斤於郢人，冥契既逝，發言莫賞，覆瓿災木，聽之後人。張季鷹云：「使我有身後名，不如生前一杯酒。」比日方與瑞一共遊醉鄉，且讓履先獨步，九原有知，得毋笑我潦倒也。乾隆辛未重陽日，友人何夢瑶敘。

序四

古《詩》學何爲哉？學以用《詩》，學以説《詩》。用《詩》者，如孔子責誦《詩》以達政專對，訓學《詩》以能言是也；説《詩》者，如孔子於端木氏、卜氏許其可與言，孟子謂咸丘蒙説《詩》當以意逆志是也。自六藝之教衰，而《詩》學寖微，旂鼎不銘《大雅》之勳，而里巷莫究先王之澤，士徒抱殘守闕，挾一説以自封。自唐以後，以詩話著者，無慮數百家。君子傷其用之不復見也，或者并其説而失之。此南海勞子《春秋詩話》所由作也。春秋時《詩》亡，而《詩》學不亡。一時列國名卿，魯有穆叔、晉有叔向、衛有甯俞。國小如鄭，子太叔、公孫僑之流，追隨兵車玉帛間，從容揚扢，宗祏賴之。故曰：登高作賦，大夫之才。言其材智深美，可以與圖政事也。又曰：歌詩必類，言各有義，類當從也。類則不跆於言矣，作則施於有政矣。然則春秋，其《詩》學大昌之會乎？聞之文、武、周、召，《詩》之體，三代而上，《春秋》所以與《詩》合；毛、鄭、齊、韓，《詩》之末，三代而下，《春秋》所以與《詩》分。善學者由分致合，出以用顯，而處以書名。俾丘明有傳，不墮膏肓；宣尼既删，别開面目。如勞子者，謂非深於《詩》不可也，謂非深於《春秋》不可也。漢周磐居貧養母，誦《詩》至《汝墳》之卒章，慨然而嘆，乃就舉孝廉。唐郭山惲侍中宗内宴，詔各奏伎，山惲獨誦《鹿鳴》、《蟋蟀》，帝嘉其直。夫猶是《詩》耳，周磐用以爲孝，山惲用以爲忠，猶有春秋諸大夫之遺教焉。若夫言《詩》之家，攟漢剿宋，均失之愚者，則又何也？是書出，其庶可以無憾已。勞子名孝輿，與余同貢禮部，又同辟大科。余不赴，而勞子就試，宰黔中凡十年，卒於官。妻歸，賃兄廡以居，其貧如此。昔孔子讀《詩》而嘆曰：「於《羔羊》見善政之有應，於《伐檀》見賢者之先事後食。」則勞子之學《詩》有效，益可睹矣。余故樂爲公諸世。其藏於家者，有《讀杜竊餘》、《阮齋文鈔》、《詩鈔》若干卷。乾隆十六年，歲在重光協洽相月既望，宣城年眷弟張汝霖書。

春秋詩話卷一

南海勞孝輿阮齊撰

賦詩

《風》詩之變，多春秋間人所作；而列國名卿，皆作賦才也。然作者不名，述者不作，何歟？蓋當時祇有詩，無詩人。古人所作，今人可援爲己詩；彼人之詩，此人可賡爲自作，期於言志而止。人無定詩，詩無定指，以故可名不名，不作而作也。《記》曰：「詩言志。在心爲志，發言爲詩。」春秋之賦《詩》者具在，可以觀志，可以觀《詩》矣。敘《賦詩》。

秦穆公享晉公子重耳，公子賦《河水》，逸詩，義取朝宗於海。公賦《六月》。趙衰口：「重耳拜賜。」公子降，拜，稽首。公降一級而辭焉。衰曰：「君稱所以佐天子者命重耳，重耳敢不拜！」

賦《詩》贈答，春秋始此。兩雄相當，意氣逼人。隱隱有「當今英雄，惟孤與使君」意。

文公如晉，晉侯享公，賦《菁菁者莪》。莊叔以公降拜，曰：「小國受命於大國，敢不慎儀？君貺之以大禮，何樂如之？抑小國之樂，大國之惠也。」晉侯降，辭。登，成拜。公賦《嘉樂》。

頌不忘規，《詩》之教也。以樂倡，即以樂答，一唱一和，視後人步韵往復者，倍有深情。

甯武子來聘，公與之宴，爲賦《湛露》及《彤弓》。不辭，又不答賦。使行人私焉，對曰：「臣以爲肄業及之也。昔諸侯朝政於王，王宴樂之，於是乎賦《湛露》。則天子當陽，諸侯用命也。諸侯敵王所愾，而獻其功。王於是乎賜之彤弓一、彤矢百、旅弓矢千，以覺報宴。今陪臣來繼舊好，君辱貺之，其敢干大禮以自取戾？」

此作《詩》之旨，即作《春秋》之旨也。一段大議論，輕輕從杯酒間説出，遂覺魯之郊禘、八佾紛紛無益，祇成妄人。彼初不解《湛露》、《彤弓》是何物也，大抵當時名卿不乏作賦才，而大識見、大學問如武子者僅見耳，宜聖人嘆爲不可及也！厥後穆叔不拜《文王》、《肆夏》，一依粉本。其武子詩教，遂傳於魯歟？

先蔑之使於秦，迎公子雍也。荀林父止之，曰：「夫人、太子猶在，而外求君，此必不行。子以疾辭，若何？不然，將及。攝卿以往可也，何必子？同官爲寮，吾嘗同寮，敢不盡心乎？」弗聽。爲賦《板》之三章。義取其聽芻蕘之言也。林父剛人，其深情乃如此。

公如晉，且尋盟。衛侯會公於沓，請平於晉。公還，鄭伯會公於棐，亦請平於晉。公皆成之。鄭伯宴公，子家賦《鴻雁》。季文子曰：「寡君未免於此。」文子賦《四月》，子家賦《載馳》之四章，文子賦《采薇》之四章。鄭伯拜，公答拜。

《鴻雁》，自言寡弱，祈相卹也；《四月》，言己行役之勞，將歸祭，未遑也；《載馳》，更告急也；《采薇》，言不敢安居也。四詩拉遝稱引，各各不言而喻，而當時大國憑陵，小國奔命之苦，淒然如見。

季文子如宋致女，復命，公享之，賦《韓奕》之五章。穆姜出於房，再拜曰：「大夫勤辱，不忘先君以及嗣君，施及未亡人，先君猶有望也。敢拜大夫之重勤。」又賦《緑衣》之卒章而入。取思古人而獲我心也。

《韓奕》，取其事之切；《緑衣》，略其事而取其意。同時共賦，而各不同，古人不執泥如此。可爲詩法。

穆叔如晉，晉侯享之。金奏《肆夏》之三，不拜。工歌《文王》之三，又不拜。歌《鹿鳴》之三，三拜。韓獻子使行人問之，曰：「子以君命辱於敝邑，先君之禮，藉之以樂，以辱吾子。吾子舍其大，而重拜其細，何也？」對曰：「三《夏》，天子所以享元侯也，使臣弗敢與聞。《文王》，兩君相見之樂也，臣不敢及。《鹿鳴》，君所以嘉寡君也，敢不拜嘉？《四牡》，君所以勞使臣也，敢不重拜？《皇皇者華》，君教使臣曰『必諮於周』，臣聞之：訪問於善爲咨，咨親爲詢，咨禮爲度，咨事爲諏，咨難爲謀。臣獲五善，敢不重拜？」

意本甯武，而屬詞婉至，娓娓動人，不亢不諂，自是對大國之體。可見古人之善脱化處。至其訓詁之精細，直是漢儒玉律金科。

范宣子來聘，告將用師於鄭。公享之。宣子賦《摽有梅》。欲及時相赴伐鄭也。季武子曰：「誰敢哉？今譬於草木，寡君在君，君之臭味也。歡以承命，何時之有？」武子賦《角弓》。賓將出，武子賦《彤弓》。宣子曰：「城濮之役，我先君文公獻功於衡雍，受彤弓於襄王，以爲子孫藏。匄也，先君守官之嗣，敢不承命？」君子以爲知禮。

「草木」、「臭味」句妙有詩情。《彤弓》之賦，甯武所不敢聽，此則受而不辭。看他請出天子，歸功先君，就詩中「藏」字牽合自己，遂令賦者、受者俱覺有謂。東坡云：「作詩必此詩，定知非詩人。」詩豈有定指哉！

向之會，將執戎子駒支，范宣子親數之，責其漏洩言語。對曰：「昔秦人負恃其衆，貪於土地，逐我諸戎。惠公蠲其大德，謂我諸戎是四岳之裔胄也，毋是翦棄。賜我南鄙之田，狐狸所居，豺狼所嗥。我諸戎除翦其荆棘，驅其狐狸豺狼，以爲先君不侵不叛之臣，至於今不貳。昔文公伐鄭，秦人竊與鄭盟而舍戍焉，於是乎有殽之師。晉禦其上，戎亢其下，秦師不復，我諸戎實然。譬如捕鹿，晉人角之，諸戎犄之，與晉踣之。戎何以不免？自是以來，晉之百役，與我諸戎相繼於時，以從執政，猶殽志也。豈敢離遢？今官之師旅，無乃實有所闕，以攜諸侯，而罪我諸戎。我諸戎飲食衣服不與華同，贄幣不通，言語不達，何惡之能爲？不與於會，亦無瞢焉。」賦《青蠅》而退。宣子辭焉。使即事於會，成愷悌也。

《青蠅》一賦，分明當面指斥，而反動宣子者，「愷悌」二字，入人心曲，使人意消，所謂温柔敦厚之教也。《左氏》一注，非弄筆姿，乃明戎子一席話得力却在此耳。然戎亦能賦，可知當時詩教入人之深。

夏，諸侯之大夫從晉侯伐秦。及涇，不濟。叔向見叔孫穆子，穆子賦《匏有苦葉》。叔向退而具舟。

倉卒師行，矢口成賦，想《三百篇》久爲諸名卿奚囊中物。

孫文子如戚，孫蒯入使。公飲之酒，使太師歌《巧言》之卒章。喻父子居河上，將爲亂階。太師辭，師曹請爲之。初，公有嬖妾，使師曹誨之琴，師曹鞭之。公怒，鞭師曹三百。故師曹歌之，以怒文子。文子遂作亂。

此詩禍也，然詩不任受過，顧用之何如耳。

春，晉侯與諸侯宴於温，使諸大夫舞，曰：「歌《詩》必類。」齊高厚之《詩》不類，荀偃怒且曰：「諸侯有異志矣。」

拈出一「類」字，説詩入妙。今之詩人不戚而憂、未衰而老、無疾而呻吟者，抑何不類之甚！

穆叔如晉聘，且言齊故。晉人辭。穆叔曰：「以齊人之朝夕釋憾於敝邑之地，是以大請。敝邑之急，朝不及夕，引領西望曰：『庶幾乎！』比執事之間，恐無及也。」見中行獻子，賦《祈父》。獻子曰：「偃知罪矣。敢不從執事以同恤社稷，而使魯及此！」見范宣子，賦《鴻雁》之卒章。宣子曰：「匄在此，敢使魯無鳩乎！」

穆叔於春秋時賦《詩》最多。此章兩賦，俱感名卿，動容相謝。知其風雅之氣深矣。

季武子如晉拜師，晉侯享之。范宣子賦《黍苗》。武子興，再拜稽首，曰：「小國之仰大國也，如百穀之仰膏雨焉。若常膏之，其天下輯睦，豈唯敝邑？」賦《六月》。

詞旨雅令，擷《詩》之腴。

齊及晉平，故穆叔會范宣子於柯。穆叔見叔向，賦《載馳》之四章。叔向曰：「肹敢不承命。」季武子如宋，報向戌之聘也。褚師段逆之以受享，賦《常棣》之七章以卒。宋人重賄之。歸，復命，公享之，賦《魚麗》之卒章。公賦《南山有臺》。武子去所，曰：「臣不堪也。」

賦《常棣》而獲重賄，歸而受大宴，武子亦榮矣哉。抑《南山》之詩贊國基焉，頌中有譏。是時專政，公室已卑，武子聞而驚避，其宜矣。

晉人執衛侯。齊侯、鄭伯爲衛侯如晉，晉侯兼享之。晉侯賦《嘉樂》，國子相齊侯賦《蓼蕭》，子展相鄭伯賦《緇衣》。叔向命晉侯拜二君，曰：「寡君敢拜齊君之安我宗祧也，敢拜鄭君之不貳也。」國子使晏平仲私於叔向，請衛侯。叔向告趙文子，文子以告晉侯。晉侯使叔向言衛侯之罪於二君。國子賦「轡之柔矣」，逸詩。子展賦「將仲子兮」。言人言可畏。晉侯乃歸衛侯。

國君見執，怨鉅矣，仇深矣，豈可以口舌爭哉！二三君子善於解紛，但於杯酒賦咏間宛轉開諷，而晉怒可平，衛難已解。甚矣，詩之善移人情也。長門雖棄，舊愛未忘，長卿僅得詩意，遂橫致千金。小儒從而詫之，抑何少見多怪哉！

齊慶封來聘，其車美。叔孫曰：「服美不稱，必以惡終。美車何爲？」與之食，不敬。賦《相鼠》，亦不知也。

鄭伯享趙孟於垂隴，子展、伯有、子西、子産、子太叔、二子石從。趙孟曰：「七子從君，以寵武也。請皆賦，以卒君貺，武亦以觀七子之志。」子展賦《草蟲》，趙孟曰：「善哉，民之主也。抑武也，不足當之。」伯有賦《鶉之賁賁》，趙孟曰：「牀笫之言不踰閾，況在野乎？非使人之所得聞也。」子西賦《黍苗》之四章，趙孟曰：「寡君在，武何能焉？」子産賦《隰桑有阿》，趙孟曰：「武請受其卒章。」「中心藏之，何日忘之。」子太叔賦《野有蔓草》，趙孟曰：「吾子之惠也。」印段賦《蟋蟀》，趙孟曰：「善哉，保家之主也。吾有望矣。」公孫段賦《桑扈》，趙孟曰：「『彼交匪敖』，福將焉往？若保是言也，欲辭福，得乎？」卒享。文子告叔向曰：「伯有將爲戮矣。詩以言志，志誣其上，而公怨之，以爲賓榮，其能久乎？幸而後亡。」叔向曰：「然，已侈。所謂不及五稔者，夫子之謂也。」文子曰：「其餘皆數世之主也。子展其後亡者也，在上不忘降。印氏其次也，樂而不荒。樂以安民，不淫以使之，後亡，不亦可乎？」

垂隴一享，七子賦詩，春秋一大風雅場也。惟七子中有伯有，正如竹林中有王戎，殊敗人意。厥後被髮之厲，卒如趙孟所料。倉卒一賦，遂足定終身，此中機括，微哉，微哉！非深得於《詩》者，未易語此也。

建安七子、大曆七子，若明之前、後七子，皆以「七」名，風流勝事，相倣如此。或曰：子謂「作者七人」，亦有所指云。豈其然歟？

慶封來奔，獻車於季武子，美澤可以鑑。展莊叔見之曰：「車甚澤，人必瘁，宜其亡也。」叔孫穆子食慶封。慶封氾祭，穆子不悦，使工爲之誦《茅鴟》。刺不敬。亦不知，既而奔吴。

前賦《相鼠》，今誦《茅鴟》，奚落已甚。然叔孫亦可謂對牛鼓簧，不憚煩矣。《茅鴟》詩名趣甚，惜其逸矣。想必活畫一醉漢形容。

公如楚，季武子取卞。公惡其疏己，不敢入。榮成伯賦《式微》以歸。

長歌當哭，安得不歸？至再世而鸜鵒來歌，正乃欲歸不得耳。魯之未造，蹭蹬至此，悲夫！

虢之盟，令尹享趙孟，賦《大明》之首章，趙孟賦《小宛》之二章。事畢，趙孟謂叔向曰：「令尹自以爲王矣，何如？」對曰：「王弱，令尹强，其可哉。雖可，不終。」趙孟曰：「何故？」曰：「强以克弱而安之，强不義也。不義而强，其斃必速。《詩》曰：『赫赫宗周，褒姒滅之。』强不義也。」

《大明》之賦，得意在「赫赫」二字。叔向即引《詩》「赫赫」二語，見不足恃。赫赫而得，則可爲文王；赫赫而失，則滅於褒姒。孰謂《春秋》非詩史哉！

夏四月，趙孟、叔孫豹、曹大夫入於鄭，鄭伯兼享之。子皮戒趙孟，禮終，趙孟賦《瓠葉》。義取薄物以獻也。子皮遂戒穆叔，且告之。穆叔曰：「趙孟欲一獻，子其從之。」子皮曰：「敢乎？」及享，具五獻之籩豆於幙下。趙孟辭，私於子産曰：「武請於冢宰矣。」乃用一獻。趙孟爲客，禮終乃宴。穆叔賦《鵲巢》，喻晉有國而趙孟治之也。趙孟曰：「武不堪也。」又賦《采蘩》，曰：「小國爲蘩，大國省穡而用之，其何實非命？」子皮賦《野有死麕》之卒章，趙孟賦《常棣》，且曰：「吾兄弟比以安，庬也可使無吠。」穆叔、子皮及曹大夫興，拜，舉兕爵曰：「小國賴子，知免於戾矣。」飲酒樂。趙孟出，曰：「吾不復此矣。」

歌《瓠葉》以辭重享，雅甚；賦《常棣》以安吠庬，奇甚。主賓二詩，本不相蒙，看他牽合情理宛然，如此説《詩》，豈復有粘滯之病哉！尤妙贈答之前，有一穆叔，《鵲巢》、《采蘩》，互爲映發，愈有波瀾。至群賢舉兕，争奉顔色，則狐虎之威，跋扈飛揚，分明畫出一則禮樂征伐自太夫出之世界矣。此會乃趙孟極得意之舉，是左公極著意之文，與前范宣子受彤弓同一洗發，閲者毋草草忽之。

韓宣子來聘，且告爲政也。觀《書》於太史氏，見《易》、《象》、《春秋》，曰：「周禮盡在魯矣，吾乃今知周公之德與周之所以王也。」公享之，季武子賦《緜》之卒章。以韓子比四臣也。韓子賦《角弓》。武子拜曰：「敢拜子之彌縫敝邑。寡君有望矣。」賦《節》之卒章。言晉德可以畜萬邦。既享，宴於季氏，有嘉樹焉，宣子譽之。武子曰：「宿敢不封殖此樹，以無忘《角弓》。」遂賦《甘棠》。宣子曰：「起不堪也，無以及召公。」

因詩及樹，因樹不忘詩，絶妙詩情，遂爲千秋佳話。

宣子自齊聘於衛，衛侯享之。北宫文子賦《淇澳》，宣子賦《木瓜》。

鄭伯如楚，楚子享之，賦《吉日》。既享，子産乃具田備，王以田江南之夢。

明王不作，雅詩既亡，僭侈之君，得而用之。子産雖捷敏將順，良苦矣。

宋華定來聘，通嗣君也。享之，爲賦《蓼蕭》，不答賦。君子曰：「必亡。宴語之不懷，寵光之不宣，令德之不知，同福之不受，將何以在？」

即用詩語作斷案，映發絶佳。

鄭六卿餞宣子於郊。宣子曰：「二三子請皆賦，起亦以知鄭志。」子齹賦《野有蔓草》，宣子曰：「孺子善哉，起有望矣。」子産賦鄭之《羔裘》，宣子曰：「起不堪也。」子太叔賦《褰裳》，宣子曰：「起在此，敢勤子至於他人乎？」子太叔拜。宣子曰：「善哉，子之言是。不有是事，其能終乎？」子游賦《風雨》，子旗賦《有女同車》，子柳賦《蘀兮》，宣子喜曰：「鄭其庶乎！二三君子以君命貺起，賦不出鄭志，皆暱燕好也。二三君子，數世之主也，可以無懼矣。」宣子皆獻馬焉，而賦《我將》。子産拜，使五卿皆拜，曰：「吾子靖亂，敢不拜德。」

按：六詩自《羔裘》美大夫外，餘如《同車》、《扶蘇》、《蘀兮》，《序》以爲刺忽者，固爲不根。若朱《傳》以爲皆淫詩，而莫淫於《褰裳》。誠如其言，諸卿不且自揚國醜乎？大抵詩人取興，多托之男女綢繆之辭以言其情。王平仲云：「《蔓草》一詩，子太叔賦於垂隴，子齹以餞韓宣，孔子與程木子傾蓋而賦。古人於君臣朋友間，每托言配偶；至流連想慕之際，多言美人，其非淫奔之詩也明矣。此佳人芳草，《騷》之所以托始也歟？」

自垂隴七子賦詩後，至此二十有一年，復有六卿之賦。鄭以孱國處必争之地，諸君子以風雅之氣，扶持勿衰，孰謂詩人無益人家國哉？

餞行賦詩始此。

小邾子穆公來朝，公與之宴。季武子賦《采菽》，穆公賦《菁菁者莪》。昭子曰：「不有以國，其能久乎？」

二十五年春，叔孫婼聘於宋。公享昭子，賦《新宫》。昭子賦《車轄》。

右列國公卿大夫宴享贈答，而賦《詩》者三十一則，自僖公二十三年春秦穆享重耳起，用《河水》，逸詩。至昭公二十五年叔孫婼聘宋而訖。用《新宫》，亦逸詩。穆公賦《六月》，而以興重耳之霸；昭子賦《車轄》，而無救於昭之亡。合觀二百年間興衰成敗之迹，歌之類與不類，可以見其志之所之矣。

補遺

吴人既敗楚，申包胥如秦乞師，立依於秦庭而哭，日夜不絶聲，勺飲不入口七日。秦哀公爲之賦《無衣》，九頓首而坐。秦師乃出。

春秋詩話卷二

南海勞孝輿阮齊撰

解詩

解《詩》者，因《詩》作解也。左氏傳《春秋》，未嘗解《詩》，今曰「解《詩》」，毋乃誣《傳》并誣《詩》歟？曰：不誣也。左氏傳《春秋》，故解《詩》也。未有《春秋》先有《詩》，凡征伐、宴享、廟謨、野俗，一寓於《詩》，此文、武志也。既無《詩》，乃有《春秋》，文、武大法寓於《春秋》，此孔子志也。左氏體孔子志，作《傳》傳《春秋》，猶孔子體文、武志，作《春秋》以繼《詩》。然則全《傳》皆解《詩》也，誣云乎哉？余之摘其一二語以爲《詩》解者，但就《詩》言《詩》，猶淺之乎解《詩》者也。序《解詩》。

周鄭交質，既而交惡。君子曰：「信不由中，質無益也。明恕而行，要之以禮，雖無有質，誰能間之？苟有明信，澗溪沼沚之毛，蘋蘩薀藻之菜，筐筥錡釜之器，潢汙行潦之水，可薦於鬼神，可羞於王公；而況君子結二國之信，行之以禮，又焉用質？《風》有《采蘩》、《采蘋》，《雅》有《行葦》、《泂酌》，昭忠信也。」

本引詩體，然拈出「忠信」二字，遂爲四詩的解。

衛莊公娶於齊東宫得臣之妹，曰莊姜，美而無子。衛人所爲賦《碩人》也。

此説《詩》標題解也，特見者四：此與衛之《新臺》、《載馳》，鄭之《清人》，秦之《黄鳥》是也。左氏傳《春秋》，學最博，而尤好説《詩》，詩之關時事者往往標出。獨怪春秋時事之見於《詩》者，如《叔于田》之刺莊，《同車》、《扶蘇》、《蘀兮》、《狡童》之刺忽，《蟋蟀》之刺僖，《山有樞》、《揚之水》、《椒聊》之刺昭，《無衣》、《杕杜》之美武，《葛生》、《采苓》之刺獻，《車鄰》、《駟鐵》之美秦，如此類者，不一而足。《左傳》雖非詩史，然何不一偶及之耶？

夫左氏説《詩》，每於他處泛引廣説，而事之關切者輒遺之，豈左氏博學不逮毛公歟？此《小序》所以與紫陽以隙也，然諸《詩》往往雜見傳中，又未必盡如朱説。則楚固失之，齊亦未爲得耳。大抵《詩》之作必有題，而善讀者不可有題，非謂《詩》本無題也。學者生千載後，不得起千載以上之人而請業焉。事在渺茫，而强爲之題，牽《詩》以就我，則有題已無《詩》，不如無題，《詩》尚在也。試觀諸名卿所賦何《詩》，其《詩》何題哉？余故就此一題，發解《詩》之大凡，以與解人參之。

衛宣公烝於夷姜，生急子，屬諸左公子。爲娶於齊而美，公娶之。《新臺》之詩所由作也。

戴嬀大歸於陳，莊姜作詩以送之，其末章曰：「仲氏任只，秉心塞淵。終温且惠，淑慎其身。先君之思，以勗寡人。」

公欲平宋、鄭，盟於句瀆之丘，又會於虚。冬，又會於龜。宋公辭平，公與鄭伯盟於武父，遂伐宋。無信也。君子曰：「苟信不繼，盟無益也。《詩》云：『君子屢盟，亂是用長。』無信也。」

句瀆、虚、龜，解「屢」字確。「信」字是骨，無信故盟，盟愈無信。屢盟則屢無信，安得不長亂哉？解得痛快。

衛侯朔入於衛，放黔牟於周，放甯跪於秦，殺左公子洩、右公子職，乃即位。君子以二公子之立黔牟爲不度矣。夫能固位者，必度於本末，而後立衷焉。不知其本，不謀；知本之不枝，弗强。《詩》云：「本支百世。」

此本引《詩》例，然「本末」二字講得透快，乃將詩句一點，大旨躍然，不煩言而解。作解《詩》觀，悠然有味。

狄人伐邢，管仲言於齊侯曰：「戎狄豺狼，不可厭也。諸夏親暱，不可棄也。晏安酖毒，不可懷也。《詩》云：『豈不懷歸，畏此簡書。』簡書，同惡相恤之謂也。請救邢以從簡書。」

「簡書」二字，解得嚴正。尊攘霸業，皆簡書中經濟也。古人讀書得力處如此。

狄滅衛，戴公廬於漕。許穆夫人賦《載馳》。

鄭棄其師，鄭人爲之賦《清人》。

王將以狄伐鄭，富辰諫，略曰：「召穆公思周德之不類，故糾合宗族於成周而作詩，曰：『常棣之華，鄂不韡韡。凡今之人，莫如兄弟。』其四章曰：『兄弟鬩於墻，外禦其侮。』如是，則兄弟雖有小忿，不廢懿親。」

林堯叟曰：此詩本周公閔管、蔡之作。今富辰以爲穆公作，蓋周樂久廢，穆公所作，蓋周公樂歌也。

鄭子臧好聚鷸冠，鄭伯惡之，使盜殺之於陳宋之間。君子曰：「服之不衷，身之災也。《詩》曰：『彼其之子，不稱其服。』子臧之服不稱也？夫《詩》曰：『自貽伊戚。』其子臧之謂矣。《夏書》曰：『地平天成。』稱也。」

以《書》釋《詩》，可見古人讀書貫通處。以天地釋「稱」字，豎義宏敞，訓詁小儒，能無咋舌！

按：《春秋》至僖二十四年爲八十年矣，至此始引用列國之《風》，前所引者皆《雅》《頌》。可知《風》詩皆隨時所作，如《碩人》、《清人》之類是也。而《左氏》不悉標出者，大抵《風》詩未必有切指之題，《小序》之傅會，可盡信哉？

城濮之戰，君子謂晉文公其能刑矣，三罪而民服。《詩》云：「惠此中國，以綏四方。」不失賞刑之謂也。

不特賞是惠，即刑亦是惠，「惠」字之解乃全。子産用猛政，鑄刑書，仲尼以爲古之遺愛，是也。

箕之役，先軫黜狼瞫，而立續簡伯。狼瞫怒。其友曰：「盍死之？」曰：「吾未獲死所。」其友曰：「吾與女爲難。」瞫曰：「《周志》有之：『勇則害上，不登於明堂。』死而不義，非勇也。共用之謂勇。吾以勇求右，無勇而黜，亦其所也。謂上不我知，黜而宜，乃知我矣。子姑待之。」及彭衙，既陳，以其屬馳秦師，死焉。晉師從之，大敗秦師。君子謂狼瞫於是乎君子。《詩》曰：「君子如怒，亂庶遄沮。」又曰：「王赫斯怒，爰整其旅。」怒不作亂，而以從師，可謂君子矣。

看「怒」字絶妙見解。人知詑孟子論大勇之奇闢，誰知濫觴於此。

大事於太廟，躋僖公。君子以爲失禮，禮無不順。祀，國之大事也，而逆之，可謂禮乎？子雖齊聖，不先父食久矣。故禹不先鯀，湯不先契，文、武不先不窋。宋祖帝乙、鄭祖厲王，猶上祖也。是故

《魯頌》曰：「春秋匪解，享祀不忒。皇皇后帝，皇祖后稷。」君子曰禮，謂其后稷親而先帝也。《詩》曰：「問我諸姑，遂及伯姊。」君子曰禮，謂其姊親而先姑也。

諸姑伯姊，從來謂《詩》偶然趁韵耳。一經搜剔，便有至理。解人當作如是觀。

秦伯任好卒，以子車氏之三子爲殉，皆秦之良也。國人哀之，爲之賦《黄鳥》。君子曰：「秦穆之不爲盟主也宜哉！死而棄民。先王違世，猶詒之法，而況奪之善人乎？《詩》曰：『人之云亡，邦國殄瘁。』若之何奪之？」

橐泉之殉，自是坑儒家法。左公箋《詩》，非爲秦穆惜霸業，蓋爲天下後世哭善人也。一唱三嘆，淒惋欲絶。有國家者，何可不誦《詩》！

邲之戰，潘黨請築京觀。楚子曰：「非爾所知也。夫文，止戈爲『武』。武王克商，作《頌》曰：『載戢干戈，載櫜弓矢。我求懿德，肆於時夏，允王保之。』又作《武》，其卒章曰：『耆定爾功。』其三曰：『鋪時繹思，我徂維求定。』其六曰：『綏萬邦，屢豐年。』杜注此三、六之數，疑爲楚樂歌次第。夫武，禁暴、戢兵、保大、定功、安民、和衆、豐財者也，故使子孫無忘其章。今我使二國暴骨，暴矣！觀兵以威諸侯，兵不戢矣！暴而不戢，安能保大？猶有晉在，焉得定功？所違民欲猶多，民何安焉？無德而强争諸侯，何以和衆？利人之幾，而安人之亂，以爲己榮，何以豐財？武有七德，我無一焉，何以示子孫？其爲先君宫，告成事而已，武非吾功也。」

歷敘諸詩，看出武王純是神武不殺作用，識解卓絶。如此學問，小儒莫輕議霸主也。愚嘗謂五霸除宋襄不足道，楚莊、秦穆的是桓、文對手，而且過之。楚之吃虧，無奈聖人説出「左衽」二字，遂爲後世耳食者藉口。於是一部《春秋》成了鐵板爰書，楚人終古寄棘移郊矣。不然，平心而論，如桓之好内，文之懷安，若無管、趙諸賢，二公一酒色公子耳，豈曾夢見楚王雄風耶？

晉郤至如楚聘，楚子享之，子反相，爲地室而縣焉。郤至將登，金奏作於下，驚而走出。子反曰：「日云暮矣，寡君須矣，吾子其入也。」賓曰：「君不忘先君之好，施及下臣，貺之以大禮，重之以備樂。如天之福，兩君相見，何以代此？下臣不敢。」子反曰：「如天之福，兩君相見，無亦一矢以相加遺，焉用樂？寡君須矣，吾子其入也。」賓曰：「若讓之以一矢，禍之大者，其何福之爲？世之治也，諸侯間於天子之事，則相朝也。於是乎有宴、享之禮。享以訓共儉，宴以示慈惠。共儉以行禮，而慈惠以布政。政以禮成，民是以息。百官承事，朝而不夕。此公侯所以扞城其民也。《詩》曰：『赳赳武夫，公侯干城。』及其亂也，諸侯貪冒，侵欲不忌，争尋常以盡其民，略其武夫，以爲腹心、股肱、爪牙。故《詩》曰：『赳赳武夫，公侯腹心。』天下有道，則公侯能爲民干城，而制其腹心；亂則反之。今吾子之言，亂之道也，不可以爲法。然吾子，主也，至敢不從？」

兩章裁作兩解，不依詩解，却大會得詩人之旨。此又同一詩而斷章各義之法也。

穆叔如晉，解三《夏》及《文王》、《鹿鳴》之三。

此條解詩，詳細見上《賦詩》。

晉韓獻子告老，公族穆子有廢疾，將立之，辭曰：「《詩》曰：『豈不夙夜，謂行多露。』又曰：『弗躬弗親，庶民弗信。』無忌不才，讓，其可乎？請立起也。與田蘇游，而曰好仁。《詩》曰：『靖共爾位，好是正直。神之聽之，介爾景福。』恤民爲德，正直爲正，正曲爲直，參和爲仁。如是，則神聽之，介福降之。立之，不亦可乎？」

穆子邃於《詩》解如此，其有太伯、子臧之德也宜矣。

衛孫文子來聘，公登亦登。叔孫穆子相，趨進曰：「諸侯之會，寡君未嘗後衛君。今吾子不後寡君，寡君未知所過，吾子其少安！」孫子無辭，亦無悛容。穆叔曰：「孫子必亡。爲臣而君，過而不悛，亡之本也。《詩》曰：『退食自公，委蛇委蛇。』謂從者也。衡而委蛇，必折。」

將「委蛇」分出「從」、「衡」來，解得大奇。

晉侯以樂之半賜魏絳，絳辭曰：「夫和戎，國之福也。八年之中，九合諸侯，諸侯無慝，君之靈也。臣何力之有焉？抑臣願君安其樂而思其終也。《詩》曰：『樂只君子，殿天子之邦。樂只君子，福禄攸同。便蕃左右，亦是率從。』夫樂以安德，義以處之，禮以行之，信以守之，仁以厲之，而後可以殿邦國、同福禄、來遠人，所謂樂也。」

「樂」字中有如許妙義，從來誦《詩》順口便過，孤負古人也。

晉侯蒐於緜上以治兵。大夫讓位。晉國之民是以大和。君子曰：「讓，禮之主也，范宣子能讓，其下皆讓。欒黶爲汰，弗敢違也。晉國以平，數世賴之。刑善也夫！一人刑善，百姓休和。《書》曰：『一人有慶，兆民賴之，其寧惟永。』其是之謂乎！周之興也，其《詩》曰：『儀型文王，萬邦作孚。』言刑善也。及其衰也，其《詩》曰：『大夫不均，我從事獨賢。』言不讓也。世之治也，君子尚能而讓其下，小人農力而事其上，是以上下有禮，而讒慝黜遠，由不争也，謂之懿德。及其亂也，君子稱其功以加小人，小人伐其技以馮君子，是以上下無禮，亂虐並生，由争善也，謂之昬德。」

楚子囊還自伐吴，卒。遺言謂子庚：「必城郢。」君子謂：「子囊忠。君薨不忘增其名，將死不忘衛社稷，可不謂忠乎？忠，民之望也，《詩》曰：『行歸於周，萬民所望。』忠也。」

忠爲民望，「望」字不浮。

楚公子午爲令尹，公子罷戎爲右尹，蔿子馮爲大司馬，公子櫜師爲右司馬，公子成爲右司馬，屈到爲莫敖，公子追舒爲箴尹，屈蕩爲連尹，養由基爲宫廄尹，以靖國人。君子謂：「楚於是能官人。官人，國之急也，能官人，則民無覦心。《詩》云：『嗟我懷人，寘彼周行。』能官人也。王及公、侯、伯、子、男、甸、采、衛、大夫，各居其列，所謂『周行』也。」

「周行」二字，看出詩人雙關之妙。故知《卷耳》思賢，的是確解。

子産寓書於范宣子，略曰：「僑聞君子長國家者，非無賄之患，而無令名之難。夫令名，德之輿也；德，國家之基也。有基無壞，無亦是務乎！有德則樂，樂則能久。《詩》云：『樂只君子，邦家之基。』有令德也夫。『上帝臨女，無貳爾心。』有令名也夫。」

解「基」字實落，解「樂」字透徹。《詩》詁那得如此名通。

聲子通使於晉，還，令尹子木問晉故焉，且曰：「晉大夫與楚孰賢？」對曰：「晉卿不如楚，其大夫則賢，皆卿材也。如杞梓皮革，自楚往也。雖楚有材，晉實用之。」子木曰：「夫獨無族姻乎？」對曰：「雖有，而用楚材實多。歸生聞之，善爲國者，賞不僭而刑不濫。賞僭，則懼及淫人；刑濫，則懼及善人。若不幸而過，寧僭無濫。與其失善，寧其利淫。無善人，則國從之。《詩》云：『人之云亡，邦國殄瘁。』無善人之謂也。《夏書》曰：『與其殺不辜，寧失不經。』懼失善也。《商頌》有之曰：『不僭不濫，不敢怠皇。命於下國，封建厥福。』此湯之所以獲天福也。」

解「僭」、「濫」暢快，直至受福。天人之理，微眇可思。下面文多不録。

公如楚，過鄭，伯有廷勞於黄崖，不敬。穆叔曰：「伯有無戾於鄭，必有大咎。敬，民之主也，而棄之，何以承守？鄭人不討，必受其辜。濟澤之阿，行潦之蘋藻，寘諸宗室，季蘭尸之，敬也。敬可棄乎？」

將「敬」字暗解詩中「齋」字，譜出季女小名，足補葩壇軼傳。

爲宋災故，諸侯之大夫會，以謀歸宋財。既而，無歸於宋，故不書其人。君子曰：「信，其可不慎乎！澶淵之會，卿不書，不信也。夫諸侯之上卿，會而不信，寵名皆棄，不信之不可也如是。《詩》曰：『文王陟降，在帝左右。』信之謂也。又曰：『淑慎爾止，無載爾僞。』不信之謂也。」

以「信」字説「陟降」、「左右」，精微可參。

衛侯在楚，北宫文子見令尹之威儀，言於衛侯曰：「令尹似君矣，將有他志。雖獲其志，不能終也。《詩》云：『靡不有初，鮮克有終。』終之實難，令尹其將不免。」公曰：「何以知之？」對曰：「《詩》云：『敬慎威儀，維民之則。』令尹無威儀，民無則焉。民所不則，以在民上，不可以終。」公曰：「何謂威儀？」曰：「有威可畏，謂之威；有儀可象，謂之儀。君有君之威儀，其臣畏而愛之，則而象之，故能有其國家，令聞長世。臣有臣之威儀，其下畏而愛之，則而象之，故能守其官職，保族宜家。順是以下皆如是，是以上下能相周也。《衛詩》曰：『威儀棣棣，不可選也。』言君臣、上下、父子、兄弟、内外、大小，皆有威儀也。《周詩》有曰：『朋友攸攝，攝以威儀。』言朋友之道，必相教訓以威儀也。《周書》數文王之德曰：『大國畏其力，小國懷其德。』言畏而愛之。《詩》云：『不識不知，順帝之則。』言則而象之也。」

「威儀」，不特解詩透闢，可作一則古禮經。

大雨雹，季武子問於申豐曰：「雹可禦乎？」對曰：「聖人在上，無雹。雖有，不爲災。古者，日在北陸而藏冰，西陸朝覿而出之。其藏冰也，深山窮谷，固陰沍寒，於是乎取之。其出之也，朝之禄位，賓食喪祭，於是乎用之。其藏之也，黑牡秬黍，以享司寒。其出之也，桃弧棘矢，以除其災。其出入也時。食肉之禄，冰皆與焉。大夫命婦，喪浴用冰。祭寒而藏之，獻羔而啓之，公始用之。火出而畢賦。自命夫命婦，至於老疾，無不受冰。山人取之，縣人傳之，輿人納之，隸人藏之。夫冰以風壯，而以風出。其藏之也周，其用之也偏。則冬無愆陽，夏無伏陰，春無淒風，秋無苦雨，雷不出震，無菑霜雹，癘疾不降，民不夭札。今藏川池之冰棄而不用，風不越而殺，雷不發而震，雹之爲災，誰能禦之？《七月》之卒章，藏冰之道也。」

本意引《詩》證藏冰，却已爲《七月》作一的確箋注。就中寫出聖人調燮作用，直是彌綸天地。

古人讀書，見解如此。

夏四月甲辰朔，日有食之。晉侯問於士文伯曰：「《詩》所謂『彼日而食，於何不臧』，何謂也？」對曰：「不善政之謂也。國無政，不用善，則自取謫於日月之災，故政不可不慎也。務三而已：一曰擇人，二曰因民，三曰從時。」

盟於平邱，子産争承，晉人許之。仲尼謂：「子産於是行也，足以爲國基矣。《詩》曰：『樂只君子，邦家之基。』子産，君子之求樂者也。」且曰：「會諸侯，藝貢事，禮也。」

《左氏》每於《詩》所不經意，詮出妙解，「樂」字下一「求」字，奇甚。

晏子與齊侯論和同，略曰：「和如羹焉，水、火、醯、醢、鹽、梅，以亨魚肉，燀之以薪，宰夫和之，齊之以味，濟其不及，以洩其過。君子食之，以平其心。君臣亦然。君所謂可而有否焉，臣獻其否以成其可；君所謂否而有可焉，臣獻其可以去其否。是以政平而不干，民無争心。故《詩》曰：『亦有和羹，既戒既平。鬷格無言，時靡有争。』先王之濟五味、和五聲也，以平其心，成其政也。聲亦如味，一氣、二體、三類、四物、五聲、六律、七音、八風、九歌，以相成也；清濁、大小、短長、疾徐、哀樂、剛柔、遲速、高下、出入、周疏，以相濟也。君子聽之，以平其心，心平德和。故《詩》曰：『德音不瑕。』今據不然。君所謂可，據亦曰可；否，亦曰否。若以水濟水，誰能食之？若琴瑟之專一，誰能聽之？同之不可也若是。」

「和」字妙解，因味及聲、及心，而總歸於德。可見飲食、音樂，俱有至理，即在生人大欲中。

鄭子産有疾，謂子太叔曰：「我死，子必爲政。唯有德者能以寬服民，其次莫若猛。火烈，則民畏之，故鮮死焉；水懦弱，民狎而翫之，則多死。故寬難。」疾數月而卒。太叔爲政，不忍猛而寬，鄭國多盜，取人於萑苻之澤。太叔悔之曰：「吾早從夫子，不及此。」興徒兵以攻盜，盡殺之，盜少止。仲尼曰：「政寬則民慢，慢則糾之以猛；猛則民殘，殘則施之以寬。寬以濟猛，猛以濟寬，政是以和。《詩》曰：『民亦勞止，汔可小康。惠此中國，以綏四方。』施之以寬也。『毋縱詭隨，以謹無良。式遏寇虐，憯不畏明。』糾之以猛也。『柔遠能邇，以定我王。』平之以和也。又曰：『不競不絿，不剛不柔。布政優優，百禄是遒。』和之至也。」

以「寬」、「猛」、「平」、「和」解四詩，妥協。

魏獻子與魏戊縣，謂成鱄曰：「人以我爲黨乎？」對曰：「何也！戊之爲人也，遠不忘君，近不偪同，居利思義，在約思純，有守心而無淫行，雖與之縣，不亦可乎！昔武王克商，光有天下，其兄弟之國者十有五人，姬姓之國者四十人，皆舉親也。夫舉無他，唯善所在，親疏一也。《詩》曰：『惟此文王，帝度其心。莫其德音，其德克明。克明克類，克長克君。王此大國，克順克比。比於文王，其德靡悔。

既受帝祉，施於孫子。』心能制義曰度，德正應和曰莫，照臨四方曰明，勤施無私曰類，教誨不倦曰長，賞慶刑威曰君，慈和偏服曰順，擇善而從曰比，經緯天地曰文。九德不愆，作事無悔，故襲天禄，子孫賴之。主之舉也，近文德矣。」仲尼聞之也，以爲義，曰：「近不失親，遠不失舉，可謂義矣。」又聞其命賈辛也，以爲忠。「《詩》曰：『永言配命，自求多福。』忠也。魏子之舉也義，其命也忠，其長有後於晉國乎！」

泛引文王，詞諛而誇矣。然其疏剔九德，鑿鑿有味其言之。

鄭駟歂殺鄧析，而用其竹刑。君子謂：「子然於是乎不忠。苟有可以加於國者，棄其邪可也。《静女》之三章，取彤管焉。《干旄》『何以告之』，取其忠也。故用其道，不棄其人。《詩》云：『蔽芾甘棠，勿翦勿伐，召伯所茇。』思其人，猶愛其樹；況用其道，而不恤其人乎？」

《干旄》取忠，《甘棠》愛人，經生家常談也。《静女》取彤管，先生能無反脣哉！知其解者，可爲説《詩》長一格矣。然細按二「取」字文義，皆於不美中取其美者，則《干旄》亦《静女》類耳。《詩》豈有一定之柄哉！何今之泥《詩》柄者，紛紛高叟之多也，噫！

右《左傳》解《詩》三十三則，本引《詩》例也，而其中往往就《詩》作解，於《詩》多所發明。或解以其題，如《碩人》、《黄鳥》之類是也；或解以其事，如日食、藏冰之類是也；或解其大旨，如《蘋》《蘩》之忠信,《卷耳》之周行之類是也;或訓詁其字義,如《四牡》之周咨以及九德之類是也;或大暢其詞,而另闢一解;或斷取其義,而不泥其文:俱可作解《詩》觀。總之,解不一解,亦無定解,得其解者,進乎解矣。

補遺

秦納惠公,謂公孫枝曰:「夷吾其定乎?」對曰:「臣聞之,唯則定國。《詩》曰:『不識不知,順帝之則。』文王之謂也。又曰:『不僭不賊,鮮不爲則。』無好無惡,不忌不克之謂也。今其言多忌克,難哉!」公曰:「忌則多怨,又焉能克?是吾利也。」

君臣所解「忌」、「克」,皆洞入世情,自是霸主本領。

春秋詩話卷三

南海勞孝輿阮齊撰

引詩

引《詩》者，引《詩》之説以證其事也。事，主也；《詩》，賓也。然如斷獄焉，《詩》則爰書也，引之斷之，而後事之是非曲直，錙銖不爽其衡，則又事爲賓而《詩》爲主。知引《詩》之詩爲主，可與説《詩》矣。序《引詩》。

鄭伯克段於鄢，遂寘其母於城潁，而誓之曰：「不及黄泉，毋相見也。」既而悔之。潁考叔聞之，有獻於公。公賜之食，食舍肉。公問之，對曰：「小人有母，皆嘗小人之食矣，未嘗君之羹，請以遺之。」公曰：「爾有母遺，繄我獨無？」潁考叔曰：「敢問何謂也？」公語之故，且告之悔。曰：「君何患焉，若闕地及泉，隧而相見，其誰曰不然？」公從之，遂爲母子如初。君子曰：「潁考叔，純孝也，愛其母，施及莊公。《詩》曰：『孝子不匱，永錫爾類。』其是之謂乎！」

「類」，作同類説，意味深長，孟子所謂「天下之爲父子者定」是也。

宋穆公卒，殤公即位。君子曰：「宋宣公可謂知人矣。立穆公，其子享之，命以義夫。《商頌》曰：『殷受命咸宜，百祿是荷。』其是之謂乎！」

即以宋詩作證，確甚切甚。

齊侯欲以文姜妻鄭太子忽，忽辭。人問其故，曰：「人各有耦，齊大，非吾耦也。詩曰：『自求多福。』在我而已，大國何爲？」

鄭忽守正，兩辭齊昏，此獨行君子之所爲也。竟使折脇之禍移於魯桓，豈非自求多福哉？小儒好以成敗論人，遂咎其守小節而失大援，抑何其不樂與人爲善也！《小序》於《扶蘇》、《蔓草》等詩指爲刺忽者，不一而足，甚至詆爲狡童，獨何心歟？抑何見歟？

齊侯使敬仲爲卿，辭曰：「羈旅之臣，幸若獲宥，及於寬政，赦其不閑於教訓，而免於罪戾，弛於負擔。君之惠，所獲多矣，敢辱高位，以速官謗？請以死告。《詩》曰：『翹翹車乘，招我以弓。豈不欲往，畏我友朋。』」逸詩。

晉侯使士蔿爲二公子築蒲與屈，不慎，寘薪焉。夷吾訴之，公使讓之。士蔿稽首而對曰：「臣聞之：無喪而戚，憂必讎焉；無戎而城，讎必保焉。寇讎之保，又何慎焉？守官廢命，不敬；固讎之保，不忠。失忠與敬，何以事君？詩云：『懷德維寧，宗子維城。』君其修德而固宗子，何城如之，三年將尋師焉，焉用慎？」

議論之奇，納諫之巧，不必更言，妙在天然。「城」字引用確當，古人讀書有用如此。

荀息不食言，里克弑卓子，死之。君子曰：「《詩》所謂『白圭之玷，尚可磨也；斯言之玷，不可爲也。』」

於此可悟《詩》之可以言處，却在謹言。

齊侯使管敬仲平戎於王，王以上卿之禮享之，受下卿之禮而還。君子曰：「管仲之世祀也宜哉！讓不忘其上。《詩》曰：『愷弟君子，神所勞矣。』」

晉侯及秦伯戰於韓，獲晉侯。惠公在秦，請韓簡子曰：「先君若從史蘇之占，吾不及此。」對曰：「龜，象也；筮，數也。物生而後有象，象而後有滋，滋而後有數。先君之敗德，及可數乎？史蘇是占，勿從何益！《詩》曰：『下民之孽，匪降自天。僔沓背憎，職競由人。』」

天人之理，曲盡幽微，惜彼昏之不悟耳。

宋人伐曹，討不服也。子魚曰：「文王聞崇亂而伐之，軍三旬而不降；退修教而復伐之，因壘而降。《詩》曰：『刑于寡妻，至于兄弟，以御于家邦。』今君德無乃猶有所闕，而以伐人，若之何？」

富辰言於王曰：「請召太叔。《詩》曰：『協比其鄰，昏姻孔云。』吾兄弟之不協，焉能怨諸侯之不睦？」

僖公卑邾，不設備而禦之。臧文仲曰：「無國小，不可易也。無備，雖衆，不可恃也。《詩》云：『戰戰兢兢，如臨深淵，如履薄冰。』又曰：『敬之敬之，天惟顯思，命不易哉！』先王之明德，猶無不難也，無不懼也，況我小國乎！君其毋謂邾小，蜂蠆有毒，而況國乎！」

臼季薦冀缺於晉侯，文公曰：「其父有罪，可乎？」對曰：「舜之罪也殛鯀，其舉也興禹。管敬仲，桓之賊也，實相以濟。《康誥》曰：『父不慈，子不祇，兄不友，弟不恭，不相及也。』《詩》曰：『采葑采菲，無以下體。』君取節焉可也。」

殽之役，秦大夫請殺孟明。秦伯曰：「是孤之罪也。周芮良夫之詩曰：『大風有隧，貪人敗類。聽言則對，誦言如醉。匪用其良，覆俾我悖。』是貪故也，孤之謂矣。孤實貪以禍夫子，夫子何罪？」使復爲政。

此可與楚子不築京觀合觀。一善於居功，一善於處過。可見秦、楚二雄皆深得力於《詩》者，桓、文豈能及此！此《秦誓》所以與《典》、《謨》並垂不朽歟。

趙成子言於大夫曰：「秦師又至，將必辟之，懼而增德，不可當也。《詩》曰：『毋念爾祖，聿修厥德。』孟明念之矣。」

秦伯伐晉，晉人不出，封殽尸而還，遂霸西戎。君子以是知秦穆公之爲君也，舉人之周也，與人之壹也；孟明之臣也，其不解也，能懼思也；子桑之忠也，其知人也，能舉善也。《詩》曰：「于以采蘩，于沼于沚。于以用之，公侯之事。」秦穆有焉。「夙夜匪解，以事一人。」孟明有焉。「貽厥孫謀，以燕翼子。」子桑有焉。

三引《詩》，各有至理。孟明之有，顯而易見；子桑之有，遽至貽謀。可知薦賢者慶流子孫，則蔽賢者毒流後世矣。識見極高，議論極大。若秦穆之有，乃至以用人之事謀及祖宗，微哉，微哉！非神明於《詩》而不泥其解者，豈見及此？

逆婦姜於齊，卿不行，非禮也。君子以是知出姜之不允於魯也，曰：「貴聘而賤逆之，君而卑之，立而廢之，棄信而壞其主，在國必亂，在家必亡。不允宜哉！《詩》曰：『畏天之威，于時保之。』敬主之謂也。」

《左傳》多事後傅會，然其論以「敬」爲主，自是名言。

楚人滅江，秦伯爲之降服，出次，不舉，過數。大夫諫，公曰：「同盟滅，雖不能救，敢不矜乎？吾自懼也！」君子曰：「《詩》云：『惟彼二國，其政不獲。惟此四國，爰究爰度。』其秦穆之謂矣。」

既痛逝者，行自念也，賢君憂勤惕勵如此。此秦之所以日大歟？

齊侯侵我西鄙，謂諸侯不能也。遂伐曹，討其來朝也。季文子曰：「齊侯其不免乎？己則無禮，而討於有禮者。『女何故行禮？』禮以順天，天之道也。己則反天，而又討人，難以免矣。《詩》曰：『胡不相畏，不畏于天。』君子之不虐幼賤，畏于天也。《周頌》曰：『畏天之威，于時保之。』不畏于天，將何能保？以亂取國，奉禮以守，猶懼不終。多行無禮，弗能在矣！」

兩引「天」字以言禮。禮有天，禮爲有本；天有禮，天不落空。古人晰理精細如此。

宋華元殺羊食士，其御羊斟不與。及戰，羊斟曰：「疇昔之羊，子爲政；今日之事，我爲政。」與入鄭師，故敗。君子請：「羊斟非人也，以其私憾，敗國殄民，於是刑孰大焉？《詩》所謂『人之無良』者，其羊斟之謂乎？殘民以逞。」

羊斟何足責，責以「無良」者，所以罪華元之失人也。

士會諫晉靈公，三進，及溜，而後視之，曰：「吾知所過矣，將改之。」對曰：「人誰無過，過而能改，善莫大焉。《詩》曰：『靡不有初，鮮克有終。』夫如是，則能補過者鮮矣。君能有終，則社稷之固也，豈唯群臣賴之。又曰：『衮職有闕，唯仲山甫補之。』能補過也。君能補過，衮不廢矣。」

趙穿攻靈公於桃園。宣子亡，未出山而復。太史書曰：「趙盾弑其君。」以示於朝。宣子曰：「不然。」對曰：「子爲正卿，亡不越竟，反不討賊，非子而誰？」宣子曰：「嗚呼！『我之懷矣，自貽伊戚。』其我之謂矣。」

會於攢函，狄服也。晉大夫欲召狄。郤成子曰：「吾聞之，非德，莫如勤；非勤，何以求人？能勤，有繼。其從之也。《詩》曰：『文王既勤止。』文王猶勤，況寡德乎！」

「文王猶勤」句，振起庸人無限惰氣。天下學人皆當銘之座右，誦一再過。

晉師救鄭，鄭及楚平，桓子欲還，隨武子曰：「善。會聞用師，觀釁而動。德、刑、政、事、典、禮不易，不可敵也。今楚德立、刑行、政成、事時、典從、禮順，若之何敵之？見可而進，知難而退，軍之善政也。兼弱攻昧，武之善經也。子姑整軍而經武乎！猶有弱而昧者，何必楚？仲虺有言『取亂侮亡』，兼弱也。《汋》曰：『於鑠王師，遵養時晦。』耆昧也。《武》曰：『無競惟烈。』撫弱耆昧，以務烈所，可也。」

以「養晦」爲「攻昧」，另一解也。

邲之役，鄭石制實入楚師，將以分鄭，而立公子魚臣。辛未，鄭殺僕叔及子服。君子曰：「史佚所謂『毋怙亂』者是也。《詩》曰：『亂離瘼矣，奚其適歸。』歸於怙亂者也夫？」

晉侯賞桓子狄臣千室，亦賞士伯以瓜衍之縣。羊舌職曰：「《周書》所謂『庸庸祇祇』者，謂此物也。士伯用中行伯，君信之，亦用士伯，此之謂明德矣。文王所以造周，不是過也。故《詩》曰：『陳錫載周。』能施也。率是道也，其何不濟！」

士會獻狄俘，王以黻冕命士會將中軍，且爲太傅。於是晉國之盜逃奔於秦。羊舌職曰：「吾聞之，『禹稱善人，不善人遠』，此之謂也夫。《詩》曰：『戰戰兢兢，如臨深淵。如履薄冰。』善人在上也。善人在上，則國無幸民。諺曰：『民之多幸，國之不幸也。』是無善人之謂也。」

范武子將老，召文子曰：「燮乎！吾聞之，喜怒以類者鮮，易者實多。《詩》曰：『君子如怒，亂庶遄沮。君子如祉，亂庶遄已。』君子之喜怒，以已亂也。弗已者，必益之。郤子其或者欲已亂於齊乎？不然，余懼其益之也。余將老，使郤子逞其志，庶有豸乎！爾從二三子，唯敬。」

此武子一則家訓。君子喜怒以已亂，是學問中語。弗已則益，是閱歷中語。皆從《詩》得來。可見當時名卿醞釀之深醇也。

鞍之役，賓媚人賂晉師。晉人不可，曰：「必以蕭同叔子爲質，而使齊之封内盡東其畝。」對曰：「蕭同叔子非他，寡君之母也。若以匹敵，則亦晉君之母也。吾子布大命於諸侯，而曰『必質其母以爲信』，其若王命何？且是以不孝令也。《詩》曰：『孝子不匱，永錫爾類。』若以不孝令於諸侯，其毋乃非德類也乎？先王疆理天下，土物之宜，而布其利。故《詩》曰：『我疆我理，南東其畝。』今吾子疆理諸侯，而曰『盡東其畝』而已，唯吾子戎車是利，無顧土宜，其毋乃非先王之命也乎？反先王則不義，何以爲盟主？其晉實有闕，四王之王也，樹德而濟同欲焉；五伯之霸也，勤而撫之，以役王命。今吾子求合諸侯，以逞無疆之欲，《詩》曰：『布政優優，百禄是遒。』子實不優，而棄百禄，諸侯何害焉？」

兩折晉人，三引《詩》以暢其説，皆中情理。《詩》可以言，信矣。

巫臣將取夏姬，盡室以行。申叔跪遇之，曰：「異哉！夫子有三軍之懼，而又有桑中之喜，宜將竊妻以逃者也。」

戲言，不宜直斥。借《桑中》一詩作談柄，吐屬更雋。

楚子重爲陽橋之役以救齊。將起師，子重曰：「君弱，群臣不如先大夫，師衆而後可。《詩》曰：『濟濟多士，文王以寧。』夫文王猶用衆，況吾儕乎！」

聽之。

蜀之盟，蔡侯、許男不書，乘楚車也，謂之失位。君子曰：「位其不可不慎也乎！蔡、許之君，一失其位，不得列於諸侯，況其下乎！《詩》曰：『不解於位，民之攸塈。』」

「位」字說出如許鄭重，遂將詩人謹肅官箴之言，看出聖人愛惜名器之旨。凡百有位，其敬

公如晉。晉侯見公，不敬。季文子曰：「晉侯必不免。《詩》曰：『敬之敬之，天惟顯思，命不易哉！』夫晉侯之命在諸侯矣，可不敬乎！」

七年春，吳伐郯，郯成。季文子曰：「中國不振旅，蠻夷入伐，而莫之或恤。無吊者也夫？《詩》曰：『不吊昊天，亂靡有定。』其此之謂乎？有上不吊，其誰不受亂？吾亡無日矣。」

傷心之語，幾於下泉之痛哭矣。

晉侯使韓穿來言汶陽之田，歸之於齊。季文子餞之，私焉，曰：「大國制義，以爲盟主，是以諸侯懷德畏討，無有貳心。謂汶陽之田，敝邑之舊也，而用師於齊，使歸諸敝邑。今有二命，曰『歸諸齊』。信以行義，義以成命，小國所望而懷也。信不可知，義無所立，四方諸侯，其誰不解體？《詩》曰：『女也不爽，士貳其行。士也罔極，二三其德。』七年之中，一予一奪，二三孰甚焉？士之二三，猶喪妃耦，而況霸主？霸主將德是以，而二三之，其何以長有諸侯乎？《詩》曰：『猶之未遠，是用大簡。』行父懼晉之不遠猶而失諸侯也，是以敢私之。」

晉欒書侵蔡，遂侵楚，獲申驪。楚師之還也，晉侵沈，獲沈子揖，初從知、范、韓也。君子曰：「從善如流，宜哉。《詩》曰：『愷悌君子，遐不作人。』求善也夫！作人，斯有功績矣。」

楚人伐莒，君子曰：「恃陋而不備，罪之大者也；備豫不虞，善之大者也。莒恃其陋而不修城郭，浹辰之間，而楚克其三都，無備也夫。《詩》曰：『雖有絲麻，無棄菅蒯。雖有姬姜，無棄蕉萃。凡百君子，莫不代匱。』言備之不可以已也。」

逸詩如此類，識解高絶。雖零金碎玉，令人把玩不忍釋，夫子豈忍删之？或謂《詩》之自軼，或傳之者之失之，非夫子删之也。此説近理。

衛侯享苦成叔，傲。甯惠子曰：「苦成家其亡乎？古之爲享食也，以觀威儀，省禍福也。故《詩》曰：『兕觥其觩，旨酒思柔。彼交匪敖，萬福來求。』今夫子傲，取禍之道也。」

傲可亡家，柔能致福。名言可作弦韋。

鄢陵之役，子反入見申叔時，曰：「師其何如？」對曰：「德、刑、詳、義、禮、信，戰之器也。德以施惠，刑以正邪，詳以事神，義以建利，禮以順時，信以守物。民生厚而德正，用利而事節，時順而物成，上下和睦，周旋不逆，求無不具，各知其極。故《詩》曰：『立我烝民，莫匪爾極。』是以神降之福，時無災害，民生敦龐，和同以聽，莫不盡力以從上命，致死以補其闕。此戰之所由克也。」

論戰之道，而通於神明，説迂遠矣。然觀孔子曰：「我戰則克，祭則受福。」事殊而理則一也。

齊姜薨。初，穆姜使擇美檟，以自爲櫬與頌琴。季文子取以葬。君子曰：「非禮也。禮無所逆。婦，養姑者也。虧姑以成婦，逆莫大焉。《詩》曰：『其惟哲人，告之話言，順德之行。』季孫於是乎不哲矣。且姜氏，君之妣也。《詩》曰：『爲酒爲醴，烝畀祖妣。以洽百禮，降福孔皆。』」

兩引似迂而切，似謔而正，波瀾湧起，可見古人詩情。

祁奚之舉，君子謂：「其能舉善矣。稱其仇，不爲諂；立其子，不爲比；舉其偏，不爲黨。《商書》曰：『無偏無黨，王道蕩蕩。』其祁奚之謂矣。解狐得舉，祁午得位，伯華得官，建一官而三物成，能舉善也夫。唯善，故能舉其類。《詩》云：『惟其有之，是以似之。』」

「有」字、「似」字，切當。

楚殺其大夫公子壬夫，貪也。君子謂：「楚共王於是不刑。《詩》曰：『周道挺挺，我心扃扃。講事不令，集人來定。』已則無信，而殺人以逞，不亦難乎。」逸詩。

楚子囊伐鄭，子駟、子國、子耳欲從楚，子孔、子蟜、子展欲待晉。子駟曰：「《周詩》有之，曰：『俟河之清，人壽幾何。兆云詢多，職競作羅。』謀之多族，民之多違。姑從楚，以紓吾民。」

「俟河之清，人壽幾何」八字，深情若揭。魏武父子古樂府，擬之不盡。

吴伐楚喪，養由基大敗吴師。君子以吴爲不吊。《詩》曰：「不吊昊天，亂靡有定。」

偶然口頭語，亦引《詩》以實之，想此二字當時已爲成説。可見此時絃誦有素，《詩》作典用久矣。

范宣子以欒盈之黨囚叔向。欒王鮒曰：「吾爲子請。」叔向不應，出，不拜。人皆咎叔向。向曰：「必祁大夫。欒王鮒，從君者也，何能行？祁大夫外舉不棄仇，内舉不失親，其獨遺我乎？《詩》曰：『有覺德行，四國順之。』夫子，覺者也。」晉侯問叔向之罪於欒王鮒，曰：「不棄其親，其有焉。」於是，祁奚老矣，聞之，乘驛見宣子，曰：「《詩》曰：『惠我無疆，子孫保之。』《書》曰：『聖有謨訓，明徵定保。』夫謀而鮮過，惠訓不倦者，叔向有焉。社稷之固也，猶將十世宥之，以勸能者，今壹不免其身，以棄社稷，不亦惑乎？」

兩人各稱《詩》以贊揚其美，足見古賢相知心處俱從《詩》、《書》中印證，自非世俗標榜惡習。

鄭公孫黑肱有疾，歸邑於公。而使黜官、薄祭。曰：「吾聞生於亂世，貴而能貧，民無求焉，可以後亡。敬共事君與二三子，生在敬戒，不在富也。」君子曰：「善戒！《詩》曰：『慎爾侯度，用戒不虞。』子張有焉。」

「生在敬戒」，子張之憂患深矣。名言可佩。

子産寓書於范宣子，略曰：「僑聞君子長國家者，非無賄之患，而無令名之難。夫令名，德之輿也；德，國家之基也。有基無壞，無亦是務乎？有德則樂，樂則能久。《詩》曰：『樂只君子，邦家之基。』有令德也夫！『上帝臨女，無貳爾心。』有令名也夫！」

引《詩》「基」字實落，「樂」字透徹，安得不動人！

衛獻公求復國，甯喜許之。太叔文子曰：「烏乎！《詩》所謂『我躬不説，皇恤我後』者，甯子可謂不恤其後矣，將可乎哉？殆必不可。君子之行，思其終也，思其復也。《書》曰：『慎始而敬終，終以不困。』《詩》曰：『夙夜匪解，以事一人。』今甯子視君不如弈棋，其何以免乎？」「視君不如弈棋」，後世六朝、五代臣子都從此安身。甯子其不祧之祖哉，噫！

宋左師合晉、楚之成，請賞。公與之邑六十，以示子罕。削而投之。左師辭焉。向氏欲攻司成，左師曰：「我將亡，夫子存我，德莫大焉。又可攻乎？」君子曰：「『彼己之子，邦之司直』，樂喜之謂乎？『何以恤我，我其收之』，向戌之謂乎？」

鄭子展使印段往會葬楚靈王。伯有曰：「弱，不可。」子展曰：「與其莫往，弱不猶愈乎？《詩》曰：『王事靡盬，不遑啓處。』東西南北，誰敢寧處？堅事晉、楚，以蕃王室也。王事無曠，何常之有？」當時每有國議，識者輒引《詩》以折之，而議遂定。此即漢人引經斷獄之旨也。

晉平公，杞出也，故合諸侯之大夫以城杞。子太叔曰：「若之何哉？晉國不恤周宗之闕，而夏肄是屏。其棄諸姬，亦可知也已。諸姬是棄，其誰歸之？吉也聞之，棄同即異，是謂離德。《詩》曰：『協比其鄰，昏姻孔云。』晉不鄰矣，其誰云之？」

鄭伯有强使子皙如楚。子皙怒，將攻伯有，大夫和之，盟於伯有氏。裨諶曰：「是盟也，其與幾何？《詩》曰：『君子屢盟，亂是用長。』今是長亂之道也，禍未歇也。」

《傳》中屢引此詩，可想春秋惡盟之旨。

子産壞晉館垣，晉謝不敏，乃築諸侯之館。叔向曰：「辭之不可以已也如是夫！子産有辭，諸侯賴之，若之何其釋辭也。《詩》曰：『辭之輯矣，民之協矣。辭之懌矣，民之莫矣。』其知之矣。」

「辭」字是鄭國安身立命處，亦是子産一生學問經濟處。引《詩》一證，分明見辭之所繫甚鉅，正非徒爲輔頰舌之咸。

北宫文子相衛襄公以如楚。過鄭，印段往勞於棐林，如聘禮而以勞辭。文子入聘，子羽爲行人，馮簡子與子太叔逆客。事畢而出，言於衛侯曰：「鄭有禮，其數世之福也。其無大國之討乎！《詩》云：『誰能執熱，逝不以濯。』禮之於政，如熱之有濯也。濯以救熱，何患之有！」

一「濯」字也，《孟子》以喻仁，《左氏》以喻禮，俱能見其大體。此意以説《詩》，何患不觸處皆靈。

叔弓帥師疆鄆田，因莒亂也。於是莒務婁、瞀胡及公子滅明以大厖與常儀靡奔齊。君子曰：「莒展之不立，棄人也夫！人可棄乎？《詩》曰：『無競維人。』善矣。」

令尹子圍弑楚王。子干奔晉，從車五乘。叔向使與秦公子同食，皆百人之餼。趙文子曰：「秦公子富。」叔向曰：「底禄以德，德鈞以年，年同以尊。公子以國，不聞以富。且夫以千乘去其國，彊禦已甚。《詩》曰：『不侮鰥寡，不畏彊禦。』秦、楚匹也。」使后子與子干齒。

二句詩長人多少厚道，增人多少氣力。故知當時名卿熟於《風》《雅》。常存此二句在胸中，天下豈有難處之事！

叔弓聘晉，報宣子也。晉侯使郊勞，辭。致館，辭。叔向曰：「叔子知禮哉！吾聞之曰：『忠信，禮之器也；卑讓，禮之宗也。』辭不忘國，忠信也；先國後己，卑讓也。《詩》曰：『敬慎威儀，以近有德。』夫子近德矣。」

齊景公繁於刑，市有鬻踊者，公問晏子曰：「子近市，識貴賤乎？」曰：「踊貴屨賤。」齊侯於是省刑。君子曰：「仁人之言，其利溥哉！晏子一言而齊侯省刑。《詩》曰：『君子如祉，亂庶遄已。』其是之謂乎！」

「踊貴屨賤」四字驚人，省刑固其宜耳。

子產作丘賦，國人謗之。子寬以告。子產曰：「何害？苟利社稷，死生以之。且吾聞爲善者不改其度，故能有濟也。民不可逞，度不可改。《詩》曰：『禮義之不愆，何恤於人言。』吾不遷矣。」

逸詩似五言古，率直有味。

宋寺人柳有寵，逐華合比。於是華亥欲代右師，乃與寺人柳比。公使代之，見於左師。左師曰：「女夫也，必亡。女喪而宗室，於人何有？人於女亦何有？《詩》曰：『宗子維城，毋俾城壞，毋獨斯畏。』女其畏哉！」

衛襄公卒，晉大夫言於范獻子曰：「衛事晉爲睦，晉不禮焉，庇其賊人而取其地，故諸侯貳。《詩》曰：『脊令在原，兄弟急難。』又曰：『死喪之威，兄弟孔懷。』兄弟之不睦，於是乎不吊，況遠人，誰敢歸之？」

講兄弟處惻惻動人，可知霸主之術，非純任威也。

孟僖子至楚，病不能相禮。將終，使其子師事仲尼。仲尼曰：「能補過者，君子。《詩》曰：『君子是則是傚。』孟僖子可則傚已矣。」

一「補過」便可「則傚」，然則過曷嘗負人哉？詩語鞭策庸人不少。

石言於晉魏榆。晉侯問於師曠，曰：「石不能言，或馮焉。不然，民聽濫也。抑臣又聞之曰：『作事不時，怨讟動於民，則有非言之物而言。』今宮室崇侈，民力彫盡，怨讟並作，莫保其性。石之言，不亦宜乎？」於是晉侯方築虒祈之宮，叔向曰：「子野之言，君子哉！君子之言，信而有徵，故怨遠於身；小人之言，僭而無徵，故怨咎及之。《詩》曰：『哀哉不能言，匪舌是出，唯躬是瘁。哿矣能言，巧言如流，俾躬處休。』其是之謂乎！是宮也成，諸侯必叛，君必有咎，夫子其知之矣。」

子野論石不當言而言，叔向又贊子野之言爲君子言，於是引《詩》無數「言」字，相爲映發。覺得一篇文字，花團錦簇，左公文倩勃發，時有此種。

冬，築郎囿，季平子欲其速成。昭子言曰：「《詩》曰：『經始勿亟，庶民子來。』焉用速成？其以勦民也。無囿猶可，無民其可乎！」

平子伐莒，取郠，獻俘，始用人於社。臧武仲在齊，聞之，曰：「周公其不享魯祭乎？周公享義，魯無義。《詩》曰：『德音孔昭，視民不佻。』佻之謂甚矣，而一用之，將誰福哉？」

「周公不享魯祭」，語有餘悲。乾侯之事，兆於此矣。

齊侯伐徐。楚子聞蠻氏之亂，遂取蠻氏。二月，齊師至於蒲隧，徐人行成，遂盟，賂齊侯以甲父之鼎。叔孫昭子曰：「諸侯之無伯，害哉，齊君之無道也！興師而伐遠方，會之，有成而還，莫之亢也。無伯也夫！《詩》曰：『宗周既滅，靡所止戾。正大夫離居，莫知我肄。』其是之謂乎！」

《匪風》、《下泉》，詩人怨痛。《左氏》至此亦無限悽惋。大抵霸者，亦救時之道；至於無霸，生民所以憔悴於戰國歟？

葬蔡平公，太子朱失位，位在卑。昭子嘆曰：「蔡其亡乎！若不亡，是君也必不忠。《詩》曰：『不解於位，民之攸塈。』今始即位而卑，身將從之。」

子大叔相，鄭伯如晉，見范獻子。獻子曰：「若王室何？」曰：「老夫其國家不能恤，敢及王室？抑人亦有言曰：『嫠不恤其緯，而憂宗周之隕，爲將及焉。』今王室實蠢蠢焉，吾小國懼矣。然大國之憂也，吾儕何知焉？吾子其早圖之。《詩》曰：『缾之罄矣，維罍之恥。』王室之不寧，晉之恥也。」

齊侯禳彗，晏子曰：「無益也！天道不諂，不貳其命，若之何禳之？天之有彗也，以除穢也。君無穢德，又何禳焉！若德之穢，禳之何損？《詩》曰：『惟此文王，小心翼翼。昭事上帝，聿懷多福。厥德不回，以受方國。』君無違德，方國將至，何患於彗。《詩》曰：『我無所監，夏后及商。用亂之故，民卒流亡。』若德回亂，民將流亡，無能補也。」公説，乃止。齊侯與晏子坐於路寢，公嘆曰：「美哉，誰有此乎？」晏子曰：「敢問何謂也？」公曰：「吾以爲在德。」對曰：「如君之言，其陳氏乎？陳氏雖無大德，而施於民。豆、區、釜、鍾之數，其取諸公也薄，其施之民也厚。公厚斂焉，陳厚施焉，民歸之矣。《詩》曰：『雖無德與女，式歌且舞。』陳氏之施，民歌舞之矣。」

坐此室者，而問其有此者誰？發想奇甚，分明勸酒長星，無聊之極矣。當時世卿之强，其上未嘗不知，而往往付之無可如何。其臣雖賢，如晏子、叔向，亦坐視而難挽。蓋積重之勢，至於如此。國愈大，則其禍愈酷。齊而田，晉而三，不待戰國，時可知矣。此《春秋》惡世卿，所以示後世以尾大不掉之患也。

厚施小惠，不可以言德，而民已歌舞之，則民之當時憔悴虐政可知矣。引《詩》巧合，亦與上二詩「德」字相映發。

晉魏舒合諸侯大夫於狄泉，尋盟，且城成周。魏子南面。衛彪傒曰：「魏子必有大咎。干位以令大事，非其任也。《詩》曰：『敬天之怒，不敢戲豫。敬天之渝，不敢馳驅。』況敢干位以作大事乎？」

大夫之强横如此，時事可知矣。

吴入郢，昭王奔鄖。鄖公辛之弟懷將弑王，以復父仇。辛曰：「君討臣，誰敢仇之！君命，天也。若死天命，將誰仇？《詩》曰：『柔亦不茹，剛亦不吐。不侮矜寡，不畏强禦。』唯仁者能之。違强凌弱，非勇也；乘人之弱，非仁也。滅宗廢祀，非孝也；動無令名，非知也。必犯是，余將殺女。」

子胥、鄖辛怨同而報異，忠孝各行其是而已。然君命猶天之言，大義猶覺凛凛，晰理絶精，不得訾其忘父仇也。若乘君之厄而下石，則忠孝且兩傷矣。余嘗論子胥、嵇紹所行不同，其人皆有血性；然以鄖辛、王裒相比，則二子未免有慚色。引《詩》最精。慕容垂不迫符堅於險，深得《詩》意，自是英雄人本色。

晉人討衛之叛故，曰：「由涉佗、成何。」於是執涉佗，以求成於衛。衛人不許，遂殺涉佗，成何奔燕。君子曰：「此之謂棄禮，必不鈞。《詩》曰：『人而無禮，胡不遄死？』涉佗亦遄矣哉！」

引證「遄」字，涉筆成趣，摇曳多姿。

晉趙鞅納衛太子於戚，與鄭師遇，卜戰，龜焦。樂丁曰：「《詩》云：『爰始爰謀，爰契我龜。』謀協，以故兆詢可也。」

鄭駟秦富而侈，嬖大夫也，而常陳卿之車服於其庭。鄭人惡而殺之。子思曰：「《詩》曰：『不解於位，民之攸塈。』不守其位而能久者鮮矣。《商頌》曰：『不僭不濫，不敢怠皇，命以多福。』」

衛出公再奔，使以弓問子貢，且曰：「吾其入乎？」對曰：「臣不識也。」私於使者曰：「昔成公孫於陳，甯武子、孫莊子爲宛濮之盟而君入；獻公孫於齊，子鮮、子展爲夷儀之盟而君入。今君再在孫矣，内不聞獻之親，外不聞成之卿，則賜不識所由入也。《詩》曰：『無競維人，四方其順之。』若得其人，四方以爲主，而國于何有？」

右「引《詩》」七十五則，通前「解《詩》」，共一百零八則。自朝會聘享，以至事物細微，皆引《詩》以證其得失焉。大而公卿大夫，以至輿臺賤卒，所有論説，皆引《詩》以暢厥旨焉。余嘗伏而讀之，愈益知《詩》爲當時家絃户誦之書。凡周家之所以維繫八百年之人心，醖而釀之，以成一代之風氣，胥是物也。今日六經之如日月經天、江河行地者，蓋自尼山論定耳。若當時《易象》、《春秋》僅藏魯府，學士大夫猶不得偏見之；若《禮》、《樂》，則太常工瞽乃有專司，俱非可以誦讀而稱引也。可以誦讀而稱引者，當時止有《詩》、《書》。然《傳》之所引，《易》乃僅見，《書》則十之二三。若夫《詩》，則横口之所出，觸目之所見，沛然決江河而出之者，皆其肺腑中物、夢寐間所呻吟也。豈非《詩》之爲教，所以浸淫人之心志，而厭飫之者，至深遠而無涯哉！蓋嘗私揣諸經，有邃於理者，有嚴於法者，有束於事者，惟《詩》獨深於情。當其情之深也，止有一往，不自知其爲理、爲法、爲事之所在，而理與法與事固已悠揚曲折，一一具於其中。此文、武、周公之教所以入人，而無人非詩人，無地非詩景，無言作詩聲。蓋至幽、厲既傷，而後曹、檜既亡以還，天下陵遲敗壞，至無可如何，而學士大夫、騷人怨客，猶得稱引，以舒其憤悶之氣，而寫其無聊之思，則《詩》之教可知矣。余故摭拾《左氏》之引《詩》，而見文、武之造周焉。

春秋詩話卷四

南海勞孝輿阮齊撰

拾詩

《傳》中多軼詩，皆《左氏》拾而出之者也。雖然，《風》《雅》之墜地久矣，《左氏》體聖人之志，傳《春秋》以繼《詩》之亡，則三百十一篇皆拾也夫，豈惟軼詩！余故因《左氏》之所拾，而零拾《傳》中所有之韵語，以暢《詩》之流，以補《詩》之闕，而極《詩》之變焉。蓋天籟之發，觸而成聲，凡有韵可歌者，皆詩也。其體凡十有一，因傳所名而區之，曰賦、曰誦、曰謳、曰歌、曰謡、曰箴、曰銘、曰投壺詞、曰繇詞、曰諺、曰隱語。序《拾詩》。

賦一

大隧之中，其樂也融融。大隧之外，其樂也洩洩。鄭莊公母子相見之賦。

悠然母子之愛。二「樂」字中無限悲痛，可歌可泣，不堪回首矣。

狐裘尨茸，一國三公，吾誰適從。士蔿築蒲屈城，爲晉獻公所讓而賦。

三句連韵，是柏梁倣體。

誦 二

原田每每，舍其舊而新是謀。城濮之戰，晉文公聽輿人之誦。

此即今人卜口卦所自始。輿人無心之誦，説出「新」、「舊」二字，適中晉文之疑。此天籟之動於自然，與人事相感發也。後秦鳩摩羅什善聽風鈴，疑有此術。

臧之狐裘，敗我於狐駘。我君小子，朱儒是使。朱儒朱儒，使我敗於邾。臧武仲師敗於邾，國人誦之。

武仲在魯有聖人之目，此一舉也，獲朱儒之譏，焉用聖人爲哉？

取我衣冠而褚之，取我田疇而伍之。孰殺子産，吾其與之。

我有子弟，子産誨之。我有田疇，子産殖之。子産而死，誰其嗣之？

輿人之誦，忽祝忽詛。子産若非久其位，則「孰殺」之語爲終身病矣，危哉！故知火攻一道，亦是下策。何今之傳舍，其官者甫得京兆五日，亦矜言猛烈也。直是不怕殺耳。

睅其目，皤其腹。棄甲而復。于思于思，棄甲復來。城者之謳。

牛則有皮，犀兕尚多，棄甲則那。華元使驂乘答謳。

從其有皮，丹漆若何。城者復答謳。

謳 三

宋人歌謠好以貌寫人，尤莫奇於此謳。以瞠目大腹而多鬚之人，形狀魁梧，至於棄甲，寫出令人發笑。答謳佯爲不解，以獃掩羞。鍾評所謂「滑稽得妙，頑鈍得妙」，是也。至又謳，真咄咄逼人矣，安得不驅而去哉！吾粤人好歌，往往以花月之辰，登臺倡和，語雜俚雅，互爲嘲譏。多比興之體。嶺右人聽之，哂爲蠻俗，豈知此風始於春秋時哉？采風者可以觀矣。

澤門之皙，實興我役。邑中之黔，實慰我心。宋築城者之謳。

不斥其名，曰「皙」、曰「黔」，舉目所見，隨口而吟。其情如見。

歌　四

濟洹之水，贈我以瓊瑰。歸乎歸乎，瓊瑰盈吾懷乎。聲伯夢中歌。

楚語離奇幽艷，誦之覺荒丘鬼嘯、暗室燐青矣。聲伯諱夢中，占之，遽卒。後人所以有「宵寐匪禎，札闥洪庥」之書乎？

恤恤乎，湫乎，攸乎。深思而淺謀，邇身而遠志，家臣而君圖。有人矣哉！又曰：我有圃，生之杞乎！從我者子乎，去我者鄙乎，倍其鄰者恥乎！已乎，已乎，非吾黨之士乎！南蒯鄉人詩。

「恤恤」、「湫」、「攸」，古奥若不可解，而南蒯浮淺之形如見。後歌殷勤開導，語意深厚，居然《風》詩之遺。

既定爾婁豬，盍歸吾艾豭。衛太子過宋，聽野人之歌。

譃太虐矣。歌者快口，聞者刺心，遂使衛人父子三代禍亂相尋者，此歌兆之釁也。

景公死兮不與埋，三軍之事乎不與謀。師乎師乎，何黨之乎？萊人之歌。

此哀群公子之失所也。音調悽絶。

魯人之臯，數年不覺，使我高蹈。唯其儒書，以爲二國憂。齊人責魯稽首之歌。「臯」，緩也，魯人緩答齊之稽首，故齊、邾二國高蹈來此會，則以魯人恃其儒書之故也。國之壞也，儒書亦足生憂。《周禮》在魯，乃爲病矣。周公之衰，一至此哉！

謡五

丙之晨，龍尾伏辰。均服振振，取虢之旂。鶉之賁賁，天策焞焞。火中成軍，虢公其奔。晉獻公滅虢之謡。

鸜之鵒之，公出辱之。鸜鵒之羽，公在外野，往饋之馬。鸜鵒跦跦，公在乾侯，徵褰與襦。鸜鵒之巢，遠哉遥遥。稠父喪勞，宋父以驕。鸜鵒鸜鵒，往歌來哭。文、武之世童謡。

此讖所自始也。杜元凱曰：「童齔之子，未有念感，而會成嬉戲之言，似有馮之者。其言或中或否，博覽之士、能懼思之人，兼而志之，以爲鑒戒，以爲將來之驗，可有益於世教。」孫月峰曰：「熒惑星不見，必下至民間，化爲童子，而言後來之事。群兒從而傳之。聖人屢採之，以誌興亡，不得以左氏爲誣矣。」杜言理，孫言氣，附記之，以備參考。

箴　六

芒芒禹跡，畫爲九州，經啓九道。民有寢廟，獸有茂草。各有攸處，德用不擾。在帝夷羿，冒於原獸。忘其國恤，而思其麀牡。武不可重，用不恢於夏家。獸臣司原，敢告僕夫。辛甲《虞箴》。

此箴最古，《風》《雅》先聲也。漢揚子雲極力摹倣，僅得其貌，便已雄視餘子。古人之沾丐後人，豈淺鮮耶？

銘　七

昧旦丕顯，後世猶怠。《讒鼎銘》。

一命而僂，再命而傴，三命而俯，循牆而走，亦莫余敢侮。饘於是，粥於是，以餬余口。宋《正考父鼎銘》。

此聖人家箴也。詞繁而不殺，極寫「恭」字。此與《商頌》曰「自古」，又曰「在昔」，又曰「先民」

同意，俱是鄭重恭謹，不敢少有輕忽之思也。明德之後有達人，遂爲萬世之師，鼎之食報，豈僅饘粥餬口已哉！

投壺詞八

余掖殺國子，莫余敢止。禮至滅邢，而銘其器之詞。

有酒如淮，有肉如坻。寡君中此，爲諸侯師。晉侯投壺詞。

有酒如澠，有肉如陵。寡君中此，與君代興。齊侯投壺詞。

有聲有情，齊君、晉君角勝於酒肉之場，如是，如是。

繇詞九

鳳皇于飛，和鳴鏘鏘。有嬀之後，將育于姜。五世其昌，並于正卿。八世之後，莫之與京。懿氏卜妻敬仲繇詞。

儼然正《雅》之音。

專之渝，攘公之羭。一薰一蕕，十年尚猶有臭。晉獻公卜立驪姬繇詞。
詞古奧而理深邃，爲《焦氏易林》濫觴。

千乘三去。三去之餘，獲其雄狐。秦伐晉，卜徒父筮得蠱繇。

士刲羊，亦無衁也。女承筐，亦無貺也。西鄰責言。不可償也。《歸妹》之《睽》，猶無相也。《震》之《離》，亦《離》之《震》，爲雷爲火，爲嬴敗姬。車説其輹，火焚其旗。不利行師，敗於宗丘。《歸妹》《睽孤》，寇張之弧。姪其從姑，六年其逋。逃歸其國，而棄其家。明年其死，于高梁之虚。史蘇之占。
占驗之詞，從後觀之，疑爲傅會。然古人累世守一官，終身名一藝，專精之至，可以通幽，何怪其言之如神也！

兆如山陵，有夫出征，而喪其雄。孫文子卜追鄭繇詞。
此衛定姜所斷繇詞也。所謂我往彼亡，即依此解。齊女二人皆有絶世聰明，邃於《易》理；而穆姜宣淫，不足道矣。

諺十

山有木，工則度之。賓有禮，主則擇之。周諺。

四夫無罪，懷璧其罪。周諺。

此即《易》所謂「負且乘，致寇至」是也。

心苟無瑕，何恤乎無家。晉士蔿引諺。

二語和平，可以銷人怨憤。

輔車相依，脣亡齒寒。虞宫之奇引諺。

畏首畏尾，身其餘幾。鄭子家引古言。

二諺所喻，俱近取諸身，指出絶妙道理。古人喫緊爲人之意，閱歷深者自知之。

高下在心，川澤納汙。山藪藏疾，瑾瑜匿瑕，國君含垢。

此諺無韵可叶，然連類引譬，深得比興之情，可作詩觀也。優孟《耕田歌》亦無韵，大抵音節之妙，自有詩情。讀者聽絃外音可也。

心則不競，何憚於病。

此齊伐鄭，孔叔引此諺請下齊，喻既不能强，則但當安於弱，病不可憚也。齊景公曰：「既不能令，又不受命。」意亦如此。而四韵天然相叶，四句意亦相接，豈同是古諺而各述之歟？然不可考矣。

隱語十一

佩玉蘂兮，余無所繫之。旨酒一盛兮，余與褐之父睨之。軍中隱語。

粱則無矣，粗則有之。若登首山以呼曰庚癸乎，則諾。答詞。

右《拾詩》三十五則，體裁不一，語鮮成章。然其味悠然而長，其色幽然而蒼。如鼎彝缺蝕而古色照人者，精彩四射而光芒。日夕晤對，可見古人之氣味。故採入《詩話》，以與嗜古者共商之。

春秋詩話卷五

南海勞孝輿阮齊撰

評詩

自談詩者有詩品、詩式、詩格、詩法，於是唐宋間人詩話汗牛充棟矣。其中論聲病、談法律、別體裁，不啻人擅陽秋，家懸月旦，而詩之源委，訖無定評。愚嘗謂李、杜二公，千古知己，文章亦復齊名，而東北一方，無從長晤。若天作之合，晨夕數過，則樽酒所論，必有可觀。今觀吴公子所論，乃知千古知音，已有定評，可無憾子期之不作耳。敘《評詩》。

吴公子札來聘，請觀於周樂，使工爲之歌《周南》、《召南》。曰：「美哉！始基之矣，猶未也，然勤而不怨矣。」爲之歌《邶》、《鄘》、《衛》。曰：「美哉，淵乎！憂而不困者也，吾聞衛康叔、武公之德如是，是其《衛風》乎？」爲之歌《王》，曰：「美哉！思而不懼，其周之東乎。」爲之歌《鄭》，曰：「美哉！其細已甚，民弗堪也。是其先亡乎！」爲之歌《齊》，曰：「美哉，泱泱乎大風也哉！表東海者，其太公乎？國未可量也。」爲之歌《豳》，曰：「美哉，蕩乎！樂而不淫，其周公之東乎！」爲之歌《秦》，曰：「此之謂夏聲，夫能夏則大，大之至也，其周之舊乎？」爲之歌《魏》，曰：「美哉！渢渢乎大而婉、險而易，行以德輔，此則明主也。」爲之歌《唐》，曰：「思深哉，其有陶唐氏之遺民乎？不然何憂之遠也。非令德之後，誰能若是。」爲之歌《陳》，曰：「國無主，其能久乎？自《鄶》以下，無譏焉。」爲之歌《小雅》，曰：「美哉！思而不貳，怨而不言，其周德之衰乎？猶有先王之遺民焉。」爲之歌《大雅》，曰：「廣哉！熙熙乎曲而有直體，其文王之德乎？」爲之歌《頌》，曰：「至矣哉！直而不倨，曲而不屈，邇而不偪，遠而不攜，遷而不淫，復而不厭，哀而不愁，樂而不荒，用而不匱，廣而不宣，施而不費，取而不貪，處而不底，行而不流。五聲和，八風平，節有度，守有序。盛德之所同也。」見舞《象箾》、《南籥》者，曰：「美哉！猶有憾。」見舞《大武》者，曰：「美哉周之盛也，其若此乎！」見舞《韶濩》者，曰：「聖人之宏也，而猶有慙德，聖人之難也。」見舞《大夏》者，曰：「美哉！勤而不德，非禹，其誰能脩之。」見舞《韶箾》者，曰：「德至矣哉大矣！如天之無不幬也，如地之無不載也。雖甚盛德，其蔑有加於此矣，觀止矣！若有他樂，吾不敢請矣！」按自「見舞《象箾》」以下屬容，無聲可譜，故用「見」字。此無關於詩，止因評樂，文相屬，故全録之。

右吴公子觀周樂一篇，評樂也，何曰「評詩」？曰：在札爲評樂，在《傳》爲評詩；即《傳》曰評樂，而吾則以爲評詩也。何以曰評詩？蓋樂與詩存，則樂爲有聲詩；樂亡詩存，則詩爲無聲樂。樂與詩一也。子曰：「吾自衛反魯，然後樂正，《雅》《頌》各得其所。」未嘗歧詩、樂而二之也。然皆古人之跡耳。古人不傳而樂傳，札僅得以耳見古人；古人不傳，并樂不傳，而詩僅存，吾安得不以目聽古樂哉？雖然，耳與目亦無庸也，必執耳目以求古人，而傾耳，而側目，曰「古人在是」，古人許我乎？其不爲《小序》之鑿空與諸儒之臆說也與有幾？而後乃今知說詩之難也。惟公子以至聰之耳、至明之目，而運以古人之心，得之於神，遇之於幽，不覺其津津道之，皆有以見古人之真面目、真性情也。今之説詩者，苟如其評以求之，不爲耳罣，不爲目礙，并不以心爲師，或可介公子以見古人也。余故序《春秋》詩而殿此，以爲《詩評》。

後序

乾隆辛未春，柏園張司馬權丞佛山，書訊彼都人士之能文者，予以故友勞子孝輿對。司馬就其家得《春秋詩話》五卷，序而行之。噫！孝輿胡爲而有此書也哉？雍正庚戌，詔修《一統志》，予與孝輿與輯《粤乘》。孝輿負奇忤物，與同事不相能，遂拂衣去，而家無擔石。總裁魯太史佑人憐其才，薦之饒平邑幕。饒平在萬山中，旅食無聊，爰托筆墨自遣，積成此書。太史公曰：「《詩》三百篇，大抵聖賢發憤之所爲作也。」孝子、忠臣、勞人、思婦之情，《三百篇》盡繪之。故《春秋》二百四十二年間，燕享贈答，恒托以寫其情。孝輿壹鬱不自得，又托於托寫其情者以寫其情。嗚呼，其可哀也已！孝輿才峰秀逸，文采葩流，此書拈斷爛之朝報，展肆好之襟期，實兼征南、匡鼎之長。世有子雲，定當賞識。而忌者或欲投溷，故孝輿不輕示人。非司馬，孰從而知之？近代憐才闡幽，稱中郎、牧齋二公，要欲得同調者爲羽翼，以樹歷下、弇州之敵，故亟取青藤、松圓以張其軍，非真有所愛於徐、程也。司馬與世無競，而於孝輿此書心契而雕鏤之，此真憐才闡幽者，非二公比也。孝輿生平懷才落拓，與世齟齬。薦鴻博，再試不遇。吏夜郎，勞瘁以死。遭遇雖厄於生前，而著述獲闡於身後，不可謂非孝輿之幸矣。順德友人羅天尺序。

跋

右《春秋詩話》五卷，國朝南海勞孝輿阮齋撰。按：先生事跡具見阮《通志》本傳，暨吴雁山孝廉文集《七先生傳》中。七先生者，乾隆初元，吾粤舉博學鴻詞，先生暨許遂、車騰芳、韓海、曹續、鍾獅、蘇珥七人也。孝廉稱先生神鋒儁朗，令龍泉，邑人思之，建勞公書院。畢節有鑄局，涖任者率滿載去，先生則兩袖清風如故也。是書體例，《鶴徵録》言之已詳，且謂先生才氣豪放，學亦博贍，殆並重其人者歟？先王詩教，入人最深。春秋時去古未遠，故情往如贈，興來如答，矢口成聲，原有天籟自鳴之致。先生隨手掇拾，各以類從，若以游戲出之，而業已上下千古，經部中無此書也。純用本色，説經鏗鏗，匡鼎解頤，得無類此？至如「晉人執衛侯」一條，引司馬長卿賦《長門》爲證，且云：「横致千金，稍涉猥鄙。」又如「原田每每」一條，引後秦鳩摩羅什善聽風鈴爲證，亦覺儗不於倫。然白璧微瑕，未足爲全書之累。先生没後，張柏園司馬刻之。顧中多脱誤，如「匏有苦葉」作「匏葉」，「瓠葉」亦作「匏葉」，「僖公」作「禧公」，「《魯頌》」作「魯誦」，「叔于田」作「于田」，「川池」作「春池」，開卷即灼知其謬者。其他譌舛正多，不知當時何以率易至此。邇來流佈漸稀，譚玉生廣文篋衍中有是書，爰爲借鈔而重刊之。丙午小寒後一日，後學伍崇曜謹跋。

（吴忱、楊焄點校）

説詩晬語

説詩晬語提要

《説詩晬語》二卷，據乾隆十八年教忠堂刊《沈歸愚全集》本點校。撰者沈德潛（一六七三—一七六九），字確士，號歸愚，江南長州人。乾隆四年舉進士，官至内閣學士、禮部侍郎。卒謚文慤。有《歸愚詩文鈔》。《清史稿》卷三〇五有傳。據自序及《自訂年譜》，此書作於雍正九年辛亥春。「晬語」者，擬之小兒晬盤，遇物雜陳，略無詮次之意，自是謙詞。實則此前已有《古詩源》、《唐詩别裁集》、《明詩别裁集》等選，此番説詩乃垂成之事，故極整飭圓到。歸愚與乃師横山先生皆能持論，二家皆重詩之「原」，然一擅運「觀念」以演繹之，一則平實無奇，綴「史」以詮説之。方式雖異，推「原」之趣則一也。此二卷即依《三百篇》、楚辭、漢魏六朝、唐、宋、金元、明之史序，論列各體及各家之詩，而大旨不出「温柔敦厚」之詩教與「比興」之法也。如《古詩十九首》以下，推曹植爲「一大宗」，許陶潛爲「六朝第一流人物」，而李、杜則推許之餘，不忘指責其「淺率」、「頽禿」之瑕疵。此無他，實由唐詩「託興漸失」、詩教日遠所致也。然亦非無通變意識，如五古首肯老杜爲「詩之變、情之正」，不取李于鱗「唐無五古」説；於宋以後亦能識東坡、放翁、遺山諸家及明七子李、何之長。故其説雖似保守而實甚穩健，幾無失言。卷下末數則專言考據，若預時流；入乾隆後又得今上之加持，遂至風靡，刻本甚夥，奉爲教科書矣。

説詩晬語卷上

長洲沈德潛確士著

辛亥春，讀書小白陽山之僧舍，塵氛退避，日在雲光嵐翠中，几上有山，不必開門見山也。寺僧有叩作詩指者，時適坐古松亂石間，聞鳴鳥弄晴，流泉赴壑，天風送謖謖聲，似唱似答，謂僧曰：「此詩歌元聲，爾我共得之乎！」僧相視而笑。既復乞疏源流升降之故，重卻其請，每鐘殘鐙炧候，有觸即書。或準古賢，或抽心緒。時日既積，紙墨遂多。命曰「晬語」，擬之試兒晬盤，遇物雜陳，略無詮次也，然俱落語言文字迹矣。歸愚沈德潛題於聽松閣。

詩之爲道，可以理性情、善倫物、感鬼神、設教邦國、應對諸侯，用如此其重也。秦、漢以來，樂府代興；六代繼之，流衍靡曼；至有唐而聲律日工，託興漸失，徒視爲嘲風雪、弄花草、遊歷燕衎之具，而詩教遠矣。學者但知尊唐而不上窮其源，猶望海者指魚背爲海岸，而不自悟其見之小也。今雖不能竟越三唐之格，然必優柔漸漬，仰溯風雅，詩道始尊。

事難顯陳，理難言罄，每託物連類以形之；鬱情欲舒，天機隨觸，每借物引懷以抒之。比興互陳，反覆唱歎，而中藏之懽愉慘戚，隱躍欲傳，其言淺，其情深也。倘質直敷陳，絶無蘊蓄，以無情之語而欲動人之情，難矣！王子擊好《晨風》，而慈父感悟；裴安祖講《鹿鳴》，而兄弟同食；周盤誦《汝墳》，而爲親從征。此三詩别有旨也，而觸發乃在君臣、父子、兄弟，唯其可以興也。讀前人詩而但求訓詁，獵得詞章記問之富而已，雖多奚爲？

詩以聲爲用者也，其微妙在抑揚抗墜之間。讀者静氣按節，密詠恬吟，覺前人聲中難寫、響外別傳之妙，一齊俱出。朱子云：「諷咏以昌之，涵濡以體之。」真得讀詩趣味。

古人意中有不得不言之隱，借有韵語以傳之。如屈原「江潭」、伯牙「海上」、李陵「河梁」、明妃「遠嫁」，或忼慨吐臆，或沈結含悽，長言短歌，俱成絶調。若胸無感觸，漫爾抒詞，縱辨風華，枵然無有。

有第一等襟抱、第一等學識，斯有第一等真詩。如太空之中，不着一點；如星宿之海，萬源湧出；如土膏既厚，春雷一動，萬物發生。古來可語此者，屈大夫以下數人而已。

以詩入詩，最是凡境。經史諸子，一經徵引，都入詠歌，方别於潢潦無源之學。曹子建善用史，謝康樂善用經，杜少陵經史並用。但實事貴用之使活，熟語貴用之使新。語如己出，無斧鑿痕，斯不受古人束縛。

詩貴性情，亦須論法。亂雜而無章，非詩也。然所謂法者，行所不得不行，止所不得不止，而起伏照應，承接轉換，自神明變化於其中。若泥定此處應如何、彼處應如何，如磧沙僧解《三體唐詩》之類，不以意運法，轉以意從法，則死法矣。試看天地間水流雲在，月到風來，何處著得死法？

曾子固下筆時，目中不知劉向，何論韓愈。子固之文，未必高於中壘、昌黎也，然立志不苟如此。作詩須得此意。

賈生《惜誓》篇曰：「黄鵠一舉兮見山川之紆曲，再舉兮覩天地之方員。」作文、作詩，必置身高處，放開眼界，源流升降之故瞭然於中，自無隨波逐浪之弊。詩不學古，謂之野體。然泥古而不能通變，猶學書者但講臨摹，分寸不失，而己之神理不存也。作者積久用力，不求助長，充養既久，變化自生，可以换却凡骨矣。

《康衢》《擊壤》，肇開聲詩。上自陶唐，下暨秦代，凡經、史、諸子中有韵語可采者，當歌詠之，以探其原。

《三百篇》中，四言自是正體。然《詩》有一言，如《緇衣》篇「敝」字、「還」字，可頓住作句是也；有二言，如「鱨鯊」、「祈父」、「肇禋」是也；有三言，如「螽斯羽」、「振振鷺」是也；有五言，如「誰謂雀無角」、「胡爲乎泥中」是也；有六言，如「我姑酌彼金罍」、「嘉賓式燕以敖」是也；至「父曰嗟予子行役」、「以燕樂嘉賓之心」，則爲七言；「我不敢傚我友自逸」，則爲八言。短以取勁，長以取妍，疏密錯綜，最是文章妙境。

二《南》，美文王之化也，然不著一脩、齊、治、化字，沖澹愉夷，隨興而發。有知如婦人，無知如物類，同際太和之盛，而相忘其所以然，是王風皞皞氣象。

詩有不用淺深、不用變换，略易一二字而其味油然自出者，妙於反覆咏歎也。《芣苢》、《殷其靁》後，張平子《四愁》得之。

《雄雉》末章，進君子以褆身善世之道，猶所云萬里之外，以身爲本也。漢《東門行》「今時清廉，難犯教言，君獨自愛莫爲非」，重言以丁寧之，去風人未遠。

諷刺之詞，直詰易盡，婉道無窮。衛宣姜無復人理，而《君子偕老》一詩止道其容飾衣服之盛，而首章末以「子之不淑，云如之何」二語逗露之；魯莊公不能爲父復讐，防閑其母，失人子之道，而《猗嗟》一詩止道其威儀技藝之美，而章首以「猗嗟」二字譏歎之。蘇子所謂「不可以言語求而得，而必深觀其意」者也。詩人往往如此。

州吁之亂，莊公致之，而《燕燕》一詩猶念「先君之思」；七子之母，不安其室，非七子之不令，而《凱風》之詩猶云「莫慰母心」。温柔敦厚，斯爲極則。

人有不平於心，必以清比己，以濁比人。而《谷風》三章轉以涇自比，以渭比新昏，何其怨而不怒也。杜子美「在山泉水清，出山泉水濁」亦然。

《匏有苦葉》，刺淫亂也，中惟「濟盈不濡軌」二句，隱躍其詞以諷之。其餘皆説正理，使人得聞正言，其失自悟。

莊姜賢而不荅，由公之惑於嬖妾也。乃《碩人》一詩，備形族類之貴，容貌之美，禮儀之盛，國俗之富，而無一言及莊公，使人言外思之，故曰「主文譎諫」。

《陟岵》，孝子之思親也。三段中但念父、母、兄之思己，而不言己之思父、母與兄。蓋一説出，情便淺也。情到極深，每説不出。

政繁賦重，民不堪其苦。而《萇楚》一詩，唯羨草木之樂，詩意不在文辭中也。至《苕之華》，明明説出。要之，並爲亡國之音。

《鴟鴞》詩連下十「予」字，《蓼莪》詩連下九「我」字，《北山》詩連下十二「或」字，情至不覺音之繁、詞之複也。後昌黎《南山》用《北山》之體而張大之。下五十餘「或」字。然情不深而侈其詞，只是漢賦體段。

顔之推愛「蕭蕭馬鳴，悠悠旆旌」，謝玄愛「昔我往矣，楊柳依依」四語。予最愛《東山》三章「我來自東，零雨其濛。鸛鳴于垤，婦歎于室」，末章「其新孔嘉，其舊如之何」，後人閨情胎源於此。又愛「蒹葭蒼蒼，白露爲霜。所謂伊人，在水一方」，蒼涼瀰渺，欲即轉離，名人畫本，不能到也。明陳卧子謂「秦人思西周之詩」，卓然特見。

大、小《雅》皆豐、鎬時詩也。何以分大、小？曰：音體有大小，非政事有大小也。雜乎《風》之體者爲小，純乎《雅》之體者爲大。試詠《鹿鳴》、《四牡》諸詩與《文王》、《大明》諸詩，氣象迥然各別。

宣王，中興主也，然其後或宴起，或料民，至廢魯嫡，殺杜伯，而君德荒矣。詩人於東都朝會時，終之以「允矣君子，展也大成」，何識之遠而諷之婉也。漢人《長楊》《羽獵》，那能有此？

《鶴鳴》本以誨宣王，而拉雜詠物，意義若各不相綴。難於顯陳，故以隱語爲開導也。漢枚乘《奏吴王書》本此。

《斯干》考室，《無羊》考牧，何等正大事，而忽然各幻出占夢。本支百世，人物富庶，俱於夢中得之。恍恍惚惚，怪怪奇奇，作詩要得此段虚景。

《巷伯》惡惡，至欲「投畀豺虎」、「投畀有北」，何嘗留一餘地？然想其用意，正欲激發其羞惡之本心，使之同歸於善，則仍是温厚和平之旨也。《牆茨》、《相鼠》諸詩，亦須本斯意讀。

《大東》之詩，歷數天漢牛斗諸星，無可歸咎，無可告訴，不得不悵望於天，若此時之天，非西周盛王時之天者然。司馬子長云：「勞苦倦極，未嘗不呼天。」得之矣。

《文王》七章，語意相承而下，陳思《贈白馬王》詩、顏延之《秋胡行》祖其遺法。

古人祝君如《卷阿》之詩，稱道願望至矣。而頌美中時寓責難，得人臣事君之義。魏人公讌、唐人應制，滿簡浮華耳。

美盛德之形容，故曰頌。其詞渾渾爾、穆穆爾，不同雅音之切響也。《記》曰：「《清廟》之瑟，朱絃而疏越，一唱而三歎，有遺音者矣。」故可以感格鬼神。

魯，諸侯也，安得有《頌》？至魯有《頌》，且祀后稷以配天，非禮矣。今讀《駉》以下四篇，皆僖公之詩。先儒謂季孫行父請於周而作《頌》。知東遷以上，魯無《頌》也。即謂《頌》之變，亦可。

《周頌》和厚，《魯頌》誇張，《商頌》古質，此頌體之別。

《離騷》者，《詩》之苗裔也。第《詩》分正、變，而《離騷》所際獨變，故有侘傺噫鬱之音，無和平廣大之響。讀其詞，審其音，如赤子婉戀於父母側而不忍去。要其顯忠斥佞，愛君憂國，足以持人道之窮矣。尊之爲經，烏得爲過？

《楚辭》託陳引喻，點染幽芬，於煩亂瞀惓之中，令人得其悃款悱惻之旨。司馬子長云：「一篇之中，三致意焉。」深有取於辭之重、節之複也。後人穿鑿注解，撰出提挈、照應等法，殊乖其意。

騷體有「少歌」，有「倡」，有「亂歌」。詞未申發，其意爲「倡」。獨倡無和，總篇終爲「亂」。蓋言之不足，故長言之；長言之不足，故反覆咏歎之也。漢人五言興，而音節漸亡；至唐人律體興，第用意於對偶、平仄間，而意言同盡矣。求其餘情動人，何有哉？

《天問》一篇雜舉古今來不可解事問之，若己之忠而見疑，亦天實爲之。思而不得，轉而爲怨；怨而不得，轉而爲問；問君、問他人不得，不容不問之天也。此是屈大夫無可奈何處。

《九歌》哀而艷，《九章》哀而切。《九歌》託事神以喻君，猶望君之感悟也。《九章》感悟無由，沈淵已决，不覺其激烈而悲愴也。

《卜居》、《漁父》兩篇設爲問答，以顯己意，《客難》、《解嘲》之所從出也。詞義顯然，楚辭中之變體。

屈原、微、箕，皆同姓之臣，《離騷》二十五與《麥秀》之歌，辭不同而旨同。有《詩説》、《離騷説》另出，此録其大旨二十七則。

《詩三百篇》可以被諸管絃，皆古樂章也。漢時詩、樂始分，乃立樂府。《安世房中歌》係唐山夫人所製；而清調、平調、瑟調皆其遺音，此《南》與《風》之變也。朝會道路所用，謂之鼓吹曲；軍中馬上所用，謂之横吹曲，此《雅》之變也。武帝以李延年爲協律都尉，與司馬相如諸人略定律吕，作十九章之歌，以正月上辛用事，此《頌》之變也。漢以後因之，而節奏漸失。

樂府之妙，全在繁音促節，其來于于，其去徐徐，往往於迴翔屈折處感人，是即「依永」、「和聲」之遺意也。齊、梁以來，多以對偶行之，而又限以八句，豈復有詠歌嗟歎之意耶？

樂府寧朴毋巧，寧疏毋鍊。張籍《短歌行》云：「菖蒲花開月常滿。」傷於巧也。無名氏《木蘭詩》云：「朔氣傳金柝，寒光照鐵衣。」後人疑爲韋元甫假託，傷於鍊也。

古樂府聲律，唐人已失。試看李太白所擬篇幅之短長、音節之高下，無一與古人合者。然自是樂府神理，非古詩也。明李于鱗句摹字倣，并其不可句讀者追從之，那得不受人譏彈？

四言詩締造良難，於《三百篇》太離不得，太肖不得。太離則失其源，太肖衹襲其貌也。韋孟《諷諫》、《在鄒》之作，肅肅穆穆，未離雅正。劉琨《答盧諶》篇，拙重之中，感激豪蕩，準之變《雅》，似離而合。張華、二陸、潘岳輩，愔愔欲息矣。淵明《停雲》、《時運》等篇，清腴簡遠，别成一格。

《風》、《騷》既息，漢人代興，五言爲標準矣。就五言中較然兩體：蘇、李贈答，無名氏《十九首》，是古詩體；《廬江小吏妻》、《羽林郎》、《陌上桑》之類，是樂府體。

五言古，長篇難於鋪叙，鋪叙中有峰巒起伏，則長而不漫；短篇難於收斂，收斂中能含藴無窮，則短而不促。又長篇必倫次整齊，起結完備，方爲合格；短篇超然而起，悠然而止，不必另綴起結。僅此，兩者俱傎。

龐言繁稱，道所不貴。蘇、李詩言情款款，感寤具存，無急言竭論，而意自長、神自遠，使聽者油油善入，不知其然而然也，是爲五言之祖。蘇、李之别，諒無會期矣，而云「安知非日月，弦望自有時」，何悃悃而纏綿也。後人如何擬得！

《古詩十九首》，不必一人之辭、一時之作。大率逐臣棄妻、朋友闊絶、遊子他鄉、死生新故之感；

或寓言，或顯言，或反覆言；初無奇闢之思、驚險之句，而西京古詩皆在其下。是爲《國風》之遺。

《廬江小吏妻》詩共一千七百四十五言，雜述十數人口中語，而各肖其聲口性情，真化工筆也。中別小姑一段，悲愴之中自足温厚。唐人《棄婦篇》直用其語云：「憶我初來時，小姑始扶牀。今別小姑去，小姑如我長。」下節去「殷勤養公姥，好自相扶將」，而忽轉二語云：「回頭語小姑，莫嫁如兄夫。」輕薄之言，了無餘味，此漢、唐詩品之分。

漢五言一韻到底者多，而「青青河畔草」一章，一路换韻，聯折而下，節拍甚急；而「枯桑知天風」二語，忽用排偶承接，急者緩之，是神化不可到境界。

文姬《悲憤詩》滅去脱卸轉接之痕，若斷若續，不碎不亂，讀去如驚蓬坐振、沙礫自飛。視《胡笳十八拍》，似出二手，宜范史取以入傳。

蘇、李以後，陳思繼起，父兄多才，渠尤獨步。使才而不矜才，用博而不逞博。鄴下諸子，文翰鱗集，未許執金鼓而抗顔行也，故應爲一大宗。

陳思極工起調，如「驚風飄白日，忽然歸西山」，如「明月照高樓，流光正徘徊」，如「高臺多悲風，朝日照北林」，皆高唱也。後謝玄暉「大江流日夜，客心悲未央」，極蒼蒼莽莽之致。

阮公《詠懷》，反覆零亂，興寄無端，和愉哀怨，俶詭不覊，讀者莫求歸趣。遭阮公之時，自應有阮公之詩也。箋釋者必求時事以實之，則鑿矣。劉彦和稱「嵇旨清峻，阮旨遥深」，故當截然分道。

壯武之世，茂先、休奕，莫能軒輊；二陸、潘、張，亦稱魯、衛；左太沖拔出於衆流之中，胸次高曠，而筆力足以達之，自應盡掩諸家。鍾記室嶸季孟於潘、陸間，謂「野於士衡而深於安仁」，太沖弗受也。過江以還，越石悲壯，景純超逸，足稱後勁。

士衡舊推大家，然通瞻自足，而絢綵無力，遂開出排偶一家。降自齊、梁，專工隊仗，邊幅復狹，令閲者白日欲卧，未必非陸氏爲之濫觴也。所撰《文賦》云：「詩緣情而綺靡。」言志章教，惟資塗澤，先失詩人之旨。

漢、魏詩只是一氣轉旋，晉以下始有佳句可摘，此詩運升降之别。

陶公以名臣之後，際易代之時，欲言難言，時時寄託，不獨《詠荆軻》一章也。六朝第一流人物，其詩自能曠世獨立。鍾記室謂其原出於應璩，目爲中品。一言不智，難辭厥咎已。

晉人多尚放達，獨淵明有憂勤語，有自任語，有知足語，有悲憤語，有樂天安命語，有物我同得語。倘幸列孔門，何必不在季次、原憲下？

詩至於宋，性情漸隱，聲色大開，詩運一轉關也。康樂神工默運，明遠廉儁無前，允稱二妙。延年聲價雖高，雕鏤太過，不無沈悶；要其厚重處，古意猶存。

前人評康樂詩，謂「東海揚帆，風日流利」，此不甚允。大約匠心獨造，少規往則，鉤深極微，而漸近自然，流覽閒適中，時時浹洽理趣。劉勰云：「老莊告退，而山水方滋。」遊山水詩，應以康樂爲開先也。

陶詩合下自然，不可及處，在真、在厚；謝詩經營而反於自然，不可及處，在新、在俊。陶詩勝人在不排，謝詩勝人正在排。

鮑明遠樂府，抗音吐懷，每成亮節。《代東門行》、《代放歌行》等篇，直欲前無古人。齊人寥寥，謝玄暉獨有一代，以靈心妙悟，覺筆墨之中、筆墨之外，別有一段深情名理。元長王融諸人，未齊肩背。

蕭梁之代，君臣贈答，亦工艷情，風格日卑矣。隱侯沈約短章，略存古體。文通江淹、仲言何遜，辭藻斐然，雖非出群之雄，亦稱一時能手。陳之視梁，抑又降焉。子堅陰鏗、孝穆徐陵，略具體裁，專求佳句，差强人意云爾。

梁、陳、隋間，專尚琢句。庾肩吾云：「雁與雲俱陣，沙將蓬共驚。」「殘虹收宿雨，缺岸上新流。」「水光懸蕩壁，山翠下添流。」陰鏗云：「鶯隨入户樹，花逐下山風。」江總云：「露洗山扉月，雲開石路煙。」隋煬帝云：「鳥驚初移樹，魚寒欲隱苔。」皆成名句。然比之小謝「天際識歸舟，雲中辨江樹」，痕迹宛然矣。若淵明「采菊東籬下，悠然見南山」、「平疇交遠風，良苗亦懷新」，中有元化，自在流出，烏可以道里計！

梁時横吹曲，武人之詞居多。北音競奏，鉦鐃鏗鏘。《企喻歌》、《折楊柳》歌詞、《木蘭詩》等篇，猶漢、魏人遺響也。北齊《勑勒歌》亦復相似。

北朝詞人，時流清響。庾子山才華富有，悲感之篇，常見風骨。爾時徐、庾並名，恐孝穆華詞，瞠乎其後矣。

子山詩不專造句，而造句亦工。《步虚詞》云：「漢帝看桃核，齊侯問棗花。」《軍行》云：「塞迥翻榆葉，關寒落雁毛。」《從軍》云：「地中鳴鼓角，天上下將軍。」《法筵》云：「佛影胡人記，經文漢語翻。」《酬薛文學》云：「羊腸連九阪，熊耳對雙峰。」少陵所云「清新」者耶？而武林陳允倩謂「老杜不能青出於藍，直是亦步亦趨」，未免揚許失實。

隋煬帝艶情篇什，同符后主；而邊塞諸作，鏗然獨異，剥極將復之候也。楊素幽思健筆，詞氣清蒼。後此射洪陳子昂、曲江張九齡起衰中立，此爲勝、廣云。

古今流傳名句，如「思君如流水」，如「池塘生春草」，如「澄江浄如練」，如「紅藥當階翻」，如「月映清淮流」，如「芙蓉露下落」，如「空梁落燕泥」，情景俱佳，足資吟咏。然不如「南登霸陵岸，回首望長安」，「忠厚悱惻，得「遲遲我行」之意。

唐顯慶、龍朔間，承陳、隋之遺，幾無五言古詩矣。陳伯玉力掃俳優，仰追曩哲。讀《感遇》等章，何啻黄初、正始間也。張曲江、李供奉繼起，風裁各異，原本阮公。唐體中能復古者，以三家爲最。

蘇、李《十九首》後，五言最勝，大率優柔善入，婉而多風。少陵才力標舉，縱横揮霍，詩品又一變矣。要其感時傷亂，憂黎元，希稷、卨，生平抱負，悉流露於楮墨間。詩之變，情之正也。宜新甯高氏，別爲大家。

五言長篇，固須節次分明，一氣連屬。然有意本連屬，而轉似不相連屬者，叙事未了，忽然頓斷，插入旁議，忽然聯續，轉接無象，莫測端倪，此運《左》、《史》法於韵語中，不以常格拘也。千古以來，且讓少陵獨步。

少陵《新婚別》云：「嫁女與征夫，不如棄路傍。」近於怨矣。而「君今往死地」以下，層層轉換，勉以努力戎行，發乎情，止乎禮義也。《羌村》首章，與《綢繆》詩「今夕何夕，見此良人」、「見此粲者」，《東山》詩「有敦瓜苦，烝在栗薪」，同一神理。

陶詩胸次浩然，其中有一段淵深樸茂不可到處。唐人祖述者，王右丞有其清腴，孟山人有其閒遠，儲太祝有其朴實，韋左司有其沖和，柳儀曹有其峻潔，皆學焉而得其性之所近。

才大者聲色不動，指顧自如。太白五言妙於神行，昌黎不無蹶張矣。取其意規於正，雅道未澌。孟東野詩亦從《風》、《騷》中出，特意象孤峻，元氣不無斲削耳。以郊、島並稱，銖兩未敵也。元遺山云：「東野窮愁死不休，高天厚地一詩囚。江山萬古潮陽筆，合在元龍百尺樓。」揚韓抑孟，毋乃太過！

韓、孟聯句體，可偶一爲之，連篇累牘，有傷詩品。

《大風》、《柏梁》，七言權輿也。自時厥後，如魏文《燕歌行》、陳琳《飲馬長城窟》、鮑照《行路難》皆稱傑搆。唐人起而不相沿襲，變態備焉。學七言古詩者，當以唐代爲楷式。

班史《東方朔傳》云：「八言、七言上下。」然東方詩不傳，而八言體後人亦無繼之者。

文以養氣爲歸，詩亦如之。七言古或雜以兩言、三言、四言、五六言，皆七言之短句也；或雜以八、九言、十餘言，皆伸以長句，而故欲振蕩其勢，迴旋其姿也。其間忽疾忽徐，忽翕忽張，忽渟瀠，忽轉掣，乍陰乍陽，屢遷光景，莫不有浩氣鼓盪其機，如吹萬之不窮，如江河之滔漭而奔放，斯長篇之能事極矣。四語一轉，蟬聯而下，特初唐人一法，所謂「王楊盧駱當時體」也。

歌行起步宜高唱而入，有「黄河落天走東海」之勢。以下隨手波折，隨步換形，蒼蒼莽莽中自有灰線蛇踪，蛛絲馬跡，使人眩其奇變，仍服其警嚴。至收結處，紆徐而來者，防其平衍，須作斗健語以止之；一往峭折者，防其氣促，不妨作悠揚搖曳語以送之，不可以一格論。

轉韵初無定式，或二語一轉，或四語一轉，或連轉幾韵，或一韵疊下幾語。大約前則舒徐，後則一滚而出，欲急其節拍以爲亂也。此亦天機自到，人工不能勉强。

詩篇結局爲難，七言古尤難。前路層波疊浪而來，略無收應，成何章法？支離其詞，亦嫌煩碎。作手於兩言或四言中層層照管，而又能作神龍掉尾之勢，神乎技矣！

高、岑、王、李頎四家，每段頓挫處略作對偶，於局勢散漫中求整飭也。李、杜風雨分飛，魚龍百變，讀者又爽然自失。

太白想落天外，局自變生，大江無風，濤浪自湧，白雲卷舒，從風變滅。此殆天授，非人力也。集中《笑矣乎》、《悲來乎》、《懷素草書歌》等作，開出淺率一派。王元美稱爲「百首以後易厭」，此種是也。或云：此五代庸妄子所擬。

少陵歌行，如建章之宫，千門萬户；如鉅鹿之戰，諸侯皆從壁上觀，膝行而前，不敢仰視；如大海之水，長風鼓浪，揚泥沙而舞怪物，靈蠢畢集。與太白各不相似，而各造其極，後賢未易追逐。夔州以後，比之掃殘毫穎，時帶頽秃。

少陵有倒插法，如《送重表姪王砅評事》篇中「上云天下亂」云云，「次云最少年」云云，初不説出某人，而下倒補云：「秦王時在座，真氣驚户牖。」此其法也。《麗人行》篇中「賜名大國虢與秦」、「慎莫近前丞相嗔」，亦是此法。又有反接法，《述懷》篇云：「自寄一封書，今已十月後。」若云「不見消息來」，平平語耳；此云「反畏消息來，寸心亦何有」，斗覺驚心動魄矣。又有透過一層法，如《無家别》篇中云：「縣吏知我至，召令習鼓鼙。」無家客而遣之從征，極不堪事也；然明説不堪，其味便淺，此云「家鄉既蕩盡，遠近理亦齊」，轉作曠達，彌見沉痛矣。又有突接法，如《醉歌行》突接「春光澹沲秦東亭」，《簡薛華醉歌》突接「氣酣日落西風來」，上寫情欲盡未盡，忽入寫景，激壯蒼涼，神色俱王。皆此老獨開生面處。

三句一轉，秦皇《嶧山碑》文法也。元次山《中興頌》用之，岑嘉州《走馬川行》亦用之。而三句一轉中句句用韻，與《嶧山碑》又别。

歌行轉韻者，可以雜入律句，借轉韻以運動之，純綿裹針，軟中自有力也。一韻到底者，必須鏗金鏘石，一片宫商，稍混律句，便成弱調也。不轉韻者，李、杜十之一二（李如《粉圖山水歌》，杜如《哀王孫》、瘦馬行類），韓昌黎十之八九，後歐、蘇諸公，皆以韓爲宗。

或問：「何者古詩中律句？」曰：「不露文章世已驚，未辭剪伐誰能送？」「何者别於律句？」曰：「五岳祭秩皆三公，四方環鎮嵩當中。」

七字每平仄相間，而義山《韓碑》一篇中，「封狼生貙貙生貔」七字，平也；「帝得聖相相曰度」七字，仄也。氣盛則言之短長與聲之高下皆宜。

昌黎豪傑自命，欲以學問、才力跨越李、杜之上，然恢張處多，變化處少，力有餘而巧不足也。獨四言大篇，如《元和聖德》、《平淮西碑》之類，義山所謂句奇語重、點竄塗改者，雖司馬長卿，亦當斂手。

白樂天詩能道盡古今道理，人以率易少之。然「諷諭」一卷，使言者無罪，聞者足戒，亦風人之遺意也。惟張文昌、王仲初樂府，專以口齒利便勝人，雅非貴品。

仲初《當窗織》云：「當窗却羨青樓倡，十指不動衣盈箱。」人即無志節，何至羨青樓倡耶？文昌《節婦吟》云：「感君纏綿意，繫在紅羅襦。」贈珠者知有夫而故近之，更褻於羅敷之使君也，猶感其意之纏綿耶？雖云寓言贈人，何妨圓融其辭？然君子立言，故自有則。

李長吉詩每近《天問》、《招魂》，楚騷之苗裔也。特語語求工，而波瀾堂廡又窄，所以有「山節藻棁」之誚。杜牧之謂：「賀且未死，少加以理，可以奴僕命騷。」果天假以年，所造遂止此乎？

王元美云：「奇過則凡。」學長吉者宜知之。

五言律，陰鏗、何遜、庾信、徐陵已開其體，唐初人研揣聲音，穩順體勢，其製乃備。神龍之世，陳、杜、沈、宋，渾金璞玉，不須追琢，自然名貴。開、寶以來，李太白之明麗，王摩詰、孟浩然之自得，分道揚鑣，並推極勝。杜子美獨闢畦徑，寓縱横排奡於整密中，故應包涵一切。終唐之世，變態雖多，無有越諸家之範圍者矣。以此求之，有餘師焉。

起手貴突兀。王右丞「風勁角弓鳴」，杜工部「莽莽萬重山」、「帶甲滿天地」，岑嘉州「送客飛鳥外」等篇，直疑高山墜石，不知其來，令人驚絶。

中聯以虚實對、流水對爲上，即徵實一聯，亦宜各换意境。略無變换，古人所輕。即如「蟬噪林逾静，鳥鳴山更幽」，何嘗不是佳句，然王元美以其寫景一例少之。至「圓荷浮小葉，細麥落輕花」，宋人已議之矣。

三、四語多流走，亦竟有散行者。然必有不得不散之勢，乃佳。苟艱於屬對，率爾放筆，是借散勢以文其陋也。又有通體俱散者，李太白《夜泊牛渚》、孟浩然《晚泊潯陽》、釋皎然《尋陸鴻漸》等章，興到成詩，人力無與，匪垂典則，偶存標格而已。外是八句平對，五、六散行，前半扇對之式，皆極詩中變態。

三、四貴匀稱，承上斗峭而來，宜緩脉赴之。五、六必聳然挺拔，别開一境。上既和平，至此必須振起也。崔司勳《贈張都督》詩：「出塞清沙漠，還家拜羽林。」和平矣，下接云：「風霜臣節苦，歲月主恩深。」杜工部《送人從軍》詩：「今君度沙磧，累月斷人烟。」和平矣，下接云：「好武甯論命，封侯不計年。」《泊岳陽城下》詩：「岸風翻夕浪，舟雪灑寒燈。」和平矣，下接云：「留滯才難盡，艱危氣益增。」如此拓開，方振得起。温飛卿《商山早行》於「雞聲茅店月，人跡板橋霜」下接「槲葉落山路，枳花明驛墻」，周處士朴賦《董嶺水》於「禹力不到處，河聲流向西」下接「過衙山色遠，近水月光低」，便覺直塌下去。

中二聯不宜純乎寫景。如「明月松間照，清泉石上流。竹喧歸浣女，蓮動下漁舟」，景象雖工，詎爲模楷？至宋陸放翁，八句皆寫景矣。

收束或放開一步，或宕出遠神，或本位收住。張燕公「不作邊城將，誰知恩遇深」，就夜飲收住也；王右丞「君問窮通理，漁歌入浦深」，從解帶彈琴宕出遠神也；杜工部「何當擊凡鳥，毛血灑平蕪」，就畫鷹説到真鷹，放開一步也。就上文體勢行之。

唐玄宗「劍閣横雲峻」一篇、王右丞「風勁角弓鳴」一篇，神完氣足，章法、句法、字法俱臻絶頂，此律詩正體。而太白「五月天山雪，無花只有寒。笛中聞《折柳》，春色未曾看」，一氣直下，不就羈縛；右丞「萬壑樹參天，千山響杜鵑。山中一夜雨，樹杪百重泉」，分頂上二語而一氣赴之，尤爲龍跳虎卧之筆。此皆天然入妙，未易追摹。

大曆後漸近收斂，選言取勝，元氣未完，辭意新而風格自降矣。劉隨州工於鑄語，不傷大雅，然「老至居人下，春歸在客先」、「萬里通秋雁，千峰共夕陽」，名儁有餘，自非盛唐人語。賈長江「秋風吹渭水，落葉滿長安」、温飛卿「古戍落黄葉，浩然離故關」，卑靡時乃有此格。後惟馬戴亦間有之。

七言律，平叙易於徑遂，雕鏤失之佻巧，比五言爲尤難。貴屬對穩，貴遺事切，貴捶字老，貴結響高，而總歸於血脉動盪，首尾渾成。後人祇於全篇中争一聯警拔，取青妃白，有句無章，所以去古日遠。

沈雲卿《龍池》樂章、崔司勳《黄鶴樓》詩，意得象先，縱筆所到，遂擅古今之奇，所謂「章法之妙，不見句法；句法之妙，不見字法」者也。

雲卿《獨不見》一章，骨高氣高，色澤情韵俱高。視中唐「鶯啼燕語報新年」詩，味薄語纖，牀分上下。

王維、李頎、崔曙、張謂、高適、岑參諸人，品格既高，復饒遠韵，故爲正聲。老杜以宏才卓識、盛氣大力勝之。讀《秋興八首》、《詠懷古跡五首》、《諸將五首》，不廢議論，不棄藻繢，籠蓋宇宙，鏗戛韶鈞，而横縱出没中復含醖藉微遠之致。目爲大成，非虚語也。明嘉、隆諸子轉尊李頎，鍾、譚於杜律中轉斥《秋興》諸篇，而推「南極老人自有星」幾章，何啻唫囈！

大曆十子後，劉夢得骨幹氣魄似又高於隨州，人與樂天並稱，緣劉、白有《倡和集》耳。白之淺易，未可同日語也。蕭山毛大可尊白詘劉，每難測其指趣。

柳子厚哀怨有節，律中《騷》體，與夢得故是敵手。

義山近體，襞績重重，長於諷諭。中多借題攄抱，遭時之變，不得不隱也。詠史十數章，得杜陵一體。至云「但須鸑鷟巢阿閣，豈假鴟鴞在泮林」，不媿讀書人持論。

温、李擅長固在屬對精工，然或工而無意，譬之剪綵爲花，全無生韵，弗尚也。義山「此日六軍同駐馬，當時七夕笑牽牛」、飛卿「回日樓臺非甲帳，去時冠劍是丁年」，對句用逆挽法，詩中得此一聯，便化板滞爲跳脱。

晚唐人詩「鷺鷥飛破夕陽煙」、「水面風回聚落花」、「芰荷翻雨潑鴛鴦」固是好句，然句好而意盡句中矣。又張蠙《洞庭湖》詩：「青草浪高三月渡，緑楊花撲一溪烟。」「緑楊」一語，分明郫港小景，賦洞庭湖宜爾耶？「破」字、「聚」字、「潑」字、「撲」字，求新在此。不登大雅之堂正在此。

長律所尚，在氣局嚴整，屬對工切，段落分明，而其要在開闔相生，不露鋪叙、轉折、過接之迹，使語排而忘其爲排，斯能事矣。唐初應制、贈送諸篇，王、楊、盧、駱，陳、杜、沈、宋，燕、許、曲江，並皆佳妙。少陵出而瑰奇鴻麗，一變故方，後此無能爲役。元、白滔滔百韵，俱能工穩，但流易有餘，鎔裁未足，每爲淺率家效顰。温、李以下，又無論已。七言長律，少陵開出，然《清明》等篇已不能佳，何況學步餘子。

絶句，唐樂府也。篇止四語，而倚聲爲歌，能使聽者低徊不倦。旗亭伎女猶能賞之，非以揚音抗節，有出於天籟者乎？著意求之，殊非宗旨。

五言絶句，右丞之自然、太白之高妙、蘇州之古澹，並入化機。而三家中，太白近樂府，右丞、蘇州近古詩，又各擅勝場也。他如崔顥《長干曲》、金昌緒《春怨》、王建《新嫁娘》、張祜《宫詞》等篇，雖非專家，亦稱絶調。

七言絶句，以語近情遥、含吐不露爲主。只眼前景、口頭語，而有絃外音、味外味，使人神遠，太白有焉。

王龍標絶句，深情幽怨，意旨微茫。「昨夜風開露井桃」一章，只説他人之承寵，而己之失寵，悠然可思，此求響於絃指外也。「玉顔不及寒鴉色」兩言，亦復優柔婉約。「秦時明月」一章，前人推奬之，而未言其妙。蓋言師勞力竭而功不成，繇將非其人之故；得飛將軍備邊，邊烽自熄。即高常侍《燕歌行》歸重「至今人説李將軍」也。防邊築城，起於秦、漢，「明月」屬秦，「關」屬漢，詩中互文。

李滄溟推王昌齡「秦時明月」爲壓卷，王鳳洲推王翰「蒲萄美酒」爲壓卷，本朝王阮亭則云：「必求壓卷，王維之『渭城』、李白之『白帝』、王昌齡之『奉帚平明』、王之渙之『黄河遠上』，其庶幾乎？而終唐之世，亦無出四章之右者矣。」滄溟、鳳洲主氣，阮亭主神，各自有見。愚謂李益之「回樂峰前」、柳宗元之「破額山前」、劉禹錫之「山圍故國」、杜牧之「烟籠寒水」、鄭谷之「揚子江頭」，氣象稍殊，亦堪接武。

詩有當時盛稱而品不貴者：王維之「白眼看他世上人」、張謂之「世人結交須黄金」、曹松之「一將功成萬骨枯」、章碣之「劉項原來不讀書」，此粗派也；朱慶餘之「鸚鵡前頭不敢言」，此纖小派也；張祜之「淡掃蛾眉朝至尊」、李商隱之「薛王沉醉壽王醒」，此輕薄派也。又有過作苦語而失者，元稹之「垂死病中驚起坐，暗風吹雨入船窗」，情非不摯，成蹙蹶聲矣；李白「楊花落盡子規啼」，正不須如此説。

説詩晬語卷下

長洲沈德潛確士著

宋初臺閣倡和，多宗義山，名「西崑體」。以義山爲「崑體」者，非是。梅聖俞、蘇子美起而矯之，盡黜科臼，蹈厲發揚。才力體制，非不高於前人，而淵涵渟滀之趣，無復存矣。歐陽七言古專學昌黎，然意言之外，猶存餘地。

王介甫才力頗張，而意味較薄，《桃花源》一篇外，良楛互見矣。王逢力求生新，亦同時之錚錚者。

蘇子瞻胸有洪爐，金銀鉛錫，皆歸鎔鑄。其筆之超曠，等於天馬脱羈，飛僊遊戲，窮極變幻，而適如意中所欲出。韓文公後，又開闢一境界也。元遺山云：「只知詩到蘇黄盡，滄海横流却是誰？」嫌其有破壞唐體之意，然正不必以唐人律之。蘇門諸君子，清才林立，並入寰中，猶之邾、莒已。蘇詩長於七言，短於五言；工於比喻，拙於莊語。

《劍南集》原本老杜，殊有獨造境地。但古體近粗，今體近滑，遜於杜之沈雄騰踔耳。明代楊君謙、本朝楊芝田專録其歎老嗟卑之言，恐非放翁知己。

放翁七言律隊仗工整，使事熨貼，當時無與比埒。然朱竹垞摘其雷同之句，多至四十餘聯。緣放翁年八十餘，「六十年間萬首詩」後，又添四千餘首，詩篇太多，不暇持擇也。初不以此遂輕放翁，然亦足爲貪多者鏡矣。八句中上下時不承接，應是先得佳句，續成首尾。故神完氣厚之作，十不得其二三。

南渡後詩，楊廷秀推尤、蕭、范、陸四家，謂尤延之袤、蕭東夫德藻、范致能成大、陸務觀游也。後去東夫，易以廷秀，稱尤、楊、范、陸，蕭幾不能舉其名氏，而詩亦散逸矣。傳其《詠梅》云：「百千年蘚著枯樹，一兩點花供老枝。」又云：「湘妃危立凍蛟背，海月冷挂珊瑚枝。」意孑孑求新，而入於澀體者耶？

朱子五言，不必嶄絕凌厲，而意趣、風骨自見，知爲德人之音。

西江派黄魯直太生，陳無己太直，皆學杜而未嚌其炙者。然神理未浹，風骨獨存。南渡以下，范石湖變爲恬縟，楊誠齋、鄭德源變爲諧俗，劉潛夫、方巨山之流變爲纖小；而四靈諸公之體方幅狹隘，令人一覽易盡，亦爲不善變矣。

蘇、李數篇，老杜奉爲「吾師」，不朽之作，不必務多也。楊誠齋積至二萬餘，周益公如之。以多爲貴，無如此二公者。然排沙簡金，幾於無金可簡，亦安用多爲哉！

宋末謝皋羽《晞髮集》，意生語造。古體欲獨闢町畦，方之元和時，在盧仝、劉叉之列。

宋詩中如「卷簾通燕子，織竹護雞孫」、「爲護猫頭笋，因編麂眼籬」、「風來嫩柳摇官緑，雲起奇峰湧帝青」、「遠近笋争滕薛長，東西鷗背晉秦盟」，皆卑卑者。至「若見江魚應慟哭，此中曾有屈原墳」，則怪矣。「脚跟頭上兩青天」、「月子灣灣照九州」，則俚矣。學宋人者，并無宋人學問，而但求工對偶之間。如「木上座」、「竹夫人」、「趙盾日」、「展禽風」之類。

曲摹里巷之語，舍大聲而愛《折楊》、《皇荂》，宜識者之不欲觀也。擴清俗諦，以求大方，斯真宋詩出矣。「春水渡旁渡，夕陽山外山」，何工於着景也；「客游兒廢學，身拙婦持家」，何工於言情也。此種何嘗不是宋詩？

《谷音》一卷，係宋遺民詩，皆不落塵溷，清鏘可誦者。《月泉吟社》一卷便不足觀。

《中州集》，錢牧齋極爲獎激。然可取者，元裕之小序。詩品薄弱，又在南宋諸公下也。集中所傳，如「好景落誰詩句裏，蹇驢駝我畫圖間」，好句不過爾爾。王元美謂「直於宋而大淺，質於元而少情」，豈苛論哉！

元裕之七言古詩，氣王神行，平蕪一望時，常得峰巒高插、濤瀾動地之槩，又東坡後一能手也。絶句寄託遥深，如《出都門》、《過故宫》等篇，何減讀庾蘭成《哀江南賦》。

虞、楊、范、揭四家，詩品相敵，中又以「漢廷老吏」伯生自評其詩爲最。他如吴淵穎之兀奡、迺易之之流利、薩天錫之穠鮮耀艷，故應並張一軍。趙王孫暨金華諸子聲價雖高，未宜方駕。

鐵崖樂府，詆諆者比於妖魅。然廉折稜稜，異於男子而巾幗服者。論宋元詩，不必過於求全也。鐵門諸子中，玉笥生亦復可采。過此以往，近乎填詞，等之自鄶已。

元季都尚詞華，劉伯温獨標骨幹，時能規橅杜、韓。高季迪出入於漢、魏、六朝、唐、宋諸家，特才調過人，步蹊未化，故變元風則有餘，追大雅猶不足也。要之，明初辭人，以二公爲冠，袁景文凱次之，楊孟載基次之，張志道以寧次之，徐幼文賁、張來儀羽又次之。高、楊、張、徐之名，特並舉於北郭十子中，初非通論。

張志道《送阮子敬》一篇連跗接蕚，神似《飲馬長城》詩。袁景文《題蘇李泣別圖》神韻雙絶，應在劉賓客、李庶子間。

高典籍棅長於五言，如「海國霜氣涼，秋聲落遥壁」、「飛雨霞際晴，夕陽雁邊下」，風致疑出常建。閩中林子羽輩，未之或先。

永樂以還崇臺閣體，諸大老倡之，衆人應之，相習成風，靡然不覺。李賓之東陽力挽頹瀾，李夢陽、何繼之，詩道復歸於正。

李獻吉雄渾悲壯，鼓盪飛揚；何仲默秀朗俊逸，迴翔馳驟。同是憲章少陵，而所造各異，駸駸乎一代之盛矣。錢牧齋信口掎摭，謂其「摹擬剽賊，同於嬰兒學語」，至謂「讀書種子，從此斷絶」，此爲門户起見，後人勿矮人看場可也。兩人學少陵，實有過於求肖處。録其所長，指其所短，庶足服北地、信陽之心。

徐昌穀大不及李，高不及何，而倩朗清潤，骨相嶔嶔，自能獨尊吴體。邊庭實、王子衡，同羽翼李、何，而地位少下。康對山涉筆膚庸，一往易盡。七子之名，不必存也。

僧雪江《送王伯安謫龍場驛丞》云：「蠻烟瘦馬經荒驛，瘴雨寒鷄夢早朝。」上句寫遠竄景色，人猶能之，下則文成之忠愛俱見矣。又趙鶴《登岱》云：「山壓星辰從下看，海浮天地白東迴。」胸中不知吞幾雲夢也。

楊用脩負高明伉爽之才，沈博絶麗之學，隨物賦形，空所依傍。讀《宿金沙江》、《錦津舟中》諸篇，令人對此茫茫，百端交集。李、何諸子外，拔戟自成一隊。

五言非用脩所長，過於穠麗，轉落凡近也。同時有薛君宷蕙，稍後有高子業叔嗣，並以沖淡爲宗，五言古風，獨饒高韵。後華子潛察希韋、柳之風，四皇甫沖、孝、汸、濂仰三謝之體，雖未穿溟涬，而氛垢已離，正、嘉之際稱爾雅云。

王元美天分既高，學殖亦富，自珊瑚木難及牛溲馬勃，無所不有。樂府古體卓爾成家，七言近體亦規大方。而鍛鍊未純，且多酬應牽率之態。李于鱗擬古詩臨摹已甚，尺寸不離，固足招詆諆之口。而七言近體高華矜貴，脱去凡庸，正使金沙並見，自足名家。過於回護與過於掊擊，皆偏私之見耳。

謝茂秦古體局於規格，絶少生氣。五言律句烹字鍊，氣逸調高。集中「雲出三邊外，風生萬馬間」、「人吹五更笛，月照萬家霜」、「絶漠兼天盡，交河蕩日寒」、「夜火分千樹，春星落萬家」，高、岑遇之，行當把臂。七言《送謝武選》一章，隨題轉摺，無迹有神，與高青丘《送沈左司》詩並推神來之作。

王、李既興，輔翼之者，病在沿襲雷同；攻擊之者，又病在纖新吊詭。一變爲袁中郎兄弟之詼諧，再變爲鍾伯敬、譚友夏之僻澀，三變爲陳仲醇、程孟陽之纖佻。迴視嘉靖諸子，又古民之三疾矣。論者獨推孟陽，歸咎王、李，而并刻論李、何爲作俑之始。其然，豈其然乎？

萬曆以來，高景逸攀龍、歸季思子慕五言雅淡清真，得陶公意趣。仁義之人，其言藹如也。詩至鍾、譚諸人，衰極矣。陳大樽曌闢榛蕪，上窺正始，可云枇杷晚翠。

寫竹者必有成竹在胸，謂意在筆先，然後著墨也。慘澹經營，詩道所貴。倘意旨、間架，茫然無措，臨文敷衍，支支節節而成之，豈所語於得心應手之技乎？

古人不廢鍊字法，然以意勝而不以字勝，故能平字見奇，常字見險，陳字見新，朴字見色。近人挾以鬬勝者，難字而已。

點染風花，何妨少爲失實。若小小送別，而動欲沾巾；聊作旅人，而便云萬里。登陟培塿，比擬華、嵩；偶遇庸人，頌言良哲。以至本居泉石，更懷遯世之思；業處歡娛，忽作窮途之哭。準之立言，皆爲失體。《記》曰：「志之所至，詩亦至焉。」本乎志以成詩，惡有數者之患！

用意過深，使氣過厲，抒藻過穠，亦是詩家一病。故曰「穆如清風」。

意主渾融，惟恐其露；意主蹈厲，惟恐其藏。究之恐露者味而彌旨，恐藏者盡而無餘。

朱子云：「《楚詞》不皆是怨君，被後人多説成怨君。」此言最中病痛。如唐人中少陵故多忠愛之詞，義山間作風刺之語。然必動輒牽入，即偶爾賦物，隨境寫懷，亦必云主某事、刺某人，水月鏡花，多成粘皮帶骨，亦何取耶？

鍾伯敬云：「但欲洗去故常語。然别開一徑，康馗有弗踐者焉。故器不尚象，淫巧雜陳；聲不和律，艷詄競響。」此持論極善，且似自砭其失處。蓋詩當求新於理，不當求新於徑。譬之日月，終古常見，而光景常新，未嘗有兩日月也。

援引典故，詩家所尚。然亦有羌無故實而自高，臚陳卷軸而轉卑者。假如作田家詩，只宜稱情而言。乞靈古人，便乖本色。

嚴儀卿有「詩有别才，非關學也」之説，謂神明妙悟，不專學問，非教人廢學也。誤用其説者，固有原伯魯之譏。而當今談藝家又專主漁獵，若家有類書，便成作者。究其流極，厥弊維鈞。吾恐楚則失矣，齊亦未爲得也。

擬古、詠懷，斷不宜入近世事與近世字面，錦葛同裘，嫌不稱也。若本叙述近事，即方言謡諺，不妨引入，顧用之何如耳。

樂府中不宜雜古詩體，恐散朴也；作古詩正須得樂府意。古詩中不宜雜律詩體，恐凝滯也；作律詩正須得古風格。與寫篆、八分不得入楷法，寫楷書宜入篆、八分法同意。

詠古詩未經闡發者，宜援據本傳，見微顯闡幽之意。若前人久經論定，不須人云亦云。王摩詰《西施詠》、李東川《謁夷齊廟》，或别寓興意，或淡淡寫景，以避雷同勦説，此别行一路法也。

太沖《詠史》不必專詠一人，專詠一事，已有懷抱。借古人事以抒寫之，斯爲千秋絶唱。後人粘着一事，明白斷案，此史論，非詩格也。至胡曾絶句百篇，尤爲墮入惡道。

懷古必切時地，老杜《公安縣懷古》中云：「灑落君臣契，飛騰戰伐名。」簡而能該，真史筆也。劉滄《咸陽》、《鄴都》、《長洲》諸詠，設色寫景，可互相統易，是以酬應爲懷古矣。許渾稍可觀，然落句往往入套。

遊山詩，永嘉山水主靈秀，謝康樂稱之；蜀中山水主險隘，杜工部稱之；永州山水主幽峭，柳儀曹稱之。略一轉移，失却山川真面。

詠物，小小體也。而老杜《詠房兵曹胡馬》則云：「所向無空闊，真堪託死生。」德性之調良，俱爲傳出。鄭都官《詠鷓鴣》則云：「雨昏青草湖邊過，花落黄陵廟裏啼。」此又以神韻勝也。彼胸無寄託，筆無遠情，如謝宗可、瞿佑之流，直猜謎語耳。

唐以前未見題畫詩，開此體者，老杜也。其法全在不粘畫上發論，如題畫馬、畫鷹，必説到真馬、真鷹，復從真馬、真鷹開出議論。後人可以爲式。又如題畫山水，有地名可按者，必寫出登臨憑弔之意；題畫人物，有事實可拈者，必發出知人論世之意。本老杜法推廣之，才是作手。

古人詠雪，多偶然及之。漢人「前日風雪中，故人從此去」、謝康樂「明月照積雪」、王龍標「空山多雨雪，獨立君始悟」，何天真絶俗也！鄭都官「亂飄僧舍茶烟濕，密灑歌樓酒力微」，已落坑塹矣。昌黎之「凹中初蓋底，凸處盡成堆」、張承吉之「戰退玉龍三百萬，敗鱗殘甲滿天飛」，是成底語？東坡尖叉韵詩，偶然遊戲，學之恐入於魔。

詠梅詩應以庾子山之「枝高出手寒」、蘇東坡之「竹外一枝斜更好」爲上；林和靖之「雪後園林纔半樹，水邊籬落忽横枝」、高季迪之「流水空山見一枝」，亦能象外孤寄，餘皆刻畫矣。杜少陵之「幸不折來傷歲暮，若爲看去亂鄉愁」，此純乎寫情，以事外賞之可也。

東坡詩「幽尋盡處見桃花」，又云「竹外桃花三兩枝」，自是桃花名句。

隱侯云「彈丸脱手」，固是詩家妙喻。然過熟則滑，唯生熟相濟，於生中求熟，熟處帶生，方不落尋常蹊徑。

一首有一首章法；一題數首，又合數首爲章法。有起、有結、有倫序、有照應，若闕一不得，增一不得，乃見體裁。陳思《贈白馬王》、謝家兄弟酬答、子美《遊何將軍園》之類是也。又有隨所興觸，一章一意，分觀錯雜，總述纍纍。射洪《感遇》、太白《古風》、子美《秦州雜詩》之類是也。後人一題至十數章，甚或二三十章，然意旨、辭采彼此互犯，雖搆多篇，索其指歸，一章可盡，不如割愛之爲愈已。

詩不可不造句。江中日早，殘冬立春，亦尋常意思，而王灣云：「海日生殘夜，江春入舊年。」一經鍾鍊，便成警絶，宜張曲江懸以示人。

詩中韵脚如大廈之有柱石，此處不牢，傾折立見。故有看去極平而斷難更移者，安穩故也。安穩者，牢之謂也。杜詩「懸崖置屋牢」，可悟韵脚之法。

對仗固須工整，而亦有一聯中本句自爲對偶者。五言如王摩詰「赭圻將赤岸，擊汰復揚舲」，七言如杜必簡「伐鼓撞鐘驚海上，新妝袨服照江東」、杜子美「桃花細逐楊花落，黄鳥時兼白鳥飛」之類。方板中求活，時或用之。

律詩起句可不用韵，故宋人以來，有入別韵者。然必於通韵中借入，如「冬」韵詩起句入「東」，「支」韵詩起句入「微」，「豪」韵詩起句入「蕭」、「肴」是也。若「庚」、「青」韵詩，起句入「真」、「文」，「寒」、「删」、「先」韵詩，起句入「覃」、「鹽」、「咸」，亂雜不可爲訓。

寫景、寫情不宜相礙，前説晴，後説雨，則相礙矣。亦不可犯複，前説沅、澧，後説衡、湘，則犯複矣。即字面亦須避忌，字同義異者，或偶見之；若字義俱同，必從更易。如「暮雲空磧時驅馬」、「玉靶角弓珠勒馬」，終是右丞之累。

杜詩云：「新詩改罷自長吟。」「改」則弊病去，「長吟」則神味出。

詩中高格，入詞便苦其腐；詞中麗句，入詩便苦其纖，各有規格在也。然腐之爲病，填詞者每知之；纖之爲病，作詩者未盡知之。

古人同作一詩，不必同韵；即同韵，亦在一韵中，不必句句次韵也。自元、白創始，而皮、陸倡和，又加甚焉。以韵爲主，而以意相從，中有欲言，不能通達矣。近代專以此見長，名曰和韵，實則趁韵，宜血脉横亘，句聯意斷也。有志之士，當不囿於俗。

毛穉黄云：「詩必相題，猥瑣、尖新、淫褻等題，可無作也；詩必相韵，故拈險俗、生澀之韵，可無作也。」昏昏長夜，得此豁然。

雜體有大言、小言、兩頭纖纖、五雜俎、離合、姓名、五平、五仄、十二辰、回文等項，近於戲弄。古人偶爲之，然而大雅弗取。

人謂詩主性情，不主議論。似也，而亦不盡然。試思二《雅》中，何處無議論？杜老古詩中《奉先詠懷》、《北征》、《八哀》諸作，近體中《蜀相》、《詠懷》、《諸葛》諸作，純乎議論。但議論須帶情韵以行，勿近傖父面目耳。戎昱《和蕃》云：「社稷依明主，安危託婦人。」亦議論之佳者。

「不讀唐以後書」，固李北地欺人語。然近代人詩，似專讀唐以後書矣。又或舍九經而徵佛經，舍正史而搜稗史小説，且但求新異，不顧理乖。淮雨别風，貽譏踳駁，不如布帛菽粟，常足厭心切理也。

錢、郎贈送之作，當時引以爲重。應酬詩，前人亦不盡廢也。然必所贈之人何人，所往之地何地，一一按切，而復以己之情性流露於中，自然可詠可歌，非幕下張君房輩所能代作。

《詩》本六籍之一，王者以之觀民風、考得失，非爲艷情發也。雖四始以後，《離騷》興美人之思，平子有定情之詠，然詞則託之男女，義實關乎君父友朋。自梁、陳篇什，半屬艷情；而唐末香奩，益近褻嫚，失「好色不淫」之旨矣。此旨一差，日遠名教。

詩貴寄意，有言在此而意在彼者。李太白《子夜吳歌》本閨情語，而忽冀罷征；《經下邳圯橋》本懷子房，而意實自寓；《遠别離》本詠英、皇，而借以咎肅宗之不振、李輔國之擅權。杜少陵《玉華宫》云「不知何王殿，遺搆絶壁下」，傷唐亂也；《九成宫》云「巡非瑶水遠，跡是雕墻後」，垂夏、殷鑑也；他若諷貴妃之釀亂，則憶王母於宫中；刺花敬定之僭竊，則想新曲於天上。凡斯託旨，往往有之。但不如《三百篇》有小序可稽，在讀者以意逆之耳。

漢人《羽林郎》篇「頭上藍田玉，耳後大秦珠」、「一鬟五百萬，兩鬟千萬餘」，《陌上桑》篇「頭上倭墮髻，耳中明月珠。緗綺爲下裙，紫綺爲上襦」，《焦仲卿妻》篇「腰若流紈素，耳著明月璫。指如削葱根，口如含珠丹」，何工於賦美人也，而其原出於《碩人》之美莊姜。古人重其行，兼及其容，婦容不與德、言、工並列耶？

唐時五言以試士，七言以應制。限以聲律，而又得失譏美之念先存於中，揣摩主司之好尚，迎合君上之意旨，宜其言之難工也。錢起《湘靈鼓瑟》、王維《奉和聖製雨中春望》外，傑作寥寥，略觀可矣。

何景明《明月篇序》大意謂子美七言詩詞固著，而調失流轉，不如唐初四子音節可歌。蓋以子美爲歌詩之變體，而四子猶《三百》之遺風也。然子美詩每從《風》《雅》中出，未可執詞調一節以議之。王阮亭論詩云：「接迹風人《明月篇》，何郎妙悟本從天。王楊盧駱當時體，莫逐刀圭誤後賢。」能不被前人瞞過。

杜詩「江山如有待，花柳自無私」、「水深魚極樂，林茂鳥知歸」、「水流心不競，雲在意俱遲」，俱入理趣。邵子則云：「一陽初動處，萬物未生時。」以理語成詩矣。王右丞詩不用禪語，時得禪理。東坡則云：「兩手欲遮瓶裏雀，四條深怕井中蛇。」言外有餘味耶？

王右軍作字不肯雷同，《黄庭經》、《樂毅論》、《東方畫像贊》無一相肖處，筆有化工也。杜詩復然，一千四百餘篇中，求其詞意犯複，了不可得，所以推詩中之聖。

杜詩別於諸家，在包絡一切。其時露敗缺處，正是無所不有處。評釋家必代爲辭説，或周遮徵引以斡旋之。甚有以時文法解説杜詩，斷斷於提伏串插間者。浣花翁有知，定應齒冷。

殷璠云：「名不副實，才不合道，縱權壓梁、竇，吾無取焉。」芮挺章云：「道苟可得，不棄於廝養；事非適理，何貴於膏粱？」真能特立，不昧心語。

高仲武以郎士元「暮蟬不可聽，落葉豈堪聞」，謂工於發端。然「暮蟬」、「落葉」有兩景乎？「不可聽」、「豈堪聞」有兩意乎？此持論未當處。

曹子建《棄婦篇》何減《長門》？然二十四語中重二「庭」韵、二「靈」韵、二「鳴」韵、二「成」韵。古人雖有之，不得引爲口實。

古人有誤用事實處。弦高本犒秦師，謝康樂云：「弦高犒晉師。」《莊子》：「柳生左肘。」「柳」，瘍類也。王右丞《老將行》云：「今日垂楊生左肘。」是以瘍爲樹矣。又「衛青不敗由天幸」句，誤用霍去病事。而高常侍《送渾將軍出塞》亦云：「衛青未肯學孫吴。」同時誤用，未知何故？

張承吉以《金山》詩折服徐凝，然中惟頷聯稍勝。「樹影中流見，鐘聲兩岸聞」，寫景太窄；結語「因悲在城市，終日醉醺醺」，何村俗也！東坡貶徐凝「一條界破青山色」爲惡詩，而不指摘承吉，或偶然未及爾。

姜白石《詩説》謂：「一篇之妙全在結句，如截奔馬。辭意俱盡，如臨水送將歸，辭盡意不盡。又有意盡辭不盡，剡溪歸櫂是也。辭意俱不盡，温伯雪子是也。」微妙語言，諸家未到。

唐詩選自殷璠、高仲武後，雖不皆盡善，然觀其去取，各有指歸。唯王介甫《百家詩選》雜出不倫，大旨取和平之音，而忽入盧仝《月蝕》；斥王摩詰、韋左司，而王仲初多至百首，此何意也？匆怖其盛名，珍爲善本。

韋縠《才調集》選固多明麗之篇，然如會真詩及「隔墻花影動」等作，亦采入太白、摩詰之後，未免雅、鄭同奏矣。奈何闡揚其體，以教當世耶？

方虚谷《瀛奎律髓》，去取評點，多近凡庸，特便於時下捉刀人耳。《鼓吹》一書嫁名元遺山者，尤爲下劣。學者以此等爲始基，汩没靈臺，後難洗滌。昔康崑崙學琵琶，段師令其十年不近樂器，洗盡邪雜，方許受教。作詩家毋誤入路頭，爲康崑崙之續也。

司空表聖云：「不著一字，盡得風流。」「采采流水，蓬蓬遠春。」嚴滄浪云：「羚羊挂角，無跡可求。」蘇東坡云：「空山無人，水流花開。」王阮亭本此數語，定《唐賢三昧集》。木玄虚云「浮天無岸」，杜少陵云「鯨魚碧海」，韓昌黎云「巨刃摩天」，惜無人本此定詩。

韓子高於孟東野，而爲雲爲龍，願四方上下逐之。歐陽子高於蘇、梅，而以「黄河清」、「鳳凰鳴」比之。蘇子高於黄魯直，而己所賦詩云「效魯直體」，以推崇之。古人胸襟，廣大爾許。今人忌才揚己，揎拳露臂。觀其意氣，可覘所養矣。

《記》曰：「寬而静、柔而正者，宜歌《頌》；廣大而静、疏達而信者，宜歌《大雅》；恭儉而好禮者，宜歌《小雅》；正直而静、廉而謙者，宜歌《風》。」凡習於聲歌之道者，鮮有不和平其心者也。

負罪引慝，思古無訧，際人倫之窮者，何厚於自責也。即涕泣關弓，情非得已。然惟餘怨艾之意，不聞訶讓之詞。乃有遭讒異於正則，處變異於《小弁》，而忿語詩情，動相譏議，小則見絶於友朋，大則獲戾於君父，君子憂之矣。盡言翹過，國佐已然，綴文之士，其知所節焉。

性情面目，人人各具。讀太白詩，如見其脱屣千乘；讀少陵詩，如見其憂國傷時。其世不我容，愛才若渴者，昌黎之詩也；其嬉笑怒駡，風流儒雅者，東坡之詩也。即下而賈島、李洞輩，拈其一章一句，無不有賈島、李洞者存。倘詞可餽貧，工同鞶帨，而性情面目，隱而不見，何以使尚友古人者讀其書、想見其爲人乎？

「美人」、「佳人」，初無定稱。《簡兮》以西周盛王爲「美人」，《離騷》以君爲「美人」，漢武以賢士爲「佳人」，光武稱陸閎爲「佳人」。而蘇蕙稱竇滔云：「非我佳人，莫之能解。」又婦人以男子爲「佳人」矣。

《九歌》「思夫君兮太息」，指雲中君也；「思夫君兮未來」，指湘夫人也；孟浩然「衡門猶未掩，佇立望夫君」，指王白雲也。「夫」讀同「扶」音，猶「之子」之稱，非婦人目其所天之謂。

樂府《鰕䱇篇》「䱇」同「鱓」，水族之細者，從「旦」不從「且」。李于鱗誤用「鰕䱉」，押入魚虞韵。後人讀同「疽」音，不知其非也。古人造字，有「䱇」無「䱉」，看《說文》等書自見。吳地有「䱇山」，見《越絕書》，今亦誤爲「䱉山」。

漕者，以水通輸之謂，讀去聲。昌黎「通波非難圖，尺水乃可漕。善善不汲汲，後時徒悔懊」可證也。惟《泉水》章「思須與漕」、《載馳》章「言至於漕」，屬衛邑者，當平聲讀。又「雍」字，如「時雍」、「辟雍」、「肅雍」，作「和」字訓者，俱平聲；「雍州」之「雍」，屬地名者，從去聲。

人以忙遽爲「倉皇」，然古人多作「倉黃」。少陵「誓欲隨君去，形勢反倉黃」、「蒼黃已就長途往，邂逅無端出餞遲」，柳州「蒼黃見驅逐，誰識死與生」，又云「數州之犬，蒼黃吠噬」，無作「倉皇」者。「倉皇」二字應是後人誤用，因「倉卒」、「皇遽」而連及之也。歐公《伶官傳》則云「倉皇東出」，已屬宋人文集矣。

今人負恩爲「辜負」。按：辜，辠也，絶非此意。少陵「孤負滄洲願」、昌黎「孤負平生志」、義山「映書孤志業」之類，無用「辜」者。又李陵《答蘇武書》有「孤負陵心」、「陵雖孤恩」之句，更在唐人以前。

「中興」之「中」讀去聲。元凱《左傳叙》云：「祈天永命，紹開中興。」陸德明音「丁仲反」。若當興而興，故謂之「中」，不必恰在中間也。杜詩「今朝漢社稷，新數中興年」、「萬里傷心嚴譴日，百年垂死中興時」，餘不可悉數。「中酒」之「中」讀平聲。《漢書・樊噲傳》：「項羽既饗軍士中酒。」師古註：「飲酒之中，不醒不醉，故謂之中也。」太白「醉月頻中聖，迷花不事君」、東坡「君獨未知其趣爾，臣今聊復一中之」，亦不可悉數。後人「中興」平讀，「中酒」仄讀，每每兩失。

張平子《歸田賦》云：「仲春令月，時和氣清。原隰鬱茂，百草滋榮。」明指二月。謝詩「首夏猶清和」，言時序四月，猶餘二月景象，故下云「芳草亦未歇」也。自後人誤讀謝詩，有「四月清和雨乍晴」句，相沿到今，賢者不免矣。試思「猶」字，竟作何解？

《楚辭》：「逢此世之劻勷。」註謂：「急遽意。勷讀同穰。」韓昌黎文「新師不牢，劻勷將逋」、杜牧之詩「參軍與尉簿，塵土驚劻勷」、白樂天詩「委命不劻勷」，正得此意。後世誤同贊襄，凡所遣用，百不合一。

少陵《觀公孫大孃弟子舞劍器行序》云：「觀公孫氏舞劍器渾脱音駝，瀏漓頓挫，獨出冠時。」按：《樂府雜録》謂：「劍器，健舞曲名。」《唐書》：「中宗引近臣宴集，宗晉卿舞渾脱。」則知「劍器」、「渾脱」皆舞名。後人誤以「劍器」爲舞劍，而以「渾脱」二字與「瀏漓頓挫」並讀，未免使人笑粲。

《後漢・逸民傳序》引揚雄言「鴻飛冥冥，弋人何篡焉」，注：「篡，取也。」陳射洪云：「弋人何篡，鴻飛高雲。」用揚語也。惟張曲江詩：「今我遊冥冥，弋者何所慕？」改「篡」爲「慕」矣。然昌黎在曲江後，贈人詩仍云：「肯效屠門嚼，久嫌弋者篡。」前賢讀書，不肯一誤再誤如此。

詩人每用「瀾熳」字，玩詩意乃淋漓酣足之狀。然考《説文》、《玉篇》等書，從無「熳」字。而王文考《魯靈光殿賦》有「流離爛漫」句，韓昌黎《南山》詩有「爛漫堆衆皺」句，皆「爛」旁從「火」，「漫」旁從「水」。改「漫」爲「熳」，不知起於何時。焉烏成馬，習焉不覺，殊可怪也。杜詩「衆雛爛熳睡」，俱從「火」傍，然是後代鐫本所訛，不可引以爲據。以上偶舉大概，以枚數鬮，何能遽盡，細心求之，其訛自出。

輟鍛録

輟鍛録提要

《輟鍛録》一卷，據復旦大學藏手稿本點校。撰者方貞觀(一六七九—一七四七)，名世泰，以字行，一字履安，號南堂，晚號三乳老人，安徽桐城人。諸生。因同邑戴名世《南山集》案牽連，隸旗籍，十年始放歸。乾隆元年薦博學鴻詞科，不就。有《南堂詩鈔》。按此稿末署「雍正甲寅夏六月貞觀爲蜀泉老姪」，乃爲其姪方士庹(號蜀泉)作也。方氏詩得唐人三昧，史承謙《青梅軒詩話》曾記其自述學詩經歷。其詩論亦一歸於唐，所謂「郁郁乎文哉吾從周」也。其最有慨於唐、宋詩區别之言，莫過開篇「有詩人之詩、學人之詩、才人之詩」一語，期以撇清所謂「崇論閎議」、「博聞强識」一切宋以來附加之質，而歸於詩人性情、藴藉之風雅正傳。篇中亦有「康熙己卯、庚辰以後詩風三十年不變」等語，故欲以學唐矯數十年學宋之積弊也。至其所用禪宗話頭雖爲宋人語，然是宗唐詩之宋人也。其論既不出宗唐一步，故雖爲正論，究爲所限。如不喜李賀，忌賦之鋪陳，反對詩中出註，摘句以别解老杜「語不驚人死不休」等，皆所謂能得詩之正，而未能道詩之變也。此手稿本上有金楷之印，知爲金氏舊藏。金楷道光十三年曾與李堃合作，略事整理刊出。郭紹虞《清詩話續編》所收即此道光刊本。又有乾隆三年刻《方貞觀詩集》本，附於詩集後，文字頗有修訂，時距稿成不久，當出自本人之手。如首則「有詩人之詩，有學人之詩，有才人之詩」，「詩人」與「才人」互易，遂與其下三則之詮述次序相合，較原稿略優。然乾隆本及道光本皆有删削，内容不如手稿本全，今不取。又方氏善書，故手稿本後有光緒十六年張鳴珂及今人王欣夫二跋，皆寳其書法也。今併録之。

輟鍛録

有詩人之詩，有學人之詩，有才人之詩。

才人之詩，崇論閎議，馳騁縱横，富贍標鮮，得之頃刻。然角勝於當場，則驚奇仰異；咀含於閒暇，則時過境非。譬之佛家，吞針咒水，怪變萬端，終屬小乘，不證如來大道。

學人之詩，博聞强識，好學深思。功力雖深，天分有限，未嘗不聲應律而舞合節，究之其勝人處，即其逐人處。譬之佛家律門戒子，守死威儀，終是鈍根長老，安能一性圓明。

詩人之詩，心地空明，有絶人之智慧；意度高遠，無物類之牽纏。詩書名物，别有領會；山川花鳥，關我性情。信手拈來，言近旨遠，筆短意長。聆之聲希，咀之味永。此禪宗之心印，風雅之正傳也。

故作詩未辨美惡，當先辨是非。有出入經史，上下古今，不可謂之詩者；有尋常數語，了無深意，不可不謂之詩者。會乎此，可與入詩人之域矣。

詩必言律。律也者，非語句承接、義意貫串之謂也。凡體裁之輕重、章法之短長、波瀾之廣狹、句法之曲直、音節之高下、詞藻之濃淡，於此一篇略不相稱，便是不偕於律。故有時寧割文雅，收取俚直，欲其相稱也。子美云：「老去漸于詩律細。」嗚乎！難言之矣。

未有熟讀唐人詩數千百首而不能吟詩者，未有不讀唐人詩數千百首而能吟者。讀之既久，章法、句法、用意、用筆、音韵、神致，脱口便是，是謂大藥。藥之不效，是無詩種，無詩種者不必學詩。藥之必效，是謂佛性，凡有覺者皆具佛性，具佛性者即可學詩。

《三百篇》而下，由漢、魏以迄六朝，代有傳詩，而余獨以唐人爲歸，「周監於二代，郁郁乎文哉！吾從周」。

古云：「詩有別才，非關理也；詩有別才，非關學也。」此説詩之妙諦也，而未足以盡詩之境。如杜子美「雨露之所濡，甘苦齊結實」、白樂天「野火燒不盡，春風吹又生」、韓退之《幽拘操》、孟東野《游子吟》，是非有得於天地萬物之理、古聖賢人之心，烏能至此？可知學問理解，非徒無礙於詩，作詩者無學問理解，終是俗人之談，不足供士大夫之一笑。然正有無理而妙者，如李君虞「嫁得瞿塘賈，朝朝誤妾期。早知潮有信，嫁與弄潮兒」、劉夢得「東邊日出西邊雨，莫道無情却有情」、李義山「八駿日行三萬里，穆王何事不重來」，語圓意足，信手拈來，無非妙趣。可知詩之天地，廣大含弘，包羅萬有。持一論以説詩，此井蛙之見也。

作詩不能不用故實，眼前情事，有必須古事襯托而始出者。然用事之法最難，或側見，或反引，或暗用，吸精取液，於本事恰合，令讀者一見了然，是爲食古而化。若本無用意處，徒取經史字面，鋪張滿紙，是侏儒自醜其短，而固高冠巍屐，緑衣紅裳，其惡狀愈可憎也。

「知有前期在，難分此夜中。毋將故人酒，不及石尤風」。此司空文明送别之作也。僅二十字，情致綿渺，意韵悠長，令人咀含不盡。似此等詩，熟讀數十百篇，何患不能换骨。

詩中點綴亦不可少，過於枯寂，未免有妨風韵。然須典切大雅，稍涉濃縟，便亦甜俗可厭。吾最愛周繇《送人尉黔中》云：「公庭飛白鳥，官俸請丹砂。」亦何雅切可風也。

點綴與用事自是兩路，用事所關在義意，點綴不過爲顔色丰致而設耳。今人不知，遂以點綴爲用事，故所得皆淺薄，無大深意。

今日晨起，讀元次山《春陵行》，悲惻者久之。日運下趨，今人不獨學問不如古人，性情亦大懸絶。安得如結者百十輩，布滿天下耶？

唐人最善於脱胎，變化無跡。讀者惟覺其妙，莫測其源。如謝惠連《擣衣》云：「腰帶准疇昔，不知今是非。」張文長《白紵詞》則云：「裁縫長短不自定，自持刀尺向姑前。」裴説《寄邊衣》云：「愁捻銀針信手縫，惆悵無人試寬窄。」非皆本於謝語乎？又金昌緒「打起黄鶯兒，莫教枝上啼。啼時驚妾夢，不得到遼西」，岑嘉州則脱而爲「枕上片時春夢中，行盡江南數千里」；至家三拜先生，則又從岑詩翻出云：「昨日草枯今日生，羈人又動故鄉情。夜來有夢登歸路，未到桐廬已及明。」或觸影生形，或當機別悟。唐人如此等類，不可枚舉。解得此法，五經、廿一史皆我詩心也。

李遐叔《吊古戰場文》：「其存其没，家莫聞知。人或有言，將信將疑。娟娟心目，寢寐見之。」陳陶則二十四字化而爲十四字，云：「可憐無定河邊骨，猶是深閨夢裏人。」可謂猶龍之筆。

作詩最忌敷陳多於比興，詠歎少於發揮，是即南、北宗所由分也。

詩人體物入微，真能筆通造化。喬知之《長信宮樹》云：「餘花鳥弄盡，敗葉蟲書遍。」沈佺期《芳樹》云：「啼鳥弄花疏，遊蜂飲香遍。」偶一歌詠，一則秋氣蕭條，一則春光明媚，即此可悟用字法。

詠物詩不宜多作，用意、用筆俱從雕刻尖巧處著想，久之筆仗纖碎，求一二高視闊步之語、昭彰跌宕之文，不可得矣。

詠物題極難。初唐如李巨山多至數百首，但有賦體，絶無比興，癡肥重濁，止增厭惡。惟子美詠物絶佳，如詠鷹、詠馬諸作，有寫生家所不到。貞元、大曆諸名家詠物絶少，唯李君虞《早燕》云：「梁空繞復息，簷寒窺欲遍。」直是追魂攝魄之語。餘無所見。元和以後，下逮晚唐，詠物詩極多，縱極巧妙，總不免描眉畫角，小家舉止，不獨求如杜之詠馬、詠鷹不可得見，即求如李之《早燕》大方而自然者，亦難之難矣。

白樂天歌行平鋪直叙，而不嫌其拖踏者，氣勝也；張文長樂府急管繁絃，而不覺其蹋踏者，趣勝也。

古人有一二語獨臻絶勝，不惟後之作者不能彷彿，即其全集中亦不復再見，是蓋一時興會所致，不能强得也。然是皆寫景則然，若言情述事，非苦思不得。果能到思路斷絶處，自有奇語。

人情真至處，最難描寫。然深思研慮，自然得之。如司空文明「乍見翻疑夢，相悲各問年」、李君虞「問姓驚初見，稱名憶舊容」，皆人情所時有，不能苦思，遂道不出。陳元孝云：「詩有兩字訣：曰曲，曰出。」觀此二聯，益知元孝之言不謬。

「亭皋木葉下，隴首秋雲飛」、「芙蓉露下落，楊柳月中疏」、「太液滄波遠，長陽高樹秋」，如此寫景，豈晚唐人所得夢見？

高適、李頎不獨七古見長，大段氣體高厚，讀之彌久，令人骨格堅老，氣韵沉雄。余最愛李頎一篇云：「青青蘭艾本殊香，察見泉魚固不祥。濟水至清河自濁，周公大聖接輿狂。千年魑魅逢華表，九日茱萸作佩囊。善惡死生齊一貫，衹應斗酒任蒼蒼。」眼中、胸中何等寬闊，可謂見得到、説得出。

作詩以意爲主，而句不精煉，妙意不達也；煉句以達爲主，而音不合節，雖達非詩也。然則音韵之於詩亦重矣哉！令人不知，誤以高響爲音韵，其失之更遠。

音韵之説，消息甚微，雖千言萬語，不能道破。惟熟讀唐人詩，久而自得。

《過奉先縣五百字》當時時歌誦，不獨起伏關鍵，意度波瀾，煌煌大篇，可以爲法；即其中琢句之工、用字之妙，無一不是規矩，而音韵尤古淡雅正，自然天籟也。

唐詩至元和間，天地精華，盡爲發洩，或平，或奇，或高深，或雄直，旗鼓相當，各成壁壘。令讀者心忙意亂，莫之適從。就中惟昌谷集不知其妙處所在，良由余性所不近也。

能令百世而下讀其詩，可想其人，無論其詩之發於誠與僞，而其詩已足觀矣。

儲光羲《田家雜詠》云：「見人乃恭敬，曾不問賢愚。雖若不能言，心中亦難誣。」非浮沉玩世、用拙保身之士乎？錢起《罷章陵令山居》第二首云：「丘壑趣如此，暮年始棲偃。賴遇無心雲，不笑歸來晚。」非備嘗世味、甘心泉石之士乎？至韋蘇州、元次山詩，不必考其本末，辨其誠僞，一望而信其爲悱然忠厚、淡泊近道之君子也。韓退之、吕温詩，不必論其時世，究其言行，一望而知其爲熱中躁進、好事敢爲之人也。其不可掩如此。

詩有語意相同而工拙大相遠者，如賈長江「走月逆行雲」，亦可爲形容刻劃之至矣，試與韋蘇州「喬木生夏凉，流雲吐華月」較之，真不堪與之作奴。

賀黄公云：「東坡云：『論畫以形似，見與兒童鄰。作詩必此詩，定知非詩人。』此言論畫猶得失參半，論詩則深入三昧。」旨哉斯言！是可與入道者也。

體製惟七律最難，須五十六字無一牽湊，平近而不庸熟，清老而不俚直，高響而不叫號，排宕而不輕跳。尤忌删去兩字，便可作五言詩讀。欲除諸病，惟熟讀少陵及大曆諸名家，則得之矣。

晚唐自應首推李、杜，義山之沉鬱奇譎，樊川之縱横傲岸，求之全唐中亦不多見，而氣體不如大曆諸公者，時代限之也。次則温飛卿、許丁卯，次則馬君虞、鄭都官，五律猶有可觀。外此則郲、莒之下矣。

温飛卿五律甚好，七律惟《蘇武廟》、《五丈原》可與義山、樊川比肩，五、七古、排律則外强中乾耳。

立題最是要緊事，總當以簡爲主，所以留詩地也。使作詩義意必先見於題，則一題足矣，何必作詩？然今人之題動必數行，蓋古人以詩詠題，今人以題合詩也。

詩中不宜有細註脚。一題既立，流連往復，無非題中情事，何必更註？若云時事之有關係者不便直書題中，亦不應明註詩下；且時事之有關係者，目前人所共知，異代史傳可考，又何必註？若尋常情事，無關重輕，而於題有合者，非註不明；既云於題有合，自應一目了然，又何須註？若云於題無甚關合，註解正所以補題，此即牽强湊泊之謂也，烏足云詩？用事選料當取諸唐以前，唐以後故典萬不可入詩，尤忌以宋、元人詩作典故用。

康熙己卯、庚辰以後，一時作者，古詩多學韓、蘇，近體多學西崑，空疏者則學陸務觀，浸淫濡染三十年，其風不變。究之徒有其貌，古人精神所在，正未嘗窺測及之。然風雅道喪，猶未極也。近有作者，謂《六經》、《史》、《漢》皆糟粕陳言，鄙三唐名家爲熟爛習套，别有師傳，另成語句，取宋、元人小説部書世所不流傳者，用爲枕中秘寶，采其事實，摭其詞華，遷就勉强以用之。詩成多不可解。令其自爲疏説，則皆逐句成文，無一意貫三語者，無一氣貫三語者。乃倜然自以爲博奥奇古，此真大道之波旬，萬難醫藥者也。但願天地多生明眼人，不爲其所迷惑，使流毒不遠，是厚幸矣。

古人於事之不能已於言者，則托之歌詩；於歌詩不能達吾意者，則喻以古事。於是用事遂有正用、側用、虚用、實用之妙。如子美《荆南兵馬使太常卿趙公大食刀》云：「萬歲持之護天子，得君亂絲爲君理。」此側用法也；劉禹錫《蒲萄歌》云：「爲君持一斗，往取凉州牧。」此虚用法也；李頎《送劉十》云：「聞道謝安開口笑，知君不免爲蒼生。」此實用也；李端《尋太白道士》云：「出遊居鶴上，避禍入羊中。」此正用也。細心體認，得其一端，已足名家。學之不已，何患不抗行古人耶！

孟東野集不必讀，不可不看。如《列女操》、《塘下行》、《去婦詞》、《贈文應道月》、《贈鄭魴》、《送豆盧策歸別墅》、《遊子吟》、《送韓愈從軍》諸篇，運思刻，取逕窄，用筆別，修詞潔，不一到眼，何由知詩中有如此境界耶？

所謂「語不驚人死不休」者，非奇險怪誕之謂也。或至理名言，或真情實景，應手稱心，得未曾有，便可震驚一世。子美集中在在皆是，固無論矣。他如王昌齡「奸雄乃得志」一篇云：「一人計不用，萬里空蕭條。」千古而下讀之，覺皇甫酈之論董卓、張曲江之判禄山、李湘之策龐勳，古來恨事，歷歷在目。尋常十字，計關宗社，非驚人語乎？李太白之「秦人相謂曰，吾屬可去矣。一往桃花源，千春隔流水」，以史中叙事法用之於詩，但覺安祥妥適，非驚人語乎？劉禹錫之「風吹落葉填宫井，火入荒陵化寶衣」，李商隱之「於今腐草無螢火，終古垂楊有暮鴉」，不過寫景句耳，而生前侈縱，死後荒凉，一一托出，又復光彩動人，非驚人語乎？韋應物之「欲持一尊酒，遠寄風雨夕。落葉滿空山，何處尋行跡」，高簡妙遠，大音聲稀，所謂舍利子是諸法空相，非驚人語乎？若李長吉必藉瑰辭險語以驚人，此魔道伎倆，正仙佛所不取也。

要之，作詩至今日，萬不能出古人範圍，別尋天地。唯有多讀書，鎔煉淘汰於有唐諸家，或情事關會，或景物流連，有所欲言，取精多而用物弘，脱口而出，自成局段，入理入情，可泣可歌也。若舍此而欲入風雅之門，則非吾之所得知矣。

詩之天地甚大，淺識窺測，殊難周遍。徒以性情所近，曾留意於此中。更多難轉徙流離，今且就衰，益傷荒落。老姪乃殷殷見問。老馬識途，媿所經之有限；鬭鷄若木，期養到於後來。僅就所見及者，書數十條塞責。老姪天資高邁，志力精勤，苟守此不移，即難方駕古人，亦應高出流輩。青眼高歌望吾子，眼中之人吾老矣。

雍正甲寅夏六月，貞觀爲蜀泉老姪。

方南堂先生，雍正時人。初名貞觀，後更名正觀。嘗客淮上，與程風衣先生論書法。風衣云：「草書當嚴謹，令人可學；正書當縱横，令人不可學。」先生深韙其言，故其書得鍾、王精髓，無一點一畫襲其面貌。王凡仲云：「先生博通古今，詩、古文辭均冠絶一時。」惜未得見此册論詩微旨，足與漁洋相頡頏。知其用力之深，不僅區區翰墨閒也。

筱薌明府出以見眎，借臨一過。謹綴數語，以誌景仰。光緒十有六年太歲在上章攝提格春二月花朝，張鳴珂。

清代康、雍時，桐城方氏人才蔚興，古文推望溪，而息翁、南堂以詩鳴。此《輟鍛録》一卷四十二則，爲南堂手書論詩語，以詔其姪蜀泉者。其持論謂：「有詩人之詩、學人之詩、才人之詩，而獨稱詩人之詩言近旨遠，筆短意長，聆之聲希，咀之味永，此禪宗之心印，風雅之正傳。」又謂：「《三百篇》而下，由漢、魏以迄六朝，代有傳詩，而余獨以唐人爲歸。」可以見其宗旨所在，故於唐人詩論列爲多。而獨不喜昌谷，謂：「惟昌谷集不知其妙處。」又謂：「若李長吉，必藉瑰辭險語以驚人，此魔道伎倆，正仙佛所不取也。」近人評唐詩者，列昌谷於反現實主義一派，南堂已先見及之。又有論康、雍時詩家所趨一則，反對取材宋、元説部，未免拘墟。而其箴砭時風，可謂痛切言之矣。南堂本工書，此册得鍾、王精髓，允稱二妙。一九六〇年冬，王欣夫。

一瓢齋詩話

一瓢齋詩話提要

《一瓢齋詩話》一卷，據雍正十三年掃葉村莊刊《一瓢齋詩存》本點校。撰者薛雪（一六八一——一七七〇），字生白，號一瓢，江蘇吳縣人。諸生。以醫名。乾隆元年舉博學鴻詞，未就。有《一瓢齋詩存》。《清史稿》卷五〇二有傳。《詩話》首有自序，未署年月，成書自應在雍正十三年刊行前不久。薛氏少學詩於葉燮，頗從其師「通變」之説，故自家論詩亦極通脱。大抵不拘成法，反對門户，議論有與稍後袁枚之《隨園詩話》相近者，故隨園亦樂於録其事。其論頗有雋語，如擬敖陶孫體，謂「鍾伯敬議論（如）好肉剜瘡，譚友夏評騭（如）缺口咬虱」，即饒有風趣，可謂妙喻。論唐詩上下，惟重老杜與李玉溪二家，亦可見其眼識。然其論如散珠，雖自詡「如噉虀羹，寸寸各具酸鹹」（自序），終無系統可言，遂遠遜於星期門下另一位高足沈德潛之《説詩晬語》矣。此書《昭代叢書》本與《清詩話》本稱「一瓢詩話」，今從其本集，復取「一瓢齋」之全名。

一瓢齋詩話自序

掃葉莊，一瓢耕牧且讀之所也。維時殘月在窗，明星未稀，驚烏出樹，荒雞與飛蟲相亂，雜沓無序。少焉，曉影漸分，則又小鳥鬭春，間關啁啾，盡巧極靡，寂濇山林，喧若朝市。不知何處老鶴，横空而來，長唳一聲，群烏寂然。四顧山光，直落簷際，清浄耳根，始爲我有。於是盥漱初畢，伸紙磨墨，將數月以來與諸同學及諸弟子，或述前人，或攄己意，擬議詩古文辭之語，或莊或諧，録其尤者爲一集。録竟讀之，如噉虀羹，寸寸各具酸醎，要不與珍錯同登樽俎，亦未敢方乎横空老鶴一聲長唳。一瓢薛雪書於掃葉莊。

一瓢齋詩話

河津薛雪生白著

趨庭之訓，首及《詩》。詩以道性情，感志意，關風教，通鬼神，倫常物理，無不畢具。以「擊壤」、「康衢」爲發源，由《三百篇》而降，則濫觴於漢、魏、六朝，浸廣於唐、宋、元、明，以及昭代，何世無詩？但日趨日下，去本一步，呈盡千媸。昔人已有詩亡之歎，況今日乎？有志者當自具隻眼，溯流而上，必得其源。

學詩須有才思，有學力，尤要有志氣，方能卓然自立，與古人抗衡。若一步一趨，描寫古人，已屬寄人籬下。何況學漢、魏則拾漢、魏之唾餘，學唐、宋則啜唐、宋之殘膏，非無才思、學力，直自無志氣耳。吾師橫山先生云：「剽竊古人，似則優孟衣冠，不似則畫虎不成。與其假人餘焰，妄僭霸王，孰若甘作偏裨，自領一隊。不然，豈獨風雅掃地，其志術亦可窺矣。」

作詩必先有詩之基，胸襟是也。有胸襟然後能載其性情、智慧，隨遇發生，隨生即盛。千古詩人推杜浣花，其詩隨所遇之人、之境、之事、之物，無處不發其思君王，憂禍亂，悲時日，念友朋，弔古人，懷遠道。凡歡愉、憂愁、離合、今昔之感，一一觸類而起。因遇得題，因題達情，因情敷句，皆由有胸襟以爲基。如時雨一過，夭矯百物，隨地而興，生意各別，無不具足。

王右軍以書法立極，非文辭名世。蘭亭之集，名流畢至。使時手爲序，必極力鋪寫，諛美萬端，决無一語稍涉荒凉者。而右軍寥寥數語，託意於仰觀俯察宇宙品類之感慨，而極於死生，則右軍之胸襟何如？《昭明文選》不收此序，蘇東坡以「小兒强作解事」斥之，亦屬快心。

既有胸襟，必取材於古人，原本《三百篇》、楚《騷》，浸淫乎漢、魏、六朝、唐、宋諸大家，皆能會其指歸，得其神理。以是爲詩，正不傷庸，奇不傷怪，麗不傷浮，博不傷僻，决無剽竊吞剥之病矣。

詩文與書法一理，具得胸襟，人品必高。人品既高，其一謦一欬，一揮一灑，必有過人處。趙松雪云：「右軍人品甚高，故書入神品。奴隸小夫、乳臭之子，朝學執筆，莫已自誇其能，薄俗可鄙可鄙。」此言不特論書，直與學者當頭一棒。

柳公權云：「心正則筆正。」要知心正則無不正，學詩者尤爲喫緊。蓋詩以道性情，感發所至，心若不正，豈可含毫覓句？或問曰：「諺云歪詩，何謂也？」余曰：「詩者，心之言，志之聲也。心不正則言不正，志不正則聲不正，心、志不正則詩亦不正。名之曰歪，不亦宜乎？」

作詩家數不必畫一，但求合律，便可造進。譬如作樂，八音迭奏，原各就其所發以成之，聖人聞之，三月忘味，何也？知其所以然，始可與言詩矣。

觀周樂一篇，是作詩指南；《進學解》一篇，是作文宗旨，學者當於此體會。

近今詩家侈談古詩而薄近體，欲爲藏拙計耳。又有一類故爲佶屈聱牙者，絶似地獄變相，適足以驚婦人孺子，不直識者一笑。如士大夫書學不精，晚年輒遁入隸篆，希圖掩醜。殊不知筆法杜撰，字形舛錯。以無師之智，竊弄於時，視此何異？

杜少陵、李青蓮雙峰並峙，不可軒輊。然青蓮畢竟有一點不及少陵處，學者當自悟人。

作詩能不隸事而渾厚老到，方是實學。若捃摭故實，翻騰舊句；或故尋僻奥，以炫醜博，乍可潛形牛渚，終遭温嶠然犀。

火候未到，徒擬平澹，何啻威喜丸，費盡咀嚼，斐然滿口，終無氣味。

不去纖響，惟務雕繢，僅同百衲琴，輧湊雖工，膠滯清音，究非上品。

講解切不可穿鑿傅會，議論切不可欹刻好奇。未能灼見，不妨闕疑。如竹坡老人駁柳子厚《別弟宗一》詩末句云：「欲知此後相思夢，長在荆門郢樹煙。」謂夢中安能見「郢樹煙」？只當用「邊」字，蓋前有「江邊」故耳。此語已屬夢中説夢。後又改云：「欲知此後相思處，望斷荆門郢樹煙。」是魇不醒矣。殊不知別手足詩，辭直而意哀，最爲可法。觀此一首，無出其右。

杜樊川《示阿宣》詩云：「一子呶呶喧相門，宣乎須記若而人。長林管領閒風月，曾有佳兒屬杜筠。」杜筠究不知何許人，或牧之曾以一子繼之，或筠有佳兒，牧之贊歎之，俱未可定。乃《癸辛雜識》周必大曰：「《池陽集》載杜牧之守郡時，有妾懷娠而出之，以嫁州人杜筠，生子即荀鶴也。此事人罕知之。余過池，嘗有詩云：『千古風流杜牧之，詩材猶及杜筠兒。向來稍喜《唐風集》，今悟樊川是父師。』」是成何語！且必欲證實其事，是誠何心！污衊樊川，已屬不堪，於彦之尤不可忍。楊森嘉樹曾引《太平杜氏宗譜》辨之，殊合鄙意。

杜詩：「雨抛金鏁甲，苔卧緑沈槍。」薛氏《補遺》引解太鑿，周少隱非之極是，而自解則云：「甲抛於雨，爲金所鎖；槍卧於苔，爲緑所沈。」夫槍爲苔埋，爲緑所沈猶可；若甲抛於雨，爲金所鎖，荒謬甚矣。鎖子甲、緑沈槍，原是上將之物。浣花所用現成器名，何必扭捏？總之，不諳武備，自呈敗缺，又且造語不精。故云：不破萬卷書，不行萬里程，讀不得杜詩。

晁以道藏宋子京手抄杜詩，内换「握節漢臣歸」爲「禿節」，「新炊間黄粱」爲「聞黄粱」。以道跋云：「前輩見書自多，不似晚生少年，但以印本爲正也。」余謂此是好事愚人僞作宋抄本欺世，并以道跋亦是假者。何也？「握」字有「我心匪石」之義，「間」字有「老少異糧」之訓，何等委曲！换卻「禿」字、「聞」字，呆板無味，損盡精采。吾輩尚無此等惡作，况少陵詩聖邪？

讀書先要具眼，然後作得好詩。切不可誤認老成爲率俗，纖弱爲工緻，悠揚宛轉爲淺薄，忠厚懇惻爲贏鄙，奇怪險僻爲博雅，佶倔荒誕爲高古，纔是學者。

詩不可無爲而作。試看古人好詩，豈有無爲而作者？無爲而作者，必不是好詩。

人知作詩避俗句、去俗字，不知去俗意尤爲要緊。

一部杜浣花集，字字白虹，聲聲碧血。讀至「悠悠委薄俗，鬱鬱回剛腸」之句，尤覺心墮魂折。

有一種故實字句人不得詩者，如稊稗相似，斷宜拔去，方不敗苗。

格律、聲調、字法、句法固不可不講，而詩卻在字句之外。故《三百篇》及漢、魏古詩，後章與前章略换幾句幾字，又是一種詠歎丰神，令人吟繹不厭。後世徒於字句求之，非不工也，特無詩耳。

對仗之法，古人讀書多，用法備，常有不似對而實對者。淺言之，如「尋常」對「七十」之類。又有兩字對一字者頗多，不可不自理會，動云刊誤。惟杜浣花「問知人客姓，誦得老夫詩」之句，疑「來」字與「人」字流傳易訛，恐是「問知來客姓」，苦無善本爲證。

得句先要鍊去板腐。後人於高遠處則茫然不會，於淺近處最易求疵。如温太原《早行》詩：「鷄聲茅店月，人跡板橋霜。」未嘗不佳，而俗子偏指摘之，謂似村店門前對子。若余早行所作：「朝暾迷海角，殘月掛春城。」又不知遭如何指摘也。

古人用字之法極妙。曾見善本《樊川集》：「杜詩韓筆愁來讀。」「筆」字何等靈妙！俗本刻作「杜詩韓籍愁來讀」，神韻頓損。

籌筆驛「筆」字，不可實作筆墨之「筆」字用。唐人如杜樊川之「揮毫勝負知」、李玉溪之「徒令上將揮神筆」，皆實作筆墨之「筆」用矣。小李、杜尚欠主張，況他人乎？

有志學詩，不必定取某人終日刻畫，只將古人詩游詠，久之動筆便合。書畫亦然，但將法書名畫終歲把玩，久之下筆自然超脱。若印定鍾、張，板摹董、巨，以期名世，愚哉！

張表臣駁老杜「軒墀曾寵鶴」、小杜「欲把一麾江海去」，以爲誤用懿公好鶴與顔延年詩意。殊不知二公非死煞用事者，其好處正是此種。吾師横山先生惡此等咬文嚼字，因摘取杜少陵似有可議而實無可議之句，戲代俗子評駁，摹寫妄人口吻，句句酷肖，令人捧腹。恨不能悉記，聊述數語，以共欣賞：「自是秦樓壓鄭谷。」俗子必曰：「秦樓」與「鄭谷」不相屬，「壓鄭谷」何出？「愚公谷口村。」必曰：「愚公」，谷也，從無「村」字，押韻杜撰。「參軍舊紫髯。」必曰：晉有髯參軍，紫髯另是一人，杜撰牽合。「河隴降王款聖朝。」必曰：

「降」則「款」矣，「款」則「降」矣，字眼重出，湊句。　「王綱尚旒綴。」必曰：「綴旒」倒用，何出？「不聞夏殷衰，中自誅褒妲。」必曰：褒、妲是殷、周，與夏無涉。　「前軍蘇武節，左將呂虔刀。」必曰：蘇武「前軍」乎？呂虔「左將」乎？「第五橋邊流恨水，皇陂亭北結愁亭。」必曰：「恨水」、「愁亭」何出？牽「橋」、「陂」尤杜撰。　「但訝鹿皮翁，忘機對芳草。」必曰：「鹿皮翁」對「芳草」事何出？「舊諳疏懶叔。」必曰：懶是嵇康，牽阮家不上。　「因梁亦固扃。」必曰：「固扃」押韻何出？「歷下辭姜被，關西得孟鄰。」必曰：「姜被」、「孟鄰」，豈「歷下」、「關西」事？「處士禰衡俊。」必曰：禰衡稱「俊」，何出？「斬木火井窮猿呼。」必曰：「斬木」一事，「火井」一事，「窮猿呼」一事，硬牽合。　「片雲天共遠，永夜月同孤。落日心猶壯，秋風病欲蘇。」必曰：言「片雲」，言「天」，言「永夜」，言「月」，言「秋風」，二十字中，重見疊出，無法之甚。　「永負蒿里餞。」必曰：「蒿里餞」何出？「不見杏壇丈。」必曰：函丈邪？可單用「丈」字邪？抑指稱孔子邪？「侍祠恧先露。」必曰：「恧先露」不成文，費解。　「涇渭開愁容。」必曰：涇、渭亦有「愁容」邪？「氣劘屈賈壘，目短曹劉牆。」必曰：「屈賈壘」、「曹劉牆」，何出？「管寧紗帽淨。」必曰：改「皂」爲「紗」，取叶平仄，杜撰。　「潘生驂閣遠。」必曰：散騎省曰「驂閣」，有出否？「豺遘哀登楚。」必曰：王粲《七哀詩》：「豺虎方遘患。」登荊州樓五字，何異「蛙翻白出闊」邪？「楚星南天黑，蜀月西霧重。」必曰：「楚星」、「蜀月」、「西霧」何出？「傾銀注玉驚人眼。」必曰：銀瓶邪？玉盌邪？杜撰不成文，且俗。　「郭振起通泉。」必曰：郭元振去「元」字，何據？「嚴家聚德星。」必曰：《簡嚴遂州》以聚德星屬嚴家，則一部《千家姓》，家家可聚德星矣。　「把文驚小陸。」必曰：「小陸」何人邪？若指陸雲，何出？「先儒曾抱麟。」必曰：即「泣麟」邪？「抱」字何出？「修文將管輅。」必曰：修文非管輅事。　「悠悠伏枕左書空。」必曰：「左」字何解？「只同燕石能星隕。」必曰：隕石也，稱「燕石」何出？「涼憶峴山巔。」必曰：峴山之「涼」，有出乎？「名參漢望苑。」必曰：博望苑去「博」字，杜撰。「馮招疾病纏。」必曰：左思詩：「馮公豈不偉，白首不見招。」曰「馮招」，可乎？以「疾病」屬「馮」，尤無謂。「韋經亞相傳。」必曰：韋玄成稱「亞相」，有出乎？「舌存恥作窮途哭。」必曰：不是一事，牽合。「嫌疑陸賈裝。」必曰：馬援薏苡嫌疑，「陸賈裝」有何嫌疑乎？「穀貴没潛夫。」必曰：王符以「穀貴」没乎？

看詩須知作者所指，纔是賈胡辨寶。若一昧率執己見，未免有吠日之誚。一友作秋雨詩，首句云：「雨入秋來密。」蓋實指其時也。有人評之曰：「起句太率，嫌入春、入夏、入冬皆可。」余聞之不覺失笑，曰：「杜浣花『年過半百不稱意』，亦覺太率；人生不稱意，三十、四十、六十、七十皆可，何獨半百邪？」座客無不絶倒。

一友與余論詩，引朱竹垞、王阮亭兩先生云：「杜詩中『老去詩篇渾漫興』是『漫與』，錢虞山改爲『漫興』。」余曰：「先曾祖注杜詩一首，今坊間流傳《杜詩七律薛注》者是也，係天啓初刻本，其中亦是『漫興』。可見虞山箋本以前已皆如是。若果所改，必非無據。朱、王兩公，南北名家，騷壇宗匠，亦非無見者，改『漫與』而對『深愁』，恐無其説，姑互存之。」

有唐一代詩人，惟李玉溪直入浣花之室，温飛卿、段柯古諸君雖與並名，不能歷其藩翰，後人以獺祭毁之，何其愚也！試觀獺祭者，能作得半句玉溪詩否？

玉溪《錦瑟》一篇，解者紛紛，總屬臆見。余幼時好讀之，確有悟入，覓解人甚少。此詩全在起句「無端」二字，通體妙處，俱從此出。意云：錦瑟一絃一柱，已足令人悵望年華，不知何故有此許多絃柱，令人悵望不盡。全似埋怨錦瑟無端有此絃柱，遂致無端有此悵望。即達若莊生，亦迷曉夢；魂爲杜宇，猶託春心。滄海珠光，無非是淚；藍田玉氣，恍若生煙。觸此情懷，垂垂追溯，當時種種，盡付惘然。對錦瑟而興悲，歎無端而感切。如此體會，則詩神詩旨，躍然紙上。又如《無題》四首之四，意云：永巷櫻花，哀絃急管，白日當天，青春將半；老女不售，少婦同牆，對此情景，其何以堪？展轉不寐，直至五更，梁燕聞之，亦爲長歎。此是一副不遇血淚，雙手掬出，何嘗是豔作？故公詩云：「楚雨含情俱有託。」早將此意明告後人。

詩人非雄才間出，豈能上薄《風》《騷》？即有師承力學，亦不敢揚躒而進。何期今日闤闠鄙夫、乳臭廝養，手持四聲一本，口哦五言、七言，詩道之不幸也如此，尚欲不愧不怍，侈言於人曰：「近體我薄爲之，作詩庶幾擬古。」及觀其所作，比近體不過稍增幾句不工不緻、不唐不宋之語，尋繹其所擬何人，究無著落。可知「擬古」二字尚不得解，而欲擬古詩邪？

吾師横山先生誨余曰：「作詩有三字：曰『情』，曰『理』，曰『事』。」余服膺至今，時理會者。「得體」二字，詩家第一重門限，再越不得。倘然不夢而囈，不病而呻，豈非大不祥乎？

樂府最得《風》《騷》神理。學者於古今樂府，不可不澄心靜慮，玩索窮研，以求必得。

唐人樂府，首推李、杜，而李奉禮、温助教，尤宜另炷瓣香。

近體意旨雖在章句、字法之間，卻不印定。故唐人有通首不對者，有通首全對者，非有意爲之。

獨往山人黃遵古與余同客武林幕府，朝夕觀其作畫。其正處精神，多在側處渲染；近處位置，又從遠處襯貼。濃不傷癡，澹不嫌寂，氣運蓬勃而出，一時筆墨都化。微乎！微乎！畫之道，詩之道，文之道也。

從來偏嗜最爲小見。如喜清幽者，則絀痛快淋漓之作爲憤激，爲叫囂；喜蒼勁者，必惡宛轉悠揚之音爲纖巧，爲卑靡。殊不知天地賦物，飛潛動植，各有一性，何莫非兩間生氣以成？此理有固然，無容執一。横山先生云：「天道十年而一變，無事無物不然，豈獨詩乎？就《三百篇》而論，《風》有正《風》，有變《風》；《雅》有正《雅》，有變《雅》。《風》、《雅》已不能不由正而變，吾夫子亦不能存正而删變也。後此爲《風》、《雅》之流者，其不能伸此而詘彼也明矣。」

曾受韜鈐之法於蹇翁，揣摩久之，雖變化無窮，不出「奇」、「正」二字；從受詩古文辭之學於横山，亦不越「正」、「變」二字。譬夫兩軍相當，鼓之則進，麾之則卻，壯者不得獨前，怯者不得獨後，兵之正也；出其不意，攻其無備，水以木罂而渡，沙可唱籌而量，兵之奇也。温柔敦厚，纏綿悱惻，詩之正也；慷慨激昂，裁雲鏤月，詩之變也。用兵而無奇正，何異驅羊？作詩而昧正變，真同夢囈。然兵須訓練於平時，詩要冥搜於象外。

一題到手，必觀其如何是題之面目，如何是題之體段，如何是題之神魂。做得題之神魂摇曳，則題之面目、體段不攻自破矣。

無所觸發，摇筆便吟，村學究之流耳，何所取裁？横山先生有云：「必先有所觸而興起，其意、其辭、其句劈空而起，皆自無而有，隨在取之於心；出而爲情、爲景、爲事，人未嘗言之，而自我始言之。故言者與聞其言者，誠可悦而永也。」

王次回云：「詩家窠臼宜翻洗，人日慵拈薛道衡。」次回，團香縷雪手也，乃有此金針度人之語。不落窠臼，始能一超直入。若拖泥帶水，終是土氣息、泥滋味。

用前人字句，不可并意用之。語陳而意新，語同而意異，則前人之字句，即吾之字句也。若蹈前人之意，雖字句稍異，仍是前人之作，嚼飯餵人，有何趣味？

昌黎先生云：「陳言務去。」可知不去陳言，終無新意。能以陳言而發新意，纔是大雄。古今來能有幾人？若以餖飣爲有出，拾綴爲摹神，已落前人圈闠，豈能自見性情？

人言應制、早朝等詩從無佳作。非也。此等詩竟將堂皇冠冕之字纍成善頌善禱之辭，獻諛呈媚，豈有佳作？若以堂皇冠冕之字寓箴規，陳利弊，達萬方之情於九重之上，雖求其不佳，亦不可得也。余選《唐詩正雅集》中頗有此等詩，未嘗不佳。但後人作此，措辭鍊句，切須顧慮周詳，毋致與璧俱碎，則盡善矣。杜浣花「五夜漏聲催曉箭」一篇，真言者無過，聞者足戒，安得不尊爲詩家之大成邪？

運會日移，詩亦隨時而變。其實羲皇一畫，未嘗澌滅。何以有一種人，談唐、宋而下，詆若仇讐；以宋詩比擬其作，即艴然不悦。吾嘗永夜思之，不得其解。

詩文無定價，一則眼力不齊，嗜好各别；一則阿私所好，愛而忘醜。或心知，或親串，必將其聲價逢人説項，極口揄揚。美則牽合歸之，疵則宛轉掩之。談詩論文，開口便以其人爲標準，他人縱有傑作，必索一瘢以詆之。後生立脚不定，無不被其所惑。吾輩定須豎起脊梁，撑開慧眼，舉世譽之而不加勸，舉世非之而不加沮。則魔群妖黨，無所施其伎倆矣。

「擬古」二字，誤盡蒼生。聲調、字句若不一一擬之，何爲擬古？聲調、字句若必一一擬之，則仍是古人之詩，非我之古詩也。輕言擬古，試一思之。

古人作詩到平澹處，令人吟繹不盡，是陶鎔氣質，消盡渣滓，純是清真蘊藉，造峰極頂事也。今人作平澹詩，乃才短思澀，格卑調啞，無以見長，借之藏拙。如三家村裏兒郎，見衣冠人物，其所欲言，格格不吐，與深沈寡默者截然兩途。故軒轅彌明云：「時於蚯蚓竅，常作蒼蠅聲。」若果才力雄厚，筆氣老勁，正不妨如快劍斫陣，駿馬下阪；又不妨如回風舞絮，落花縈絲。何必喬妝貞静，縞素迎人。及至春心一般蕩漾，識者見之，畢竟作惡數日。

畫於絹素上觀之，觀畫也。於未到絹素上觀之，作畫也。觀畫易，作畫難。試看余寫此一幅墨蘭，汲水、滌硯、洗筆、磨墨時，何事非蘭？及至伸紙拂拭，未經落手，蘭在何許？一經下筆，蘭在紙上，間不容髮。其風晴雨露之態，向背遠近之情，無不一一具在。乃至添荆棘，綴白石，蒼苔紫芝，緑竹芳草，隨意點染，無不相宜。若汲水、滌硯時無此蘭，及至伸紙、下筆時有此蘭，必不得之數也。假饒用盡苦工，極力描寫，不過如今之攢根倒插接葉小花之派，豈能有宋、元之鄭所南、趙吴興，有明之文待詔、陳古白之流風餘韵邪？作詩之訣，於此推求，思過半矣。

用事全在活潑潑地，其妙俱從比、興中流出，一經刻畫評駁，則悶殺才人，喪盡風雅也。故村學究斷不可與談詩。有識量者，得其道，守其道，以俟知者。倘識量未定，爲其所移，一盲引衆盲，相將入火坑矣。

横山先生説詩，推杜浣花、韓昌黎、蘇眉山爲三家鼎立。余謂：杜浣花一舉一動，無不是忠君愛國、憫時傷亂之心，雖友朋盃酒間，未嘗一刻忘之。顛沛不苟，窮約不濫，以稷、卨自期，公豈妄矜哉！韓昌黎學力正大，俯視群蒙。匡君之心，一飯不忘；救時之念，一刻不懈。惟是疾惡太嚴，進不獲用；而愛才若渴，退不獨善。嘗謂直接孔、孟薪傳，信不誣也。蘇眉山天才俊逸，瀟灑風流，嬉笑怒罵，皆成文章。又因其學力宏贍，無入不得。幸有權臣與之齟齬，成就眉山到老。其長詩差可追隨二公，餘則不在語言文字間與之銖寸較量也。

好浮名不如好實學，豈有實學而名不遠者乎？師今人不如師古人，豈有師古而今人能勝之者乎？古人學問深，品量高，心術正，其著作能振一時，垂萬世。今人萬萬不及古人者，即據一端可見矣。古人愛才如命，其人稍有一長，即推崇贊歎，不避寒暑。今人則惟恐一人出我之上，媢嫉擠排，不遺餘力。雖有著作，視此心術，天將厭之，尚希垂後乎？余非望人開倡譽之端，實見中懷狹隘者，終爲品量之累。鄭少谷與王子衡初不相識，嘗有詩云：「海内談詩王子衡，春風坐徧魯諸生。」其推許神交如此。後鄭死，王感其意，數千里入閩，經紀其喪。王阮亭先生詠之云：「三代而還盡好名，文人從古善相輕。君看少谷山人死，獨有生平王子衡。」亦可謂善勸者矣。

有人議論唐人選唐詩不甚佳。余曰：「前人畢竟不同，切勿管中窺豹。假如韓昌黎云：『李杜文章在，光燄萬丈長。』後人那得知之？若得知之，必不致以氣息都盡者爲大家也。要知清溪幽澗，雖則照人凜冽，實未可與龍門、碣石相比。」

前輩論詩，往往有作踐古人處。如以高達夫、岑嘉州五、七律相似，遂爲後人應酬活套，是作踐高、岑語也。後人苟能師法高、岑，其應酬活套，必不致如近日之惡矣。又謂：「孟浩然似乎澹遠，無縹緲幽深思致。東坡謂：『浩然韵高而才短，如造内法酒手而無才料。』誠爲知言。後人胸無才思，易於衝口而出，孟開其端。」此過信眉山之説，作踐襄陽語也。「氣蒸雲夢澤，波撼岳陽城」，亦衝口而出者所能哉？

元、白詩言淺而思深，意微而詞顯，風人之能事也。至於屬對精警，使事嚴切，章法變化，條理井然，杜浣花之後，不可多得。蓋因元和、長慶間與開元、天寶時，詩之運會，又當一變，故知之者少。而其即用現前俚語，如「矮張」、「短李」之類，斷不可學。

王鳳洲評李奉禮詩云：「奇過則凡，老過則穉，不可無一，不能有二。」此四句是赤文緑字，亦可謂微妙法音。

論詩略分體派可也，必曰某體、某派當學，某體、某派不當學；某人某篇、某句爲佳，某人某篇、某句爲不佳，此最不心服者也。人之詩，猶物之鳴。鶯鳴於春，蛩鳴於秋。必曰鶯聲佳可學，使四季萬物皆作鶯聲；又曰蛩聲佳當學，使四季萬物皆作蛩聲。是因人之偏嗜，而使天地四時皆廢，豈不大怪乎？

楊、錢、劉、晏諸公，何罪於人？乃論詩者動輒鄙薄西崑，甚至演爲撏撦義山之劇，吾不解也。

有人云：「董思白學王子敬不得，因而論書極詆子敬，恨其學不到耳。」余曰：「此言未必然，董文敏偉人也，豈肯與今日詩文家作倆邪？」

有意逞博，翻書抽帙，活剥生吞，搜新炫奇；猶夫生客滿座，高貴接席，爲主人者，虚躬浹洽，有何受用處？不若知己數人，賓主相忘，談經論史，其樂何如邪！又如借本經營，原非己物，終歲紜紜，徒見跼蹐；不若四弓之田，一畝之宫，採山釣水，嘯歌閑閑，即腰金衣紫，亦不肯與之相易也。

轉韵最難。音節之間，有一定當轉入某韵而不可强者。若五古，漢、魏無轉韵之體，至唐漸多，而杜浣花、韓昌黎竟亦不然，究屬老手。樂府宜被管絃，或數句、或四句一轉，始覺宛轉有致。若七古則一韵爲難，苟非筆力扛鼎，無不失之板腐。要其波瀾層疊，變幻縱横，通篇一韵，儼若跌换，亦惟杜、韓二公能之。

學詩讀詩，學文讀文，此古今一定之法，余獨以爲不然。詩不必在古人詩上，文不必在古人文上。東坡有云：「若言絃上有琴聲，放在匣中何不鳴？若言聲在指頭上，何不於君指上聽？」斯言雖淺，可以喻諸。

將現成救急字眼，湊上幾字，遂成一句；通首拖泥帶水，黏成八句，謂之律詩。近來漫天塞地，皆是此輩。

作詩與著書一理。有其德而無其位，有其道而無其權，著之可也；接前人未了之緒，開後人未啓之端，著之可也。苟不如是，雖汗牛充棟，何益哉？故秦焚之後，至於今日，可焚者又十之八九矣。詩亦然。

風、雅、頌、賦、比、興，詩之經緯也。有此經緯，乃有體裁；爲有體裁，則有正變。達事情，通諷諭，謂之風。純乎美者，謂之正風；兼美刺，謂之變風。述先德，通下情，謂之雅。專於美者，謂之正雅；兼美刺，謂之變雅。用之宗廟，享於神明，美盛德，告成功，謂之頌。當作者，謂之正；不當作者，比於風、雅，亦謂之變。如後世有法律曰詩，放情曰歌，流走曰行，兼曰歌行，述事本末曰引，悲鳴如蛩曰吟，通俗曰謡，委曲曰曲。觀此體裁，則知所宗矣。

杜詩云：「毫髮無遺恨，波瀾獨老成。」最爲詩家傳燈衣鉢。大凡詩中好句，左瞻右顧，承前啓後，不突不纖，不横溢於別句之外，不氣盡於一句之中，是句法也。起須劈空，承宜開拓，一聯蜿蜒，一聯崒嵂，景不雷同，事不疏忽；去則辭樓下殿，往則回龍顧祖；意外有餘意，味後有餘味；不落一路和平，自有隨手虛實，是章法也。悟此句法、章法，然後讀此二句，益信杜公「毫髮」字、「波瀾」字非汎寫，而實是一片婆心，指點後人作詩之法。

范德機云：「吾平生作詩，稾成，讀之不似古人即焚去。」余則不然，作詩稾成，讀之覺似古人即焚去。

人云：「起要平直，戒陡頓；承要從容，戒迫促；轉要變化，戒落魄；合要淵永，戒斷送。起處必欲突兀，承處必不優柔，轉處不致窘束，合處必不匱竭。」此是擔板漢參卻死語，臘月三十日，依舊手忙脚亂。

人之才情，各有所近。或正或變，或正、變相半，只要合法，隨意所欲，自成一家。如作書，不論晉、唐、宋、元，只要筆筆妥當，便是能書。余故曰：不妨如快劍砍陣，駿馬下阪；又不妨如回風舞絮，落花縈絲。

際文明極盛之運，當教化普被之時，聲律多正。奉忠義之心，傾濟世之志，進不偶用，退不獲安，則正、變相半。身經喪亂，目擊流離，則純乎變矣。此詩道之運會，不得不然之數，作者亦不知其然而然者也。余故曰：非痛而呻，乃大不祥。

排比聲韻，較量屬對以爲工，誇繁鬬縟，綴錦鋪花以爲麗，驚哄喝喊，叫嘯怒駡以爲豪，枯澹無神、索寞無味以爲幽，坐此惡疾，終身不愈，永不能立李、杜之門，安望其能見李、杜以前哉？

有人論詩云：「詩體有六：曰雄渾，曰悲壯，曰平澹，曰蒼古，曰沈著痛快，曰優游不迫。」以此六者爲體，不知者則將拗筆就體，落荒從事矣。可知此六者乃詩之氣魄，若無此氣魄，雖有佳篇，亦如廟堂中人耳。

杜浣花云：「晚歲漸於詩律細。」又云：「語不驚人死不休。」有云：「兩句三年得，一吟雙淚流。」有云：「吟成五箇字，撚斷數莖鬚。」有云：「一句坐中得，寸心天外來。」有云：「夜吟曉不休，苦吟鬼神愁。」有云：「險覓天應悶，狂搜海欲枯。」有云：「生應無輟日，死是不吟時。」如此者不一而足，可見古人作詩不易。何以今人摇筆便成？其一、其二、其三，連篇累牘，不幾年間，刻稾問世矣。

詩重藴藉，然要有氣魄；無氣魄，決非真藴藉。詩重清真，尤要有寄託；無寄託，便是假清真。有寄託者，必有氣魄；無氣魄者，漫言寄託。猶之有性情不可無學問，有學問乃能見性情，二者原不單行。「詩有別才」之説，乃是「別裁」二字之誤，不可錯認。

作詩非應舉，何必就程式？熱趕名場之人，豈有好詩好文哉？元遺山云：「縱横正有淩雲筆，俯仰隨人亦可憐。」

著作脱手，請教友朋，倘有思維不及，失於檢點處，即當爲其竄改塗抹，使成完璧。切不可故爲諛美，任其滲漏，貽譏於世。然有一輩負固不服，反以此而修怨者，亦不可不防，但看平日相與何如耳。大凡今人著作，既經鏤板者及試草、硃卷等類，切不可動筆。倘偶然動筆者，切不可寘案頭，令人見之。

提得筆起，放得筆倒，纔是書家；撇得出去，拗得入來，方爲作者。王右軍字字變换，提得起，放得倒也；杜工部篇篇老成，撇得出，拗得入也。顯而易見者，右軍《蘭亭序》，工部《哀王孫》。丗人習於聞見，不肯細心體認耳。

温、李並稱，就中卻有異同。止如樂府，則玉溪不及太原，餘則太原不逮玉溪遠矣。

《易》云：「風行水上，涣。」乃天下之大文也。起伏頓挫之中，盡抑揚反覆之義，行乎所當行，止乎所當止，一波一瀾，各有自然之妙，不爲法轉，亦不爲法縛。

郎梅谿問張蕭亭：「《竹枝》、《柳枝》自與絶句不同，音節亦有分别否？」蕭亭曰：「語度無異，末語加『竹枝』、『柳枝』，即其語以名其詞，音節無分别也。」余謂亦有不加「竹枝」、「柳枝」者，何以爲語度無異，音節不分？若果如此，則仍是絶句，何必别其名曰《竹枝》、《柳枝》邪？要知全在語度、音節間分别。

詩與曲不同，在昔有被管絃者，多合律吕；後人所作，未必盡被管絃，不過寫志意，通事情，不失平仄已也。孟子曰：「以意逆志。」「不以辭害志。」若拘拘於五音清濁、喉牙脣舌之間，有不割蕉加梅，亦幾希矣。

《三百篇》朱子尚有未詳處，後人何嘗疏得盡？至於詩中音節頓挫，如參背觸，觸則有相，背則非法。只要吟詠既久，自然而然有兔起鶻落、水到渠成之妙。

評論詩文，品題人物，皆非美事，亦非易事。倘不能洞悉其優劣，且就好處一邊説，慎勿率意雌黄。鍾伯敬、譚友夏二人，錢蒙叟僅以「昏氣」二字評之，可見前輩厚道。

王阮亭先生云：「劉後村七律專好用本朝事，直是惡道。」乃有竟將本人名號用入，更厭。杜浣花亦偶有之，便覺大雅，所以不可及也。

羅江東：「雲中鷄犬劉安過，月下笙歌煬帝歸。」人謂之見鬼。阮亭先生謂二句最劣。余謂上句是無用之句，果然最劣；下句則宛然佳句也，顧用之何如耳。

排律止可六韵至十二韵足矣，多至幾十韵以及百韵，即是長詩也，不可爲訓。

雜體詩昔亦有之，原屬游戲。前人有餘力，不妨拈弄。若今人作止體詩尚未必盡善，何暇及此。

樂府凡用「引」、「操」等名，皆是琴曲。

格有品格之格、體格之格。體格，一定之章程；品格，自然之高邁。品高，雖被緑蓑青笠，如立萬仞之峰，俯視一切；品低，即拖紳搢笏，趨走紅塵，適足以誇燿鄉閭而已。所以品格之格與體格之格，不可同日而語。

詩有從題中寫出，有從題外寫入；有從虛處實寫，實處虛寫；有從此寫彼，有從彼寫此；有從題前搖曳而來，題後迤邐而去，風雲變幻，不一其態。要將通身解數踢弄此題，方得如是。

王阮亭先生謂：「東坡千古一人，惟律詩不可學。」終是具眼人語。

詩文家最忌雷同，而大本領人偏多於雷同處見長。若舉步換影，文人才子之能事，何足爲奇？惟其篇篇對峙，段段變峰，卻又不異而異，同而不同，纔是大本領，真超脱。

司空表聖《詩品》二十四則，無一毫賸義，學詩不可不孰讀深思。余選《全唐正雅集》，所以將此二十四則列之於首。

詩之用，片言可以明百義；詩之體，坐馳可以役萬象。所以杜浣花集古今人成於開、寶間，上薄《風》、《騷》，下淩屈、宋，無有議者。

著作以人品爲先，文章次之，安可將「不以人廢言」爲藉口？昔人云：阮步兵《詠懷》，寄愁天上，埋憂地下，其胸次非復人間機軸；而爲諸臣作勸進表，又不足多矣。陶徵士《飲酒》，前無古人，後無來者，真有絳雲在霄，舒卷自如之致；雖有《閑情》一賦，何妨託興？

「敏捷詩千卷」，不過一時推許之辭，如「安得思如陶謝手，令渠述作與同遊」、「李侯有佳句，往往似陰鏗」之類，非直以敏捷爲美事也。若以敏捷爲美，則「晚歲漸於詩律細」、「語不驚人死不休」，又何謂乎？大凡人具敏捷之才，斷不可有敏捷之作。温太原八叉手而八韵成，致有「絲飄弱柳平橋晚，雪點寒梅小苑春」，上下情景不相屬，竟是園亭對子；「蘇小風姿迷下蔡，馬卿才調似臨邛」，用事雜沓不倫，且難講解，非以敏捷悞之乎？李青蓮倚馬而萬言可待，未必果然。

「罄澄心以凝思，渺衆慮而爲言」，「課虚無以責有，叩寂寞而求音」，陸士衡之言也。欲求工到，必藉冥搜。

「雨後有人耕緑野，月明無犬吠花村」，不在句之清雅，要見此風難得，令人有身入華胥之想。

古人收韵有極不妥處，如「落霞更在夕陽西」之類，宋人最多。因其句子單薄，淺人認爲清拔，忘其韵之與本句相戾也。

杜少陵：「守歲阿戎家。」或云「阿咸」。董養性注作「杜位小字」，陳聲伯引王宴「隆昌之末，阿戎勸吾自裁」以證其非。至東坡詩云：「欲唤阿咸來守歲。」聲伯亦謂其以意改耳。非也。「阿戎」例呼從弟，「阿咸」例以呼姪，何必拘拘如此？

張裕處士詩云：「梨花静院無人見，閒把寧王玉笛吹。」似指貴妃忤旨被放之事。按：貴妃於天寶四載入侍，寧王卒於開元二十九年，是《外傳》與此詩俱非實事，不可不辨。

楊鐵崖《春日》佳句：「游絲蜻蜓日款款，野花蛺蝶春紛紛。」似祖杜少陵「落花游絲白日静，鳴鳩乳燕青春深」，比李玉溪「花鬚柳眼各無賴，紫蝶黄蜂俱有情」，其相去何如哉？

平生最愛隨筆納忠、觸景垂戒之作，如「昨日到城郭，歸來淚滿巾。徧身綺羅者，不是養蠶人」、

「鋤禾日當午，汗滴禾下土。誰知盤中餐，粒粒皆辛苦」、「子規啼徹四更時，起視蠶稠怕葉稀。不信樓頭楊柳月，玉人歌舞未曾歸」、「地濕莎青雨後天，桃花紅近竹林邊。游人本是農桑客，記得春深欲種田」、「一曲清歌一束綾，美人猶自意嫌輕。不知織女寒窗下，多少工夫織得成」、「一株楊柳一株花，云是官家賣酒家。惟有吾鄉風土異，春深無處不桑麻」、「采采西風雪滿籃，禦寒功已倍春蠶。世間多少閒花草，無補生民亦自慚」之類，不論唐、宋、元、明，中華、異域，男子、婦人所作，凡似此等，見必手録，信口閑哦，未嘗忘之。一日大雨中，小兒不倚自掃葉莊遺人至城，天色未曙，云爲蠶稠葉盡，急不能待。遂爲作札，徧扣友朋，了不可得。乃書一絶示之曰：「衝泥覓葉爲蠶忙，到處園林葉盡荒。今日始知蠶食苦，不應空著綺羅裳。」並非蹈襲前人，卻指一時實事。

李西涯謂：「作詩不用閑言助字，自然意象具足。」此爲最難。要知五言尚多，七言頗不易，一落村學究對法，便不成詩。陳聲伯舉「西風酒旗市，細雨菊花天」爲深秋景物，宛然在目，初不假語助而得。又引自作「野航秋水岸，林屋夕陽山」、「酒盆匡樹影，茶鼎潤松聲」爲比，則覺筆力蕪弱，且有稺氣。余有《春日重過玉柱山房》詩云：「一林蒸朮火，數里焙茶香。」較更蒼潤，而不假閑言助字者。口熟手溜，用慣不覺，亦詩人之病，而前人往往有之。若李長吉之「死」、鄭守愚之「僧」、温飛卿之「平橋」、韋端己之「夕陽」，不一而足。薩天錫之「芙蓉」、李滄溟之「風塵」，則又爲後生也。

李奉禮：「黑雲壓城城欲摧，甲光向日金鱗開。」是陣前實事，千古妙語。王荆公訾之，豈疑其「黑雲」、「甲光」不相屬邪？儒者不知兵，乃一大患。

「買絲繡作平原君，有酒惟澆趙州土」，讀之令人下淚。但李王孫何致作此語？金雷琯送李汾詩云：「明日春風一杯酒，與君同酹信陵墳。」雖共此機軸，亦自可悲。

某者好大言，一日向余曰：「《谷音》無一篇佳者。」余曰：「『誅求非上意，盗賊本良民』亦在其中邪？惜記不真矣。」某者默然。

許彦周謂韓昌黎「銀燭未銷窗送曙，金釵欲醉座添春」，殊不類其爲人。可知如來三十二相、八十種好，何所不現？大詩家正不妨如是。

杜詩：「飯抄雲子白。」解作「雲之子，雨也，言如雨點爾」。少陵聞之，噴飯滿案。

《穎師彈琴》是一曲泛音起者，昌黎摹寫入神。乃以「昵昵」二語爲似琵琶聲，則「攀躋分寸不可上，失勢一落千丈强」，除卻吟猱綽注，更無可以形容，琵琶中亦有此邪？

熟讀李玉溪，可除淺易鄙陋之氣。

漢、魏之詩，辭理意興，無迹可求。唐人尚意興，而理在其中。宋人純以理用事，故去本漸遠。宋人如陸放翁必是大家，如唐之元、白，不可輕議。但元、白原自烹鍊而成其面目，放翁惟欠此一著。

劉公幹詩：「昔我從元后。」王仲宣詩：「一由我聖君。」嚴滄浪云：「『元后』、『聖君』，皆指曹操也。」是則二子全無心肝者。當相戒此等詩斷不可讀，讀之恐壞人心術。

陶詩中《問來使》一篇，人疑是太白逸詩混入。余謂是後人擬陶者，並不是太白之作。

「避地歲時晚，竄身筋骨勞。詩書遂牆壁，僮僕且旌旄。行在僅問信，此身隨所遭。神堯舊天下，會見出腥臊。」云是杜少陵題避地逸詩，下有公自注云：「至德三載丁酉作。」今坊本不載。嚴滄浪云：「真少陵語也。」余謂真不是少陵語，題下所注更不是少陵語。滄浪之眼易惑乃爾。獨識得「蘭亭春望」非景差之句，卓見可嘉。

嚴維「柳塘春水漫，花塢夕陽遲」，梅聖俞最愛之。劉貢父曰：「『夕陽遲』則繫『花』，『春水漫』何須『柳』？」此是俗子見解，不道貢父亦有此語。

豁達老喜爲詩，所至輒自題寫，詩句鄙下，而自稱「豁達李老」。嘗書人新素壁，主人大怒，訴官杖之，拘使更粉，乃得舍去，聞者哂之。新作題牆，殷鑒不遠。

裴司空以眼錯駑馬贈張水部，水部以詩謝之，有「乍離華廐移蹄澀，初到貧家舉眼驚」，措辭微婉，旨趣良深。

石曼卿詩字字有仙氣，無怪其爲芙蓉城主。止如《籌筆驛》：「意中流水遠，愁外莫山青。」豈是食煙火人所能道者？

「明朝有封事，數問夜如何。幸而得之，坐以待旦。」「避人焚諫草，騎馬欲雞棲。嘉謀嘉猷，入告爾后。」陳輔之真讀得杜詩者，楊大年反斥少陵爲「村夫子」，未必有此言。

范文正《淮上遇風雨》詩云：「他年在平地，無忽險中人。」可見正人君子，無處不具此心。

李肇《國史補》載韓昌黎游華山一事，因公詩中形容絶險，肇即敷張其説，反以此詩證公必有其事。可恨！可恨！

少陵詩：「初升紫塞外，已隱莫雲端。」昌黎詩：「煌煌東方星，奈此衆客醉。」一意肅宗，一意順宗。前人善作，後人善看。詩遇善看人，亦一大快事。

「竹暗不通日，泉聲落如雨。春風自有期，桃李辭深塢。」初非宋人能作，毋怪東坡一見而心折。五字詩，其點化在一字間，而好惡不同。

好事者往往僞撰杜少陵逸詩，或謂得於石刻，或謂得於民間敗簏中，以冀流傳。惟《巴西聞收京》有句云：「克復誠如此，安危在數公。」確是杜句易「安危」二字。

白香山：「玉容寂寞淚闌干，梨花一枝春帶雨。」有喜其工，有詆其俗。東坡小詞：「故將别語調佳人，要看梨花枝上雨。」人謂其用香山語，點鐵成金。殊不然也。香山冠冕，東坡尖新，夫人婢子，各有態度。

東坡作詩頌云：「字字覓奇險，節節累枝葉。咬嚼三十年，轉更無相涉。」又云：「衝口出常言，法度法前軌。人言非妙處，妙處在於是。」普天下詩人當於言下領會，勿便下得轉語去。

好詩、好文，自是吾人分内之事。如居官之廉潔，婦人之貞節，爲人子之孝友，一一皆分内之事，何必矜詩，以形人短？

「狀難寫之景，如在目前；含不盡之意，見於言外」，「作者得於心，覽者會其意」，此是詩家半夜傳衣語，不必舉某人某句爲證。

魏野詩絶無緊要，又無氣魄，有何好處？一時稱許殆徧，以致真宗誤聽，遣使召之，任其閉户踰垣而遁，遂成野老之名。《詩》云：「率土之濱，莫非王臣。」閉户踰垣，待列國諸侯，猶爲已甚，況待一統之主乎？卒後又贈以著作郎，詔免子孫租稅科役，真異數也。

司馬温公稱陳堯佐「雨網蛛絲斷，風枝鳥夢摇」爲佳。余謂小巧而已。

花蕊夫人：「君王城上竪降旗，妾在深宫那得知？」如其得知，又將何如？落句云：「十四萬人齊解甲，更無一箇是男兒。」何等氣魄，何等忠憤，當令普天下鬚眉一時俛首。

楊蟠《金山》詩：「天末樓臺横北固，夜深燈火見揚州。」此佳句也。王平甫尚謂其「牙人語」、「量四至」，教人如何作詩？

黄涪翁不識杜詩，故開豫章之派。若東坡：「學杜不成，不失爲工。」陳後山謂：「子美之詩，奇常、工易、新陳，莫不好也。」俱是千古名論。

「寧拙毋巧，寧樸毋華，寧麤毋弱，寧僻毋俗，詩文皆然」，雖是矯枉過正語，亦是救病良藥。「以意爲主，以氣爲輔，以詞爲衛」，又是和盤托出也。

有就此處説者，有就彼處説者，皆比興之流也。如裴説《寄邊衣》詩曰：「愁捻金鍼信手縫，惆悵無人試寬窄。」就此處説者也。余有《秋夜縫衣》詩曰：「料得比來消瘦去，謹依原樣不加寬。」是就彼處説者也。

欲知杜詩大義，先準張表臣《讀杜》一則，略有端倪矣。其曰：「余讀杜詩云：『江漢思歸客，乾坤一腐儒』、『功業頻看鏡，行藏獨倚樓』，歎其含蓄如此；及云『虎氣必騰上，龍身寧久藏』、『蛟龍得雲雨，鵰鶚在秋天』，則又駭其奮迅也。『草深迷市井，地僻懶衣裳』、『經心石鏡月，到面雪山風』，愛其清曠如此；及云『退朝花底散，歸院柳邊迷』、『君隨丞相後，我住日華東』，則又怪其華豔也。『久客得無淚，故妻歎及晨』、『囊空恐羞澀，留得一錢看』，嗟其窮愁如此；及云『香霧雲鬟濕，清輝玉臂寒』、『笑時花近靨，舞罷錦纏頭』，則又疑其侈麗也。至讀『讖歸龍鳳質，威定虎狼都』、『風塵三尺劍，社稷一戎衣』，則又見其發揚而蹈厲矣。『五聖聯龍袞，千官列鴈行』、『聖圖天廣大，宗祀日光輝』，則又得其雄深而雅健矣。『許身一何愚，自比稷與契』、『雖乏諫諍姿，恐君有遺失』，則又知其許國而愛君也。『對食不能飡，我心殊未諧』、『人生無家別，何以爲烝黎』，則知其傷時而憂民也。『不聞夏殷衰，中自誅褒妲』、『堂堂太宗業，樹立甚宏達』，斯則隱惡揚善，而《春秋》之義耳。『巡非瑤水遠，迹是雕牆後』、『天王守太白，竚立更搔首』，斯則憂深思遠，而詩人之旨耳。至於『上有鬱藍天，垂光抱瓊臺』、『風帆倚翠蓋，莫把東皇衣』，乃神仙之致邪！『惟有摩尼珠，可照濁水源』、『欲聞第一義，回向心地初』，乃佛乘之義邪！有能窺其一二者，便可名家，況深造而具體者乎？此余所以稚齒服膺，華顛未至也。」

篇中鍊句，句中鍊字，鍊得篇中之意工到，則氣韻清高深渺，格律雅健雄豪，無所不有，能事畢矣。

岑嘉州「聖朝無闕事，自覺諫書稀」，正謂闕事甚多，不能覼縷上陳，託此微詞。後人不察其心，至有以奸諛目之，亦屬恨事。

孟東野《聞角》詩：「似開孤月口，能説落星心。」煎熬太苦，幾無生趣。坡翁自有所感，乃贊其妙，以致黃山谷楔出豫章一派，由此浸淫。

「平疇交遠風，良苗亦懷新」，其妙處無從下得著語，非陶靖節能賦之，實此身心與天游耳。坡公云：「非古之耦耕不能道，非余之世農不能識。」正道不著也。

坡公稱魯直詩文「如蝤蛑、江瑤柱，不可多食，多食則發風動氣」。是伸是絀？

作詩用事，要如釋語「水中著鹽，飲水乃知」。杜少陵以錦襴傳人，人自不能承當。

長篇定有解數，古詩亦然。故有一韻重押或三押者不礙，學者不可不知。

某生者，素不修邊幅，曾經作書讓之，中有「良辰美景，把卷爲游；妙舞清歌，微吟以代。此僕之實事也，賢亦如是乎？」自謂此語頗有致。後見黃涪翁云：「水光山色，替卻玉肌花貌。」造語更精。

詠史以不著議論爲工，詠物以託物寄興爲上。一經刻畫，遂落蹊徑。

賈長江「獨行潭底影，數息樹邊身」，只堪自愛。柳河東「壁空殘月曙，門掩候蟲秋」，恨少人知。

山谷本以麤怪險僻爲法門，故「林際春申君」以爲佳也，而「馬齕枯萁喧午夢」尤覺駭人。

坡公在獄，有以其《詠檜》詩逢迎神宗曰：「『根到九泉無處曲，世間惟有蟄龍知。』陛下飛龍在天，軾以爲不知己，而求之地下之蟄龍，有不臣之意。」神宗曰：「詩人之詞，安可如此論？彼自詠檜，何預朕事！」章子厚又從旁解之，得無恙。設非神宗光明正大，鮮不受其害。而章子厚卻能爲文星解厄，可謂平生一善。

東坡才勝文與可，與可識過蘇東坡。

杜浣花錬字藴藉，用事天然，若不經意。粗心讀之，了不可得，所以獨超千古。餘子皆如燒青接緑矣。

山谷「荷葉裹鹽同趁虚」，明明是柳子厚「青箬裹鹽歸峒客，緑荷包飯趁虚人」之句，未免餖飣之醜。王右丞「漠漠水田飛白鷺」，則又化腐爲奇。前後相去，何啻天淵！

元遺山笑秦少游《春雨》詩：「有情芍藥含春淚，無力薔薇卧晚枝。」拈出退之《山石》句，始知渠是女郎詩。」瞿佑極力致辨。余戲詠云：「先生休訕女郎詩，《山石》拈來壓晚枝。千古杜陵佳句在，雲鬟玉臂也堪師。」

無武備不是文人。王荆公有馬劣甚，咆哮踶齧，人不可近。蔡天啓在座云：「馭之無術，以致驕騰至此。」捲袖而起，躍身直上，不假轡鞚，剗馳數十里而回。荆公心服，有詩贈之。其與張文潛論韓、柳詩，則又深入堂奥。

「東野悲鳴死不休，高天厚地一詩囚」，「詩囚」二字，新極趣極。昌黎每每推許東野，恐其好處後人不識。

「義無比興，言睽世教」，「飢烏夜啼，山鬼晝嘯」，普天下人詩文稿序跋無出此右，可稱十六字金。

「瀹中藏美麗，虚處著工夫」，方虚谷語也。似乎識得詩中甘苦，何以《瀛奎律髓》不甚妥當？

讀書不在記，記是村學裏兒童怕打法；臨帖不在多，多是抄帖過日子生活。

三衢葉敬君云：「不讀《三百篇》，不足以濬詩之淵源；不讀五千四十八卷，不足以入詩之幻化；

不窮盡《十三經》，不足以閎詩之作用。今人作詩，於前數書窅不接目，第曰：『吾觀《選》詩而已，唐詩而已。』與村兒讀《千家詩》何異？」千古快論。

李西涯説詩極正，謂「律可涉古，古不可涉律」，是也。自敘律中涉古句云：「幽人不到處，茅屋自成村。」固佳；而「欲往愁無路，山高谿水深」，則拙矣。

琴有正調、外調。調者，調也，五音不可少紊。苟於指法輕重疾徐之間，宫中雜角，徵中帶羽，便非純音。不獨聽者不覺，彈者亦不自知。《廣陵散》後，此響遂絶。所以子期死而伯牙不復鼓琴，有旨哉！作詩何獨不然？今人但知於勾剔抹挑、吟猱綽注間求之，必無純調。

古歌辭語短意長，有一句兩句者，含意何止十韵百韵。後世作者，愈長愈淺。麓堂《題竹》曰：「莫將畫竹論難易，剛道繁難簡更難。君看蕭蕭祗數葉，滿堂風雨不勝寒。」以畫法通詩法，論古之作者也。余爲友人寫蘭，止數葉一花一蕋而已，覺渠不甚愜意，因題幀首云：「逢場争説所南翁，向後人文半已空。不是故將花葉減，怕多筆墨惱春風。」亦以畫法通詩法，論今之作者也。

宋詩似文，與唐人較遠；元詩似詞，與唐人較近。高青丘氣脈未漓，所以獨步明初，爲楊孟載、張來儀、徐幼文三公之冠。學詩者從此入去，亦是正路。猶夫學陶詩須自韋、柳入，學杜詩當從玉溪入。

唐釋齊己作《風騷旨格》，「六詩」、「六義」、「十體」、「十勢」、「二十式」、「四十門」、「六斷」、「三格」，皆繫以詩，不減司空表聖。獨是「十勢」立名最惡，宛然少林棍譜。暇日當爲易去，乃妙。

文貴清真，詩貴平澹。若誤認疏淺爲清真，何怪以拙易爲平澹。傷千古文士之心，破四海詩人之頬，惟此爲最。

老杜善用「自」字，如「村村自花柳」、「花柳自無私」、「寒城菊自花」、「故園花自發」、「風月自清夜」、「虚閣自松聲」之類，下一「自」字，便覺其寄身離亂、感時傷事之情掬出紙上。不獨此也，凡字經老杜筆底，各有妙處。若止「自」字，則李義山「青樓自管絃」、「秋池不自冷」、「不識寒郊自轉蓬」之類，未始非無窮感慨之情，所以直登老杜之堂，亦有由矣。

綺而有質，豔而有骨；清而不薄，新而弗尖；稗官野史，盡作雅音；馬勃牛溲，盡收藥籠；執畫戟莫敢當前，張空拳猶堪轉戰：如是作法，方不愧老成。

一韵幾押，重字疊出，意複辭犯，失黏借起，雖古人亦往往有之。恐是失檢點處，吾人且避之。論唐人切不可分初、盛、中、晚，論宋人切不可分南、北。未知近律，勿問古詩。詩學未到，莫望樂府。其餘雜體，一切掃卻，纔是風雅正人。至於詩餘、曲調，僅可酒酣耳熱時拈付歌童舞女，作樽前片刻新聲。

四平頭、四實四虚、前後輕重、蜂腰鶴膝，詩中之麤病，極易犯而極不宜犯。

發端斷不可草率，對仗切不可齊整。要知草率發端，下無聲勢；齊整對仗，定少氣魄。

屬思久之，詩思漸集，又當淘汰盡情，然後鍊成一首，自無可議。如戚南塘選軍，於編伍時著眼挑剔，然後嚴其紀律，信其賞罰，練其膽藝，訓其進退，何有不動如雷電、止若山岳者哉？

少年輩酷愛情詞豔體，蓋未諳詩道故也。張伯起有詩云：「而今老去春情薄，漠漠寒江水自流。」

亦是引人入道語。一少年索余畫，因題其上云：「悲歌回首舊同游，老大空餘兩鬢秋。酒語詩情和別恨，一時多向筆端收。」其少年漫不加省。

豈快人詩必瀟灑，敦厚人詩必莊重，倜儻人詩必飄逸，疏爽人詩必流麗，寒澀人詩必枯瘠，豐腴人詩必華贍，拂鬱人詩必悽怨，磊落人詩必悲壯，豪邁人詩必不羈，清修人詩必峻潔，謹勑人詩必嚴整，猥鄙人詩必委靡：此天之所賦，氣之所稟，非學之所至也。

寒山詩本無佳者，而「城中蛾眉女，珠佩何珊珊。鸚鵡花間弄，琵琶月下彈。長歌三日響，短舞萬人看。未必長如此，芙蓉不耐寒」，江進之極賞之，以爲是唐調。余謂「長歌」、「短舞」緊緊作對，已屬不佳；而「未必長如此」五字氣盡語漓，害殺「芙蓉不耐寒」之句。

詩有一句足者，有兩句足者，亦有一氣貫注者。與不知詩者吟看，每令人急殺。愁讀雌霓，真有其事。

今人詩槀，必首先樂府，次古詩、長詩、擬古、詠史、五七律、五七絶、歌行、銘頌，無一不有，冠以大老之序，名手所書，何其穢也！人各有能有不能，豈可强作，以體備爲榮？試觀一槀之中，可是篇篇佳句，體體傳作？

分題拈韵，詩家之厄也。題與詩必須相配，纔有好詩。看此題宜作何體，然後據體搆思，庶幾當行。一遭牽合，未免捉襟露肘。

爲人要事事妥當，作字要筆筆安頓，詩文要通體穩稱，乃爲老到。止就詩論，寧使下句襯上句，不可使上句勝下句。然上下句悉敵，纔是天然工到。如「歸日樓臺非甲帳，去時冠劍是丁年」、「風捲蓬根屯戊己，月移松影守庚申」、「此日六軍同駐馬，當時七夕笑牽牛」、「陣圖東聚夔江石，邊柝西縣雪嶺松」之類，則又不可力争者也。

宋人喜以現成語、虚字眼鍊入詩用，致來後人生硬麤鄙、陵夷風雅之議。

王荆公好將前人詩竄點字句爲己詩，亦有竟勝前人原作者。在荆公則可，吾輩則不可。

賀黄公極贊「兒家門户重重閉，春色何因入得來」，以爲苦思激成快響。殊不知「羌笛何須怨楊柳，春風不度玉門關」，其苦思妙響，尤得風人之旨。

樊川「東風不與周郎便，銅雀春深鎖二喬」，妙絶千古。言公瑾軍功止藉東風之力，苟非乘風力之便以破曹兵，則二喬亦將被虜，貯之銅雀臺上。「春深」二字下得無賴，正是詩人調笑妙語。許彦周謂：「孫氏霸業繫此一戰，社稷存亡、生靈塗炭都不問，只恐捉了二喬，可見措大不識好惡。」此老專一説夢，不禁齒冷。

閻朝隱《詠猫》詩，風雅罪人；宋之問《浣紗篇》，鶯花禪悦。鍾伯敬議論，好肉剜瘡；譚友夏評騭，缺口咬虱。姚辱庵批李奉禮，矮人觀場；劉會孟訾杜工部，蜀犬吠日。

從來談詩，必摘古人佳句爲證，最是小見。

詩有通首貫看者，不可拘泥一偏。如柳河東《嶺南郊行》，一首之中，「瘴江」、「黄茆」、「海邊」、「象跡」、「蛟涎」、「射工」、「颶母」，重見疊出，豈復成詩？殊不知第七句云：「從此憂來非一事。」以見謫居之所，如是種種，非復人境，遂不覺其重見疊出，反若必應如此之重見疊出者也。

劉賓客《西塞山懷古》，似議非議，有論無論，筆著紙上，神來天際，氣魄法律，無不精到。洵是此老一生傑作，自然壓倒元、白。

許丁卯思正氣清，詩中君子，但苦聲調低啞有之，在當時韋端己、杜牧之皆有詩推許可證。楊誠齋詆其淺陋，竟似道聽塗説，不曾親讀此公詩者。其《凌歊臺》詩，一本「湘潭雲盡莫煙出」，大謬。《咸陽城西門晚眺》詩悠揚細膩之至，并「低啞」二字，亦非定評，況詆其爲「淺陋」乎？《灞上逢元九處士東歸》，借處士以形長安諸公，借長安諸公以形當時世事，雖只平平八句，卻用無限躊躇，絶非使酒罵座者可比。

薛陶臣《開元後樂》，三、四寫全盛之時，五、六接寫既衰之後，則舊樂斷腸，更爲貼切，一結又微詞可念，草草讀之不覺。《漢武宮詞》，則又通體含諷。《韋壽博書齋》，有人讀之墮淚。《夜宴觀妓》一首，竟不成詩。

韓致堯《中秋禁直》，望宫闕於九霄，聽絃歌於五夜，欲使主上親賢遠佞而不可得，展轉不寐，隱約可念。《寄湖南從事》詩中情境，竟可與屈大夫把臂。

王摩詰學佛，不得已也。如敕賜百官櫻桃，當時賦詩紀恩者不一，獨摩詰三、四兩句，人所忽而不言者，而獨言之。是天理人心之砥柱，不是他人一味鋪張盛事、誇燿君恩而已。

盧仝、劉叉，教外别傳；曹堯賓聲調最響，《病馬》諸作，極有意旨，才人不遇，應共低徊。

宋邕游仙詩製題極惡，詩則頗有佳句，破綻處亦不少。「天上人間兩渺茫，不知誰識杜蘭香」，與李玉溪「《武皇内傳》分明在，莫道人間總不知」，一箇「分明在」，一箇「兩渺茫」，一樣靈心，兩般妙筆。

蘇黄門謂杜詩雄，韓詩豪。杜詩之雄，可以兼韓之豪。如柳柳州，不若韓之變態百出也。使昌黎收斂而爲柳州則易，使柳州開拓而爲昌黎則難。此無他，意味可學，才氣不可學也。

韋蘇州韵高氣静，王右丞格老味遠，二公未易優劣。有云：「以體韵觀之，右丞不逮蘇州；以氣味觀之，蘇州不及右丞。」何異管中窺豹！

韋蘇州律詩似古，劉隨州古詩似律。〔一〕大抵次李、杜、韓一等者，便不能全，况隨州韵度不如蘇州，意味不如右丞；然其豪贍老成則皆過之，得意處竟可與少陵索笑。「長城」之名，蓋不徒然。

【校勘記】

〔一〕「詩」，原文誤作「詞」。

曾紘論陶詩「形夭無千歲」爲「刑天舞干戚」，五字皆訛。一時岑、晁之徒，皆爲稱善。《二老堂詩話》以靖節十三篇，篇指一事辨之，謂此章專指精衛，何預刑天？竹坡襲其説爲己意，更爲脱誤。其説甚快，惜不能記憶。

崔灝筆力宏大，賈島詩骨清峭。

趙承祐除「倚樓」之外，儘多佳句，於此偶然得名。

崔禮山：「自是不歸歸便得，五湖烟景有誰爭？」與「相逢盡道休官去，林下何曾見一人」同一妙理。

李楚望《寄懷秦處士》：「常聞郡邑山多秀，更説官僚眼盡青。」寫盡爲處士者，外君子，内小人，一團齷齪，欺世盜名。不意今日，其風特甚。

薛太拙平生極誇己詩，及讀其全集，亦不見得。

劉藴靈，人謂其調苦，如「渭水故都」、「香消南國」之句，正復不然。《長洲懷古》用「清猿」，人議其背題，不知楚爲吴破，正可借以形喻。《秋夕山齋即事》：「半夜秋風江色動，滿山寒葉雨聲來。」是因半夜風聲，從山齋中想到江光摇動，滿山寒葉，恍惚雨勢驟來。《秋日寓懷》：「旅塗誰見客青眼，故國幾多人白頭。」是無人垂青於我，乃疑天下人誰曾見人青眼；自羞鬢髮星星，乃憶故園親友多少白頭。活現落魄人自歎自樂光景。

盧允言「衰顔重喜歸鄉國」，是自幸語；「身賤多慚問姓名」，是世共語；「估客晝眠知浪静」，是看他得意語；「舟人夜語覺潮生」，是惟我獨醒語。余因向老無成，最怕人問尊庚幾何，同此可憐。

曹夢徵長於鍊字，如「郭裏殘潮蕩月回」、「約開蓮葉上蘭舟」之類。

三羅齊名，隱爲最，虬次之，鄴斯下矣。

李從一：「野棠自發空流水，江燕初飛不見人。」高青丘「閶門一帶垂楊柳，緑到皋橋不見人」於此脱胎。如「細雨濕衣看不見，閒花落地聽無聲」，覺烘染太過。

杜牧之晚唐翹楚，名作頗多，而恃才縱筆處亦不少。如《題宣州開元寺水閣》，直造老杜門牆，豈特人稱「小杜」已哉？

吴子華《廢宅》詩，晚唐絶唱。

李玉溪無疵可議。要知前有少陵，後有玉溪，更無有他人可任鼓吹，有唐惟此二公而已。

温飛卿，晚唐之李青蓮也，故其樂府最精，義山亦不及。學者不於温、李二公詩悉心體會，未見其能成詠，何以歷李、杜之藩翰邪？惟長詩則温不迨李。李有收束法，凡長篇必作一小束，然後再收，如山川跌换之勢；温則一束便住，難免有急龍急脈之嫌。律詩之妙，略舉一二便見。《陪河中節度游河亭》詩，寫得節度何等風光，詩人何等牢落，以極牢落之客，陪極風光之主，是何等局面。曲曲寫來，何等彼此，真令人無奈。《過陳琳墓》一起，漢、唐之遠，知心之邇，千古同懷，何曾少隔；三、四神魂互接，爾我無間，乃胡馬向風而立，越燕對日而嬉，惺惺相惜，無可告語。《春日偶成》，讀之不覺淚下沾襟。《寄岳州李員外》，細膩風光。《贈知音》直刺入未成名人心裏。《山中與道友夜坐聞邊防不寧因示同志》，邊上正屯戍已，山中坐守庚申，此時豈吾輩忘籌國、希長生之時哉！身閒如雲，心熱如火，舉世滔滔，誰其知我？豈不可歎！

李文山：「黄葉黄花古城路，秋風秋雨别家人。」脱盡晚唐蹊徑。

羅昭諫爲三羅之傑，調高韵響，絶非晚唐瑣屑，當與韋端己同日而語。

李山甫《寒食》詩，真畫出清明二月天也。就此一斑，可窺全豹。《公子家》二首尤爲絶倫，讀之令人想到「伶倫吹裂孤生竹」、「侍臣最有相如渴」、「當關莫報侵晨客」等詩，不覺淚涔涔沾袖矣。

唐茂業有時極似玉溪，想亦如李洞之師賈島，故臭味不殊。

李求古《贈寫御容李長史》一篇，法律井井，不減開、寶時人。

王幼仲長篇、小律俱有妙處，不可以宮詞樂府拘定其聲價。

譚用之最多杜撰句法，硬用事實。偶有不杜撰、不硬用處，便佳。

司空表聖學行俱高，不可思議於《詩品》二十四則。及居王官谷，寇亦不敢入其境見之。

鄭守愚聲調悲涼，吟來可念，豈特爲《鷓鴣》一首，始享不朽之名。

崔珏以《鴛鴦》得名，而《哭義山》之作亦是九原知己。

杜少陵詩，止可讀，不可解。何也？公詩如溟渤，無流不納；如日月，無幽不燭；如大圓鏡，無物不現，如何可解？小而言之，如《陰符》、《道德》，兵家讀之爲兵，道家讀之爲道，治天下國家者讀之爲政，無往不可。所以解之者不下數百餘家，總無全璧。楊誠齋云：「可以意解，而不可以辭解；必不得已而解之，可以一句一首解，而不可以全帙解。」余謂讀之既熟，思之既久，神將通之，不落言詮，自明妙理，何必斷斷然論今道古邪？

米南宮《論書》云：「歐怪褚妍不自持，猶能半踏古人規。公權醜怪惡札祖，從兹古法蕩無遺。張顛與柳顛同罪，鼓吹俗子起亂離。懷素獦獠小解事，僅趨平澹如盲醫。可憐智永研空臼，去本一步呈千媸。二王以前有高古，有志欲購無高貲。已矣此生爲此困，有口能談手不隨。」今日與諸君論詩，亦是「有口能談手不隨」。若以余爲能如其言，正未必然。

一瓢齋詩話跋

一瓢先生善岐黄之術，與同時葉香巖齊名，素不相能，而每見葉製方，未嘗不擊節稱善。乾隆丙辰開鴻博之科，先生亦與試焉。其所著詩名曰《吾以吾集》，大抵得力於浣花翁者居多。是編自抒心得，痛鍼俗病，凡所指斥，皆能洞中窾竅，非好爲叫囂者比，先生於詩，亦可謂三折肱矣。壬寅秋日，吴江沈楙悳識。